邊荒傳說

卷03

黃易

異俠大系

新編完整版

邊荒傳說

卷03

目錄

第一章　江湖手段

燕飛獨坐洛陽樓的迎客大堂，奉上香茗的婢子退走後，大堂再沒有人留下，洛陽樓的保鏢打手們把守前後門，禁止任何人進入，等待大老闆紅子春進一步的指示。

紅子春是夜窩子的名人，除洛陽樓外尚有其他生意，這個月份更有分兒出席鐘樓的八人議會，其顯赫地位可想而知。

至於他長相如何，燕飛一概不清楚，因爲過往在邊荒集的日子，他很少留心其他人，即使紅子春來光顧第一樓，坐在最近的桌子，他也沒有閒情去理會。不過他自己卻是無人不識，只要曾踏足東大街，必見過他呆坐在第一樓平台的情景。

比對起那時的自己，現在的燕飛是多麼充實和富有生氣的一個人，撇開即將要應付的紅子春，擺在前路是無數須他處理的事情和難題，何況只要想著紀千千的萬種風情，內心已不愁寂寞。

沒有牽掛關心和空閒落寞的心境，確易令人產生出頹廢的情緒，令人不是腦海空白一片，便是胡思亂想。此刻回想當時，頗有曾陷身噩夢的感受。

是否因紀千千的闖入，使他向往日黯淡無光、失掉所有色彩的灰黑天地告別呢？燕飛實在不願意承認，偏又曉得或許事實如此。

足音響起，沉重、穩定又充滿節奏的感覺，使燕飛可純從其腳步聲描繪出此人的體型輕重，更清楚對方是故意放重腳步，掩飾本身的功力深淺，來人肯定是個高手。

邊荒集臥虎藏龍，本身沒有點斤兩，怎有資格到這裡來混闖。

燕飛從容地享用著茶盅內的上等茗茶，沒有朝來人瞧去，他坐在迎客大堂中心的一組紅木太師椅上，這樣的几椅組合，共有四套，分布於堂內，予人寬廣舒適的感受。

紅子春個頭矮矮的，手短腳短，華麗的衣飾反突出他腆著的大肚子；從肥胖的肩膊伸出扁平的腦袋瓜，臉上長個使人印象深刻大大的肉頭鼻，膚色白得有點少見陽光不健康的浮青，他平時的面容該是充滿活力和表情豐富，此刻卻像因受到欺壓而露出一股憤怨和不服氣的頑憨神情。

紅子春一屁股坐進燕飛旁隔開一張小几的太師椅內，雙目直勾勾瞧著前方，狠狠道：「邊荒集是否只有你燕飛說的話才算數？你燕飛也不是第一天到邊荒集來混，我紅子春有沒有資格在夜窩子經營青樓，是由鐘樓議會決定。你想趕絕我紅子春嗎？拿起你的劍來斬我吧！頭斷了不過是碗口大一個疤子。他奶奶的！我究竟在甚麼地方抹了你的屁股，要上門來踢場？五百多兩金子就想買我的洛陽樓？你出一萬兩也休想我賣給你。我紅子春從來吃軟不吃硬。在洛陽如此！在邊荒集如此！」

燕飛暗讚他說話硬中帶軟，不愧是老江湖，把茶盅放回几上，對他微笑道：「我買你的洛陽樓，是爲你的洛陽樓著想，不想它被憤怒的邊民砸掉。」

紅子春迎上他的目光，愕然道：「你在胡說甚麼？」

燕飛一眨不眨地審視他，柔聲道：「紅老闆是我今晚所見第三位深藏不露的高手，老闆你的功夫全在一對腿上，更教人意想不到，稍有疏忽便要吃上大虧。」

紅子春無法掩飾地臉色微變，沉聲道：「燕飛你不要欺人太甚！」

燕飛從容道：「千千小姐失去些許東西，若今晚沒法找回來，她明天將拒絕到古鐘場表演，假如給夜窩族那群瘋子曉得紅老闆收留了偷東西的小賊，洛陽樓肯定片瓦難存，所以我是在爲你著想。」

紅子春冷笑道：「眞是荒天下之大謬！我剛才不但舉手支持你重建第一樓，還贊成請千千小姐到古鐘場鳴鐘演藝，你要誣衊我，誰會相信？」

燕飛漫不經意道：「我若眞的想把洛陽樓據爲己有，在我來說不過舉手之勞，紅老闆比之慕容文又如何呢？何況長安還是他的地頭，而邊荒集則是我燕飛的老巢。」

紅子春雙目閃過怒色，緩緩道：「你在恐嚇我！」

燕飛啞然失笑道：「我只是想告訴你，今晚若我取不回千千小姐失去的東西，我將會失去理智，不理夜窩子的所有規條，出手也再沒有任何保留。」

紅子春點頭道：「記著你曾對我說過這番話，我紅子春是恩怨分明的人。不要再兜圈子，爲何是我？」

燕飛挨到椅背，長吁出一口氣，心中湧起難言的感受，他在此刻頗有「重出江湖」之慨。與紅子春這種江湖人物交手，說錯半句話都會被他拿來當把柄。道：「郝長亨到邊荒集後，一直在這裡出入，不要告訴我他來此只是找青樓的姑娘遣興，與你沒有半點關係。推得一乾二淨只須幾句話，但我會看不起你，更會認爲紅老闆沒有助我解決問題的誠意。你可以不爲自己著想，可是洛陽樓花了你這麼多心血，毀於一晚間實在可惜。」

事實上燕飛也是故意把自己逼上絕路，孤注一擲，賭赫連勃勃沒有欺騙自己，如果紅子春仍不肯抓緊此一最後下台階的機會，他燕飛必須坐言起行，一是動手幹掉紅子春，一是把勾結竊賊的罪名加諸紅子春身上，借夜窩族之手拆掉洛陽樓。

這就叫人在江湖，身不由己。不論對錯，也得硬撐到底，否則他的威信將蕩然無存。而若不如此軟硬兼施，令紅子春感到大禍臨頭，紅子春只會把他的話當作耳邊風。

在他答應謝安的請求之時，他早想到有今天的情況。邊荒集所有頭面人物，到販夫走卒，不但都是桀驁不馴之輩，更是亡命之徒，你要和他們交手，就不得不變成他們一般的習性和行事作風，而這本是燕飛最爲厭倦的事，所以他實是做了很大的犧牲。

幸好他有把握只要紅子春確與郝長亨有來往，絕不會蠢得爲郝長亨賠上性命財產，江湖義氣是有限度的，大多數只可在互相有利的情況下維持。

紅子春移開目光，仰望大堂主樑，吁出一口氣道：「想不到燕飛的劍了得，詞鋒亦是凌厲難擋，他奶奶的！長亨在搞甚麼鬼？他若眞的偷去千千小姐的東西，我紅子春第一個不放過他。我以聲譽作擔保，明天天亮前，東西定會物歸原主，我和你燕飛，大家仍是兄弟，對嗎？」

燕飛整個人輕鬆起來，暗讚紅子春英明果斷，此確爲最高明的做法。包庇郝長亨並非甚麼大不了的事，在邊荒集每一個人均有自由去做任何事，只要肯負擔後果和責任。可是開罪燕飛或紀千千，則等若是自我毀滅的愚蠢行爲。紅子春能屈能伸，正顯示其深明在邊荒集的生存之道。依江湖規矩，道理既不在他的一方，硬撐下去只會吃大虧，沒有人會同情他。

微笑道：「剛才若有得罪之處，請紅老闆多多包涵。」

心中同時忖道，看在紅子春的情面上，依邊荒集的規矩，他也不能再向郝長亨或尹清雅追究。

高彥揭帳而入，劉裕正盤膝靜養，劍傷已由紀千千和小詩親手包紮妥當，在帳頂油燈映照下，劉裕的臉色仍帶著失血後的蒼白，不過精神卻不錯。

高彥在他對面坐下，豎起拇指讚嘆道：「劉老大真了得，竟能刀傷任遙，說出去恐怕沒有人會相信。」

劉裕睜開虎目，心忖自己憑一時行險僥倖，不但在第一樓集團內豎立威信，更贏得這個只佩服燕飛的小子尊敬。含笑道：「你的事又辦得如何呢？」

高彥道：「當然一切妥當，我還重整了差點崩潰的情報網。現在得燕飛全力支持，又有千千在我們這一方，人人士氣大振，知道賺大錢的機會終於來臨。哈！每人先賞一錠金子，我從沒試過出手如此闊綽過。」

劉裕立即頭痛起來，邊荒集在在需財，若沒有生財之道，第一樓很快會出現財務危機，希望燕飛眞能馬到功成，取回失去的一半財富。

高彥壓低聲音神秘兮兮的道：「在邊荒集最要緊是打響名堂，有名便有利。眼前正有個千載一時之機，可令劉爺你的威望不下於我們的邊荒第一劍，成爲邊荒第一刀。哈！邊荒第一劍加上邊荒第一刀，說出來都可以嚇壞人，以後我高彥可以在邊荒集橫著走了。」

劉裕苦笑道：「你可知當時的情況？」

高彥道：「鄭雄、小馬等早加油添醋、七嘴八舌的說得比眞實的情況更多姿多采，甚麼劉爺你一出刀便鎖住任遙，還以命搏命的差點一刀貫穿老任的心臟。至於是否因千千才撿回你的小命，誰有空去理會？只要經老卓的說書館把這場龍爭虎鬥再散播開去，包管你一夜成名。任遙難道敢出來否認嗎？他可以說甚麼呢？這裡是我們的地盤，他只是外來人，你打得他棄甲曳戈地滾蛋，是荒人的光采。」

劉裕失笑道：「你愈說愈誇大了！」

話雖如此說，事實上劉裕亦大爲心動，他到邊荒集來的主因，就是要成爲天下景仰的英雄人物，爲將來鋪路，而成名的機會，已是唾手可得，在此刻放棄實在可惜！

沉吟道：「可是如此一來，說不定會影響任遙與我們燕少的決戰，任遙反正已沒有面子，大可借受傷拒絕應戰。」

高彥道：「他老人家要做縮頭烏龜是他的事。我們的目的是要征服邊荒集，所以有需要把你捧成我們第一樓雙頭馬車的另一頭，免得小飛孤零零一個人，分身乏術。此著不但可令荒人視你爲自己人，還變成頭面人物，說話才有分量。不要小看老子，我高彥是邊荒集最有辦法的人之一，人人都要來向我買情報，現在又多了你來支持我，我的生意肯定會愈做愈大，終有一天會給選進鐘樓議會裡去，那是主宰邊荒集的小朝廷。」

劉裕把心一橫道：「好！就照你老哥的意思幹下去。」

高彥精神大振道：「明天我會安排你去做幾件轟動的事，幫我清除一些阻礙，以前是怎麼說都叫不動燕飛的。」

劉裕開始有上當的感覺，皺眉道：「豈非要我陪你去惹是生非？」

高彥興奮地拍拍他肩頭，欣然道：「你到邊荒集是來吃素的嗎？我要你出手教訓的，正是些趁老子不在，欺到我手下兒郎頭上來的傻瓜蠢蛋。我要所有人知道，高彥再不是以前的高彥，誰敢犯我，便要吃不完兜著走。明白嗎？這是邊荒集的規矩，入鄉隨俗，否則沒有人當你是自家人。」

燕飛重返邊荒集，對他本身來說，最大的得益該是人身和精神上的放任自由。

在建康都城，不論烏衣巷的謝府，又或御道大街，總有拘束感。每一座城鎮自有其獨特的風俗習氣，而建康卻像被司馬王朝的腐敗和高門望族的頹風陰魂不散地纏繞包圍，難怪千千會視建康如囚籠。

唉！又是紀千千！爲何總無法控制自己而不時想起她呢？

在建康，只有謝安、謝玄和謝道韞可使他感受到名門詩酒風流的神韻。不過謝安可不是屬於建康的，而是歸屬於東山，他雖生活在建康城內，他的心神始終放諸自然山林；謝玄則屬於戰場，把他的風流注進冷酷殘忍的戰爭中，令兩軍對壘化爲一種藝術，只就這方面來說，謝玄已是獨步古今，贏得他的尊敬。

至於謝道韞，雖謂美人遲暮，婚姻更不如意，卻仍像小女孩般保持天眞純淨，她「噗哧」一笑後略感不好意思而又眞情流露的神態，多麼像娘呢！

夜窩子西大街出口處聚集著數十人，正團團圍著寫上他向任遙挑戰的木牌子鬧哄哄地議論不休。

長街不遠處聚集大群戰士，燕飛一眼瞧去，知是兩幫人馬，一邊是慕容族的北騎聯，另一邊是羌幫的人，或聚或散，攔著長街，經過的人均要繞道而行，一股似有事情發生的緊張氣氛。

有可能是兩幫人馬正在談判，此爲邊荒集司空見慣的場面，談不攏便來個大打出手。

燕飛油然舉步，離開夜窩子的綵燈光華，借黑暗的掩護在沒人留意下沿街而行，就要從兩幫人馬間穿過。

若換作以前，他或會繞道避開。可是他現在揹著他娘的「邊荒第一高手」的可笑名頭，怎可以如此沒種？

燕飛心中苦笑時，已給人認出來，尤其礙眼的是手抱的酒罈，當然沒有人敢阻止他，還讓出去路。

燕飛昂然而行，不疾不緩的穿行而過，正以爲事情已告一段落，後方卻有人叫道：「是否燕兄？請留貴步。」

燕飛無奈停步，緩緩轉身，已有兩人排眾而前，往他走過來，還打手勢要手下們退到兩旁去，變成涇渭分明的局面，大大舒緩一觸即發的緊張形勢。

燕飛卻曉得他們間根本沒有動手的意思，只是兩方頭領在街頭遇上說幾句話，不過兩方手下慣於一言不合立即動粗的習慣，自然而然擺出戒備的姿態，更防止其他幫會人馬的突襲，今晚是絕不尋常的一夜。

領先少許的鮮卑族武士魁梧威武，腰掛馬刀，隔遠抱拳道：「本人慕容戰，這位是羌幫的呼雷方，人稱呼雷老大！」

燕飛心忖原來你是慕容戰，難怪舉手投足均如此有氣概。他對北方武林頗爲熟悉，近十年來，北方人才輩出，慕容戰正是其中之一，慕容永等派他來主持邊荒集的北騎聯，於此已可看出他的分量。

呼雷方中等身材，年紀不過三十，披散的頭髮蓬亂得像個獅子頭，巨大的腦袋令他一對似充滿愁思的眼睛細小起來，腰掛的是長鞭，步伐有力而充滿自信，唇邊留著短鬚根，有點不修邊幅似的，但燕飛卻在他似是事事漫不經心的外表下，看出這是個絕不好惹的人。

呼雷方在慕容戰提到他名字時，客氣舉手致禮，開腔道：「燕兄挑戰任遙這一手非常漂亮，待我們看到戰書，才知任遙竟然身在集內。」

兩人來到燕飛身前，互相打量。

慕容戰微笑道：「我曾到營地拜訪燕兄，可惜燕兄不在，不過此行不虛，讓我有機會及早向千千小姐請安問好。」

呼雷方笑道：「如非我怕打擾千千小姐，此刻立即去拜會她，現在只好按捺著，留待明早。」

燕飛淡淡道：「呼雷老大是否準備不睡覺呢？現在已過三更，快天亮哩！」

呼雷方嘆道：「不見過冠絕秦淮的絕世嬌娘，怎睡得著呢？」

三人對視而笑。

慕容戰忽然正容道：「邊荒集歸邊荒集，一切依邊荒集的規矩辦事，我和燕兄的關係也是如此。慕容戰有一不情之請，嘗聞燕兄的蝶戀花乃邊荒之冠，不知慕容戰能否有幸，於此時此地，領教燕兄的絕技呢？大家當然是試招性質，我絕不想影響燕兄與任遙即將來臨的決戰。」

呼雷方顯然想不到慕容戰有此一著，爲之愕然。

第二章 頑強對手

劉裕心中一動，皺眉道：「誰替你做事，是否也像誰是漢幫的人般，人人皆知呢？」

高彥傲然道：「當然不是如此。表面上我只有三、兩個在下面奔跑的小子，事實上我有一張無所不包的羅網，我不在時仍在運作，所以我回來後，須立即論功行賞，在邊荒集沒有錢誰肯給你辦事？」

劉裕大感興趣問道：「假若我抓起那三、兩個爲你跑情報的小子，不是可以抽絲剝繭的把你整個網根查出來嗎？」

高彥搖頭道：「若如此輕易就能翻我的底子，我高彥早給人連根拔起，還可以混到今天嗎？我們有幾套聯絡的手法，層層疊疊、縱橫交錯，大家不用碰頭，不用曉得對方是誰，便可以互通消息，而最後所有情報，均會送到我最隱秘和最得力的手下『老頭子』那裡去，作出歸納和分析，老頭子也不只是一個人。我可以說給你聽的只可以是這麼多。」

劉裕進一步了解爲何高彥可以成爲邊荒集最出色的風媒，點頭道：「你的情報羅網的確比我們北府兵的完善和有效率，我想弄清楚其中情況只是希望竺法慶不會漏網而已！」

高彥道：「這個你可以放心，老子搜集情報的方法千變萬化、層出不窮，主要是分爲公開搜集、秘密偵察和傳遞消息三組門戶，如此才能達致無孔不入的地步，少說也有百來人爲我工作，他們平時各有其職業和崗位，表面與我沒有絲毫關係，他們就等若賺外快。」

接著興奮的道：「有很多一般人忽略的東西，事實上正可提供珍貴的情報。例如棄置的垃圾，便可呈現日用所需、設施和物料流動方面顯而易見的變化，大量羅列下即可推論出其中隱藏的機密。我現在正發動手下，盡量搜集有關竺法慶夫婦的事，特別是生活習慣上的細節、喜好和他們的脾性，當一切全在我掌握中，竺法慶休想飛越我的五指關。完成此事後，希望玄帥不會虧待我，因為做情報是很花錢的事，比逛窰子還要昂貴。」

劉裕微笑道：「玄帥在此事上必有準備，你可以放心。」

龐義倏地把大頭伸進來，道：「有位叫尹清雅的小姑娘求見千千，說要來向千千道歉求諒，但千千早睡著了！我們該怎辦呢？」

高彥和劉裕同時失聲道：「『白雁』尹清雅？」

燕飛開始明白為何慕容戰會被委以重任，到邊荒集來領導北騎聯。

慕容戰的體型外貌很容易給人一種是個有勇無謀之徒的錯覺，而事實上他不但才智過人、富於謀略，還深懂避重就輕之道，狡猾如狐。

燕飛敢肯定當他們船抵邊荒集碼頭的一刻，便受到慕容戰一方的人嚴密監視動靜，所以燕飛和高彥離開營地到夜窩子去，他是不可能懵然不知的。而慕容戰偏選上這時候來找燕飛，正顯示他精於計算，既可向人顯示他並不害怕燕飛，更借紀千千來緩和雙方間劍拔弩張的氣氛，免致破壞他坐山觀虎鬥的有利形勢。最好當然是漢幫與飛馬會和燕飛等拚個兩敗俱傷，他則坐收漁人之利。

現在慕容戰請求燕飛試招較量，更令燕飛陷入進退不得、絕對被動的處境，唯一的收穫，或許是從而推知慕容戰將是他在邊荒集最難纏的對手之一，且是保持邊荒集勢力平衡的一大障礙。

要知慕容戰出言挑戰，且聲明是友誼比試，他燕飛在對方沒有施出辣著前，當然不能有失身分風度，痛下殺手。這等若任慕容戰有心來摸他的底子虛實，如慕容戰察覺有機可乘，誰敢包保他不會把握機會幹掉他燕飛？

燕飛公然挑戰任遙，已令燕飛一夜間聲威倍增，倘若慕容戰在這場比試上漂漂亮亮的和燕飛來個平分秋色，立可將本身的地位提升至燕飛的級數，且又對族人有所交代，一石數鳥，慕容戰的心計確是了得。

燕飛雙手垂下，卓立街心，酒罈放在身旁。兩丈許外的慕容戰雙目立即精芒遽盛，於剎那間把功力運轉至巔峰狀態，緩緩踏著方步，手執刀把，形相威猛無倫。

北騎聯和羌幫的人分別封鎖長街，讓出廣闊的空間，原本聚集在該處的人則蜂擁上來圍觀，加上不斷聞風趕至者，頓然增添此戰誰強誰弱的重要性。

十多枝火把熊熊燃燒，照得一片火紅，在這個不平靜的夜晚。

燕飛現在反希望慕容戰尋隙殺他，那他或可巧布陷阱引他上鉤。只要慕容戰傷而不死，邊荒集的勢力均衡將可繼續保持。

慕容戰大喝一聲，掣出馬刀，高舉過頭，猛然下劈，擊於身前空處。

一直不敢作聲的以百計圍觀者，見終於動手，雖然大多數人並不明白慕容戰隔遠劈空的一刀有何作用，表面看是完全威脅不到尚在兩丈外的燕飛，不過見他刀甫出立即營造出擋者披靡，似可君臨天下的威勢，莫不哄然喝采助威。

邊荒集一向如此，崇尚勇力，倒非因對慕容戰特別有好感。

當慕容戰倏地變得威勢十足，燕飛已生出警惕之心，曉得慕容戰非但不是浪得虛名之輩，且是力足以爭奪天下出類拔萃的高手。

邊荒集再不是以前的邊荒集，而是天下豪雄霸主雲集的處所，江湖上最險惡的戰場，若他仍停留在以前的武學層次，今晚休想活著離開。

單憑慕容戰可以隨心所欲地晉入頂峰的狀態，已可與任遙那級數的高手媲美。

更何況他劈空的一刀，生出潮湧的眞氣，漣漪般往四方擴散，當氣浪襲上燕飛，與燕飛本身的眞氣互相激盪，即產生微妙的氣機感應，而慕容戰便可憑氣機神妙的感應，出乎天然地運刀出擊，此種能耐，換作是以前的燕飛，怕也要自愧不如。

此刻的燕飛當然是另一回事。

「鏘！」

蝶戀花出鞘，隨即送出一道尖銳的劍氣，往氣浪漣漪的核心筆直刺去，教對方無法窺探自己的虛實，又迫使其刀勢不得不發，從而爭取主動上風。

劍氣「嘶嘶」作響，當遇上慕容戰的刀勁，更生出尖銳的破風聲，駭人至極。

慕容戰大喝一聲「好劍法」，忽然似跟一把無形的劍、又或蝶戀花隱形而延伸丈餘的部分搏鬥般，馬刀使出精妙的絞擊手法，行雲流水地絞捲朝著燕飛攻去。

他雙目明亮，散髮飄揚，全身武服箕張，神態威猛如天上戰神下凡，只憑其逼人的氣勢，即足令旁觀者有透不過氣來的壓迫感，更想到換成自己是他對手，可能不戰已潰。

燕飛仍是那副瀟瀟灑灑的樣子，事實上心底亦頗爲震撼，慕容戰的刀法，實出乎他意料之外，就在他以精微的刀法絞擊他無形劍氣的一刻，對方的刀勢立時把他鎖死，令他無法變招。

他當然可以變招，不過那等若向慕容戰獻上性命，任由對方將刀勢推上巔峰，而唯一的應付方法，是以攻對攻，硬拚對方此刀。

燕飛同時掌握到對手奇異的眞氣與其分布的情況，表面看慕容戰是全力出手，眞正的情況卻是仍留有餘力，待接觸後全力引發，分三重刀勁攻擊他燕飛，一波比一波強暴猛烈，如此武功，邊荒集能擋格他此刀而不傷的，該不會多過十人。

燕飛從容微笑，凝立不動，淡然道：「慕容兄才眞的高明。」

「鏘！」

燕飛大巧若拙、化腐朽爲神奇的一劍，反手揮出，砍中刀鋒。

慕容戰渾身一顫，往橫移開，順手一刀掃向燕飛，後者仍是卓立原地，爆起一團劍花，迎上馬刀。高明者當可看出慕容戰已連續抖顫三次。

「噹！噹！噹！」

刀劍交擊聲連串響起，燕飛的蝶戀花在眨眼的高速和狹小的空間內，三次碰上馬刀，一時勁氣激盪迴旋，生出廝殺纏鬥的慘烈況味。

慕容戰收刀疾退，返回原處，現出驚訝的神色，有點難以置信地瞧著燕飛。

燕飛的驚駭實亦不在對手之下，他曾輕易令祝老大受傷那先熾熱後陰寒的手法，在慕容戰身上竟不起絲毫作用，所以表面雖佔了上風，鬥下去則鹿死誰手，尙未可知。

即使他可以擊殺對手，肯定自己多少也要負傷，假如慕容戰聯同其他夠資格的敵人圍攻他，他燕飛將更是形勢險惡。

圍觀者鴉雀無聲，靜待情勢的發展，誰都不曉得接著會發生甚麼事。燕飛和慕容戰，均使人生出高深莫測的感受。

驀地慕容戰仰天大笑，震人耳鼓，盡顯出他性格一無所懼的一面。

燕飛還劍鞘內，心忖自己眼前傲立的人，大有可能是慕容鮮卑族繼慕容垂後最出色的高手。

慕容戰笑罷，心滿意足的抱拳道：「燕飛果然不是浪得虛名之輩，佩服佩服。天下再非慕容垂和謝玄等人的天下，而是屬於我們這新一代的。兄弟們！我們回家睡覺去。」

再向燕飛道：「過兩天找燕兄和呼雷老大喝酒。」

兩番話均以鮮卑語說出來，隱含天下乃北方胡族天下之意，然後領著族人呼嘯去了。

呼雷方走到燕飛旁，厲目一掃道：「熱鬧完哩！還有甚麼好看的？給我滾！」

其他羌族武士立即同聲叱喝，圍觀的閒人豈敢逗留，連忙散去，最後剩下燕飛、呼雷方和二十多名羌幫武士。

呼雷方向手下道：「我和燕老大閒聊兩句，你們回去吧！」

手下依言離開，呼雷方欣然道：「燕兄！讓我送你一程如何？」

燕飛曉得自己顯示實力，已使呼雷方感到他的利用價值，微一點頭，領路而行。

劉裕和高彥差點不敢相信自己的眼睛，怎都沒法把眼前亭亭玉立的小姑娘，與能在兩湖區隻手遮天的聶天還聯想在一起。

尹清雅頂多是十六、七歲的年紀，大眼睛烏溜溜的，襯著兩條小辮子，橫看豎看仍只是個天眞的小女孩，怎可能是以輕身和靈巧身法，在兩湖有飛雁之譽的尹清雅？

高彥首先看呆了眼，如遭雷殛般愕立不動，心中喚娘！她的精靈可人、麗質天生固不用說強烈地震撼著他，可是最使他心動的，是看出她天眞得並非無邪，且是透骨子狡猾機伶。他敢肯定自己明白她，因爲他高彥也屬同一類人。

劉裕首先回過神來，與龐義交換個眼色，曉得龐義也不清楚她的來意，禮貌地說道：「這位姑娘確是聶幫主的高徒『白雁』尹清雅小姐嗎？」

尹清雅露出甜而純潔的笑容，忽然滴溜溜地轉了一個身，卻沒有予人任何色情的感覺，只會認爲是一種充滿遊戲和童眞的嬌姿妙態，以一種猶帶三分童稚的嬌嫩聲音「噗哧」笑道：「看清楚了嗎？人家行不改名、坐不改姓，『白雁』尹清雅是也！」

當她轉回來時，手上已多出一條裝滿金錠的纏腰囊，雀躍道：「燕飛不愧是燕飛，竟厲害得找到郝大哥頭上去，還逼人家來歸還金錠。人家紀姊姊才不會那麼小器呢。清雅只是鬧著玩嘛！看看燕飛是否眞如傳聞般的了得，早準備明天一早物歸原主，完成整個玩意兒。唉！可惜我偷人，人偷我，另一半金錠給另一個小賊順手牽羊偷了！」

說罷雙手捧起金錠帶囊，送至劉裕眼前，道：「紀姊姊既已入睡，清雅不敢打擾，煩兄台轉交予她。你是劉大哥嗎？」

三人聽得面面相覷，無從插嘴，由她演著獨腳戲，她說話時那種可愛嬌癡的神態，縱使她做下最壞的事，也令人無法生她的氣，更不忍責怪她。

她究竟是怎樣的一個人呢？

高彥搶前一步，來到她身旁，像變成另外一個人般雙目發亮的看著她，微笑道：「我是高彥，敢問姑娘是否故意留下蛛絲馬跡，好讓我們把金錠子找回來呢？」

劉裕和龐義對視一眼，心中均升起古怪的感覺，此刻的高彥似在燃燒其智慧，力圖在尹清雅芳心內留下深刻的印象，這小子不是看上人家吧？那就極可能是場災禍，聶天還的得意女徒豈是好惹的？

尹清雅的反應更出乎他們料外，鼓掌喝采道：「高大哥眞聰明，遊戲要留下破綻才好玩嘛！」

高彥尷尬道：「我不慣給人叫高大哥，尤其像你這麼漂亮的小姑娘，喚我高彥吧！」

劉裕和龐義均暗呼不妙，這小子正施展他一貫「邊荒集式」的風流手段，向尹清雅展開攻勢。

尹清雅不依的道：「所有年紀大過人家的，清雅都稱他一聲大哥，你高彥也不可以例外。」接著又抿嘴微笑，神態嬌癡至極點，說不盡的迷人可愛。

劉、龐倆心叫「乖乖不得了」，她說的是一套，事實上她已破例叫了一聲「高彥」，如此會迷人的小傢伙，就像來自森林的精靈，試問自命風流的高彥如何「拒敵」。

高彥手上多了尹清雅送上來的腰囊，猶帶著她香暖的體溫，靈魂兒差點飛上半空。

在這一刻，他深切明白到自己第一眼的感覺並沒有錯，他終於遇上畢生在找尋的夢想。尹清雅在紀千千的絕代風華相比下，只是一朵明麗的小花朵，可是高彥卻知自己的幸福和快樂，將全藏在這朵小花裡，一時竟說不出話來。

尹清雅縱身輕跳，著地時像完成了壯舉般喜孜孜道：「這事與郝大哥無關，一切全是清雅自作自爲，現在向各位道歉了！明天見！」

就那麼往後飛退數步，接著原地拔起，連續兩個姿態美妙輕盈的後翻，「颼颼」的兩聲，足尖輕撐，仰身射往對街屋頂處，消沒在暗黑裡。

龐義回過神來，見高彥仍瞪著小精靈消失處，喝道：「高彥！你沒見過女人嗎？」

高彥似聞非聞的搖搖頭。

劉裕向龐義笑道：「原來這小子眞的沒見過女人！」

高彥半點聽不出劉裕說話背後嘲諷的意味，喃喃道：「這個是不同的！」

龐義氣道：「當然不同，這是隻由聶天還一手培育的小妖精，不但會開鎖、玩遊戲、偷東西，更會勾傻瓜的魂魄。」

高彥雙目射出堅決的神情，狠狠道：「你們是不會明白的，我以後再不去泡妞，只泡她一個，我們注定是世上最好的一對。你們是永遠不會明白的，只有如此才活得有味道。」

第三章　大敵當頭

燕飛和呼雷方轉入橫街，朝東大街舉步，街巷靜悄無人，在遠離夜窩子燈火的暗黑裡，這對仍是敵我難定的高手，像好朋友般閒逛，悠然自若。

呼雷方客氣兩句後，轉入正題，道：「我曾勸過祝老大，你燕飛又不是外人，有甚麼事不可以坐下來解決，大家以和爲貴。邊荒集剛經歷大劫，元氣未復，且大敵在外虎視眈眈，我們不但不知團結，還要拚個幾敗俱傷，對其他幫會亦非好事。我和慕容戰直至看到你下的戰書，方曉得任遙已潛入集內，此人的出現，等若向所有人響起警號。」

燕飛笑道：「呼雷老大是位很稱職的和事佬，說得情理兼備，我當然同意支持。只不知老大說的外敵，指的是誰呢？」

呼雷方負手肅容道：「請先容我冒昧問一句，燕兄現在是否謝安、謝玄的人呢？」

燕飛點頭道：「老大你說話很直接，那我也不願繞圈子，我敢對天立誓，我燕飛只屬於一個人，就是我自己，過去是如此，將來也是如此。不過謝家確實對我有恩有義，我也渴望有回報他們的機會，可是我絕不會出賣邊荒集，等若沒有人會出賣自己的家。」

呼雷方欣然道：「那我就放心哩！邊荒集誰都曉得燕飛說過的話，從來沒有不算數的。還剩下一個問題，燕兄憑甚麼僅一天時間便揭破任遙藏身此地呢？」

燕飛道：「這叫事有湊巧，他被我方的人無意碰上。」

呼雷方沉吟片刻，道：「在苻堅之禍前，沒有人想過邊荒集的安全是如此脆弱的。唉！現在我更有大禍臨頭的感覺，據我的眼線說，慕容垂正從各地抽調精銳，準備組成一支勁旅，進佔邊荒集，把邊荒集變成他其中一個據點，至於由誰指揮，則尚沒法弄清楚。我很明白慕容垂這個人，擊則必中，所以來自他的威脅力，不可小覷。」

燕飛早從高彥處聽過此事，那時還以爲慕容垂只是派一批高手來邊荒集打天下，此時聽到呼雷方的話，始知慕容垂派出的是一支軍隊，要以壓倒性的姿態一舉控制邊荒集。這可不是說笑的，即使邊荒集所有幫會團結一致，也只是千來人，荒人則人人自私自利、散沙一盤，在此種情況下，邊荒集確是大禍臨頭，還何來自由呢？

呼雷方道：「這消息已秘密在各北方幫會間流傳，剛才我告知祝老大，他聽後臉色很難看，以慕容垂的心狠手辣，必著手下殺盡漢幫的人。」

燕飛皺眉道：「那邊荒集將會失去價值，誰可代替漢幫作南北貿易的橋樑？」

呼雷方道：「以兩湖幫作新漢幫又如何呢？兩湖幫已和稱霸大河的黃河幫暗中結盟，密謀瓜分邊荒集的利益，而黃河幫的『黃龍』鐵士心正是慕容垂的拜把兄弟，燕兄從此中可有聯想？」

燕飛心中一震，暗忖難道任遙也與此事有關？苦笑道：「呼雷老大的消息非常管用，請告訴祝老大，若他肯坐下來平心靜氣的說話，我們一定奉陪。至於其他的事，我想清楚後再請你老哥指教如何？請哩！」

呼雷方停下來，向逐漸遠去的燕飛喝道：「明早必有好消息！燕兄晚安！」

營地在四更前的暗黑裡，一片寧靜，走馬燈暫且休息，只餘下滿空星斗。

劉裕和剛回來的燕飛坐在箱陣頂說話，其他人包括龐義和高彥，均酣然入睡。因有劉裕此力能擊傷任遙的高手在站崗守衛，人人放心倒頭大睡。

燕飛聽罷劉裕述說在他離開後發生的事，露出凝重的神色。

劉裕還以爲他在擔心高彥，點頭道：「此事確實非常頭痛，若此刻高彥在夢囈，喚的肯定是『我的小白雁』，剛才見到尹清雅時，他像給人命中要害的樣子，完全豁了出去。」

燕飛啞然笑道：「這小子很容易興奮，更容易沮喪，過兩天便沒事了！郝長亨這一手非常高明，輕描淡寫的便把危機化解，又給足紅子春面子，不愧面面俱到的長才。」

劉裕見他臉上凝重之色未褪，訝道：「你竟不是爲高彥憂心，我卻認爲此事可大可小，大有可能令高彥反成爲我們的破綻。」

燕飛仰望星空，徐徐吁出一口氣，道：「高彥或許不會聽你和我的話，但肯定對千千的話聽得入耳。此事我們可靜觀其變，我擔心的只是任遙，你或許遠遠低估了他。」

劉裕愕然道：「我不明白！」

燕飛往他瞧去，道：「我曾和他交手，此人不但喜歡使詐，且詐得非常高明，我爲此吃過大虧，差點被他詐去小命。我從羌幫老大呼雷方聽來驚人的消息，兩湖幫和黃河幫已暗中結盟，而黃河幫的龍頭老大『黃龍』鐵士心乃慕容垂的拜把兄弟，三方勢力聯手密謀以雷霆萬鈞之勢一舉佔領邊荒集，若任遙有分參與，你道是怎麼樣的一番情況？」

劉裕爲之色變，道：「我須立即通知玄帥。」

燕飛淡淡道：「以慕容垂的雄才大略，如此驚天行動怎會不把北府兵的威脅計算在內，若玄帥派軍前來，說不定正中其下懷。更何況玄帥與朝廷關係正處於緊張狀態，正式向朝廷請命肯定不獲批准，私下調軍動員會使情況惡化，進退兩難，如果鬧個灰頭土臉，淝水之戰的勝果會輸個一乾二淨。玄帥既把邊荒集交給我們，就得由我們來解決。」

劉裕聽得頹然無語。

慕容垂現在是北方最強大的勢力，力足與整個南方抗衡，若在沙場公平情況下正面較量，合北府兵和荊州軍之力，仍未可言穩勝。現在慕容垂聯合黃河、兩湖兩大幫攜手而來，荒人的反抗無異於螳臂當車。

這樣的一場仗如何打？

劉裕當然不會就此認輸離場，只是一時無計可施。

慕容垂聯結兩大幫的策略，比苻堅的百萬大軍更難應付，事發時恐怕想走亦無路可逃。從這角度去看，高彥若迷上尹清雅，後果更可怕。

燕飛道：「以任遙愛用陰謀手段的性格，邊荒集必有他的眼線，使他對邊荒集發生的事瞭如指掌，否則不會我們這邊立戰書，他那邊便到營地來尋晦氣。」

劉裕皺眉道：「你是指……」

燕飛道：「我指他是在明明曉得我不在的情況下，故意來鬧事。以他的深沉狠毒，不可能沉不住氣，他是故意詐作動氣而失手。不是我長他人的志氣，以他出神入化的劍術，即使我和你如何大有精進，也絕不可能幾個照面下就令他受創，而以他的心性，千千怎攔得住他？」

劉裕動容道：「你的看法很有道理，當時我也有點不相信自己可以得手，只因對他了解不夠深，想不到你想到的。」

又不解道：「這樣做對他有甚麼好處呢？他肯定是高傲自負、目中無人之徒，竟肯容忍如此奇恥大辱？」

燕飛道：「當然是爲了更大的利益，爲了復國，他可以作出任何的犧牲，何況這更是補救他暴露行藏的妙著。他可以藉此迴避與我的決戰，亦使人不再把他放在心上。反之令你一夜在邊荒集成名，令祝老大更受不了。唉！我眞的擔心卓狂生是他的人，老卓阻止我追上任青媞，巧合得教人擔心。」

劉裕嘆道：「如此敵我難分的處境，我還是首次遇上，紅子春便有可能是黃河幫或慕容垂的人，那鐘樓議會的八個議席，便有兩席是敵人，使邊荒集更難團結起來。」

燕飛苦笑道：「這裡諸胡混雜，漢人則不但有南北之分，還有地方之爭，南方僑寓世族和本土世族勢如水火。兼且幫派對峙，山頭林立，要他們團結起來共禦外侮，只像緣木求魚，況且我們還得爲活著待到那一刻而努力。」

劉裕沉吟片晌，道：「我們也不是全無辦法，只要能先一步擊垮郝長亨，將可拖延慕容垂大軍的入侵。」

燕飛一拍額頭，讚道：「還是你老哥有辦法，這麼簡單的事，爲何我沒想過呢？雖說困難重重，郝長亨更不好惹，但總有個努力的方向。」

劉裕道：「千千可以在團結邊荒集諸幫上發揮她的魅力，只要我們成功把兩湖幫的勢力連根拔起，又壓制得聶天還不能北進半步，那慕容垂即使得到邊荒集，也唯有與漢人合作，如此至少可以解決掉一半的問題。唉！我的娘！我們可以想到此點，慕容戰和呼雷方也可以想得到此點，怎肯自我犧牲來成人之美呢？拓跋族更是你的族人，你也不能坐視。」

燕飛沉聲道：「只好把黃河幫一併計算在內，連根拔起。他奶奶的，此爲安內攘外，捨此別無他法。我現在開始頭痛高小子的問題哩！此人在男女之事上固執得可怕，若我們擺明鏟除郝長亨，該如何對待尹清雅呢？弄不好首先我們的所謂無敵組合便要完蛋。」

劉裕卻在思索另一個問題，道：「任遙的故意受傷，會否是針對你呢？譬如他依舊接受你的挑戰，再於決戰時故意露出似是因傷勢而來的破綻，引你落入陷阱。」

燕飛微笑道：「任遙還捨不得殺我，至少要等我和祝老大兩敗俱傷之後，可是他絕不會放過你，還可以嫁禍祝老大，明白嗎？」

劉裕倒抽一口涼氣道：「此招果然毒辣。」

燕飛道：「任遙的動向，很快會露出端倪，今次到賭場我雖敗北而回，卻有兩大收穫，首先是掌握到必勝的賭術，其次是漢幫眞正的老大未必是祝天雲，或許是程蒼古。」

劉裕一呆道：「這看法新鮮有趣，漢幫的眞正主事者竟是程蒼古。嘿！世上眞有必勝的賭術嗎？你敢不敢包保自己不會出錯？」

燕飛微笑道：「空口白話說來沒用，明晚我將以事實證明給你看。趁現在還有個把時辰，我們好好休息，明天是變得更好或是更壞呢？醒來後將會有答案。」

燕飛從近乎禪定的靜修境界中醒過來，心中留意的不是喧譁的人聲車響，而是想到昨晚紀千千向他說過「明天睡醒若不立刻見到你將不肯放過你」這句撒嬌的話。

現在他當然沒有滿足她的期望，她會怎樣地和他沒完沒了呢？以粉拳打他幾記，又或氣鼓鼓的不理睬他？

外面鬧哄哄的一片，箱陣內卻只有他單獨一個人，感覺挺古怪的。

卸下木材的嘈雜聲不住傳過來，今天是好是壞尚是未知之數，但肯定有個充溢活力和工作的開始。

高彥興奮地從入口探頭進來道：「我們的燕老大終於坐醒啦！還不滾出來當迎賓，你可知整個邊荒集的猛人全來了。」

燕飛嚇了一跳，一頭霧水的道：「不要誇大。」

高彥氣道：「你有手有腳兼兩眼無缺，不會探出你的鳥頭來看看我有沒有吹牛嗎？」

「高公子！」

高彥尷尬地閃進來，後面現身的是俏臉霞燒的小詩，捧著一盆水和梳洗的巾帛等物，狠狠瞪高彥一眼，道：「高公子怎可以大清早便說粗話呢？」

盈盈走進來，向燕飛笑臉如花的道：「小姐囑小詩來伺候燕老大梳洗。」

高彥慌忙爲她接過盛滿水的木盆，故意捧到燕飛眼前，卑聲道：「燕爺請梳洗，還要出去見客呢！」

燕飛正想著爲何紀千千沒有進來和他算賬，頗感失落，聞言沒好氣道：「放在地上行嗎？」轉向小詩道：「謝謝小詩，我慣了蹲在井旁打水上來迎頭照臉潑個痛快，小詩快回去照顧小姐，我立即出去。」

小詩欣然去了。

燕飛雙膝著地，以雙手掬水，敷上臉去，冰寒的感覺，令他精神一振，咕噥道：「你的小白雁來了嗎？」

高彥蹲下來，笑道：「算你這小子消息靈通，嬌俏的白雁沒有飛來，來的是她英偉的郝大哥，正向千千展開攻勢，你再不出去迎戰，肯定要吃虧。」

燕飛一震停下來，看著高彥愕然道：「郝長亨竟敢公然現身？」

高彥道：「他有甚麼不敢的。有紅子春帶他來，他兩湖幫的名號更是響噹噹的，除非鐵定與紅子春和兩湖幫爲敵，誰敢拿他如何呢？」

燕飛接過高彥遞上的布巾，揩去臉上水珠，嘆了一口氣，心忖郝長亨每一著棋都下得漂亮爽脆，出人意外，肯定是個難纏的對手。即使對他顧忌甚深如呼雷方者，正因曉得他與黃河幫結盟，又與慕容垂有關係，即使恨不得郝長亨突然暴斃身亡，卻是第一個不敢開罪他的人，還希望由燕飛笨人出手，與郝長亨鬥個不亦樂乎，那呼雷方就可以輕鬆得多，從容擬定自保之策。

他會蠢得當急先鋒嗎？

高彥道：「你在想甚麼？」

燕飛苦笑道：「你何時變得如此好奇，別人想的事也要尋根究柢？」

高彥忙道：「我是在關心你，怕你嫉妒得瘋了。嘿！我有件事想你幫忙。」

燕飛沒好氣道：「是否要我去和郝長亨商量，看怎樣安排你和美麗的小妖精見上一面，對吧！」

高彥拍腿讚道：「老燕你眞的是聰明伶俐、善解人意。哈！她確實是可以迷死人的小妖精，我正是喜歡小妖精。」

燕飛細看他好半晌，淡淡道：「你可知她或許是名副其實的妖精，可以害得你傾家蕩產、家破人亡呢？」

高彥肅容斷然道：「無論是甚麼代價，更不論成敗，我都要得到她。記得我和你說過從小立下的宏願嗎？現在終於遇上哩！我從未對女人生出昨晚見到她時的感覺，我直覺她沒有我是不行的。」

燕飛終於明白劉裕為何頭痛，長身而起，盯著也隨他起立的高彥，道：「現在我們最大的勁敵，不是祝老大，而是郝長亨，你要追求尹清雅，不是自尋死路嗎？」

高彥臉上露出堅決的神情，立誓般道：「真正的男女之愛是超越一切的。唾手可得的娘兒有甚麼樂趣？令一個不喜歡你的人愛上你，與不可能結合的美人兒成為鴛侶，方是最偉大的成就。燕飛你便當作做好事，從旁助我一把，我會非常感激你。」

燕飛搭上他肩頭，擁著他往出口走去，點頭道：「誤墜愛河的可憐小子，唉！你也說得對，人總要有夢想，沒有夢想的日子的確非常難捱。」

高彥道：「見到夢想卻勒著馬頭不去，更是難受。劉裕和龐義兩個傢伙都不明白我，幸好你比較好些兒。」

燕飛待要答話，剛轉出箱陣，入目的情況，立時令他看呆了。

第四章　邊荒尋夢

甚麼祝老大、慕容戰、呼雷方、夏侯亭、紅子春，在邊荒集有點頭面的人物全來了，正眾星拱月般簇擁著穿上目前最時尚服飾的紀千千，活脫脫是個園遊會。

「風捲葡萄帶，日照石榴裙。」

「裙開見玉趾，衫薄映凝脂。」

紀千千上穿羅襦白紗衫，下穿絳紗複裙，圍以抱腰，頭紮百花髻，俏臉薄施脂粉，艷光四射地周旋於邊荒集一眾幫會頭領和大小商家間，其綽約的風姿，絕代芳華，燕飛敢肯定營地內的百多賓客，人人皆感不虛此行。

在營地與第一樓空址間擺開一列長桌，上面放滿胡族、漢人的拿手糕點、小食、飲料，由香茗、羊奶茶、奶酪至乎燒餅，樣樣俱備，任由享用。鄭雄、小馬等人便放懷在大嚼他們的早膳，吃個不亦樂乎。

東大街處排滿載木材的騾車，漢幫的人正不住把木材卸下，由忙得一頭煙的龐義指揮木材最後的安放位置。

東大街馬道另一邊的行人道擠滿數以千計的荒民，爭睹紀千千的風采，卻沒有人敢踏入場地半步，因爲若敢違規，等若同時開罪各大小幫會。

出奇地劉裕也似頗受歡迎，給邊城客棧的老闆娘、風騷入骨的阮二娘、紅子春和匈奴幫老大車廷扯著在說話，卻不見赫連勃勃。

紀千千是第一個發現燕飛現身的人，欣然朝他迎過來，立時領隊似的領著大群人隨她移動，有男有女，其中燕飛熟識的包括祝老大、呼雷方、慕容戰三人。

燕飛心中暗嘆一口氣，暗忖這般一個開始，究竟是好是壞呢？

不過第一樓的重建已撇除了一切障礙，想想也感諷刺。前兩天龐義剛給轟出漢幫總壇的大門，現在漢幫卻前倨後恭，在老龐的指揮下安放木料。不過邊荒集一向如此，誰的勢力大，其他人必須跟風而行。

紀千千采芒漣漣的眸神集中在燕飛身上，俏臉燃燒著明艷的亮光，唇角輕吐出一抹笑意，漣漪般擴大為一個動人的笑容，口角生春的道：「燕老大終於睡醒哩！大家在恭候大駕呢！」

燕飛心叫不妙，若紀千千如此對他「另眼相看」，豈非人盡皆知紀千千對他有情意，令他立即成為其他對她動心者的公敵。

果然跟在紀千千身後的有一半以上的人臉色立時不自然起來。

燕飛倏地立定，微笑道：「我只是小坐片刻，害得各位久等，實在不好意思。幸好正主兒不是我燕飛，而是紀千千小姐，各位朋友當會不愁寂寞。」

他特別加重說「紀千千小姐」五字時的語氣，點醒紀千千須檢點些兒。

豈知紀千千完全不理會他的提示，白他一眼道：「睡覺是為尋好夢，燕老大以練功代替，是否可惜？」

燕飛從沒有從這個角度去看待打坐，聞言為之錯愕，一時不知如何回答。而說實在的，他忙碌整夜後，根本沒有足夠時間睡覺，小坐入靜是恢復精神體力最快的方法，以紀千千的善解人意，當然不會不明白此點。她偏要這麼說，顯是另有所指，或許是怪他不夠縱情任性，沒有守候在她身旁，待她睜開眼來立即見著他。若是如此，她似是戲語的話便非隨口說說了事，而是認眞的。

他當然希望她是認眞的。

經過昨夜風起雲湧的驚情之夜，在邊荒集起來後的第一個清晨，面對邊荒集的各路英雄，他的腦海只能容納一個紀千千，其他東西再裝載不下。

紀千千既沒有顧忌，自己還顧忌他娘的甚麼呢？邊荒集是天下最自由的地方，一切憑實力決定，沒有皇室平民之分，更沒有高門寒門之別。正如紀千千所說的，她在尋夢，自己也在尋夢，每一個人到邊荒集來都是要找尋自己的夢，高彥的夢便是小白雁。

他更清楚自己正在一條非常危險的路上走著，對男女之戀他曾是過來人，深刻的創傷到此刻仍未平復。而紀千千是多情善變的俏佳人，不過他若再次因此弄得遍體鱗傷，絕不會投訴老天爺或惱怪任何人，因爲他是明知故犯，重蹈覆轍。

這些一個接一個的思維，以電光石火的高速掠過他腦際。燕飛欣然笑道：「多謝千千小姐指點，今晚我會長駐夢鄉以補回昨夜的損失。」接著向紀千千身後的一眾人等抱拳道：「請各位大人有大量，恕過我燕飛怠慢之罪。」

燕飛旁的高彥心中大訝，暗忖不要看燕飛平時沉默寡言，應付起人原來頗有一手，這公開道歉雖似是因「遲起」而發，事實上等若間接向曾被他冒犯的人說聲「對不起」，尤其是祝老大。

紀千千横他一眼，眼睛似在說「算你哩」！風情迷人至極。

小詩來到燕飛身側，奉上盛著羊奶茶、香茗的木盤子，歡喜地道：「燕老大請用茶！」

燕飛含笑瞧她，這妮子不再害怕，皆因邊荒集最令人害怕者，大多集中此處，而人人均面掛友善的笑容，至少表面如此。

紀千千一把接過盤子，笑道：「讓我們的燕老大先敬祝老大一杯。」

眾人肅靜下來，靜待祝天雲的反應，依邊荒集的規矩，大家敬過酒喝過茶，等若息止紛爭。照道理祝老大既肯把木料交出，已等若屈服投降，不過他可以推託是看在紀千千的情面上。而現在他和燕飛間最難解決的事，是燕飛把漢幫納人頭稅的事全攬到身上去。

祝老大雙目精芒一閃，盯著燕飛，正要說話，呼雷方已搶前一步，移到祝老大左側處，朗聲道：「我已把燕兄的話，代傳給祝老大，事實上只是一場誤會，大家喝過茶，坐下來再從長計議，沒有事情是解決不了的。」

出乎所有人料外，慕容戰亦一聲長笑，吸引了所有人的注意後，意態豪雄的道：「我已在西大街的古里格尖軒訂下一席酒菜，爲千千小姐洗塵，請祝老大和燕兄賞我一個薄面，呼雷老大、夏侯老大和車老大均已同意列席。」

聽到的人無不動容，這等如一個關乎到邊荒集權力分配的重要會議，而燕飛則被提升至幫會龍頭老大的地位，紀千千則以超然的身分成爲主賓。

燕飛暗叫厲害，慕容戰分明是抬舉自己來打擊祝老大，祝老大若反對，將立即變成孤立無援，其他幫會雖不會助自己來對付他，但肯定不會在此事上與祝老大同一鼻孔出氣。只是一頓午飯，立即把漢幫獨大的形勢扭轉過來。

引。

同一時間燕飛見到紀千千正俏目生輝地打量慕容戰，顯然被他充滿北方大草原粗獷氣質的風采吸

果然祝老大雙目閃過怒色，或許是因有被慕容戰出賣的感覺，以他的老練亦有點按捺不下去。

高彥心中叫糟時，出乎所有人料外，祝老大在紀千千親手捧起的盤內取起一杯茶，雙手捧著向燕飛道：「燕飛你既已表明不是建康謝家的人，大家當然可以和平共處，我不管你的事，你也不要管我的事，一切依舊。」

燕飛見祝老大態度依然強硬，不由朝呼雷方瞧去，見他微一搖頭，明白祝老大尚未曉得兩湖幫和黃河幫聯手的事，平靜地取起一碗羊奶茶，捧起道：「只要一切依舊，我燕飛哪有興趣管別人的閒事？」

四周仍是鬧哄哄的，搬木的搬木，看熱鬧的議論紛紛，談天的談天，吃東西的吃東西，只有這個圈子的二十多人鴉雀無聲，旁觀事態的發展。

現在是戰是和，由祝老大和燕飛兩人決定，誰都要依規矩不能插嘴，事後選擇站在哪一方，則是另一回事。

祝老大的「一切依舊」，指的是與燕飛保持以前互相容忍、河水不犯井水的關係；燕飛的「一切依舊」，指的卻是保持以前邊荒集的情況，祝老大既不能收人頭稅，更不可以壟斷潁水的航運。

祝老大立時雙目殺氣大盛，一眨不眨地盯著燕飛，假設他力所能及，肯定會毫不猶豫立即捏死燕飛。

祝老大倏地放聲長笑，在眾人難以預料其下一步行動的目光注視下，忽然停下，轉向慕容戰道：「慕容當家可否把爲千千小姐設的洗塵宴，推遲至今晚在夜窩子內舉行呢？」

慕容戰聳肩瀟灑的道：「只要千千小姐不反對，我當然沒有問題。」

說罷向紀千千展現詢問的笑容，的確充滿男性得體大方的陽剛魅力。

紀千千以甜甜的笑容回應，柔聲道：「千千沒有問題。」

燕飛和高彥交換個眼色，看出對方內心的想法，紀千千對慕容戰，當有一定的好感。事實上，自問有資格追求紀千千者，莫不施展渾身解數，好在她心中留下美好深刻的印象。

自古以來，對有野心的男人來說，離不開權力、財勢、女人三件事，缺一不可。紀千千乃女人中的極品，不惹來狂蜂浪蝶方是不正常。

祝老大目光有點依依不捨地離開紀千千的粉臉，回到燕飛處，從容道：「我們的確應坐下來好好談一談，今天正午我在敝幫總壇擺一席酒，希望燕兄賞面出席。這一杯留到那時才喝吧！」

說畢把茶原封不動地放回紀千千捧著的盤子上去。

仍沒有人說話。

燕飛把羊奶茶一口喝盡，微笑道：「燕飛午時必到。」

祝老大向紀千千謝罪告退，接著再向其他人勉強地打個招呼，轉身便去。

眾人看著他的背影，均感事難善罷，且宴無好宴，最後會演變成甚麼局面，再不由任何人控制。

小詩從紀千千手上接過盤子，往桌陣走去，找地方安放，紀千千的目光落在燕飛處，以她的角度看去，燕飛側面的輪廓刀削般清楚分明，高挺長直的鼻樑令他眼睛更是深邃莫測，而他似乎絲毫沒有因祝老大而不快，仍保持著早上起來懶懶閒閒的悠然神態。

忽然高彥暗扯燕飛衫尾，燕飛心中好笑時，一人從慕容戰身側移步出來，施禮道：「在下郝長亨，拜會燕兄！」

事實上燕飛剛才早留意此君，從其體型氣度猜出對方是誰，只是因要忙於應付紀千千和祝老大，無暇理會他。

最使他捉摸不透的是其他人包括呼雷方在內，對他似乎沒有多大敵意。郝長亨還是初次爲邊荒集的人所認識，但彷似已融入集內的社會裡，成爲一分子。

郝長亨年紀與燕飛相近，寬肩膀、脖子很粗，顯得他格外結實威武，最引人注目是他擁有一對特長的腿，令他的身高雖與燕飛相若，但總有稍高少許的感覺，卻又奇怪地不失比例，有著使人懾服的體魄和氣概。

他的長相顯露出很強的個性，神采奕奕，長而細的眼睛銳利而具有某種神秘的力量，鼻子高而微鉤，本應予人城府深沉的印象，可是他的富於表情和魅力，卻把一切中和得恰到好處，教人不會懷疑他的友善。

燕飛暗嘆一口氣，曉得又多了個難纏的對手，笑裡藏刀最是難防，明刀明槍，反落得痛快俐落。微笑回禮。

紀千千亦滿有興趣地打量郝長亨，在邊荒集遇上的人，不少既出眾又有特色，均是在江湖上打滾久矣的英雄豪傑，遠非建康高門的紈褲子弟可比。

郝長亨哂然笑道：「清雅確實胡鬧，我也要負上管教不當之罪，幸好千千小姐大人有大量，不和那妮子計較。」

慕容戰等人聽得一頭霧水，只曉得尹清雅冒犯了紀千千。

紀千千嬌笑道：「過去的事不用提哩！千千還覺得雅妹子很有趣呢！」

高彥又在後面推了燕飛一把。

燕飛差點要踢高彥的屁股，在如此眾目睽睽下，自己如何助他去追求尹清雅？只好道：「郝兄今趟到邊荒集來，是否要大展鴻圖呢？」

其他人無不露出留心的神色，要知兩湖幫一向沒有踏足邊荒集，與漢幫背後的大江幫又是勢如水火，竟忽然出動幫內第二號人物到邊荒集來，擺明是要取代漢幫，且是志在必得。其局勢變化可大可小，說不定可把整個形勢扭轉過來，鬧個天翻地覆。

郝長亨再踏前一步，露出一個苦澀的笑容，道：「這一句對別人來說只是場面話，但從燕兄口中道來，卻不無嘲諷之意。可是長亨卻不敢有絲毫怨怪，皆因在我尚未踏足邊荒集前，南北均有人散播謠言，中傷我幫，害得小弟雖在三天前已抵邊荒集，卻不敢露面拜會各位老大、老闆，有失禮數。」

燕飛與呼雷方交換個眼色，均暗呼了得。燕飛更開始領教到郝長亨的外交手腕，來個先發制人，最了得是他的語氣表情透出無比的真誠，使燕飛感到他如非確是如此這般的「老實人」，便定是大奸大僞之徒。

慕容戰皺眉道：「何人敢惹貴幫？肯定是活得不耐煩了。只不知是些甚麼風言風語，竟可令郝兄耿耿於懷呢？」

他兜了一個圈子，先捧郝長亨一把，再探問謠言之事，令人聽得舒服，更不能不好好交代清楚。

郝長亨迎上紀千千會說話的眼睛，稍後才移到一側，變成面對眾人，苦惱道：「罪名可大了！竟有人說我幫已和黃河幫結盟，意圖瓜分邊荒集的利益。唉！若我郝長亨確有此妄念，教我不得好死！

自有邊荒集以來，從沒有人敢冒此大不韙，苻堅曾做到過，各位看他現在是甚麼下場？我們怎會不知道邊荒集是個發財的福地，只有大家和平共存，生意才可以愈做愈大。我郝長亨以人格作擔保，我幫沒有與任何人結盟，到邊荒集來是要做生意，一切全依邊荒集的規矩。不過誰若不照規矩辦事，我郝長亨有一口氣在，絕對會力爭到底。」

紀千千鼓掌道：「說得好！」

郝長亨得紀千千附和，立即變成得意忘形的呵呵笑道：「難得千千小姐欣賞，長亨必不會令千千小姐失望。」

燕飛和呼雷方聽得你看我我看你，同時心忖難道兩幫結盟之事，的確是有人刻意中傷兩湖幫？經過郝長亨如此澄清，依邊荒集的規矩，在沒有進一步的憑據下，再沒有人可以拿此事作文章，否則便是與兩湖幫爲敵。

不過誰都知道郝長亨到邊荒集來做生意不會是順風順水，有大江幫支持的祝老大，絕不容郝長亨來分一杯羹。

郝長亨目光移到燕飛處，含笑道：「燕兄可否於午前撥點寶貴的時間予小弟，大家坐下來說幾句話，小弟對燕兄是發自眞心的仰慕。」

高彥又再推燕飛一把，逼他答應。

燕飛正要答應，忽然一群六、七個人踏入營地，筆直朝他們走過來，領頭者赫然是羯幫的老大長哈力行，這個矮壯粗豪漢子雙目噴火，一臉憤慨，令人一看便知有嚴重事故發生在他的身上，人人不由生出不祥的感覺。

第五章　追凶大計

在淝水之戰前，論勢力依序以氐幫爲首，接著是鮮卑、匈奴、漢、羌、羯，六大族幫，瓜分了邊荒集的利益。

苻堅的戰敗把一切改變過來，氐幫由於苻堅大軍佔領邊荒集期間，不顧江湖規矩，成爲苻堅的走狗，待到淝水大戰秦軍崩潰，姚萇放火燒集搶掠，最強大的氐幫成爲眾幫出氣發洩的對象，群起攻之，令氐幫死傷過半，其他人落荒而逃，氐幫的勢力瓦解冰消。

其他勢力乘機而起，爭奪龍頭幫會的地位，此時捲土重來的漢幫在大江幫的支持下，一舉收復失地，在夜窩子的地盤更擴充一倍以上，成爲最強勢的幫會。更由於其控制南方的水運和貿易，北方諸雄誰都不敢開罪它。

經過連場惡鬥，北方諸幫勝負漸分，拓跋族和羌族由於早有籌謀，故迅速佔得席位，而慕容鮮卑則全憑慕容戰的才智、武功魄力，把天下打回來。匈奴幫和羯幫雖沒有給人連根拔起，卻淪爲弱幫，再不復先前威勢。

沒有人肯甘於被欺壓削弱，所以赫連勃勃親自來了，助匈奴幫翻身。

羯幫比之匈奴幫更要不及，若非長哈力行一向與漢幫關係良好，恐怕在邊荒集早沒有立足之地。

在眾人惑然不解下，長哈力行著手下在兩丈許外止步，獨自走到眾人前，肅容道：「請千千小姐恕我遲來不敬之罪，昨晚發生了非常可怕的慘事，若我沒有猜錯，曾爲禍北方諸地的花妖，現正身在邊荒集內。」

知情者無不色變。

紀千千一呆道：「花妖是甚麼人？」

慕容戰雙目殺機大盛，怒道：「花妖竟敢到我們邊荒集來撒野，我第一個不放過他。」

四周三三兩兩各自閒聊者發覺不尋常處，紛紛聚攏過來，包括劉裕在內。

呼雷方皺眉道：「昨晚發生何事？」

郝長亨向紀千千和沒有聽過花妖的人扼要解釋道：「以洛陽為例，去年便發生過六名美女在短短一個月內遭人以凶殘手法姦殺的大案，手法如出一轍，令洛陽稍有姿色的女子人人自危。洛陽黑白兩道雖全力緝凶，卻連凶徒的衫角都摸不著。而如此可怕的血案更曾在多座城市發生過，轟動北方，這來去無蹤的凶徒就被稱為花妖。」

紀千千雙目露出憤慨神色，望著燕飛。

燕飛心中暗嘆，這叫一波未平一波又起，而紀千千和小詩更立即陷身花妖的陰影和威脅裡。

長哈力行悲憤道：「受害的是我的女兒！」

眾人猛吃一驚，莫不色變。

慕容戰駭然道：「甚麼？游瑩武功高強，又有人保護，怎可能讓花妖得逞？」

長哈力行雙目湧出熱淚，淒然道：「當時她在船上度宿，準備天明後押一批貨北上，到天亮船仍未開航，我們始發覺情況有異，上船查看，船上十五名兄弟全遭毒手，游瑩她……唉……她……」

劉裕沉聲道：「長哈老大放心，邊荒集可不同別的地方，花妖必須血債血償。」

燕飛見人人目露恐懼之色，包括慕容戰和呼雷方在內，便知劉裕這番話不起絲毫作用。慕容戰等本身當然不會害怕花妖，還恨不得他現身來犯。問題在花妖針對的是女性，而邊荒集任何男性均脫不掉嫌疑，特別是剛到達不久者。且在防不勝防下，更足令人人自危，不知厄運會否發生在自己身上，又或降臨與自己有關係的女眷身上。

長哈力行的愛女當然不是善男信女，隨船的羯幫戰士亦應人人有兩下子，要殺掉他們，在場者至少有七、八人有十足把握，可是若要在不驚動其他人下辦到，則連燕飛和慕容戰這種級數的高手也不敢肯定自己有此能力。

由此亦可見花妖的高明可怕，難怪肆虐多地仍能逍遙無忌。

高彥道：「長哈老大可否讓我們到船上看看？」

這句話由高彥說來沒有人會有異議，因爲他是最出色的風媒，擅長從蛛絲馬跡去根尋來源和眞相。而依花妖一向的作風，將會在即臨的一段日子內連續作案，更添事情的迫切性。

花妖不單是長哈力行的大仇人，更是整個邊荒集的公敵。

長哈力行像忽然衰老了十年般，露出身心俱疲的神態，且毫不掩飾自己的傷心絕望，拭淚搖頭道：「我不想任何人再看到她，她死得很慘，我只可以告訴你們，花妖用的是一貫凶殘虐殺的手法，她眞的死得很慘。若讓我曉得他是誰，我會教他求生不得，求死不能。」

燕飛在人群裡找到小詩，她的俏臉再沒有半點血色。

客帳內，眾人圍成一個圈子，低聲密議，這個因花妖臨時引發卻影響深遠的會議，出席者是燕飛、劉裕、高彥、慕容戰、夏侯亭、呼雷方、郝長亨、車廷、紅子春和費正昌。

費正昌是與紅子春同級的邊荒集大商家，荒人在背後稱他為「貴利王」，專營錢莊當舖生意。他最使人印象深刻的是唇上濃密的二撇鬍，所以友儕都愛戲稱他為費二撇，年紀三十上下，身形頎長，愛穿白袍，頗有點像一世不愁柴憂米的二世祖的格局。不過領教過他手段者均曉得他不單心狠手辣，武技強橫，且非常精於算計人。而若他不是這樣的一個人，也不能坐入議會裡，每句話均可以影響邊荒集的未來。

除這些人外，紀千千亦列席坐在高彥背後，這是她的要求，在座的人誰敢拒絕，惹她小姐不快？慕容戰的手下負責封鎖營地，不准任何人接近，免致機密外洩。

慕容戰苦笑道：「我們是否應立即找卓狂生，召開鐘樓會議，又特許燕兄、千千小姐等列席，決定該如何對付花妖？」

呼雷方道：「召開鐘樓會是勢在必行，不過現在我們可以趁此機會動動腦筋，搏殺這個欺到我們集內來的花妖，我真的恨不得將他碎屍萬段。」

郝長亨目光投向紀千千，從容道：「我們首先要決定一件事，就是應否公布此事，讓所有人生出提防之心？此舉或可令大家團結起來對付公敵。」

燕飛也開始感受到郝長亨的過人魅力，舉手投足豁達大度，且言之有物，發人深省，確是名不虛傳精於縱橫之術的人物。

紀千千給他一眼望來，像給他望進心坎裡般，洞悉了她的心事，芳心微顫，毫不示弱的回望他，輕柔的道：「郝公子為何盯著人家呢？」

郝長亨微笑道：「因爲該不該公告天下和千千小姐有著微妙的關係。」

連劉裕也開始佩服他的才智，更曉得他在對紀千千展開追求攻勢，所以故意賣弄。

紀千千暗吃一驚，這個郝長亨眞有一手，竟給他看破自己心事，可見他很了解自己，而他們還是初識。

淺嘆一口氣道：「郝公子看得很準，千千的確打算把演唱推遲至擒獲花妖的後一晚才舉行。」

紅子春終於明白過來，點頭道：「長亨確有明見，想到若千千小姐取消今晚在鐘樓演唱，而對集人沒有一個好好的交代，後果將不堪設想。」

其他人也開始明白，在慘劇發生下，她大小姐已失去爲邊荒集彈琴唱曲的心情，且隱有以此激勵緝凶的含意在內。

燕飛仍是默然不語，神情靜若止水。

高彥則暗叫厲害，郝長亨竟能先一步想到紀千千把演唱無限期延遲，才智之高，教人驚懍。

慕容戰則和呼雷方交換個眼色，同對郝長亨生出戒懼之心。

紅子春向費正昌道：「費老闆的看法如何？」

費正昌正審視郝長亨，不過愈看便有愈難測其深淺的感覺，他一副從容不迫、虛懷若谷的神態，令人生出好感。沉吟道：「我覺得事情或許不像表面般簡單，可能另有蹊蹺。即使行凶者用的是花妖的慣常手法，說不定只是爲掩人耳目，令邊荒集陷入恐慌中。」

車廷同意道：「第一個受害者竟是我們集內幫會龍頭的女兒，更是武技高強的巾幗，大有示威挑釁的味道，的確令人疑惑。」

在座者都是久經場面的老江湖，思慮周詳，分別想出各種的可能性。

高彥皺眉道：「若有人假借花妖行事，這樣做有甚麼目的？」

夏侯亭接口道：「這一點我們定要弄清楚，否則會因摸錯門路，致處處失著。」

花妖並非首次作案，其作風有跡可尋，眾人可以據之定出應付之策，不過若行事者是假的「花妖」，自會因而出現差誤，夏侯亭的「摸錯門路」，正是指此。

劉裕道：「不管是眞花妖或假花妖，能以這般凶殘的手法作案，本身肯定是個狂人，根本不須任何目的和理由。」

呼雷方嘆道：「說得對！坦白說，我也並非善男信女，可是要我用上這種手段去對付敵人，把刀子架在我脖子上也不行，這根本不是正常人做得來的事。」

紀千千尚未清楚花妖行事的方式，可是聽眾人這麼說，也知必然非常可怕駭人，所以長哈力行不願愛女遺體被人檢視，且提也不願提內中情況。

幽幽一嘆道：「千千想出個懸賞，獎勵能將凶徒逮捕歸案的英雄。」

眾人爲之愕然。

郝長亨欣然道：「千千小姐的懸賞當是別開生面，不是一般錢財的報酬。」

紀千千白他一眼，似在怪郝長亨過分的「善解她意」，平靜而堅決的道：「我的獎勵是陪那位大英雄喝一晚酒，唱最好聽的歌給他聽。」

眾人無不動容，這可是人人渴望的恩賜，最吸引人處是頗有擂台比武招親般的味道，大有誰能擒妖除魔，本小姐便以身相許的況味。當然也可能眞的只是喝酒獻曲，不過誰可獲此殊榮，肯定可讓紀千千另眼相看。且是公平競爭，邊荒集每個男人均有機會。

燕飛卻心中一震，隱隱感到紀千千的懸賞是針對他而發，看他對她的愛有多深，會否竭盡全力去對付凶徒。而他若要保持邊荒第一劍的威名，的確也不能任由花妖在集內放肆。撇開一切功利，他亦不容許花妖在邊荒集做盡傷天害理的事，在他來說這是義不容辭的。

慕容戰精神大振道：「千千小姐的懸賞非常吸引人，但卻可能帶來反效果，害得人人各自為戰，怕功勞給人分去，不能獨享成果。」

紀千千顯是因花妖的暴行失去說笑的心情，黛眉輕蹙道：「慕容當家是這樣的人嗎？」

慕容戰老臉一紅，尷尬道：「千千小姐請恕我失言，屆時可由千千小姐論功行賞，看看誰能得千千小姐厚待。」

夏侯亭道：「花妖橫行多年仍沒有人奈何得了，必有一手，我們須團結一致，方有除妖的希望。」

轉向燕飛道：「燕飛為甚麼一直沒有說話？」

眾人目光不由全集中到燕飛身上。

燕飛的目光緩緩掃視帳內諸人，平靜的道：「我已感覺到他！」

眾人為之一呆，一時沒法明白他的話。

燕飛解釋道：「這是難以說明的感覺，我感到他離我很遠，卻又像近在伸手可及之處，令我百思不得其解。」

紅子春苦笑道：「我也有種感覺，卻是不寒而慄的感覺，問題是感覺沒法助我找出真凶。」

聽他的話，便知他對燕飛的感覺並不放在心上，甚至認爲燕飛是故作驚人之語。只有紀千千、劉裕和高彥例外，百日胎息後醒過來的燕飛充滿靈異，至少他的劍會鳴叫預警。

燕飛長長吁出一口氣，道：「我是個憑直覺辦事的人，這個花妖正是那個貨眞價實的摧花狂魔，所以我們可以根據他過往的行事作風定計。例如他只在三更天至天明前一段時間行事，我們便分批行動，輪更守夜，同時把整個邊荒集動員起來，設立簡單有效的示警方法，務要令他下次出手便掉進我們的天羅地網內去。」

費正昌道：「如此我們須立即召開鐘樓會議，公布花妖爲公敵，宣布千千小姐的懸賞，盡早將凶徒依邊荒集的規矩五馬分屍，否則邊荒集將永無寧日，且會嚇跑很多人。」

紅子春道：「但長哈老大女兒的事卻須小心處理，不可讓消息外洩，否則長哈老大會更受打擊。」

呼雷方道：「我立即去見祝老大，公敵當前，一切恩怨必須擺到一旁。」

郝長亨嘆道：「祝老大若是懂大體的人，就不會借大江幫之力意圖壟斷邊荒集的利益，我也不用不遠千里而來看著邊荒集的生意，我可以肯定呼雷老大將徒勞無功。」

眾人首次感受到他與漢幫和大江幫的嫌隙，而他這幾句話正說到各人心坎裡，生出與他站在同一陣線的感覺。

慕容戰帶點不屑的冷哼道：「不論他採取何種態度，他既在議會內有席位，呼雷老大和他打個招呼也是好的。」

車廷道：「對付花妖的行動細節，可在會議中以公投決定，各位若沒有其他意見，我們分頭行事。」

燕飛道：「我還有一個意見，卻怕要各位接納並不容易。」

慕容戰愕然道：「現在大家同仇敵愾，榮辱與共，只要是對付花妖的好辦法，我們怎會拒絕呢？」

燕飛嘆道：「我們何時曾團結一致？邊荒集由大小幫會黨派到販夫走卒，從來都是一盤散沙，今天我們若不改變過來，等到花妖連番暴行後遠颺而去，我們將悔之莫及。」

呼雷方點頭道：「我們的確慣於自行其事，不過今趟情況有異，威脅到所有人，影響著邊荒集的安寧，誰敢不盡心盡力。」

燕飛淡淡道：「我的提議很簡單，蛇無頭不行，今日的會議必須選出一個人，作整個『打妖』行動的統帥，所有人由他組織調度，我們方有成功的希望。」

這番話一出，人人面露難色。

燕飛續道：「這位統帥的權力只限於對付花妖一事上，其他方面一切如舊。」

郝長亨皺眉道：「聽燕兄這般說，心中已有適當人選，何不說出來讓大家參詳。」

費正昌道：「首先這個人不可以是剛在這兩、三天內抵達的男性，因爲難以脫掉花妖的嫌疑。」

郝長亨臉上露出怒意，心知肚明費正昌的話是針對他而說，而且指的肯定不是燕飛、高彥或劉裕，因爲他們昨夜的行蹤均有目共睹。費正昌擺明是爲祝老大出頭，報他剛才說祝老大長短的冷箭。

慕容戰和呼雷方的目光同時落在花容慘淡的紀千千身上。

紀千千愕然道：「不會是我吧？噢！人家是不行的！」

此時有人在帳外恭敬道：「逍遙帝后任青媞求見燕爺！」

眾皆愕然。

第六章　有危有機

東門大街是漢族商舖的集中地，全長約半里，始於城門，終於夜窩子的分野。

第一樓的原址靠近東門，只有數百步的距離，在以前風光的日子裡，由於只它一座是兩層架構，其他均為單層建築，故大有鶴立雞群的雄姿，且是全木構的建築特色，令它成為東門大街具代表性的象徵。

屠奉三在十多名手下的簇擁裡，昂然進入東城門，踏足邊荒集，「連環斧」博驚雷和「惡狐」陰奇傍侍左右，心中也不由生出感觸。

這是他首次踏足邊荒集，邊荒最傳奇的城集，他帶來的將是新的秩序。而他今次是有備而來，沒有人可以抗衡他，任何反對他的勢力均會被徹底摧毀。最後活著的人將要接受新秩序，邊荒集的一切須照他的方式來進行。

東門大街便如傳聞所說的興旺得教人難以置信，像浴火後的鳳凰，從火燒廢墟裡復活過來，延續淝水之戰前的芒采。唯一的遺憾是見不到東門大街的地標「第一樓」。

博驚雷讚嘆道：「真的令人難以相信，尤其當過去十多日每天在馬背上看到的均為荒野廢村、千里無炊的淒涼景況，你更不會相信在這大片荒土的核心處，竟有這麼一個人間勝景。」

另一邊的陰奇笑道：「若不認識博老哥者，還以為邊荒集又多了位愛風花雪月的高門名士。」

屠奉三迎上一對正好奇地朝他打量的眼睛，雙目精芒倏閃，立即嚇得那路人移開目光，加快腳步走了。

事實上早在他們現身東門之時，已引得路人側目，在邊荒集人人是老江湖，稍有點眼力者均曉得他們不是一般人物。

屠奉三目光轉投大街前方，一隊三十多輛的騾車隊正聲勢浩蕩地從旁馳過，特長的貨廂空空如也，不是剛卸下貨物便應是趕往接貨。

陰奇湊近屠奉三道：「是漢幫的人，襟頭均繡上漢幫的標誌。」

駕車的漢幫幫徒，不少朝他們瞧來，顯然也對他們的異乎尋常生出警惕之心。更古怪是屠奉三一行人中，後方的兩個人托著一長丈許，高不過三尺以彩帛緊裹著的物體，益添他們的神秘感。

屠奉三似對騾車隊視若無睹，微笑道：「第一樓開始重建啦！竟引來這麼多人看熱鬧，教人意想不到。」

博驚雷欣然道：「當我們坐在第一樓上層喝酒的時候，邊荒集該已臣服在屠爺你腳底之下，完成南郡公統一天下的第一步。」

在一堆堆的木材後，隱見八座營帳的頂部，充滿野外的風情，與車水馬龍的東門大街形成強烈對比。

陰奇道：「邊荒集現在論實力，以漢幫稱冠，我們就拿他們來開刀，令江海流的如意算盤再打不響。」

屠奉三搖頭道：「邊荒集最有勢力的絕非漢幫，而是看似如一盤散沙的夜窩族，足有三千人之眾，是由沉迷於邊荒集神話的瘋子組成，以『邊荒名士』卓狂生為精神領袖，我們不可小覷他的影響力，事實上他才是邊荒的土皇帝，在邊荒集最自命不凡的人也不敢開罪他。」

博驚雷和陰奇正左顧右盼林立兩街的各式店舖，對每座建築物的本身都非常注意，反而對舖內賣的是雜貨還是布料漠不關心。

陰奇道：「我們曾仔細調查過這個人，竟沒法查到他來邊荒集前的任何線索，此人肯定大不簡單，憑一個人的力量就把整個邊荒集改變過來。」

屠奉三忽然停在一間規模氣魄比附近店舖宏大的布行前，抬頭唸出布行的名字，道：「興泰隆布行！就挑這一間。」

背負雙手，邁開步伐，進入舖內，博驚雷和陰奇跟在其後，餘下者留在門外，封鎖舖門，只准人出，不許人入。

一個中年人迎上來，見狀皺眉道：「客官是否要買布？」

屠奉三冷冷道：「是買舖而非買布，誰是這裡的老闆？」

中年漢臉色微變，卻絲毫不懼，先阻止舖內十多名夥計上來「增援」，昂然道：「本人任明幫，祝老大見到我也要客氣打招呼，快給我立即離開，多少錢都不賣。」

陰奇移到設於入口旁的掌櫃處，從懷內掏出一袋東西，盡傾於檯面，赫然是黃澄澄的金元寶。

屠奉三沒有動怒，從容自若道：「百兩金錠如何？足夠你揮霍十年，何用辛辛苦苦在這裡賣布？」

任明幫目光落在堆得像座小金山、耀目生輝的金錠子上，堅決搖頭道：「多少錢都不賣！」

博驚雷取出另一袋金子，倒在小金山上，令小金山誘力、氣勢遽增，獰笑道：「添一百兩，再加上『屠奉三』三個字，任老闆你多活十年，也肯定賺不到這麼多金子和這樣的榮幸。」

任明幫瘦軀劇震，雙目射出恐懼的神色，瞧著屠奉三，嘴唇抖顫，再說不出話來。

屠奉三像做了微不足道的小事般，轉身吩咐門外的手下道：「成交，你們把牌匾拆下來，換上我們的，再準備開張典禮，第一炮最重要，不可以馬虎了事。」

祝老大氣沖沖的走入漢幫總壇北院上賓館的廳堂，江文清正和「銅人」直破天在吃早點，並在研究邊荒集的形勢。

祝老大在兩人對面坐下，一口氣把情況說出來，苦笑道：「我不是不想忍一時之氣，可是燕飛實在欺人太甚，若我屈服，我祝天雲的威信將蕩然無存。」

江文清仍是男裝打扮，一副翩翩佳公子的模樣，點頭道：「祝叔叔處理得很好，沒有當場與燕飛撕破臉，讓我們至少在正午前仍可動腦筋想辦法。」

直破天笑道：「到時讓我先摸摸他底子，若他並不如想像般難吃得住，索性送他歸西，一了百了。」

江文清淡淡道：「幹掉燕飛還有劉裕，謝玄已對我們大江幫非常不滿，在南方他是唯一不懼怕南郡公的人。若他封殺我們的生意，南郡公也只能袖手旁觀，爹絕不願見到這種情況出現。」

祝老大嘆道：「可是燕飛已把納地租的事攬上了身，等若公然與我漢幫爲敵，不殺他何以立威？」

江文清鳳目生寒，搖頭道：「祝叔叔這著棋不是不好，時間上卻不適合，會被燕飛抓著來收買人心。」

她雖說得頗爲婉轉，卻是在責怪祝老大的不智，同時也把祝老大決意硬拚的唯一理由壓下去。既然是錯誤，當然只該設法補救，而不是一錯再錯。

祝老大面露不悅神色，卻沒再說下去。

江文清舉盅淺啜一口茶，漫不經意的道：「聽說郝長亨今早在燕飛營地露臉，祝叔叔沒見著他嗎？」

祝老大爲之愕然，想不到她消息靈通如斯。他也不是蓄意隱瞞，只是想等商量妥如何應付燕飛，再提出此事。

祝老大點頭道：「他是紅子春帶來的，對我還相當客氣，表示只爲做生意才到邊荒集來。」

直破天冷笑道：「相信他的人從來不會有好下場。郝長亨是怎樣的一個人，我們最清楚。」

祝老大不服道：「我眞的不明白，現在邊荒集以我們實力最強，區區一個燕飛，任他三頭六臂，只要我們盡傾全力，又有你們從旁協助，他豈能溜出我的五指關？雖說謝玄手握兵權，可是他與司馬氏勢如水火，豈能全無顧忌？若我們畏首畏尾，首先便要把邊荒集得來不易的成果賠出去。」

江文清微笑放下茶盅，道：「祝叔叔切勿動氣，否則會正中郝長亨下懷。我們現在正因是樹大招風，故成爲眾矢之的。郝長亨最擅長合縱連橫的手段，祝叔叔有沒有把握同時應付各幫會山頭的明槍或暗箭呢？」

祝老大微一錯愕，露出深思的神色。

直破天語重心長的道：「論智計武功，大小姐均讓人沒得話說。局內人有時反不及局外人看得清楚，今次我們前來，幫主曾有指示，一切須重新部署，否則我們將會成為第一個被淘汰出局的犧牲者。」

江文清倏地起立，移到祝老大旁的椅子坐下，扯扯他衣袖柔聲道：「祝叔叔啊！我們是從整個天下形勢去考慮，現在大江幫和漢幫是榮辱與共，絕不會不為祝叔叔著想。祝叔叔可知有人以花妖的手法姦殺羯幫老大的女兒嗎？」

祝老大被她像小女兒般癡纏軟語，勾起對她兒時的回憶，心中怨氣早不翼而飛，聽到最後一句話，失聲道：「甚麼？」

江文清道：「祝叔叔離去後長哈力行抵營地報上噩耗，此事發生於昨晚，當時他的女兒在船上過夜，同船的羯幫好手無一倖免。慕容戰、紅子春、費正昌、夏侯亭和呼雷方還因此留下來在營帳與燕飛密議呢。」

祝老大色變的面容仍未回復過來，駭然道：「花妖竟然厲害至此？」

江文清道：「若他不是如此厲害，也不能肆虐施暴多年，無人能制。」

祝老大沉吟道：「會否是有人假借花妖的手法行事，事實上另有目的？」

直破天嘆道：「像花妖那種恐怕可怕的手段，不是人人學得來的。他比禽獸更要凶殘，人性泯滅。我們剛才正在討論此事，看來花妖確已潛入邊荒集來。」

祝老大生出不寒而慄的感覺，漢幫幫眾大部分女眷均留在南方，但仍有女眷居於邊荒集，特別是有職級的幫員，他本身便有兩名妾侍在這裡。

此事既可以發生於武功高強的幫會龍頭的女兒身上，正顯示花妖不懼怕邊荒集任何人，而邊荒集每一位女性均有可能成爲他下一個目標。

江文清分析道：「危險和機會隨花妖的來臨同時出現，我們須顯出領袖幫會的風範，把失去的民心爭取回來。」

祝老大精神一振，對江文清生出佩服之心。

江文清續道：「花妖已於一夜間成爲邊荒集的公敵，我們可搶在鐘樓會議前重金懸賞，能揭破花妖身分者可得百兩黃金，成功擒殺花妖者則得千金。同時公布永遠撤銷地租之事，以顯示我們與集人同甘苦的意向。」

祝老大點頭道：「此法確實可行，外敵當前，我便暫時擱下與燕飛的紛爭，別人只會說我祝天雲懂得大體，而不會笑我怕了燕飛。」

直破天待要說話，胡沛神色凝重的到來，報告道：「興泰隆的任明幫求見幫主。」

祝老大不耐煩的道：「告訴他我今天沒有空。」

漢幫的軍師胡沛沉聲道：「幫主怎都要撥空一見，他說鋪子給屠奉三以二百兩金子強買去了！」

江文清、直破天和祝老大聽得面面相覷，愕然以對。

劉裕首先揭帳而出。比對起她以前華裳麗服，任青媞現在的荊釵布裙猶顯得她清麗脫俗，左看右看都不像心狠手辣的妖女。

任青媞盈盈立於離客帳三丈許處，美麗的大眼睛深深地看著他，見他現身即毫不吝嗇地奉上甜甜的笑容，還他娘的帶點天眞純潔的味道，看得劉裕心頭火起，舊恨新仇，同湧心頭。

四名北騎聯的戰士守在兩旁，後方還有七、八名武士，人人如臨大敵。人的名兒，樹的影子。只是「逍遙帝后」四字已足教人提高警覺，步步驚心。

劉裕直覺感到任青媞在觀察他有沒有被任遙的逍遙氣所傷，仍後患未除，哈哈一笑，舉步朝她走過去，喝道：「其他人退開！」

眾北騎聯武士均為久經戰陣之輩，見狀哪還不知劉裕要出刀子，立即往四外散開。

任青媞立即黛眉輕蹙，「呵喲」一聲嬌呼道：「劉爺想破壞邊荒集的規矩嗎？兩國相爭，不斬來使嘛！」

此時燕飛、慕容戰、紅子春等已緊隨劉裕身後出帳，見到劉裕手按刀把，大步朝任青媞走過去，均感意外，想不到一向予人冷靜機智的劉裕忽然變得如此悍勇逼人。

「鏘！」

厚背刀出鞘，隨著劉裕加速的步伐，往任青媞劃去。

任青媞嬌叱一聲，一對翠袖揚上半空，化作萬千袖影，旋身一匝，倏忽間已截著劉裕。

勁氣刀風呼嘯而起，在眨幾眼的高速下，任青媞以衣袖連接劉裕快逾閃電的八刀，看得人人眼花撩亂，既驚嘆劉裕狂猛的刀法，又懍懼任青媞的精微袖法。

劉裕終於領教到「逍遙帝后」的真功夫，他純憑手的感覺隨意變化，著著強攻，但仍是招招給她封死，有如遇上銅牆鐵壁，無隙可尋，更不能把她逼退半步。最可恨是她仍未亮出兵器，只從此點看，自己最少遜她半籌。

不過任青媞亦露出訝色，顯然對劉裕刀法精進至此，大感意外。

劉裕見好就收，他爲人實際，不會白花氣力，收刀疾退，回到燕飛身旁，長笑道：「任后不是要來告訴我們，任教主決定要做縮頭烏龜吧！」

燕飛心中叫妙，他一眼便看穿劉裕攻不破妖女的袖陣，可是劉裕進退合宜，使人感到主動權掌握在他手裡，只是因對方是代表任遙來說話，所以暫且放過她。

任青媞露出沒好氣的神情，卻又充滿誘惑的味兒，目光落在燕飛旁的紀千千嬌軀上，甜甜的笑道：「原來我的燕爺另結新歡，還是秦淮河的首席美女，難怪會指使劉爺來行凶滅口哩！」

燕飛心中暗恨，妖女終是妖女，甫開口便是挑撥離間，既引起別人對他的嫉妒，更說得自己和她似是有曖昧的關係，一石數鳥，用心不良。

果然慕容戰等均露出不自然的神色，反是紀千千仍是笑吟吟地打量著任青媞，絲毫不把她的話放在心上。

劉裕發覺郝長亨仍留在帳內，心中有數，啞然笑道：「鬼魅妖孽，人人得而誅之，有話快說，我們沒有時間聽你的胡言亂語。」

任青媞白他一眼，接著美目一掃，登時令初認識她者生出魂銷意軟的迷人感覺。這才盯著燕飛道：「燕爺明鑑，敝教主因有急事趕返建康，昨夜來找你又碰巧燕爺外出未返，只好把決戰推遲一個月，到時再約期領教。人家要說的胡言就是這麼多，燕爺請好好保重身體。再見哩！」

說罷施施然的去了。

第七章　坦誠合作

燕飛鑽入帳內，郝長亨從沉思中驚醒過來，看著燕飛在對面坐下，道：「她走啦？」

燕飛生出完全捉摸不著此人的感覺，至少表面看來他並不準備隱瞞與任青媞的關係，也或因曉得隱瞞不了。

燕飛微笑道：「大家各忙各的，慕容當家等為花妖的事分頭進行，務求盡快召開鐘樓會議，千千小姐則與高彥等商量如何重金招聘壯丁進行第一樓的重建大業，我進來卻要看郝兄有甚麼話說，或甚麼都不說。」

事實上他是給高彥硬逼進來的，若出帳後不能交代重託，定會被高彥埋怨。

郝長亨苦笑道：「燕兄的話頗有欺瞞從嚴，坦白從寬的味道。我們兩湖幫的確與逍遙教有點關係，昨夜我曾與逍遙帝后首次接觸，看看能否合作對付大江幫。據我所知江海流的女兒江文清已秘密抵達邊荒集，此女不但武功過人，且奸狡如狐，若欺她是女流之輩，肯定要吃大虧。」

燕飛皺眉道：「你們兩湖幫和逍遙教一南一北，風馬牛不相及，怎會搭上關係？」

郝長亨道：「穿針引線者是天師道的徐道覆，我們與天師道一向在生意上往來密切，桓玄代桓沖出掌荊州，令我們雙方更感到形勢的險惡，均同意必須在邊荒集找到立足的據點，以打通南北的貿易，衝破大江幫對我們的封鎖，否則將是死路一條。」

燕飛淡淡道：「任遙和孫恩均是邪惡難測的人，郝兄竟想與他們合作，等若與虎謀皮。據我們聽回來的消息，任遙更指使他的妖后來迷惑你，圖謀借郝兄來控制兩湖幫呢。」

郝長亨露出一絲不屑的笑意，道：「任她貌美如花，可是心如蛇蠍的女人，我郝長亨怎會看得上眼？妄圖玩弄愛情手段有如玩火，很容易引火燒身。燕兄請相信我，我對燕兄或劉兄均全無敵意，至於謠傳我們和黃河幫結盟的事，更是荒天下之大謬，極有可能是由逍遙教或天師道某一方面散播開來，迫使我們與他們站在同一陣線，而事實上我們要對付的只是大江幫。」

燕飛道：「即是說貴幫有意取漢幫而代之，若循此形勢發展，貴幫始終要和黃河幫合作，因為你們需要對方。」

郝長亨嘆道：「若我們壟斷南方的貨運，燕兄以為桓玄和謝玄會坐視不理嗎？我們絕不會如此愚蠢。所以只希望一切依邊荒集的規矩辦事。我們和燕兄的目標是一致的，一切依舊，在這裡再不存在幫與幫、國與國的分界，大家互比做生意賺錢的本事。」

燕飛點頭道：「郝兄看得很透徹，請讓我斗膽問一句話，貴幫最終的目標究竟是甚麼呢？」

郝長亨凝視他好半晌，沉聲道：「若不是我真的希望與燕兄衷誠合作，互相扶持，絕不會回答這麼一個問題。聶天還並不是孫恩，孫恩的野心是沒有止境的，因為他視天下人如奴如僕，而直至今天也確實沒有人奈何得了他。而論武功，他穩坐南方的第一把交椅，於『外九品高手』榜上名列首位。」

燕飛訝道：「為何郝兄忽然說起孫恩？」

郝長亨雙目精芒閃閃，整個人立即變得悍猛強橫起來，卻平靜地道：「因為他是最希望你成為邊荒第一高手的人，那時他只要將你擊敗，一場仗足可令他威名大震，省了他很多工夫。希望燕兄明白，我對你是很有用的，我曉得很多你不知道的事。」

燕飛愈來愈感到郝長亨是個非常特別的人，說話有強大的說服力，不論所說的如何荒謬，你也輕易便相信了。聳肩道：「孫恩不是你的盟友嗎？」

郝長亨苦笑道：「因爲我懷疑已被他出賣，且是泥足深陷。由踏入邊荒集的那一刻起，我再沒法轉身掉頭走，只能盡我之力在此掙扎求存。而這正是我幫的情況，竭力去呼吸可以令我們繼續生存的空氣。在如此情況下，我們怎可能有甚麼終極的目標呢？」

燕飛沉吟片刻，皺眉道：「郝兄的坦白，令我確信郝兄是有誠意的。可是放著邊荒集這麼多人，爲何不另覓更佳的人選呢？劉裕與你肯定是敵非友。」

郝長亨道：「我需要的是一個或可勝過孫恩的人，其他人怎管用？聽到『孫恩』兩個字早嚇得差點在褲襠內撒尿。天下能與他對抗的人中，我最看好的是你燕飛。」

燕飛啞然失笑道：「郝兄不要把我讚壞，我們好像並未交過手，你怎曉得我比得上孫恩？」

郝長亨道：「這並不是我一個人的看法，在到邊荒集前，長亨遇上一位紅顏知己，她向我指出燕兄或許是能超越孫恩的人。」

燕飛立即想到是安玉晴，卻不願問個明白，有種不欲曉得事實的古怪心態，道：「有一件事我依然不解，貴幫爲甚麼忽然對邊荒集生出興趣？」

郝長亨露出苦澀的表情，嘆道：「我們對邊荒集一向有興趣，從邊荒集我們不單可以賺取經費，還可以得到我們需要的戰馬和武器。可是礙於形勢，以前只能透過第三者去做。邊荒集早成爲我們生存的主要命脈。幸好有淝水之戰，不但令北方從統一變成分裂，更打破南方的團結局面。」

稍頓續道：「謝安離開京師，軍政大權落入司馬道子之手，與謝玄的北府兵、桓玄的荊州軍分庭抗禮。孫恩更在海南蠢蠢欲動，這種混亂的形勢，令我們生存的空間忽然擴大，只要我們能在這裡立足，兩湖幫將可以堅持下去，不讓高門大族的苛政進入兩湖半步。」

燕飛發覺自己開始相信他，點頭道：「我曾親睹妖后任青媞與盧循爭奪兩塊寶玉，顯然是敵非友。為何徐道覆反變成你們和任遙間穿針引線的人，任遙又可以給郝兄甚麼好處呢？」

郝長亨冷哼道：「孫恩和任遙的關係，是近期才建立起來的，而將此兩方拉攏起來的很大可能是黃河幫。當我忽然發覺成為謠言的受害者，更肯定孫恩和任遙有個針對邊荒集的大陰謀。我與逍遙教的人見面是為談生意，多交一個朋友，將增添一分應付大江幫的本錢。」

此時紀千千的嬌聲在外面道：「兩位大爺還要談多久呢？招聘的行動立即要開始哩！」

燕飛應道：「你們去辦事吧！我隨後來！」

紀千千答應一聲，與龐義、劉裕等人興高采烈的去了。

燕飛目光回到郝長亨處，沉聲道：「我們能夠在哪方面合作？只要大江幫和漢幫安分守己，我實無意與他們為敵。」

郝長亨微笑道：「大江幫我還應付得來，不用燕兄為我操心。我希望與燕兄聯手，是要應付桓玄和孫恩兩個人，南方有甚麼風吹草動，均瞞不過我們的耳目。也只有這兩個人，能令我生出戒懼。」

燕飛嘆道：「郝兄的提議，的確令我心動。不過若盡信郝兄的話，是要冒很大的風險。」

郝長亨欣然道：「時間會證明一切，對我個人來說，真的希望能與燕兄交個朋友。順帶告訴燕兄一件事，桓玄已派出於『外九品高手』中名列第三的屠奉三到邊荒集來，此人慣以恐怖和威嚇的手段遂其目的，手底很硬，絕不容易應付。」

燕飛一呆道：「屠奉三！」

郝長亨待要說話，爆竹聲從東大街處傳來，聽得兩人面面相覷，不明白發生了甚麼事。

爆竹隆隆聲中，屠奉三親手扯下蒙著橫匾的錦布，出現「刺客館」三個金漆大字，筆勢蒼勁有力，先不理其中的涵義，本身便像張牙舞爪的猛獸。

兩大串爆竹分垂入口左右，隨著激烈的爆響、煙火飛屑直送上邊荒集的上空，登時引得遠近集民爭著來看熱鬧。人人瞧得一頭霧水，不明白東大街著名的大布行為何忽然變成刺客館。而刺客館更是邊荒集從未有過的行業，教人難以想像它可以提供甚麼形式的服務，如何可以賺取荒人的錢。

不過只要看看屠奉三、博驚雷、陰奇和三十多名武裝大漢的體型外貌，便知開刺客館者無一是善男信女，所以看熱鬧的人雖擠得對街水洩不通，卻沒有人敢上前詢問，更不要說干涉其開館儀式。

屠奉三傲立門外，抱拳施禮，笑道：「多謝各位鄉親父老到來觀禮，本人荊州屠奉三，在此誠致謝忱！」

「屠奉三」的大名甫出口，鬧哄哄的大街倏地靜下來，數百名圍觀者似是首次意識到事情的嚴重性。

要知南方武林，有「九品高手」和「外九品高手」之分，而外九品比九品高手更受武人的尊敬，原因在外九品高手只論實力，不論門第出身。外九品高手的聲譽是打回來的，在外九品的九大高手中，屠奉三排名第三，僅次於「天師」孫恩和兩湖幫龍頭老大聶天還，從而可知屠奉三在南方武林的地位。

現在這赫赫有名的高手竟現身邊荒集，還以閃電之勢設館開業，肯定會帶來一番風雨，令已是多事的邊荒集更添不明朗的變數。

尤使人生懼者是屠奉三一向奉行順我者生、逆我者亡的鐵腕手段。他的大名說出來可止小兒夜啼，如此這般的一個人，自然教人心生寒意。

屠奉三此刻卻出奇地客氣有禮，欣然道：「今趟屠某不遠千里到邊荒集來，是要爲大家提供刺客殺手的服務。倘若有人違反邊荒集的道義和規矩，而閣下又付得起價錢，不理對方勢力如何龐大，聲名如何顯赫，武功如何強橫，我們收得你的錢，那個人三天內將難逃死劫，否則原銀雙倍奉還，且一切保密，絕不會留下麻煩。」

眾人聞言齊聲譁叫，議論紛紛。

事實上聘請殺手刺客對付仇家，在邊荒集是無日無之的事，卻從沒有人敢公然以此爲業，更遑論有人敢聲稱對付邊荒集內的任何人。所以只要刺客館沒有倒閉，它的存在足使人人自危，不知會否成爲刺客館的暗殺目標。

有好事者高叫道：「殺一個人要多少錢？」

路過的馬車騎士均放緩下來，看究竟發生何事。

屠奉三好整以暇的道：「價錢面議！首先要交的是一兩黃金的調查費，確證對方有違江湖道義，才會與閣下商討細節。」

眾人登時發出一陣噓聲，一兩黃金可不是一般人出得起的價錢。刺客館徵收的調查費，是未見官先打三百大板，立即令很多躍躍欲試者放棄光顧的念頭。

聞風而至者愈聚愈多，包括各幫派勢力的探子，屠奉三在邊荒集成立的刺客館，已一炮而紅，轟動全集。

忽然有人嚷道：「若老子付了錢，你的館子卻給人連根挑了，老子豈非要白賠錢？」

好事者紛紛附和，鬧得不可開交之際，屠奉三冷哼一聲，立即震得人人耳鼓鳴叫，不由肅靜下來。

屠奉三曉得此著已震懾眾人，從容笑道：「買賣總有風險的，天下間豈有包保不賠錢的交易。我屠奉三拿命來賺你的錢，一買一賣，天公地道。」

就在此時，一輛馬車突然駛至，駕車的大漢故意把馬鞭在頭上舞得呼嘯作響，打在馬股上時卻是輕輕一拂，與先前的力道毫不協調，明眼人只看他的手法，便知他不但故意引人注目，且是不凡高手。

在屠奉三旁的博驚雷和陰奇目露凶光，兩人是老江湖，曉得是找碴的來了。

圍觀者見馬車沒有幫會的標誌，駕車者又是生面孔，均大感刺激，又再起鬨。

邊荒集這兩天確實是好戲連場，昨天是邊荒集第一名劍榮歸邊荒集，還帶來秦淮河絕色紀千千，接著是公然挑戰任遙，第一樓準備重建。現在則輪到名震南方、以狠辣著名的屠奉三來開設刺客館。照目前情況發展下去，誰都猜不到邊荒集將來會變成何等模樣。

駕車大漢忽然勒馬，馬車倏然停在刺客館的大門外。

大漢一個側翻，輕輕鬆鬆的落在馬車旁，神態恭敬地拉開車門，大聲道：「屠爺請下車，已到達邊荒集的刺客館哩！」

屠奉三神色不變，觀者卻感愕然，怎麼又來一個姓屠的，竟然這麼巧，隱隱知道好戲還在後頭。只是駕車大漢的身手，已足以令他在邊荒集闖出名堂，而他只似是奴僕的身分，令人更對馬車內的「屠爺」生出好奇心。

在萬眾期待下，一個滿臉虯髯的頎長漢子施施然步下馬車，身穿黑色寬袍，一對眼長而精靈，與他的粗豪外表絕不相配，腰掛長劍，神態優閒，絲毫不因自己成爲目光焦點而有半點不安。

「砰！」

大漢爲他關上車門。

這位屠爺像看不到屠奉三等人般，更似不曉得四周人山人海，逕自負手來到刺客館門前，在距屠奉三等丈許處仰望寫上刺客館三字的金漆招牌，心滿意足地嘆道：「果然來對了地方，今趟有救哩！」聲音雖沙啞低沉，卻人人聽得一字不漏。

此語一出，登時引起震街哄笑，大大沖淡劍拔弩張的氣氛。

被稱爲屠爺的左顧右盼，喝道：「本人屠奉二，誰是這甚麼娘的刺客館的老闆？」

哄笑再起，氣氛立即熾熱起來。最糊塗的人都知道是踢館子的來了，奇怪的是敢來捋虎鬚者不但不是邊荒集的名人，且沒有人見過或聽聞過。

屠奉三雙目殺機大盛，神色仍然平靜，淡淡道：「敝館從來不和藏頭露尾的人作交易。」

屠奉二訝然朝屠奉三瞧去，毫不客氣地從頭看到腳，不解道：「依邊荒集的規矩，英雄莫問出處，若貴館要對每一個來光顧的大客小客尋根究柢，不是自己先壞了邊荒集的規矩嗎？好吧！你開個價錢出來，讓我們親眼瞧瞧這個壞了邊荒集規矩的人當眾自盡。」

博驚雷首先按捺不住，怒喝道：「找死！」

兩把巨斧早來到手上，車輪般轉動，隨其前撲之勢劈頭照臉往那甚麼屠奉三的劈去，帶起的勁氣，吹得屠奉三和駕車大漢衣衫拂動，聲勢驚人至極點。

任誰都以為屠奉三的話說得這麼硬，必會正面反擊，豈知屠奉三竟驚呼一聲，轉頭一把拉開車門，躲了進去。

在眾人目瞪口呆下，一支鐵棍從車窗疾搠而來，駕車大漢接個正著，毫不停留地使出重重棍影，迎擊博驚雷。

屠奉三立即露出警惕的神色，這個駕車大漢的動作有如行雲流水，在剎那間完成連串費時複雜的動作，已充分顯示出實力，也使人感到莫測高深，不知他想搞甚麼鬼。

「噹！」

鐵棍終砸上巨斧，正面交鋒。

第八章　情人如夢

棍斧交擊之聲連串響起，駕車大漢以快打快，既是招數精微，更是勁道十足，棍棍挑中博驚雷的巨斧，最精采處是他執持六尺鐵棍正中處，以棍子兩端應付對方雙斧，若博驚雷使的是連環斧，他的棍法或可稱雙端棍。

以屠奉三的沉著，也不由生出古怪至極的感覺，要知博驚雷雖然尚未名列於外九品高手榜上，卻是榜外高手頂尖兒人物之一，若對方是外九品的高手，則此刻情況合情合理，可是此人只像是御者奴僕的身分，竟能與博驚雷殺個難分難解，旗鼓相當，便教他難以相信自己的眼睛。

屠奉三首先從大江幫江海流以下的高手想起，卻沒有一個切合大漢的形相、武器和手法，就在此時，倏地想到巴蜀一個以棍法名震當地的獨行大盜，不由心神一顫。

博驚雷車輪般的斧法未能奏功，他乃身經百戰的人物，立即改變攻勢，展開小巧功夫，兩柄巨斧隨著身法向對手施出水銀瀉地的攻擊，巨斧似能從任何角度攻向對手，只要對手稍有失著，可立時取對方之命。

豈知使棍大漢半步不移地硬接下他所有攻勢，一派以不變應萬變的高手姿態。

圍觀者識貨者眾，即使不識貨的也曉得兩人是高手較量，不住喝采打氣。既希望比鬥不要那麼快結束，又急切想看到分出勝負的刺激情況。

使棍大漢乍看只覺他身材魁梧結實，可是當接過「屠奉三」從車窗送出來的鐵棍後，像變成另一個人似的，濃黑的眉毛下雙目閃閃有神，神態自信而從容，絕不似幹御者粗活的人。

當屠奉三想到對方可能是誰後，也禁不住頭痛起來。博驚雷如若敗北，對新成立的刺客館的損害固是難以估量，即使博驚雷久攻不下，他們也要大失面子，讓人懷疑他誇口要殺誰，誰便要遭殃的話。

對方此著，確實非常高明，於己方甫開張的當兒便予以沉重的打擊。

就在此不可開交的當兒，出乎所有人料外的，「噹！噹！噹！」之聲一下一下敲響，勁敲銅鑼之音由遠而近，不但蓋過棍斧交擊的激響聲，更把眾人吶喊喝采之聲逐漸壓下去，因爲人人均朝銅鑼響起處瞧過去，自然而然便閉口收聲。

包括屠奉三在內，人人均看呆了眼。

一位有傾國傾城之色，身穿繡鳳緊身武士服，披上純白外袍的美女，正從車馬道笑臉如花的敲著銅鑼朝兩大高手交戰處悠然舉步而至，似像絲毫察覺不到兵凶戰危的激烈情況。

美女身後跟著十個神氣昂揚的男子漢和一位小姑娘，頗有點跟班嘍囉的味道，當中爲眾人熟悉的有風媒小子高彥、第一樓的老闆龐義，縱使未見過紀千千的，也知道打鑼者正是這位艷冠秦淮的大美人。

紀千千的魔力於此顯露無遺，包括屠奉三、陰奇等人在內，再沒有人有興趣把目光投往門前的激鬥，人人用盡吃娘奶的氣力，狠盯著這位儀態萬千、萬種風情的美人兒。

陰奇忍不住輕推屠奉三一把，後者方醒覺過來，喝道：「驚雷退下！」

事實上他對紀千千只有感激之心，絕無半點怪她來搗亂打岔之意，更何況面對如此千嬌百媚的人間絕色，誰都難生怪責之心。

古怪的情況發生了，全場靜至鴉雀無聲，連經過的車馬亦無一例外都停下來，好讓紀千千安然的經過。

「噹！噹！噹！」

紀千千神態輕鬆自然的直抵「屠奉三」的馬車和屠奉三之間，剛好切入棍斧對峙的現場，高彥等人則停在丈許外的遠處，一副隨時出手支援的模樣，情況異常至極點，沒有人能掌握整體的狀況。

「噹！」

紀千千敲了最後一響銅鑼，烏溜溜的美目左顧右盼，采芒流轉，確有勾魂攝魄的能耐。對峙的氣氛立即消失得無影無蹤，令博驚雷和那持棍大漢均感到在如此一位美女面前拿著兵器鬥生鬥死是最愚蠢和違反自然的行爲。

屠奉三難以控制自己的呆瞧著紀千千，他從來不好美色，逢場作戲的經驗卻不少，可說見盡美女，但從未見過有女人如紀千千般，從頭至腳沒有一處不充滿誘人的魅力，偏又絲毫沒有予人淫娃蕩婦的感覺。清麗脫俗如一朵盛放的白蓮花，確不負秦淮首席才女的至譽。

紀千千妙目到處，人人生出魂爲之銷的感受，即使女的也難例外。

紀千千似是頗滿意眼前狀況，微笑道：「不要再打好嗎？」

以博驚雷的老辣，也慌了手腳，聽她的話不妥，可是不聽她的話更感不妥當，正不知如何是好時，一隻手從車窗破開珠簾伸出來，使棍大漢沒轉頭看一眼便把六尺鐵棍反手送到「主子」手中去，鐵棍隨其手沒入車廂內。

再沒有棍子的大漢恭敬道：「謹遵千千小姐吩咐！」博驚雷乘機下台，把雙斧交叉插回身後，退往屠奉三另一邊。他不是沒見慣江湖場面，可是如此情況卻是平生未遇，確不知如何應付方合分寸，只好把責任交回屠奉三。

紀千千倒不覺得有任何異常處，可是曾見過「屠奉三」者均心中嘀咕，因爲剛才伸出窗的手纖長皙白，皮膚嬌嫩，似娘兒的手，與一個滿臉虯髯的漢子絕不相配。

「噹！」

紀千千像在玩遊戲似的再敲響一記銅鑼，此鑼本是高彥張羅回來專作招聘建樓工人之用，連她都沒想過竟然在此情況下大派用場。

人人靜待她繼續說話。

這位充滿秦淮河傳奇色彩的美人兒，只聽她不假矯扭修飾的聲音，就像溫柔醉人的說書人，令人百聽不厭，彷彿任何平凡不過的事，給她娓娓道來，都會變得再不平凡。

紀千千瞟屠奉三一眼，欣然道：「難得這麼多人聚在一起，千千可以乘機爲第一樓招聘建築工人嗎？」

屠奉三清楚聽到自己的心跳聲，躬身道：「當然沒有問題，有問題的或許只是車內那位仁兄，在下屠奉三，向千千小姐問好。」

紀千千微笑道：「原來是屠老闆！」接著仰望牌匾，訝道：「刺客館？原來邊荒集有這麼古怪的行業。」

以屠奉三的老練，一時也不知如何答她。

幸好紀千千目光移到駕車漢身上，道：「這位大哥怎麼稱呼？」

駕車漢忙還禮道：「小人任九傑，見過千千小姐。」又移到車窗旁，恭敬道：「敝公子想向千千小姐請安問好。」跟著掀開珠簾。

連在不遠處觀看紀千千「表演」的劉裕、高彥、龐義、小詩等人也覺得車內的「公子」古怪，禮貌上那公子好應下車與紀千千見面，豈有要人家小姐透過窗子跟他說話的。

劉裕正打量著聞名已久的屠奉三，在紀千千的芳駕前，他沒有半分傳說中的戾氣，只像來自某處的名士。

紀千千蓮步輕移，朝揭開的簾子瞧進去，在場者雖接近千人之眾，卻只有她看到車廂內的玄虛。首先吸引她注意的並非對方一臉的虯髯，而是修長秀氣的一對眼睛，內中洋溢著熾熱深篤的感情，帶著叛逆而詭譎，似在號召著追隨者與他到天涯海角去冒險。

紀千千看得怔了一怔，她從未見過這樣一對狂野和深情的眼睛，透射出永不妥協的骨氣。更使她意想不到的事又發生了，車中人忽然往臉上一抹，揭開薄如紙張的面具，把虯髯下的眞面目盡現在紀千千美目之下。

本是面相粗豪的漢子，立即變成擁有近乎邪異格調的翩翩佳公子，從似是不解溫柔的魯男子，化身爲任何女性的深閨夢裡人。那種強烈的對比，本身便具有很大的震撼力，像一個夢般的不眞實。

紀千千感到眼前一亮，有點像被催眠了的「啊」一聲驚呼起來。

車廂內的俊男露出眞誠的笑意，輕輕道：「『邊荒公子』宋孟齊，向千千小姐請安，對千千小姐肯賜收小小心意，不勝感激。」

珠簾落下，隔斷雙方目光，駕車大漢任九傑一個聳身，回到御者位置，馬鞭揚上半空，高聲道：「千千小姐請啦！」

馬鞭落下，輕抽馬兒臀部，馬車前馳。

紀千千回過神來，方記起身負的重任。

屠奉三亦清醒過來，趨前一步拱手施禮，長笑道：「原來是宋孟齊兄，失敬失敬！」

一股無形而有實、高度集中的勁氣，隨他的手禮潮沖而去，直撞入車廂內。

「邊荒公子」宋孟齊修長瑩白的手二度由車窗伸出，輕揮道：「屠兄不用多禮！」

「蓬」的一聲勁氣交擊，乍看似是平分秋色，可是當馬車前行逾丈，窗簾的珠子雨點般灑落地上，發出一陣清脆的響音。

人人均知此次較量，宋孟齊落在下風，只有高明如劉裕者方曉得姓宋的能以單手擋格屠奉三的全力一擊，已足可令他名動天下。

屠奉三挽回面子，雖試出對方是頑強的對手，仍是心情大佳，轉向仍在若有所思的紀千千欣然道：「千千小姐可以開始招聘人手哩！」

紀千千想不到他一對耳朵厲害至此，竟可在兩丈的距離竊聽到宋孟齊蓄意壓低聲音的說話，不過此時已無暇多想，正事要緊，微笑答應了。

燕飛和郝長亨並肩來到第一樓堆滿木材的場地，紀千千、小詩和龐義等正領著大群壯丁聲勢浩蕩的沿街走過來，約略估計肯定有過百之眾，看得兩人你看我我看你。

紀千千兜兩人一眼，笑吟吟道：「成績不錯吧！」

說罷沒有停留的在兩人身旁進入場地，龐義經過時興奮道：「我們的第一樓將指日可成啦，哈！」

郝長亨嘆道：「這就是邊荒集，有錢使得鬼推磨。」

潮湧而過的「壯士」裡有人答口道：「我們七兄弟是義務幫忙的小鬼，全聽千千小姐的吩咐，將功贖罪。」

燕飛一眼瞥去，竟是邊荒七公子，說話的首領左丘亮，一臉興奮雀躍的神色，看七人的樣子，像是去飲酒作樂而非幹建樓的苦差。

賣走馬燈的查重信也是其中一人，嚷道：「我也是免費的！」

百多名壯丁，在兩人身旁分流而過，情景古怪。

劉裕、高彥跑在最後，見到兩人方停下腳步。

燕飛收回目光，向高彥笑道：「郝兄是初來甫到，對邊荒集很多事都不太了解，高彥你是邊荒集通，可隨郝兄回去好好交談。」

郝長亨欣然道：「高兄弟若肯作我的指路明燈，郝某當非常感激。」

高彥的老臉破天荒地第一次紅起來，更不知燕飛和郝長亨說過甚麼話，如這小子明言自己要追求小白雁，那便非常尷尬。不過已被燕飛抬了上轎，欲拒無從，手忙腳亂道：「郝大哥看得起我，小彥自是知無不言，言無不盡。」

燕飛和劉裕交換個眼色，發出會心微笑。

郝長亨向燕飛和劉裕話別，領著高彥去了。

劉裕探手搭上燕飛肩頭，嘆道：「千千的魅力眞厲害，你有聽到她打響銅鑼的聲音嗎？」

燕飛笑道：「原來打鑼找人的是她，但臨急臨忙怎會找得到這麼大串的爆竹呢？」

劉裕失笑道：「那不關她的事，而是屠奉三在慶祝他刺客館的成立。」

燕飛一呆道：「屠奉三眞的來了！」

劉裕拍額道：「這兩天發生的事只可以用一波未平一波又起來形容，不如我們到對面的食店坐下來，從長計議如何？」

燕飛摸摸肚皮，點頭道：「我由昨夜的羊肉宴到現在只喝過一杯羊奶茶，當然須找東西塡塡肚子。不過最好通知千千我們躲到甚麼地方去，否則她找不著人時大發嬌嗔，我們便有難哩！」

郝長亨的目光落在刺客館的牌匾上，呆了一呆。

東大街已回復常狀，刺客館就像鄰近任何一間舖子，少的只是光顧的客人，甫進門處擺了座大屛風，使街上的人沒法望進舖內，透出神秘兮兮的味道。

高彥解釋清楚時，兩人踏入白天的夜窩子，朝紅子春的洛陽樓走去。

在入黑後興旺如鬧市的邊荒集聖地，此刻卻像沉睡著，所有賭場、酒館、青樓均門戶緊閉，街道冷冷清清的，有的只是路過前往別區的行人，再不見醉臥街頭或呼嘯而過的尋歡者。夜窩子的金科玉律，並不存在於光天化日之下。

高彥順口問道：「老屠的行動，大有可能是針對你而來呢！」

郝長亨苦笑道：「我很清楚屠奉三這個人，對他的行事作風更不敢苟同。他有個近乎盲目的信念，或可稱爲狂熱的鄉土迷，一切以荊州的利益爲主，捍衛荊州的地位和權勢，不肯接受他這意念的便是敵人。此種非友即敵的看法，令他處處樹敵，不得不採取愈來愈激烈殘暴的手法對付敵人。若非因他確有眞才實學，早橫死街頭。他最擅長的是以威嚇的恐怖手段，要人害怕他，而非要贏得別人的敬重。」

稍頓嘆道：「開設這甚麼娘的刺客館，正吻合他一貫的作風。他針對的是整個邊荒集，而非我郝長亨或某一個人。」

高彥哂道：「今次他必像苻堅般會遭到淝水之戰式的沒頂大敗，竟敢入鄉不隨俗，也不打聽一下邊荒集是甚麼地方。」

郝長亨搖頭道：「假如高兄弟這般低估他，後果將不堪想像。他故意在東大街強搶別人的舖子立業，正是要剃祝老大的眼眉，逼祝老大出手。如此他便可以雷霆萬鈞之勢，一舉將漢幫連根拔起，立威邊荒集。」

高彥皺眉道：「就憑他那些人？」

郝長亨沉聲道：「若我沒有猜錯，他在集外必有一支可以隨時調進來的增援部隊。在桓玄的支持下，他有一批約五百人的死士，人人武功高強，飽受訓練。三年前他便潛入兩湖過，意圖對郝幫幫主進行突襲刺殺，幸好我們頗得當地群眾擁戴，有人通風報訊，我們盡起精銳，追殺百里，仍讓他逃脫。」

高彥倒抽一口涼氣道：「竟有此事！」

郝長亨道：「屠奉三等若另一個桓玄，絕不能掉以輕心。在南方，郝幫幫主只看得起幾個人，屠奉三正是其中之一。」

高彥道：「桓玄又如何呢？」

郝長亨露出凝重的神色，嘆道：「不論兵法、武功，桓玄均不在謝玄之下，你說敝幫主會如何看他呢？論武功，孫恩肯定是南方第一人，甚或冠絕天下；論戰場上爭雄鬥勝，則無人能出雙玄之右，可是比起謝玄，桓玄不但野心大，且做事心狠手辣，不擇手段，你說誰比較可怕呢？」

此時已抵達洛陽樓後院門處，想到或可以見到美麗的小白雁，高彥的心兒不由忐忑地急躍不停。

第九章　其人之道

離正午尚有個半時辰，以饅頭名著邊荒集的「老王饅頭」店內只有燕飛和劉裕兩個客人，看熱鬧繁盛的大街車來人往的，使人不由有種懶洋洋甚麼都不想做的心情。而對街處第一樓的重建工程正進行得如火如荼，因爲紀千千的積極參與，搬搬抬抬再不成苦差，而是充滿遊戲樂趣的風流韻事。

飲飽食醉的燕飛伸個懶腰，嘆道：「終於回到邊荒集哩！他娘的！邊荒集從未如此刺激好玩過。」

劉裕凝望對街，想像著第一樓從灰燼中復活過來矗立東大街的壯觀模樣。他明白龐義是怎樣的一個人，絕不會重複自己的作爲，所以正在進行重建的第一樓，會是他最新和最具創意的傑作。

輕輕道：「千千在逼你去追求她，我敢肯定她在懷疑你的誠意。唉！實不相瞞，千千不但令敵人心動，也令我們每一個人心動。這幾天我總有點糊裡糊塗，一切都不眞實的渾噩感覺，直到你耍出送走馬燈的手段，我忽然醒覺過來，感到渾身輕鬆，因爲你是世上唯一能令我爲你奪得美人歸而高興的人。」

燕飛苦笑道：「走馬燈？唉！我眞不知該多謝高小子還是狠揍他一頓。」

劉裕失聲道：「竟是高彥弄出來的鬼！難怪不像是你平日的作風！」

燕飛從椅背滑下一寸，一臉米已成炊的遺憾之色，道：「幸好還有你清醒著，現在你來教教我該怎麼辦？」

劉裕露出個燦爛的笑容，以帶點幸災樂禍的口吻道：「這是邊荒第一高手的甄別試，當然不容易過關。可是直至這一刻，你仍做得很稱職。」

燕飛沉吟道：「可是若依目前的情況發展下去，我們一定會輸給慕容垂，例如他派來一萬精銳，邊荒集肯定不戰而潰，若玄帥派人來解圍，更會步入慕容垂精心巧布的陷阱去。」

劉裕道：「坦白說！我也爲此擔心得要命，卻仍苦無對策。」

又頹然道：「任遙曾說過有取司馬王朝而代之的大計，當時他是與自己的皇后說密話，沒有吹牛的道理，此事更令我昨晚沒有闔過眼。」

燕飛思索道：「任遙的陰謀，應是他三個月前南下建康後開始的，建康城有甚麼異樣的情況呢？接著安公便給逼走。」

劉裕肅容道：「我和你的想法不謀而合，這三個月建康的形勢變化得很厲害，司馬曜忽然一面倒的支持司馬道子，縱容他的派系，令安公無立足之地，關鍵全在司馬曜新納的貴人。」

兩人你看我我看你，腦內想的均是任遙的愛妃曼妙夫人。

劉裕拍腿道：「早該猜到的！」

燕飛嘆道：「我們太忙了！忙得透不過氣來。任遙此招叫對症下藥，一下子控制了司馬王朝，連司馬道子都是受害者，如此心計，確實駭人。」

劉裕道：「此事定要知會玄帥，否則他會作出錯誤的估計。」

燕飛道：「還是你親自走一趟穩妥點。順道告訴他邊荒集的第一手情報，請他不要中了慕容垂誘敵之計，因爲孫恩、任遙和慕容垂已結成聯盟。」

劉裕皺眉道：「那至少須十五天的時間，我怎放心得下？」

燕飛啞然笑道：「你和我只是紀千千的嘍囉，少個嘍囉有甚麼問題？」

劉裕沉聲道：「我總有個不安的感覺，花妖會以千千為最終的目標。」

燕飛道：「若我們終日提心弔膽，正中花妖之計，而此正為他慣用的手段。你不是說這是邊荒第一高手的過關試嗎？花妖正是其中一條題目。你回來時，說不定可以在第一樓的平台和我喝酒聊天。」

劉裕岔開道：「你怎樣看郝長亨這個人。」

燕飛的目光投往外面街上經過的一隊騎士，油然道：「我真的看不透他這個人，說話非常了得，乃天生說客之流。他既可以是豪情仗義之輩，更可能是大奸大惡之徒，他自謂在邊荒集只是掙扎求存，令人難辨真偽。」

劉裕道：「話誰不可以說得漂亮，不過其行為將會洩露其底子。在一般情況下我是不會擔心他，可是現在我們的情報頭子高彥正被他的小白雁迷得糊裡糊塗，對他的監視難免出現偏差，所以你要多留神。」

燕飛曉得他接受了自己的提議，決定往南方走一轉，欣然道：「曉得哩！」

劉裕思索半晌，道：「暫時在邊荒集，我們最大的對頭不是祝老大，而是屠奉三，他是桓玄的代表，與我更是勢不兩立，我希望燕兄容許我獨力與他周旋。」

燕飛皺眉道：「一切回來後再說。」

劉裕道：「或許太遲了！我雖然是首次見到他，但玄帥卻一直留意他，所以我們也曾對他是怎樣的一個人下了一番調查工夫。」

稍頓續道：「屠奉三善用奇兵，最愛以刺殺突擊的手段削弱敵人的實力，更懂得營造恐懼，令敵人不戰而潰，最可慮的是他比任何人更清楚我的底細，而他第一個要殺的人將會是我劉裕。照他一貫的作風，由於我和你的關係，他也會一併把你計算在內。」

燕飛哂道：「那又如何呢？」

劉裕微笑道：「所以我想把對付他的責任承擔過來。」

燕飛搖頭道：「我不明白！」

劉裕湊前道：「只要他曉得我孤身返南方見玄帥，肯定會不惜一切來追殺我，這等若斬斷玄帥對邊荒集最直接的影響力，更對我們的無敵組合造成嚴重的打擊，你也暫時不用擔心他有空去對付高彥或我方的任何人。」

燕飛道：「這是非常危險的事，離開邊荒集後，屠奉三將全無顧忌，不易應付。」

劉裕欣然道：「別忘記我是北府兵內最出色的斥候，對邊荒我是識途老馬，他肯追殺我，正是我求之不得的事。如此我去也去得安心點。」

燕飛對其膽大包天生出敬意，劉裕不單志向遠大，更是無畏的冒險者。

劉裕從容道：「我要讓屠奉三以為自己是獵者時，忽然反變成獵物，想想都感刺激有趣。」

燕飛沉吟道：「問題是如何可將你返回南方的消息知會他，又不會引他生疑？」

劉裕淡淡道：「找人光顧他的刺客館如何？或許還是他的第一單生意呢！」

兩人對望一眼，會心而笑。

燕飛思忖道：「找誰去光顧他較適合呢？」

劉裕早胸有成竹，道：「拓跋儀如何？因爲他不希望你與玄帥有任何關係，想你只站在他們的一方，而他更是有資格曉得我秘密離開的人。」

燕飛點頭道：「換作我是屠奉三，也不會對此產生懷疑。劉兄的腦筋轉得很快，這樣異想天開以身爲餌的計畫，眨眨眼便想出來，眞有點捨不得讓你走。」

劉裕露出一絲苦澀的表情，道：「起初我眞不願離開，但到想出此計，又恨不得可以立即動身。像千千般，我也是喜歡刺激的人，不會安於平淡的日子。唉！離開一段時間對我來說是好事，我雖然已對千千死心，可是總有點害怕她多情善變的性格，更要爲你和她的關係而操心，離開了卻可以眼不見爲淨。」

燕飛嘆道：「都是高彥那小子惹出來的禍。」

劉裕笑道：「是福是禍，誰能逆料。千千的確是人見人愛的動人女子，且比較適合你。」

燕飛不解道：「爲何不適合你呢？」

劉裕目光投往重建場址，雙目射出憧憬的神色，道：「在事業上我雖然愛冒險，可是卻希望回到家中有溫馨安逸的日子可過，我心目中理想的妻子，會理好家中的一切，爲我生兒育女，可以令我忘掉外面的陰惡和奸詐。」

燕飛道：「然則你認爲千千不會是賢妻良母。」

劉裕道：「千千是男人夢寐以求的女人，是否賢妻良母並不重要，但要她待在家裡等丈夫回來卻是一種浪費。匹配她的該是你這種浪跡天涯的浪子，既有胡族的野性，又不失漢族的溫文爾雅。只有跟隨你去闖蕩，她才可以發光發熱，也只有你的豁達才不會阻礙她在曲藝上的發展，所以我在千千的事上從沒有勸過你半句話。」

燕飛道：「可是在過去一年我沒有離開過邊荒集，挺安於現狀的。」

劉裕深深望他一眼，道：「那是因爲你疲倦了，所以須停下來好好休息。現在你已逐漸恢復過來，你不覺得今次返回邊荒集後，你的變化很大嗎？」

燕飛默然片刻，欲言又止。

劉裕眞誠的道：「自加入北府軍後，我的眼界開闊了，卻沒有一個知心的朋友，直至遇上你。和你在一起，我可以暢所欲言，不用有任何隱瞞，這情形令我自己也感到古怪，因爲我從小就愛把心事密藏心底裡，但對著你時竟有不吐不快的衝動。你有甚麼話要說的？該像我般坦白才對得起我。」

燕飛啞然失笑道：「對得起你？哈！我只是想知道你是否曾動過勸我不要碰千千的念頭。」

劉裕道：「俗語有云英雄難過美人關，若你像我般親眼目睹慕容戰或屠奉三乍見千千時的眼神，當明白這句話的含意。千千是個很特別的女人，你看她的眼睛便曉得她不會讓任何人駕馭她，她的感情更是開放的，大有任性而行的味道。我眞怕她傷害你，當我看到她透過車窗盯著那甚麼邊荒公子的神情，便知道自己的擔心是有道理的。」

燕飛的目光移往陽光燦爛的晴空，若有所思的道：「小時在我們的逃亡生涯中，我們曾到黃河之南住過一段日子，小珪喜歡捕捉蝴蝶，看到美麗的東西他總要據爲己有。可是對我來說，瞧著蝴蝶在花間翩翩起舞，已是最大的樂趣，罩在網內的蝴蝶已失去牠最動人的一面。千千便是最美的彩蝶，要飛便讓她飛吧！我只會衷心祝福她，希望她可以繼續她精采的生命。」

劉裕大鬆一口氣道：「那我更放心啦！我眞擔心你抵受不起另一次打擊。」

燕飛苦笑道：「你這個會猜人心事的傢伙，唉！我的娘！另一次的打擊，說出來也覺得可怕。正如你所說的，說是一回事，行動又是另一回事。這幾天我的確有點兒神魂顚倒，糊裡糊塗的。」

劉裕笑道：「這就是秦淮首席才女的魔力，從建康移師到邊荒集。好好保護她，事不宜遲，我今晚便動身。」

又道：「若每個人肯坦白說出心事，必然有過爲某些永不能得到的人神魂顚倒的經驗，那是成長的當然經歷。可恨的是到你功成名就，一切已變爲無法挽留的過去，成爲一段只會引起悵惘的回憶。」

燕飛訝道：「你似是有感而發，對象應不是千千，而是雖有意卻沒法子得到的美人兒。對嗎？」

劉裕心湖裡泛起王恭之女王淡眞的秀美嬌容，於烏衣巷謝府分手時的殷殷道別，甜美的笑容，似在昨天發生。

縱然他能在北府軍中攀上大將的位置，礙於高門與寒門之隔，又不論王恭如何看得起他，他仍沒有與王淡眞談論嫁娶的資格，這是永不能改變的殘酷現實。

嘆了一口氣道：「我只是想起曾偷偷暗戀過的美女，現在我是在怎樣的情況下，你該比其他人清楚。玄帥雖然看得起我，可是北府軍山頭派系林立，只有玄帥有駕御的能力。有一天玄帥如他所說的撒手而去，情況實不堪想像。」

燕飛想起謝玄的傷勢，立即心如鉛墜，再沒有閒情向劉裕尋根究柢。

兩人各有心事，不由默然無語。

忽然有人從街外走進來，見到兩人哈哈笑道：「果然在這裡偷懶，這位定是能令任遙負傷的大英雄劉裕兄。在下卓狂生，失敬失敬！」

竟是「邊荒名士」卓狂生，大模大樣的在兩人對面坐下。

燕飛訝道：「你不是白晝睡覺，晚上才出沒的嗎？今天吹甚麼風讓你沒睡夠便起來呢？」

卓狂生接過劉裕遞來的茶杯，看著劉裕爲他斟茶，道：「還不是你燕飛害人不淺，既把紀千千帶回來，又搞到滿集風雨。祝老大一大早便來吵醒我，說要召開鐘樓會議，指名要你赴席。你這小子眞行，祝老大要退讓哩！他當然說得漂漂亮亮的，說甚麼爲應付花妖大家須團結一致，所以贊同永遠取消納地租的事，且懸紅百兩黃金，給任何提供線索擒拿花妖歸案的報訊者。花妖眞是他下台階的及時雨。」

燕飛和劉裕聽得瞠目以對，不由對祝老大的沉著多智重新評估。

他肯容忍燕飛，不與他正面衝突，並非因怕了燕飛，而是因爲形勢日趨複雜，保留實力方爲上策。

卓狂生向劉裕道：「你老哥和任遙之戰已成轟動全集的大事，若你肯到我的說書館現身說法，我可以付你三兩金子，每晚十場，連說三晚。」

劉裕沒好氣道：「我可以說甚麼呢？刀來劍往，只是眨幾眼的工夫。」

卓狂生欣然道：「你不會加油添醋，我可以負起指導之責。」

燕飛沒有閒情和他胡扯，道：「現在豈非人人皆知花妖已來到邊荒集犯事？」

卓狂生苦笑道：「這叫先發制人，好證明祝老大仍是邊荒集最能作主的人。」

旋又興奮起來，道：「現在我正重金禮聘任何可以說出花妖往事的人，只要有這樣一個說書者，肯定可讓我狠賺一筆，包保你們也控制不了自己的一雙腿子，到來聽個夠本。愈清楚花妖的行事作風、犯案手法，愈有把握把他逮著，好與紀才女共度春宵。」

劉裕不悅道：「你倒會做生意，不過萬勿傳遞錯誤訊息，千千只是肯陪喝酒唱曲而已！」

卓狂生面不改色道：「甚麼都好，只要能與紀千千孤男寡女獨對一個晚夜，其他的當然看你的本事。」

燕飛淡淡道：「鐘樓會議何時舉行？」

卓狂生道：「離現在不到一個時辰，於正午舉行，紀才女已答應隨你去參加，你們雖然沒有贊成或反對的權責，卻可以參加討論，隨意發表意見。」

燕飛沉聲道：「長哈老大會否出席？」

卓狂生道：「我說服他後才決定會議舉行的時間，他是當事人，若想爲愛女報仇，他怎可以缺席？」

說罷起立道：「記著與紀千千準時出席，我還要去通知其他人。」

又咕噥道：「千萬不要當會議的主持，根本是大跑腿一名。」

接著匆匆去了。

第十章　權力遊戲

北門大街最著名的不是昨晚龐義買羊腿子的羊肉舖，而是佔地達數畝的北門驛站。由於邊荒集北門接連從北方來的驛道，所以北門驛站成爲陸運貨物的必經之地和貨物集散處。

北方缺船，南方欠馬，是當時大致的情況。所以北方貨運以陸路爲主，南方則爲水運，由此可見北門驛站的重要性。

驛站佔去北區近八分之一的土地，由十多個騾馬廏和近三十座貨倉組成，且有一片空地專供貨攤作臨時擺賣，其餘大多爲專售與騾、馬有關器具的店舖，只是售馬蹄鐵的舖子便有五間之多。

飛馬會是北門驛站的經營者，也成爲貨物交收的當然公正人，他們的仲裁是最後的決定，交易雙方不得異議。

於苻堅南征一役，拓跋鮮卑原本受創最重，不過因拓跋珪有先見之明，及時抽調人手塡補空檔，時機比其他人把握得更精準，反成爲大贏家。

燕飛在其中一所馬廏找到拓跋儀，後者領他到崩塌的城牆處說話。

燕飛道明來意和要求他去做的事。拓跋儀雙目閃閃生輝，細看他半晌，問道：「此計是你想出來的還是那姓劉的主意？」

他們以鮮卑語交談，分外有親切的感覺，似乎久違的童年歲月又回來了。

燕飛道：「是他想出來的，我怎敢教人去以身犯險？」

拓跋儀點頭道：「此人非常不簡單，極有膽色，小飛和他究竟是甚麼關係？」

燕飛道：「他是甚麼出身你不要計較，現在我們必須團結一致，以應付桓玄和慕容垂兩方勢力的入侵，將來是友是敵，屆時再作計議。」

拓跋儀點頭道：「誰都曉得你是重感情的人，我是要提醒你，不要與漢人這麼親近，除非你再不認爲自己是拓跋鮮卑的一分子。我們當然不希望會有那種情況出現。」

燕飛苦笑道：「不要說得這麼嚴重好嗎？胡漢間的界線已愈趨模糊，我本身正是一個例子。這裡是邊荒集，是無法無天的地方，只有繼續生存下去，方可以透過貿易壯大自己。不過爲安你的心，我可以告訴你，燕飛仍是以前的燕飛，不會受任何人管束，明白嗎？」

拓跋儀露出兩排雪白的牙齒，微笑道：「剛才的一番話是小珪要我轉達的，我當然明白小飛是甚麼人。你這樣公然來找我，不怕給屠奉三收到風聲，生出疑心嗎？」

燕飛道：「這也是劉裕想出來的，故意讓屠奉三曉得我們會面，而你則因我透露出劉裕的關係，令你對劉裕動了殺機。最妙是屠奉三縱然猜到這或許是個陷阱，仍不會白白放過這打擊謝玄的天賜良機。至於該如何與屠奉三說話，不用我教你吧？」

拓跋儀突然雙目充盈殺機，沉聲道：「只有殺了這個姓劉的，方可以斬斷北府兵與燕飛的聯繫，我肯爲此付你屠老哥五十兩黃金。哈！扮得和說得如何呢？像嗎？」

燕飛啞然失笑道：「你這小子最會裝神弄鬼，我差點被你嚇了一跳。」

拓跋儀道：「此事包在我身上，順便讓我探探屠奉三的底子，看是否眞如傳說般有實力！」

燕飛望著天空，深吸一口氣道：「你很快會知道。」

拓跋儀凝視他道：「你和紀千千究竟是怎麼一回事？她對花妖的懸賞似乎很不給你面子。」

燕飛淡然自若道：「她是在玩愛情的遊戲，看我肯不肯陪她發瘋。她並不像表面看來般快樂，所以要自我放逐，離開建康。我在流浪，她也在流浪，一起流浪到一個叫邊荒集的地方。就是如此簡單，不存在誰丟面子的問題。」

拓跋儀大力一拍他肩頭，笑道：「說得很灑脫，我再不擔心你這方面的事。我有個感覺，花妖是在向你公開挑戰，而他眞正的目標正是我們的千千美人。」

燕飛灑然笑道：「他老哥眞的是落力幫忙，給我藉口可以晚晚伴在千千之旁。」

拓跋儀搖頭道：「錯啦！保護紀千千已成了邊荒集每一個人的責任，否則邊荒集將永遠蒙羞。慕容戰這小子剛來找夏侯亭商量，要組成一支只限眞正高手參加的緝妖團，一方面可以對付花妖，另一作用是輪番保護紀千千。慕容戰此人絕不是有勇無謀之輩，是藉此機會重新調整與我們的關係。」

又道：「聽說你在正東居與赫連勃勃說過話，你覺得此人如何？」

燕飛道：「他是要與我拉關係。此人高深莫測，令人難以看透，肯定是非常難纏的人。」

拓跋儀道：「他是我們復國的一個主要障礙，絕不可以讓他活著離開邊荒集。」

燕飛苦笑道：「我們當前的大敵是慕容垂、桓玄、孫恩又或花妖。若只顧自相殘殺，最後會便宜他們。」

拓跋儀道：「對付赫連勃勃並不急在一時，可以見機行事。你們舉行鐘樓會議時我會去見屠奉三。坦白點說，此事對我有利無害，倘若劉裕作法自斃又或屠奉三命斷邊荒，都是值得飲酒慶祝的事。」

燕飛嘆道：「你不要出賣我！」

拓跋儀彈起來笑道：「我若是這樣的人，你會來找我幫忙嗎？換成小珪，他肯定會這般做。」

燕飛暗嘆一口氣，拓跋儀說得沒有錯，拓跋珪正是這樣的一個人，誰對他的復國大業有威脅，他可以不擇手段的除去對方。

他燕飛會否是唯一的例外呢？

高彥撲入「老王饅頭」店，訝道：「燕老大呢？」

劉裕懶洋洋的道：「燕老大日理萬機，當然不像我這閒人般，可以在這裡偷懶。」

高彥見店內沒有其他客人，鋪後則傳來老王和他媳婦兒忙碌工作的聲音，於劉裕對面坐下道：「哈！你看吧，只一夜工夫，一切都不同哩！老燕仍坐穩邊荒第一劍的位子，你老哥則變成邊荒集的名人，我高彥小子亦因此水漲船高，人人對我另眼相看，行情大漲；千千更不用說，立即成爲邊荒集的靈魂和象徵，將邊荒集化爲世上最美麗的處所，把秦淮河搬到這裡來。」

劉裕此時已對高彥有相當的了解，故意作弄他，偏不問起他見小白雁的情況，道：「我昨夜與任遙交手的事，是否由你散播開去的？」

高彥搖頭道：「我是給騾車的聲音弄醒的，出帳後四周全是仰慕千千之名而來的人，何來時間爲你造謠造勢？讓我告訴你，邊荒集從來就是個謠言滿天飛的地方，有甚麼風吹草動，會立即傳遍每個角落。你老哥又不是關起門來和任遙打生鬥死，被一個人看到，等若讓所有人看到。」

劉裕搖頭道：「邊荒集沒有人認識任遙，即使見到，仍不曉得與我交手者竟然是他。現在可以如此迅速傳播，肯定有古怪。」

高彥思忖道：「有點道理。若不是由我們說出去，難道任遙會自揭瘡疤？」

劉裕道：「倘若如此，那任遙是故意示弱，以減低別人對他的注意，這般的忍辱負重，進一步證明他在進行顛覆邊荒集的大陰謀。」

高彥卻是無心裝載，忍不住道：「你好像一點也不關心我的事，還說甚麼兄弟戰友。」

劉裕忍著笑，裝作不解的問道：「關心你哪方面的事呢？說吧！要對付何方人馬？不論是刀山劍林，我都陪你硬闖拚命。」

高彥終於發覺對方在作弄自己，笑道：「好小子！竟敢來耍老子。告訴你，我終於見到我的白雁兒。唉！若郝長亨識相點，我便可以和她大說私話兒。只可惜郝長亨賴著不肯走，還枉我大哥前大哥後的叫得唇焦舌燥。他奶奶的，使我空有應付娘兒的渾身解數，卻無從施展。」

劉裕開懷笑道：「好小子！我警告你可別太過急進，嚇壞人家小姑娘。」

高彥冷哼道：「甚麼小姑娘？小精靈才對。最懂斜斜地兜你老娘的那麼一眼半眼，勾你奶奶的魂魄出來。」

劉裕知他心中極度興奮，所以粗話連篇，也不知該爲他擔心還是高興。岔開道：「有甚麼地方可以買到弓矢、鉤索、暗器等一類東西，又不怕被人知道呢？」

高彥一呆道：「你要這些東西來幹甚麼？」

劉裕把今晚離開的事從頭解釋清楚，最後道：「一切必須秘密進行，如讓屠奉三的眼線曉得我買下這批東西，會猜到我在布置陷阱。」

高彥咋舌道：「你是我認識的人中膽子最大的。對大部分人來說，屠奉三不來煩你，已經謝天謝地了，你還主動去惹他。」

劉裕從容道：「此謂之不入虎穴，焉得虎子。只有如此才可以牽著屠奉三的鼻子走。我還要回去籌些銀兩，因在邊荒集是無財不行。我剛說的事，你有辦法嗎？」

高彥傲然道：「你當老子我是甚麼人？我不但是邊荒集的首席風媒，更是追蹤和反追蹤的大行家。你儘管開張清單出來，我可以在黑市為你買齊所需的一切，且是最上等的貨色。」

劉裕訝道：「黑市？」

高彥以指導後輩的神氣道：「有明市當然有黑市，明市的價錢是根據各幫會與大商家同意的標準訂定。黑市則純看供求的需要，不過卻非人人懂得門路，且做熟不做生，像我這樣的熟客當然沒有問題。」

劉裕大喜下一口氣說出大串須購備的物品，高彥記牢後興高采烈的去了，就像約了他的小白雁在某處談情說愛般快樂。

高彥去後不久，紀千千蓮步姍姍的來了，登時引起街上一陣混亂。

不知如何，劉裕心中忽然浮現高門貴女王淡真的美麗倩影，思忖著若來的是王淡真，會是怎樣的一番滋味呢？

燕飛從北門大街進入日間的夜窩子，心情平靜閒逸。

他不明白自己怎麼可以保持這種心境，照道理一波未平一波又起的情況，該令他有被壓得透不過氣來的感覺。

或許是在可預見的將來，他又可以蹺起腿來坐在第一樓的平台過其看街喝酒的日子，但又隱隱覺得這不是主因。

難道是因爲紀千千？可是他應該感到焦慮和迷惘才對。還是他根本不把紀千千放在心上？這當然也不是事實。

眼前的邊荒集正處於急劇激烈的變化中，諸方勢力角逐之下，不但有勝利者，更有遭殃的人，沒有人敢肯定未來的命運如何發展，一切像給迷霧籠罩著般迷糊不清，能見度減至最低，可是他亦沒有爲此憂心。

會否是自己身懷「金丹大法」的當然現象？坦白說，自大法成功後，他對任何人事確有一無所懼的感覺。縱然他曉得初成的功法仍有破綻與弱點，可是那種看通看透一切的感覺卻賦予他無比的信心。

通靈的感覺令他清楚感到已超越了一般上乘武技的局限，進軍武道沒有人曾夢想過的境界。

即將召開的鐘樓會議對他有很大的意義，只要說服長哈力行，讓他檢視他女兒遭害的遺體，看上一眼，他有把握可以和行凶者產生微妙的感應和聯繫，將這瘋狂殘暴的狂人從邊荒集近十萬名住民和流民中淘金般淘出來，爲世除害。

一輛馬車從後方駛至，只聽蹄聲，便曉得尚有十多名騎士隨行護送。

燕飛正思量是哪一位到鐘樓參加會議的幫會老大或商界大豪，馬車騎士在經過他後緩緩停下來。

十五名騎士禮貌地向他致敬打招呼，均是同樣的灰藍武士裝束，令人更感到乘車者的排場和身分地位。

燕飛來到掀開簾幕的窗前，笑道：「姬大少你好！」

窗內出現一張像少見天日的白皙面容，一頭經過仔細梳理的頭髮，年紀不過三十，時常像若有所思的眼睛正灼灼打量著他。方臉孔，眉清目秀，沒有其他商賈半分銅臭的味道，微笑道：「我們的燕少要坐便車嗎？這不是個邀請，而是要求，讓我姬別可以和你說幾句心事話兒。」

姬別是與紅子春、費正昌同級的大商家，費正昌經營的是錢莊和借貸，紅子春是洛陽樓的大老闆，而其他各行業的生意亦均有涉足。姬別則獨沾一味，專事兵器買賣。

他設於羌幫勢力範圍內的舖子叫「兵工廠」，不單供人隨意選購各式兵器，更接受訂單，可由客人提供式樣，特別打製。

際此南北戰事連綿的混亂形勢，不少鐵匠到邊荒集來幹活，提供姬別大量打造兵器的能手。且因他在北方很有人脈關係，從不虞缺乏原料，所以在短短數年間，成功壟斷了邊荒集近半的兵器買賣。

他更是邊荒集著名的花花公子，風花雪月的事從來少不了他一份。他今早沒有出現於營地，任何人均感意外。

高彥和他的分別在後者有花之不盡的財富。燕飛在以前與他只說過幾句應酬話，還是因他愛到第一樓嚐龐義的巧手南菜，禮貌上打個招呼而已！

一名騎士跳下馬來，恭敬的拉開車門。

燕飛登上馬車，坐到姬別身旁。

車門關上，緩緩開行，往古鐘場進發。

姬別探手拍拍燕飛肩頭，道：「歡迎燕少回來。」

燕飛總感到與他話不投機。事實上他對名利雙收的大商家一類人物，一向沒有甚麼好感，淡淡道：「你找我有甚麼事？」

姬別對他的冷淡不以爲忤，欣然道：「聽說你和烏衣巷謝家搭上關係，未知此事是否當眞的呢？」

燕飛曉得他的話只是開場白，嘆道：「關係確是有的，卻不是謠傳中的那一種，只屬朋友的關係。」

姬別道：「這點凡是認識你的人均明白。事實上有關係又如何呢？沒有點關係，如何在邊荒集立足做生意。」

燕飛道：「快到啦！姬老闆究竟有甚麼指教呢？」

姬別沉吟片刻，乾咳一聲道：「據我在北方的眼線通風報信，慕容永兄弟早猜到你會重回邊荒集，所以不但重金懸賞要你項上的人頭，還派出一批高手，務要殺你報仇雪恨。慕容戰現在肯容忍你，只因殺手尚未抵達，燕少不要疏忽大意。」

燕飛沉聲道：「爲何要告訴我呢？你不怕開罪慕容戰嗎？」

姬別微笑道：「你不說出來，我又不說出去，誰會曉得呢？唉！不要那麼瞧著我，我是爲千千小姐著想，不希望她受到任何傷害。燕少該清楚我是天下間最有惜花之心的人。」

燕飛不知該相信他還是懷疑他。不過想起慕容戰昨晚試探自己虛實，便有理由相信他的話。慕容戰的態度轉變令人費解，但如是包藏禍心，則又變得合乎情理。

馬車駛上廣場，古鐘樓聳立前方，即將召開的會議，是淝水之戰後最關鍵的一次會議，在邊荒集從來沒有休止的權力遊戲將展開新的一頁。

第十一章 永遠開始

紀千千在劉裕身旁坐下，道：「燕老大到哪裡去了？」

劉裕見有武士逐走欲探頭進來看紀千千的過路者，訝道：「那些守衛是甚麼人？」

紀千千無奈道：「是祝老大的好意，派人在附近街上放哨，防止有人來騷擾我，人家推也推不掉，眞惱人。」

劉裕悶哼道：「這讓他可以光明正大的來監視我們。燕老大辦事去了，他已交代下來，由我這個小頭目負責送大小姐你到鐘樓去。」

紀千千白他一眼，道：「劉老大的心情似乎不佳，咦！聽說這裡的饅頭很有名哩！」

劉裕揚聲喝進蒸爐房去，道：「老王，再給我來一碟十八個的淨饅頭。」

老王應了一聲。

紀千千吃驚道：「十八個那麼多，你又吃飽了，千千一個人怎吃得下去。」

劉裕感到無比的輕鬆寫意。有紀千千在眼前現身演繹美女的動人神韻，整個天地立即充滿生趣。她小小一個表情，便可以勾去你的魂魄。難怪以燕飛的心如止水，也被她掀起浪潮。而對他劉裕而言，紀千千更是奇異的催化劑，煉丹般令劉裕燒著心臟某一不知名的部分，使他今天不斷想念王淡眞，這位他沒資格攀摘的大家閨秀。

幸好尚有紀千千，能認識她、親近她，已是一種幸福，還有甚麼好怨的。

笑道：「因爲我想多看點小姐你吃饅頭的妙態。哈！我有一半是在說笑，老王的饅頭很精巧的，我可一口吃兩個，千千理該可以一口包辦一個，十八個饅頭十八口。十八口後我們立即起行，時間差不多哩！」

紀千千喜孜孜道：「你有沒有覺得到邊荒集後，人人都有點變了。像你劉老大便變得輕鬆風趣起來，不再那麼古板。時間方面你不用擔心，邊荒集有『兵器大王』之稱的姬別，派人送來兩匹上等匈奴戰馬給我和小詩代步，待會我們騎這兩匹駿馬，沿東大街馳進夜窩子去，享受在邊荒集策馬長街之樂。」

劉裕皺眉道：「我開始爲燕飛擔心。」

矮小精壯的老王托著一盤饅頭昂然步至，赫然發覺來光顧的竟是他曾隔街看足近半個時辰的紀千千，眼珠差點掉出來，將香氣四溢的饅頭放到桌子上時，抖顫道：「今趟是免費的。」

劉裕介紹道：「老王本是長安最有名氣的饅頭大師傅，在邊荒集仍數他第一。」

紀千千早迫不及待拿起饅頭，一口吃掉一個，神態嬌美巧俏無倫，看得老王更不肯走。

紀千千露出滿意的神情，欣然道：「在建康也吃不到這麼香口鬆化的饅頭，老王大師傅肯指點千千兩手嗎？」

老王整塊臉燒起來，唯唯諾諾，只是傻笑，竟說不出話來。

劉裕代他道：「當然沒有問題，這是老王的榮幸。」

又暗踢老王一腳，後者方依依不捨地去了。

紀千千道：「原來邊荒集才是眞正人才薈萃的地方，各行各業的頂尖人物都來了這裡。噢！我還未和你算賬，你在胡說甚麼呢？你爲燕飛擔心？擔心甚麼呢？擔心千千變心嗎？」

劉裕招架不來，苦笑道：「你若眞的只傾心於燕飛一人，怎會開出那種懸賞呢？若擒殺花妖者不是燕飛，豈非大煞風景。」

紀千千像聽不到他的話般，連吃三個饅頭，神態優閒自得，然後柔聲道：「因爲我要燕飛證明給所有人看，他才是邊荒集的第一高手。你該比我更清楚他的能耐，他已臻達劍道通玄的境界，天下間根本沒人可以擊敗他。而他更可能是唯一勝過花妖的人。所以我一點也不擔心那晚我陪的人不是他，這也是我逼他坦然示愛的唯一辦法。」

劉裕道：「走馬燈不算數嗎？」邊爲她斟茶。

紀千千拿起饅頭，若無其事道：「那是第一個開始。捉花妖是第二個開始。只有開始，沒有結尾，明白嗎？我要和他沒完沒了，只有不斷的開始。開始的感覺最美嘛！不要再擔心好嗎？我現在唯一的心願是要把他迷死，這可是人家的秘密，不准你洩露給任何人。」

劉裕咋舌道：「燕飛豈不是想偷點懶也不行嗎？那會比重建第一樓更辛苦呢。」

紀千千「噗哧」笑道：「不要誇大。燕飛是躲懶的專家，這方面不用你費神。」

劉裕靜默片刻，點頭道：「有千千垂青於他，是燕飛的福氣。咦！馬來啦！」

左丘亮等牽著兩匹駿馬來到門外，恭候兩人大駕，再沒有半點邊荒集惡棍的氣焰。

劉裕心忖他們正代表邊荒集的轉變，而令邊荒集逐漸改變的動力，正是身旁的美女，沒有人可以抗拒她，包括最窮凶極惡的人在內。

馬車在鐘樓前停下。

姬別漫不經意的問道：「祝老大爲何那麼怕你？在你未回來前，對龐義也只是輕揍一頓，不敢下重手，更怕害了他性命，與你結下解不開的深仇。你回來後，他則步步退讓，更不似他一向的作風。你的劍法了得人盡皆知，不過若他傾巢而出，你怎招架得住，燕少不覺得奇怪嗎？」

燕飛皺眉道：「不要再兜圈子，你究竟想說甚麼呢？」

姬別苦笑道：「不要那麼不耐煩好嗎？我只是想指出祝老大最顧忌的人的確是你，他肯忍氣吞聲，與慕容戰是同樣的情況，肯定是有另外對付你的撒手鐗。事實上你返回邊荒集，立即令整個邊荒集的形勢出現微妙的變化，再不像以前般單憑武力便可以解決一切。」

稍頓片刻，嘆一口氣道：「若非你燕少及時回來，我這幾天便要找地方避禍去。我有非常可靠的消息，慕容垂以兒子慕容寶爲帥，在短期內會大舉進攻邊荒集，不要看邊荒集表面興旺，其實人人做好逃難的準備。」

燕飛道：「他得到這樣的一個邊荒集又如何呢？」

姬別道：「慕容垂老謀深算，當然不會破壞邊荒集作爲南北貿易貨運樞紐的特殊地位。他耐心苦候數月，是爲與黃河幫和天師道達成協議，瓜分邊荒集的利益。也有人說給慕容垂挑中的是兩湖幫，這只是孫恩放出的煙幕，因爲只有他敢公然對抗晉室，聶天還應付桓玄和大江幫已使盡吃奶之力，沒有餘力鬧事。」

燕飛微笑道：「你的消息很靈通，不過爲何會因我回來而打消避禍之意呢？」

姬別頹然道：「倘能有一線希望，誰肯離開這片遠離戰火又可以發大財的福地？有謂人亡政息。

我不像你飄然一身，獨來獨往，我走後辛苦建立的事業會被瓜分掠奪，邊荒集乃虎狼之地，不要看平時人人與我稱兄道弟，有起事來，只會多捅你兩刀。」

燕飛道：「正如你所說的，我現在自顧不暇，怎麼反會成爲你的一線希望？」

姬別道：「因爲我曉得你和謝家眞正的關係，當今之世，在南方只有謝玄的北府兵和桓玄的荊州軍能跟慕容垂有一較高下的實力。對桓玄我當然不抱任何奢望，此人狼子野心，比之慕容垂的狠辣不遑多讓。現時在北方慕容垂已再無敵手，他統一北方是早晚間的事，只有謝玄的北府兵能阻他南侵，而佔領邊荒集將是他往南擴展的第一步，且是統一南北最重要的一著，既可以截斷北方諸勢力的財路和物資供應，又可以兵脅南方，壯孫恩造反的膽子，謝玄倘若坐視不理，大禍即臨。」

燕飛心中一震，表面當然不動聲色。

他剛和劉裕研究過謠言滿天飛的情況，認爲是一個針對謝玄的陷阱。而姬別卻來遊說自己請謝玄出兵對抗慕容垂，雖是合情合理，卻不能抹去他是暗地爲慕容垂出力的可能性。

由於謝玄與司馬王朝關係惡劣，與桓玄又勢如水火，實處於非常危險的境地，不容有失。若在邊荒集遭挫，不單淝水之戰贏回來的威望一朝喪盡，司馬道子還可趁勢削他兵權，把罪名加諸謝玄身上，三足鼎立的均勢將被打破。孫恩乘機造反，趁南方內部不穩，挑起僑寓世族和本土世族的仇根，後果不堪想像。

而慕容垂再無南面之憂，可全力統一北方，立穩陣腳後揮軍南下，收拾因內戰而四分五裂的南朝殘局，一石數鳥，再沒有另一個方法比在邊荒集擊倒謝玄更具神效。

「陷阱」的想法絕非憑空想像，而是以慕容垂的老練沉著，絕不會在事前洩露風聲，令奇兵再非奇兵。

任遙肯故意示弱，又聲稱決意離開，皆因不願引起謝玄一方的警覺。

另一使他懷疑姬別的原因，是他先指出慕容戰和祝老大不會放過他，令他生出危機感，更增添他向謝玄求援的急迫性。

姬別肯揭破兩湖幫沒有參與慕容垂的行動，是因郝長亨今早已在營地公開表態，硬拖他下水乃不智之舉。

燕飛心忖若姬別曉得自己從他的話中一下子推論出這麼多東西來，肯定非常後悔。

姬別在邊荒集的影響力不在幫會的龍頭老大之下，有他爲慕容垂和孫恩鳴鑼開道，邊荒集更是危如累卵，隨時有覆滅的大禍。

事實上也只有「大禍臨頭」四字是邊荒集現在最貼切的寫照。

淡淡道：「你以爲我與謝玄是甚麼關係？」

姬別微一錯愕，苦笑道：「說出來恐怕不大有趣吧！在邊荒集只有我姬別在南方和北方都是那麼吃得開，我與建康的王國寶更一向有買賣，他向我透露你的事是不安好心，我當然不會爲他散播中傷你的謠言。」

欲要多解釋兩句時，呼雷方不知從何處鑽出來，嚷道：「姬大少躲在車內幹甚麼？找了你半天也不見人。更使人奇怪是我們的姬公子竟錯過今早見紀千千的機會，你是否轉性了呢？」

姬別掀開車簾，笑道：「我和燕少在閒聊，看到嗎？」

燕飛隔窗和呼雷方點頭。

呼雷方露出訝異的表情，燕飛心中一動，在邊荒集與姬別表面關係最親密者莫如呼雷方，而他絕不擔心羌族會與慕容垂聯成一氣，故有可能是姬別將呼雷方與邊荒集一併出賣了。所以若可善加利用，呼雷方會是箝制姬別的一著好棋。

姬別向燕飛道：「我們下車吧！別讓呼雷老大久候了！」

紀千千在劉裕前方像表演騎術般策馬疾馳，在熱鬧的東大街逢車過車，遇馬過馬，好不寫意放任。

在建康城若這麼騎馬，肯定會招人不滿。但在這強者橫行的地方，人人皆習以爲常，尤其當見到的是秀髮飄飛、美如仙子的俏佳人，更有人鼓掌喝采，處處引起轟動。

劉裕緊追在她身後，看著她英姿颯爽的動人美態，心中百感交集。

因何自己總是看上得不到手的美女？這與自己一向腳踏實地的做人宗旨大相逕庭。幸好自己對紀千千只是止於欣賞，她肯視他爲知己已心滿意足，且爲她垂青自己的好友燕飛而衷心祝福。

他有點感覺是她不但要征服邊荒集，還要征服燕飛。紀千千並非弱質女流，在男女情事上喜歡主動，而她並不是霸道的人，只是想把命運控制在手上，盡情和放肆地去享受她輝煌的生命。

可是當想起王淡眞，他心中便塡滿自卑自憐的失落情緒。

他雖然不願意承認，但他的確忘不掉她，忘不掉她揮手道別時的甜美笑容，令他生出永誌不忘的深刻印象。她的嫻靜大方，深深地打動他。只恨他對她注定是單思暗戀，而在烏衣巷謝家的邂逅，大有可能是最後一次見到她。既是開始，更是結束。

最聰明的方法是盡快忘記她，再聽不到任何關於她的消息，讓時間把對她的思憶埋葬在內心的至深處。

紀千千一聲歡呼，原來剛闖過夜窩子的邊界。

四周的樓房是如此與眾不同，又全未開門營業，行人疏落，很容易分辨出來。

紀千千放緩馬速，讓劉裕從後趕上，嬌笑道：「千千可以想像這處在晚上的情景，今晚你們定要陪人家來湊熱鬧。」

劉裕笑答道：「這是燕老大的當然職責，陪邊荒第一美人的，自然該是邊荒的第一名劍。」

紀千千狠狠白他一眼，會說話的眼睛像在說：「又來取笑人家啦！」

劉裕魂爲之銷時，十多騎從橫街衝出，領頭的騎士高呼道：「千千小姐請等一等。」

兩人循聲瞧去，赫然是威武不凡的慕容戰，在手下簇擁中飛馳而至。

拓跋儀坐在北門驛站主建築物的大堂內，心內思潮起伏。

他很想找個人來談心事，可是夏侯亭卻要到鐘樓參加會議，只好一個人獨自思量。

燕飛的話仍縈繞耳際。

他說得對，目前他們的敵人是在北方而非南方，最大的禍患更是慕容垂。

高柳之役擊垮窟咄，令他們轉危爲安，但亦種下與慕容垂決裂的危機。慕容麟強行將窟咄這最重要的戰利品擄走，後來慕容垂父子更在窟咄付出贖金後將他釋放，令窟咄可以收拾殘兵，移居於統萬之西的蘇羅丘原，托庇於赫連勃勃的匈奴鐵弗部的翼蔭之下。

由於窟咄在拓跋鮮卑族仍有影響力，且深悉拓跋珪虛實，加上野心家赫連勃勃，立成拓跋族西面大患，令立國一事雪上加霜，被迫延後。

慕容垂這一招非常毒辣，既得贖金，又不用費一兵一卒，要個花招便令拓跋和鐵弗兩部互相牽制，無法進一步擴張勢力。

對燕飛，他是有一份深切的感情，兒時建立的關係最能持久，那時並沒有任何利益的衝突，到成長後，人與人間的交往再不可能像少年時代般純潔簡單。所以燕飛提出要求，他根本沒法拒絕，還要盡力為他辦妥。

心腹手下丁宣來到他身前，恭敬道：「儀爺召小人來有何事吩咐？」

丁宣是北方漢人，很會辦事，拓跋儀特地把他從牛川帶到邊荒集來，就是要借助他的沉穩老練。重用漢人是拓跋珪一向的政策，拓跋珪對他的左右謀士許謙和張袞便言聽計從，而拓跋珪有今天的成就，兩人居功至偉。

拓跋儀略一沉吟，道：「我已親自挑選了一匹戰馬，你替我送到燕飛的營地去。」

丁宣大為錯愕，心忖這麼簡單的小事，竟要自己親自處理？亦因而猜到事情絕非如表面般簡單。點頭道：「是否須瞞過所有人的耳目？」

拓跋儀苦笑道：「這正是關鍵所在，你不可以太過張揚，又不可以不讓人曉得。唔！以屠奉三的作風，他的眼線應已滲透全集，燕飛的營地亦不能倖免，只要你指明是交給劉裕的，理該瞞不過屠奉三。」

丁宣聽得一頭霧水，不過總弄清楚自己奉命去做的事。道：「小人明白哩！我會拿捏分寸。」

拓跋儀道：「此事須立即去辦，戰馬送到營地之時，應是我動身去見屠奉三的一刻，如此屠奉三才不會懷疑我以此戰馬故弄玄虛，稍後他收到消息，更可以進一步證實我不是在說謊。」

丁宣應命去了。

拓跋儀長身而起，走出大堂，在大門外觀察北門人來車往的熱鬧情況，心中卻思忖能使屠奉三深信不疑的方法。

要騙屠奉三並不容易，所謂盛名之下無虛士，桓玄是南方最厲害卓越的人物之一，屠奉三得他重用，本身當然有眞材實料。

不過他對屠奉三沒有絲毫懼意，現在邊荒集令他最顧忌者不是慕容戰，更非祝老大或江海流，花妖他更不放在心上。他忌憚的是赫連勃勃。

拓跋族的人，比任何人更清楚他的手段。他肯捨下統萬的基業，到這裡闖天下，正像他拓跋儀般，是要在慕容垂的強大勢力下尋求突破。在這樣的情況下，他與赫連勃勃的正面衝突，只是個時間的問題。

第十二章　鐘樓議會

慕容戰代替了劉裕的位置，與紀千千並騎而馳，劉裕被迫屈居作隨從。

想想也覺得好笑，他挑中紀千千作外交大臣時，並沒有計算到燕飛會與紀千千相戀。起因是由於高彥假燕飛之名送紀千千十八盞走馬燈，在某一程度上使劉裕陣腳大亂，因為任由紀千千周旋於邊荒集最頂尖兒的一群人物中，對紀千千和燕飛的愛情，實在是很大的考驗；一旦情海興波，他們的無敵組合將從內部崩潰，這樣的組合再非無敵，且是脆弱不堪。

愈明白紀千千，愈感覺到她任性愛變的性格至足憂慮。目前燕飛或許是她心中最在意的人，可是任何深悉她的人，均不敢保證她大小姐永不變心，因為她和燕飛的關係，仍是相當薄弱的。

劉裕仍清楚記得紀千千望進車內看到那甚麼娘的「邊荒公子」一剎那間的神情，揉集發自真心的讚賞、驚喜和訝異，至少在那一刻，紀千千肯定忘記了燕飛。

更嚴重的問題是燕飛雖毫無疑問對紀千千心儀兼心動，可是他總好像沒法全情投入，否則怎會還在埋怨高彥的搗蛋，害得他一身腥，陷身情劫。

慕容戰的聲音從前方傳過來道：「千千小姐有沒有聽過我們鮮卑族的平原舞賽野火會？既是歌舞，又是遊戲，以比賽的方式進行，求的不是勝負，而是歡笑聲。」

劉裕心中苦笑，每個人都有他溫柔多情的一面，只是在一般情況下接觸不到，眼前的慕容戰正是可作示範的例子，誰想過慕容戰可以變得如此情深款款、溫柔體貼的呢？

自己何嘗不如此，王淡真一個笑容，便把他的魂魄勾了去，到現在尙未歸位。

紀千千喜孜孜道：「野火會是怎麼玩的？」

慕容戰微笑道：「看千千小姐這幾晚有哪一晚可以騰出空來，我們整個北騎聯將會在邊荒集北面的踏仙平原，於潁水之畔，開盛大的野火會歡迎小姐，讓我們所有人都有一睹小姐芳姿的機會。」

劉裕開始感到慕容戰在追求紀千千一事上，確有挑戰燕飛的實力，特別是他語調透露出來的誠意和自信，表達的方式確實魅力四射，教人難以拒絕。

紀千千瞥慕容戰一眼，微笑道：「這是個邀請嗎？」

慕容戰謙卑的道：「這是我們北騎聯，不論男女，每個人都希望能夠實現的夢想。」

劉裕差點不想聽下去，即使換了自己是紀千千，站在外交的立場上，也無法拒絕慕容戰。他首次對高彥的「多事」生出怨懟的情緒。

燕飛、姬別和呼雷方登上鐘樓的第二層，議堂所在之處，再登一層便是古鐘台，最高的是樓頂的觀遠台，在那裡，可以俯瞰整個邊荒集的全景。

登上鐘樓敲響古鐘，是邊荒集最高的榮譽，紀千千輕易便得到了，不過也由她一手將此殊榮無限期的延後，直至花妖落網。

比他們三人早到的是匈奴幫的車廷，隨他附席尙有燕飛也看不通、瞧不透的赫連勃勃。他的身分非同小可，乃當今匈奴族鐵弗部的少主，誰敢反對他附席者等若與鐵弗部爲敵，所以姬別和呼雷方均依足禮數和兩人打招呼，並不當赫連勃勃是外人，燕飛則更比姬別兩人沒資格在這方面提出異議。

車廷一臉不快之色，道：「祝老大究竟想幹些甚麼呢？竟在會議尚未決定下，自行公布摧花妖的消息，又派人搜查全集旅館，盤問在這三天內到達的外來人。那我們這個會還開來做甚麼呢？」

呼雷方道：「待祝老大來後，看他如何解釋。議會是講道理的地方，若大家均有同感他實在太不像話，可立即將他逐出議會，宣布他和花妖並列爲公敵，看看他是否有資格當我們的議會不存在。」

燕飛暗叫厲害，呼雷方只幾句話，立即將祝老大逼往絕地。

姬別微笑道：「最高興的人肯定是花妖，我們自己人先來個窩裡反，肯定便宜他。」

赫連勃勃露出個留意姬別的眼神，卻沒有出言駁斥。令燕飛感到赫連勃勃從這句表面看來沒有甚麼漏洞的話，看穿姬別存有某種心意，可是自己細想一遍，仍發覺不到姬別說話的破綻，以此推論，赫連勃勃的才智，絕不在他燕飛之下。

車廷不悅道：「若大家不用遵守議會的規矩，索性把議會解散，各派系自己顧自己的事，燕兄你有甚麼話說？」

燕飛見火頭燒到他身上來，從容道：「祝老大只是想表明他的漢幫仍是執掌邊荒集牛耳的龍頭幫會，更想借連串公告搜捕及懸賞的行動掩蓋取消納地租一事的負面影響，好爭取人心，穩定人心惶惶的邊荒集。若他的行動是在正式通知召開鐘樓會議前進行，我們便沒法把視議會如無物的罪名，加諸他身上。」

車廷聞言一呆，顯然是沒有想及此一時間上的關鍵。

姬別點頭道：「燕少正與祝老大周旋較量，故此對他的看法特別透徹，不過無論祝老大如何想辦法挽回失去的面子，大家都心知肚明是怎麼一回事。」

呼雷方忽然岔到離題萬丈的事情上，笑道：「姬大少仍未解釋爲何今早缺席歡迎千千小姐的盛會？」

姬別好整以暇道：「請讓區區賣個關子，待會向千千小姐請罪時，一併解釋清楚。」

當呼雷方提起紀千千的名字，燕飛注意到沒有甚麼臉部表情的赫連勃勃雙目異芒一閃即逝。以紀千千的吸引力，當然不足爲怪，可是燕飛直覺感到赫連勃勃的「動心」隱含某種他不明白的意思，極不單純。

從第一眼見到赫連勃勃，他便生出預感，此人將是他可怕的勁敵。

姬別轉向赫連勃勃笑語道：「赫連少主也如區區般缺席啊！」

赫連勃勃淡淡道：「姬大少的消息非常靈通。」

姬別灑然笑道：「少主尙是初來甫到，所以不曉得邊荒集謠言滿天飛的情況，除非變成聾子，否則想耳根清淨怕是難比登天。」

在邊荒集能出人頭地者，人人均有一套。姬別這番話說得既含糊，又是東拉西扯的，反迴避了赫連勃勃不大客氣的質詢。

石階足音響起，首先現身的是「邊荒名士」卓狂生，接著是有「貴利王」之稱的費正昌和大老闆紅子春，後面還跟著個人，燕飛瞧眾人表情，知道姬別、呼雷方等像自己一樣並不認識他。

卓狂生哈哈笑道：「連續兩天舉行會議，在邊荒集是史無前例的事，苻堅那次想開會都開不成，可見花妖事件可以令我們團結起來。從這個角度看，花妖的出現並非全是壞事。」

由於燕飛仍對卓狂生與逍遙教的關係存有疑心，雖然他這番話表達了希望團結邊荒集各方勢力的意願，燕飛總覺他有此言不由衷。

邊荒集從來都是敵友難分，今天的朋友，明天可以變成死敵，反之亦然，須看利益的變化。像他和高彥、龐義的關係，是經過一年時間建立起來的，在此段日子裡，他從來沒有違背對兩人的道義，直至苻堅先頭部隊開進邊荒集的一刻，也因此贏得兩人的眞摯情誼。

姬別、赫連勃勃、車廷、呼雷方四人目光全落在隨卓狂生三人前來的漢子身上，顯然不清楚他附席的資格和原因，不像赫連勃勃即使沒有解說大家也認爲合乎規矩情理。

此人年紀約在四十歲上下，個子高瘦，與他長而尖的臉龐配合得天衣無縫，像老天爺和他開的玩笑，羊兒似的臉給安到人的脖子上去，給人的感覺非常古怪。

他的衣服有點像是從沽衣舖東拼西湊買回來的大雜燴，上襟衣下褶褲，披長袍，腳踏藤織的方頭履；腰掛闊把刀，頭上戴了個不倫不類的介幘，形如屋頂，兩側向上翹，形成兩個尖耳，外相裝扮均使人發噱。

幸好他還算挺神氣的，甚至有點裝腔作勢的模樣。

在場者均是大行家，察其氣度步伐，只屬武技有限的低手，這類人在邊荒集一網撒去，至少可以網到十來二十個。平時想見在場任何一人一面怕亦難償心願，而他卻能參與其間，也因此更不明白他在此現身的原因。

紅子春和費正昌均微一搖頭，表示不清楚此人的身分，讓眾人知道全是卓狂生搞出來的事。

卓狂生退到仍立在石階入口處，挨在不敢冒進的羊臉漢子旁，欣然道：「各位老大、老闆，請讓卓某爲你們引見一位最應景的人，這位是敝書館的新台柱、原北七省總巡捕方鴻圖方老總，他已點頭答應在敝館連說十場，書題是『花妖作惡史』。」

看他說得口沫橫飛，神情興奮，知他因又可狠賺一筆而欣喜如狂，令人不知好氣還是好笑。卓狂生是典型的邊荒集產品，不放棄任何斂財的機會。不過總算弄清楚卓狂生帶他來附席的原因，如此的一個人，對追捕花妖當然有很大的作用。

燕飛忽然生出感應，朝赫連勃勃瞥上一眼，覺察到他唯一會洩露心內情緒的眼睛出現古怪神色，似是認識這位方鴻圖，又像對他完全陌生，古怪的眼神裡暗藏驚訝，也帶點嘲弄和不屑。

他不知道自己爲何特別留意赫連勃勃，或許是因爲對方給自己一種深不見底的感受。

姬別一向自認吃通南北，搶先笑道：「方總巡之名區區早如雷貫耳，想不到竟來了邊荒集，看來苻堅確已餘日無多。」

北方的半壁江山是苻堅的，方鴻圖以前當然是替他辦事，現在連他也流落到邊荒集來，顯然苻堅的帝國已冰消瓦解，下面的人四散逃亡。

呼雷方嘆道：「方總巡生具奇相，我們早該認出是北方鼎鼎有名的『羊臉神捕』，請方總恕罪。」這番話算是非常客氣，呼雷方不單捧了方鴻圖，更給足卓狂生面子，由此亦可見呼雷方面面俱到的交際手腕。

燕飛在長安時也聽過「羊臉神捕」的大名，沒有聯想到眼前此君身上，皆因印象中的方鴻圖武功不俗，看來傳言未可盡信。方鴻圖辦案辦出名堂後，自然有人把他的功夫誇大了。

方鴻圖有點不自在的抱拳道：「方某只是浪得虛名，否則也不會讓花妖逍遙法外。方某到邊荒集只是五天前的事，看到告示方曉得花妖竟到了這裡犯案行凶。」

卓狂生笑著補充道：「方總像我般有做生意的頭腦，找上我的說書館，想說幾台關於花妖的傳奇。給我硬拉來附席議會，說第一台的書，先此聲明，這一台是免收入場費的，哈！」

紅子春啞然笑道：「卓名士竟肯放過賺錢的機會，確是邊荒集的奇聞異事。」

費正昌笑道：「難得我們的卓名士轉性，紅老闆還要取笑他。」

卓狂生若無其事道：「我是在伸張邊荒集的公義，誰想破壞我們理想的營商環境，誰便要負擔後果。」

姬別鼓掌道：「說得好！我們現在是同坐一條船，必須團結一致，共禦外敵。」

聽在燕飛耳內，這番話說得漂亮，暗裡卻似在針對車廷和赫連勃勃。基於某一燕飛不明白的理由，兩方似乎特別具有對敵之意。

果然赫連勃勃雙目閃過殺機，仍沒有開口說話。

車廷冷哼道：「這正是我們肯來參加會議的原因，多謝姬大少再提醒我們一遍。」

卓狂生感覺到兩方人馬間的火藥味，乾咳一聲道：「時間差不多啦！還缺夏侯老大、祝老大和慕容老大三席。」

鐘樓議會有八席，這個月有資格佔席者是祝老大、費正昌、姬別、呼雷方、紅子春、慕容戰、夏侯亭和車廷。

卓狂生雖然是主持者，卻不佔席位，沒有舉手權。對議會來說，卓狂生這個召集人和主持人是必須的，既可使議會有延續性，更可以中立的身分根據議會的決定作仲裁者。

只有在一個情況下卓狂生有贊成或否定的權力，便是當持不同意見者各佔一半的時刻，由此亦可見卓狂生在邊荒集的分量。

祝老大終於出現，與夏侯亭談談笑笑的登階而至，不明內情的肯定猜不到兩人昨晚還差點正面衝突火併，而這正是鐘樓議會的規條，在外面可以打生鬥死，到這裡來時必須暫把恩怨擱到一旁去。

祝老大和夏侯亭首先注意到似有點因不習慣而坐立不安的方鴻圖，露出訝色。

燕飛則心中暗嘆，不論自己如何不喜歡祝老大的爲人行事，此刻也不得不支持他，否則如讓其他幫會老大和財雄勢大的商賈群起攻之，令他難以下台，邊荒集立陷四分五裂之局，不要說應付不了慕容垂、孫恩或任遙這些霸主，恐怕對花妖也束手無策。

踏前一步，微笑道：「小弟和祝老大你的午時之約改在這裡舉行，以前有甚麼開罪之處，請祝老大不要見怪。」

這番話給足祝老大面子，明明是祝老大仗勢凌人，卻說得像是他燕飛有甚麼錯失，不過在場瞭解情況者均明白燕飛不是示弱，而是表明不會助任何人聯手對付祝老大的立場。

祝老大露出笑容，出奇地謙讓道：「哪裡！哪裡！外敵當前，我們當然須放下成見，同心合力。」

接著向所有人道：「祝某先向議會所有成員道歉，祝某確是莽撞，收到花妖的消息立即自作主張的做出連串措施，沒想過會召開臨時會議，請各位多多包涵。」

車廷和赫連勃勃交換個眼色，沒有說話，在如此情況下，人家已道歉認錯，除非眞和祝老大翻臉，還有甚麼好說的。

燕飛愈來愈感到祝老大比以前圓滑多智，心中升起古怪的感覺。

第十三章　首名顧客

劉裕甩鐙下馬，心中想著的卻是今晚啓程回南方，到北府兵根據地之一廣陵見謝玄的事。愈接近建康一些兒，與王淡眞的距離便縮減些許。只恨無緣相見，咫尺也可成天涯。不過感覺上總比被荒涼廢棄的邊荒集分隔開好上一點。

唉！自己眞是自尋煩惱，人家王姑娘只不過於道別時禮貌地展露笑容，當時她面對的且還有高彥那小子，爲何自己卻爲此念念不忘？

想雖是這麼想，心中總覺得王淡眞對他是有特別的印象，雖然更有可能是他一廂情願的誤會。換了是高彥，恐怕會拋開一切想盡辦法再去見王淡眞一面。可惜他並不是高彥，絕不會因私廢公。

慕容戰的聲音在他耳旁響起道：「劉兄不若與我們一道上去開會議，大家集思廣益，爲邊荒集除去大害。」

紀千千的花容出現在神思恍惚的劉裕眼前，道：「是千千求慕容當家幫忙的，有劉大哥一起出主意，會大增成數。」

慕容戰點頭道：「千千的提議是好主意。只憑劉兄力退任遙的本領，肯定沒有人敢持異議。」

劉裕聽到他不再喚「千千小姐」而改叫「千千」，顯示兩人的交往又邁進一步，心中也不知是何滋味。

這種男女間事，恐怕老天爺都管不了，他可以做甚麼呢？

嘆道：「有燕飛列席，若太爲難的話，我參不參加都無所謂。」他想到的是至少要離開十天，對付花妖的事自得交由燕飛去想辦法。且他的情緒正陷於谷底，有種事事提不起勁的失落感覺。

慕容戰笑道：「怎會有問題，這個薄面也不給我，還講甚麼團結合作。」

劉裕推無可推下，隨兩人進入鐘樓。

拓跋儀來到剛成立不到兩個時辰的刺客館門外，看著封隔視線的屏風，心忖換作是一般人，少些勇氣也不敢踏入屏風後半步。

這扇屏風有的只是趕客的作用，與保密扯不上邊兒。而惱人的是，附近不論店舖的夥計又或路過的閒人，無不在偷偷留意刺客館的情況，看誰會進去光顧。

幸好他早有準備，把風帽拉下，遮蔽大半邊臉孔，昂然而進。

原本是布行的大堂再沒有絲毫曾賣過布帛的遺痕，布帛全被搬走，牆上掛的是各種兵器強弓，營造出肅殺森嚴的懾人氣氛。

呈長方形的大堂被另一組八扇大屏風中分爲二，看不見另一方的虛實，這邊卻放了一張大圓桌，團團圍著十多張圓凳，仍有空蕩蕩的感覺。

兩名武士坐在桌子旁閒聊，見有人來光顧，有點意外地站起來打招呼，不過他們顯然沒有做生意的經驗，見到風帽遮面的拓跋儀，兩對眼睛立即凶光閃閃，一派戒備的神情。

拓跋儀緩緩揭開帽子，眼光掃過兩人，淡淡道：「我要見屠奉三。」

兩人也是跑慣江湖者，見到他的體態神氣，自知應付不來，其中一人轉入屏風後通報上頭去了，另一人則招呼拓跋儀到桌前坐下，連茶水也沒有。

拓跋儀正思忖屠奉三到邊荒集來做這麼一盤生意究竟有甚麼作用，足音響起，一名漢子從屏風後走出來，在他對面坐下，冷冷地打量他，沉聲道：「本人陰奇，有甚麼關照和我說便成。閣下高姓大名？」

對陰奇來說，已是盡量保持客氣禮貌，可是說話的慣性，使人感到他較似盤問而非談生意。

拓跋儀漫不經心的道：「屠奉三沒有空嗎？」

陰奇在荊州一向橫行慣了，誰敢當他只是屠奉三的手下？而眼前此人正有此傾向意味，登時光火道：「我說過和我說便成就是和我說便成，殺個把人有甚麼大不了的！只看你是否付得起價錢。」

拓跋儀從容道：「對邊荒集任何人來說，殺個把人絕非大事，不過我要請你們去對付的人，卻怕非陰兄可以作主。」

陰奇眼睛凶光大盛，緩緩道：「說出來給我聽聽看，看我會否被嚇得在褲襠內撒尿。」

拓跋儀打量他半晌，雙目神光電射，毫不退讓地與他直視，平靜的道：「我究竟是不是貴館開業後的第一個顧客呢？若屠奉三想以這樣的待客態度在邊荒集創業，我勸他不如早點關門，免得浪費時間。」

陰奇開始發覺拓跋儀不是尋常顧客，他外號裡有個「狐」字，當然不是蠢人，沉吟片刻，終於退讓，點頭道：「兄台總有名有姓，我可以替你通傳，可是至少該讓屠爺清楚想見他的是甚麼人吧？我也可以有個交代。」

拓跋儀瞥一眼站在陰奇身後的兩名武士，陰奇是老江湖，立即會意，著兩人退下去。

拓跋儀待兩人遠離屏風，方壓低聲音道：「本人是拓跋族的拓跋儀，請陰兄知會屠老大。」

陰奇一震下有點難以相信的朝他直瞧，顯是已清楚他是何方神聖。

忽然站起來，道：「拓跋兄請稍候片刻，敝主人立即便到。」

看著陰奇消失在屏風後，拓跋儀不由想起劉裕，此人智計之高，的確是生平僅見，既大膽又有創意，懂得在屠奉三尚未認識清楚邊荒集的環境，陣腳未穩之際，祭出如此奇招，肯定教屠奉三進退兩難。

如若讓此人他日成爲北府兵的統帥，將會是拓跋珪的頑強對手，成爲拓跋族統一南方的障礙。爲大局設想，自己應不應不念與燕飛從小建立的深厚交情，出賣劉裕呢？以屠奉三的作風，若曉得他此來是劉裕精心策畫的陷阱，肯定可以輕易反過來用作置劉裕於死地。

想到這裡，他的一顆心不受控制地劇烈躍動了幾下，對他這種級數的高手來說，是絕對異常的情況。

一人從屏風後轉出來，只觀其威懾眾生、睥睨天下的氣度，便知是屠奉三無疑。

拓跋儀依禮貌站起來，互相見禮。

坐下後，屠奉三雙目深沉的打量他，淡淡道：「現在只有我聽得到拓跋兄的話，拓跋兄可以暢所欲言。不過我想先請拓跋兄解釋兩句，剛才因何忽然緊張起來。」

拓跋儀心中暗懍，曉得對方高明至可聽到自己心臟忽地急跳的聲音，從而心生疑心，暗叫糟糕，現在即使自己決定不出賣燕飛，恐怕已把事情弄砸。

鐘樓會議正式舉行。

在議會方形的大堂裡，分兩邊排開八張太師椅，供有資格佔席位的人入座。

卓狂生的主持位設於面對正門的一端，附席者的位子置於八張太師椅之後。

紀千千的來臨，大大舒緩了緊張的氣氛，人人爭著與她說話招呼，像她才是正主兒那樣子。

燕飛特別留心姬別，只見他見到紀千千的一刻整個人發呆起來，好一會兒方回復平時的瀟灑自如、談笑風生的姿態。

那位原七省巡捕方鴻圖，仍是沒法投入到邊荒集最高權力的社交圈子去，一副誠惶誠恐的模樣，只有在見到紀千千時，眼睛始恢復些神采，稍有點「神捕」的味兒。

此時的古鐘場由各路人馬把守四方，不准任何人踏入半步，這是最有效的措施，以保會議可以在絕對保密的情況下進行。

果然如慕容戰保證的，沒有人對劉裕的附席有異議。

在卓狂生右邊的依次是祝老大、慕容戰、姬別和紅子春；居左的是夏侯亭、呼雷方、費正昌和車廷。

方鴻圖、赫連勃勃坐在夏侯亭的一邊，燕飛、紀千千和劉裕列席於祝老大等人身後。

卓狂生正容道：「今次召開鐘樓會議，要對付的是曾肆虐北方，犯下無數凶案淫行的花妖，幸好今天我們請到有多年追查花妖經驗的方鴻圖方總巡親來解說，使我們擒捕花妖的成數大增。」

祝老大眉頭一皺，截斷他道：「爲何尚未見長哈老大呢？」

卓狂生朝費正昌瞧去，投以詢問的目光。

費正昌無奈攤手道：「長哈老大的確親口答應我出席會議，不知他因何事遲到呢？」

紅子春道：「換成任何人處身於他的情況，心情當然壞至極點，我們不如一邊商議，一邊等他如何？」

夏侯亭瞥燕飛一眼，道：「同意！」別頭朝方鴻圖道：「不如先請方老總詳細分析花妖的作風手法、犯案的情況，有沒有特別的案例，又比如像長哈愛女遇害的情況是否吻合花妖一貫的犯案手法？」

眾人紛紛點頭，同意夏侯亭的提議。

各人目光一時間全集中在有羊臉神捕之稱的方鴻圖身上。

方鴻圖待要說話，忽然激靈靈地打了個冷顫，人人都看呆了眼。

赫連勃勃陰惻惻的笑道：「方總巡不是害怕吧？」

方鴻圖深吸一口氣，苦笑道：「實不相瞞，每次當我記起花妖犯案現場的情況，都生出不寒而慄的感覺，實在太可怕哩！」

紀千千同情的道：「方老總不用心寒，天網恢恢，疏而不漏，方老總剛到邊荒集，花妖便來犯案，可知冥冥中自有主宰，是老天爺差方老總來幫助邊荒集哩！」

燕飛暗暗留意赫連勃勃，雖說人人都看紀千千看得目不轉睛，可是赫連勃勃瞧紀千千的眼神，總比別人陰森邪惡。

卓狂生道：「方老總有話直說，便當是說書館的第一台書說。」

方鴻圖有點驚魂甫定的點點頭，道：「我方鴻圖自十五歲便在幸寧縣當差，二十多年來見盡和緝破許多血案，可是卻從未遇過像花妖般姦而後殺，以辣手摧花爲樂的凶徒。」

紅子春點頭道：「神捕確實是出身於幸寧縣城，我也聽人說過此事。」

劉裕聽紅子春這麼說，便知紅子春也像自己般懷疑方鴻圖的身分，因他若眞是方鴻圖這個查案經驗豐富的人，沒理由想想花妖也會打冷顫。不過現在他說得出自己出道的正確地點，便證明花妖的凶殘可以令見慣那類場面的捕頭也發抖。

方鴻圖待要說下去，忽然急遽蹄聲從遠而近，朝鐘樓而來。

人人聽得你看我我看你，於鐘樓會議舉行的神聖時刻，誰敢闖入禁地？把守的人怎肯放行？難道是長哈力行。

卓狂生離座移到窗旁，看下去愕然道：「祝老大，是你的兄弟。」

祝老大一臉茫然的站起來，移到窗旁向下喝去道：「發生甚麼事？」

有人高呼應道：「不好啦！花妖又再犯案了。」

眾人同時色變。

第十四章　超級神捕

馬車半傾側的靠在潁水岸邊一堆石叢旁，本該是雄姿赳赳的兩匹馬倒斃地上，眼、耳、口、鼻滲出鮮血，死狀可怖。

十多名漢幫武士守在出事的馬車四周，阻止路過或聞風而至的邊民接近凶案現場。不用看車內的光景，只須看看武士們的神情，便曉得車內的情景令人不忍卒睹。

燕飛等一眾邊荒集的領袖人物和各方武士蜂擁馳出東門，入目的悽慘狀況，看得人人心如鉛墜，極不舒服。

鬥爭仇殺雖然在邊荒集是無日無之的事，可是眼前發生的慘劇總有種邪惡和異乎尋常的意味，教人不能以平常心視之。而其發生的時間，正值鐘樓會議召開的一刻，更充滿挑戰示威的意圖。

究竟是花妖繼昨夜的作惡後二度行凶，還是有人借他的惡名，在故弄玄虛呢？

拓跋儀露出一絲充滿苦澀的表情，倒不是裝出來的，而是發自真心的苦惱和矛盾，掙扎於民族大業和兄弟深情間的取捨，沉聲道：「我並不習慣向人解釋心裡的情緒，現在也不打算對屠兄坦白，但可以告訴你的是倘若換成屠兄處於我的位置，也難以心安理得。」

這番話盡顯拓跋儀的機智，事實上對著屠奉三這般精明厲害的江湖豪霸，任何解釋只會自暴其短，反而含含糊糊，任由對方猜想，或可更收奇效。

屠奉三眼不眨的盯著他，平靜地道：「敢問拓跋兄是否飛馬會的眞正主持者？」

拓跋儀心中一懍，只憑這句話，已知屠奉三對邊荒集現時的形勢瞭如指掌，且曉得自己在拓跋族的身分地位，更明白拓跋珪跟慕容垂的微妙關係，才會有此一問。

拓跋儀雙目精芒爍閃，回敬屠奉三凝聚深注的目光，皺眉道：「屠兄究竟是要向我查根究柢，還是爽爽脆脆接第一單的生意？」

屠奉三灑然一笑，道：「拓跋兄見諒，我還是初次踏足商界，尚有點不大習慣。好哩！屠某在洗耳恭聽。」

拓跋儀感到自己已落在下風，讓對方掌握主動，屠奉三的高明實出乎他意料之外，自他現身說話，他拓跋儀便被迫陷於守勢，致原先想好的說詞，全派不上用場。

表面上當然絲毫不透露心內的情緒，道：「首先我想弄清楚屠老闆在保密上做的工夫如何，否則一切休提。」

屠奉三忽然喝道：「把前後大門關上！」

兩名武士從屏風後走出來，依言把正門關閉，還上了鐵門。

屠奉三的眼神露出銳利的鋒芒，凝望拓跋儀，不肯放過他眼中任何變化，直至武士把屏風後的門也關上離去，整座刺客館大堂只剩下他們兩個人，方從容道：「拓跋兄開始引起我的興趣。哈！拓跋兄非常有膽色，邊荒集的房屋比任何地方都要堅固，即使高手也難以破壁而去，若我屠奉三對拓跋兄不安好心，拓跋兄肯定無法生離敝館。」

拓跋儀啞然失笑道：「屠兄是初來甫到，所以會說出這種話來。邊荒集可不是荊州，憑桓玄說甚麼便是甚麼。邊荒集自有它的規矩，你老哥來做生意沒有問題，強買下舖子只屬漢幫的私務，可是若你隨意殺人放火，勢將繼花妖後成為邊荒集的公敵，除非你認為如此非常有趣，否則請三思而行。」

屠奉三訝道：「誰曉得拓跋兄到這裡來呢？假如拓跋兄到這裡來是人人皆知的事，早沒有秘密可言，對嗎？」

拓跋儀愈來愈感覺到屠奉三的厲害，繞了個圈子來套自己的口風，好整以暇答道：「這方面不勞屠兄操心。這單買賣你究竟接還是不接，不要浪費我的時間。」

屠奉三一陣長笑，欣然道：「我以屠奉三的聲譽作擔保，拓跋兄現在說的任何話，我不會透露半句出去，即使我們將來成為死敵，承諾依然有效。只不過我們生意清淡，若在只接得一單生意下，忽然又有人橫死集內，那只要有人知道拓跋兄曾到過敝館，我和拓跋兄都難脫嫌疑。」

拓跋儀淡淡道：「只要事成後你不會到處宣揚，此事根本無從追究。因為事情發生在邊荒集外的無人地帶，而你只有一次的機會，皆因此人是北府兵最高明的斥候，精通跟蹤逃遁之術，事成後我給你百匹最優良的戰馬，你留來自用或變賣，悉隨尊便。」

屠奉三雙目瞇成一線，透射出懾人至極的異芒，狠盯拓跋儀好半晌，一字一字緩緩的似下結論地道：「劉裕！」

劉裕回到紀千千身旁，低聲道：「不要看，車廂內的可怖情景，只要是正常的人便受不了。」

他的話證實了紀千千的想法，從每個人探頭透過車窗或車門看進廂內的神情，便曉得凶案現場的駭人慘況。而這批人均為久在江湖上打滾、見盡場面的人，其中還有慣查凶案的專家。

轉而檢視倒斃健馬的夏侯亭和慕容戰正在低聲說話，其他人不但木無表情，且是頹然無語。紀千千心內一片茫然，來到邊荒集的美好心情突像煙霞般被凜冽的無情狂風吹散，世上怎會有如此邪惡可怕的凶魔，幹出如此傷天害理的惡行？

紅子春、祝老大等紛紛回到她的身旁，費正昌更露出作嘔表情，令人感到難受。最後只剩下呆立車門旁的燕飛和爬進車廂去的前北方七省總巡捕方鴻圖。

慕容戰嘆道：「行凶者肯定泯滅人性、喪盡天良，否則怎可能狠得下心腸幹出這樣的事？」

呼雷方咒罵一聲，點頭道：「到現在我才明白長哈老大為何不願讓人看到他女兒的遺體，實在太可怕哩！」

祝老大沉聲道：「手法確實是傳聞的花妖手法，問題在花妖不是習慣於臨天明前一段時間犯案嗎？」

姬別臉上仍是一副不忍卒睹的神情，道：「他昨夜剛犯凶，理該洩盡大慾，哪來餘興在相隔不到一天的短時間內二度行凶？真教人生疑。」

燕飛此時掉頭往他們走過來，表面看似平靜，紀千千卻看出他正克制心內的情緒，雙目射出若有所思的表情。

蹄聲響起，一隊漢幫武士十多人從南面快馬馳至，領頭者是漢幫的軍師胡沛，看他神情，便知道他帶來更多的壞消息。

胡沛於離眾人兩丈許處下馬，趨前道：「遇害者是建康一個小幫會丁老大的小妾媚娘，每年均會到邊荒集來搜購春宮畫，再賣予建康的豪門大族，聽說利錢甚為豐厚。由於丁老大對書畫一竅不通，故對這方面極具慧眼的媚娘遂成買手，想不到竟不幸遇害。隨行的十五名武士全被人以重手法殺死，屍身遍布道旁一座疏林裡，林內還有車輪駛過的痕跡，可以想像行凶者先奪取馬車，馳進林內，引得各護從武士追入林內方下手殺人，再於林內馬車上淫殺媚娘，然後以特殊手法令馬兒臨死前拖著車子往邊荒集奔來，向我們示威。」

慕容戰道：「這種手法只有熟悉馬性的人才懂得，是於馬兒疾馳時以內家手法催激牠們血液的運行，令馬兒狂性大發，只知向前疾奔，直至力竭而亡，手法非常凶暴。」

車廷問道：「出事的疏林離這裡有多遠？」

胡沛答道：「大約是十多里路。」

此時方鴻圖終於從車廂內退出來，立即吸引了所有人的注意力，更燃起眾人緝凶的希望。在場者雖不乏武林高手，卻沒有人比得上他偵查凶案的豐富經驗。

燕飛的目光緩緩掃過在場諸人，大多數人已回復平時冷靜的神色，表面看似再不受慘案現場可怖的情景影響，可是他敢肯定他們也會像他般，此生休想忘掉剛才入目的景況！他更發覺其他人對方鴻圖大為改觀，皆因方鴻圖是唯一敢鑽進車廂內去的人，不負專業巡捕的聲名，那絕不是正常人能忍受的。

先前提到花妖仍心寒膽顫的方鴻圖，此刻變成另一個人似的，雙目射出絕非裝作出來而是發自眞心的仇恨，步伐穩定的來到期待著他的一眾邊荒集領袖人物的前方，悲憤得出乎眾人意料之外的一陣抖顫，不是膽怯，而是激動，大喝道：「我方鴻圖敢以性命身家作擔保，犯案的正是作惡多端、萬死不足以贖其罪行的花妖！」

眾人聽得你看我我看你，縱使行凶者作風手法與花妖全無分別，可是仍有可能是別人故意模仿的，他怎能這般肯定？

赫連勃勃平靜的道：「方總是否過早下定論呢？」

費正昌皺眉道：「我從未聽過花妖會在白天犯案，更未聽過他在不到一天的時間內連續作案。」

卓狂生當然護著可給他賺大錢的說書館大台柱，道：「方總這麼說，必然有道理。請方總解釋清楚，好讓我們盡早緝凶歸案。」

方鴻圖露出沒有人明白的神情，揉集了不安、緊張、驚駭，也像在無奈中僅餘的憤怒和疲倦，整個人似蒼老了數年般，若笑搖頭，像在提醒自己而非對眾人說話，喃喃道：「我不再逃避哩！」

紀千千目光落在傾倒道旁的馬車處，芳心思忖著內裡的情況究竟可怕至何等程度，竟令這些平日不可一世的劍客俠士、幫會龍頭和商界大豪，人人心如鉛墜，失去一向的風采呢？不禁柔聲道：「方總要逃避甚麼？」

方鴻圖露出慚愧的神色，低聲道：「我現在說的話，愈少人知道愈好。」

卓狂生立即顯出他窩主的威權，道：「除剛才參加議會的人和胡軍師外，其他人給我退得遠遠的。」

慕容戰、呼雷方、祝老大等紛紛打出手勢，著手下依卓狂生之言退往遠處，並把愈聚愈多趕來看熱鬧的邊民驅散。

祝老大見卓狂生讓胡沛留下，給足他面子，欣然道：「方總可以放心說話哩！」

劉裕心中感慨，在場者大多是殺人不眨眼之輩，可是比起花妖，仍是個有血性天良的人，而花妖的所作所爲，已激起公憤，令所有人團結起來，暫時放棄勾心鬥角，希望聯手盡力將凶魔繩之於法，所以沒有人對方鴻圖有絲毫不耐煩之心。

方鴻圖頹然道：「實不相瞞，我到邊荒集來，不是要緝捕花妖，而是要逃避他。」

眾人愕然以對，更是百思不得其解，若方鴻圖是位千嬌百媚的美人兒，當然沒有人懷疑他的話。

方鴻圖踏前兩步，來到紀千千身前，嘆道：「千千小姐，我是否很沒有用呢？」

紀千千柔聲道：「害怕是人之常情，誰敢說自己從來不會害怕？方總有甚麼心事，請放膽說出來，沒有人會因此看不起你。」

她的聲音不但好聽，還字字充盈著諒解與明白的誠摯意味，其他人聽在耳裡，亦感舒服，大大減輕慘案引起的負面情緒。

只從這幾句話，可看出紀千千的善解人意。她本來也如其他人般，對方鴻圖一番話的背後含意一頭霧水，卻仍能猜出個大概，順他的口氣安慰他和加以鼓勵。

方鴻圖的胸膛也似挺直起來，壓低聲音道：「我有一個本領，且是這本領令我成爲七省總巡。各位都是行家，當曉得我的功夫只是貽笑大方，可是我卻有一個靈敏的鼻子，任何人讓我嗅過他的氣味，不論隔了多久，我都可以辨認出來。」

紀千千「啊」的一聲嬌呼，不由自主地審視他羊臉上特大的酒糟鼻，其他人也露出恍然大悟的神色。

一切不合理的，立時變得合理起來。

他敢肯定犯案的是花妖，正因爲他嗅出是花妖。他要逃到邊荒集來，正是怕花妖會殺死他這個可憑氣味辨認出自己的人。

赫連勃勃雙目精光閃閃，問道：「既是如此，方總在得知花妖昨夜犯事後，理應立即遠遁，爲何還肯到說書館作主持？」

紅子春皺眉道：「若我是花妖，會先殺方總滅口，方去作案，如此便可萬無一失。」

慕容戰等雖沒有說話，卻人人面露疑色，顯然同意赫連勃勃和紅子春的疑問。

方鴻圖苦笑道：「爲逃避花妖，我已弄得囊空如洗，一日三餐都成問題，故希望趁花妖凶性稍斂的時刻，賺一次快錢，立即遠走高飛，是沒有辦法中的辦法。」

卓狂生恍然道：「難怪我請方總參加鐘樓會議，費盡唇舌方總始勉強答應。」

紀千千同情的道：「在這裡方總再不用擔心花妖，所有人都支持你、保護你。」

劉裕道：「方總爲何又忽然像豁了出去般，肯與花妖對著幹呢？」

方鴻圖目光落在紀千千的如花俏臉上，斷然道：「因爲我知道如此躲下去終不是辦法，這裡是邊荒集，若我仍不能將他緝捕歸案，在其他地方更是想都別想。剛才我爬進車內嗅花妖的氣味，心裡忽然想起千千小姐，更想到這是上天的意旨。我和花妖的恩怨，必須於邊荒集解決，我再不會逃避。」

他雖沒有直接說出來，不過眾人都明白他的意思，明白他因紀千千的美麗動人，而聯想到花妖辣手摧花的可恨。

方鴻圖與花妖間的關係更是異常微妙，令人再弄不清楚誰在捉捕誰。

花妖的身分是絕不可以曝光的，不論他武功如何高強，一旦敗露行藏，將惹來天下人群起攻之，必然難逃一死。而他唯一的破綻漏洞，是方鴻圖的鼻子。

燕飛淡淡道：「敢問方老總的鼻子靈敏至何種程度？可否稍作示範？」

人人露出注意的神色，因爲他鼻子的威力如何，已成破案的關鍵。

方鴻圖像變回以前的七省總巡捕般，雙目閃動著自信和深思的銳光，道：「由於花妖總在女屍身上留下歷久不散的強烈體味，所以我對他的氣味已經有十成十的把握，只要讓我到他曾停留過的旅館或房屋，即使三天前遺下的氣味，也瞞不過我。」

眾人爲之動容。

紀千千喜道：「豈非只要方總在邊荒集打個轉，便可以像獵犬般搜索出獵物。」

慕容戰大喜道：「我們從凶案發生的地點開始如何？」

劉裕向卓狂生問道：「方總會到貴館說書的事，是否已是街知巷聞？」

卓狂生苦笑道：「在到鐘樓前我早公告此事，只要花妖不是聾的，肯定收到風聲。」

劉裕又問方鴻圖道：「花妖是否曉得方總你有個超級靈鼻？」方鴻圖頹然點頭，似有點怪他明知故問。

紀千千苦惱道：「這麼說，花妖會反過來利用方總的靈鼻，使我們不斷摸錯地方，以致疲於奔命。」

燕飛道：「示範的事可暫且押後，現在我想請方總去檢驗長哈老大千金的屍身，看看是否亦是花妖所爲。」

眾人齊齊動容，因如此一來，花妖是否有眞有假，或確是花妖一手包辦，立刻有答案。

第十五章 一路順風

屠奉三回到內堂，博驚雷和陰奇正在研究攤開桌面上的邊荒集詳圖，圖卷精細至標明所有店鋪的名稱，夜窩子的範圍更塗上一片淡黃色，清楚分明。

邊荒集的商號均是前鋪後居，前身是布行的刺客館共有三進，中進是貨倉，後進爲居室，主堂則變爲他們的議事堂。

屠奉三皺著眉頭在兩人對面坐下，嘆了一口氣。

陰奇開玩笑的道：「老大你接到第一單生意，理應高興才對。」

博驚雷笑道：「是否燙手熱山芋，令老大進退兩難呢？」

屠奉三露出笑意，從容道：「我的嘆息是欣慰的嘆息，在荊州我已難尋對手，現在第一天到邊荒集，立即遇上頑強的敵人，我是高興還來不及。」

陰奇和博驚雷聽得你看我我看你，摸不清他的意思。

屠奉三掃視兩人，雙目精芒爍閃，輕輕道：「你道拓跋儀要買誰的命呢？」

博驚雷猜道：「必是慕容戰無疑，慕容永兄弟因燕飛刺殺慕容文致勢如水火，而以慕容戰爲首的北騎聯更是飛馬會在邊荒集胡族最大的競爭對手，幹掉慕容戰，對拓跋儀當然有利。」

陰奇搖頭道：「邊荒集仍未從淝水之戰的破壞恢復過來，沒有人會蠢得在元氣未復、陣腳未穩的狀況下大動干戈。所以諸胡肯容忍祝老大，慕容戰亦肯暫且撇下與燕飛的恩怨。照我看拓跋儀的目標該是匈奴族的赫連勃勃，此人若除，對拓跋族的復國有百利而無一害。假如赫連勃勃喪身邊荒集，匈奴幫將再沒法立足邊荒集，更休說要反擊飛馬會。」

只從兩人的猜測，便可看出陰奇的智計實遠勝博驚雷，對邊荒集現時的形勢，有深入透徹的了解，而博驚雷的觀點則流於表面皮毛。

屠奉三聞言雙眉上揚，沉聲道：「赫連勃勃？」

陰奇訝道：「難道竟不是他嗎？」

屠奉三沉吟片刻，搖頭道：「的確不是他，即使是這個人，我們也絕不可動他。先不說此人手底極具實力，更重要是留下他可讓燕飛頭痛，在邊荒集諸雄裡，赫連勃勃是不可小覷的人，儘管現在他在邊荒集沒有甚麼影響力。」

博驚雷大感興趣的問道：「究竟拓跋儀要買誰的命？請老大揭盅。」

屠奉三淡淡道：「是劉裕。」

博驚雷失聲道：「甚麼？」與同是滿臉訝色的陰奇面面相覷。

屠奉三微笑道：「所以拓跋族雖好手如雲，卻不能親自出手。拓跋儀雖沒有說出殺劉裕的理由，可是卻不難猜測得到，燕飛現在已成拓跋珪和謝玄兩方勢力竭力爭取的人，幹掉劉裕，不但可以切斷謝玄與燕飛的聯繫，還可以令燕飛完全站到飛馬會的一方，使飛馬會成爲邊荒集最強大的勢力。」

博驚雷冷哼道：「燕飛有這樣的本事嗎？」

屠奉三淡淡道：「我這個人只看事實。你沒看到燕飛回到邊荒集不到兩天的時間，已成功的把整個邊荒集的形勢扭轉過來了嗎？他鎮壓祝老大那一手更耍得非常漂亮，震盪了整個邊荒集，奪去我們不少光采。」

陰奇皺眉道：「這單生意確實令人進退兩難，要殺劉裕，不能不把燕飛計算在內，要殺燕飛和劉裕，首先要除去高彥，去其耳目，更要考慮後果。」

屠奉三道：「拓跋儀並非蠢人，不會強我們之所難。今早燕飛去向拓跋儀借馬，好讓劉裕今晚動身回廣陵向謝玄求援，著我們在途中伏擊他。」

博驚雷動容道：「此確爲搏殺劉裕的良機，錯過了實在可惜。」

陰奇點頭道：「拓跋儀看得很準，劉裕是我們非殺不可的人物之一，若讓他帶來一支北府軍的精兵，我們怕要捲鋪蓋離開。」

屠奉三再嘆一口氣道：「從任何角度去想，這單生意是非接不可。可是我並沒有直接答應拓跋儀，只告訴他若證實劉裕喪命，他便要付賬。」

陰奇訝道：「聽老大的口氣，對此事仍有猶豫。」

屠奉三雙目神光大盛，冷笑道：「表面瞧此單生意確實不露任何破綻，可是我總感到是個陷阱。我們的到來，立即成爲燕飛和劉裕這一股屬謝玄系人馬的最大敵人，我們在算計他們，他們當然也在算計我們。」

陰奇咋舌道：「誰能想出如此高明的謀略？若老大猜測無誤，此計確實狠辣之至。」

屠奉三道：「我直覺是劉裕想出來的，也只有他自己願意，方肯以身犯險，燕飛不會逼他這麼做，而拓跋儀更沒有讓他服從的資格。」

博驚雷道：「既是陷阱，他們當然是計畫周詳，布置了足夠的人手對付我們。」

屠奉三唇角露出一絲笑意，道：「若拓跋族大規模的動員，怎瞞得過我們的耳目，現在邊荒集給花妖鬧得杯弓蛇影，人人自危，更是互相監視。燕飛最能助劉裕一臂之力但又不敢離開紀千千半步，所以劉裕只有孤軍作戰，而我正從此點，確認劉裕是我的勁敵，絕不會因低估他吃上大虧。」

博驚雷和陰奇聽得發起呆來，因爲屠奉三是第一次對敵人有這般高的評價。而他們更清楚自己的老大已佔了上風，看穿第一單生意是個陷阱。

陰奇回過神來，道：「我們應不應反過來利用這個陷阱殺死劉裕？」

屠奉三搖頭道：「此爲下策，上計是不費一兵一卒，來個借刀殺人，達到同一的目標。」

博驚雷抓頭道：「誰肯做出手的蠢人？」

屠奉三長身而起，負手在桌旁踱步，漫不經意地欣賞著桌上的邊荒集地形圖卷，柔聲道：「除我們外，誰最想殺劉裕呢？」

陰奇正容道：「劉裕的冒起，只是三、四個月間的事，暫時仍未看出他可以起甚麼作用，照道理該沒有人非要殺他不可。恐怕只有任遙是個例外，卻是基於個人的私怨。」

屠奉三淡淡道：「孫恩又如何？他是謝安的死敵，如讓他曉得劉裕是謝玄看中的繼承者，絕不會任他活著離開邊荒集。幸好他老人家法駕正在附近，陰奇你給我去向天師道在這裡的眼線放出風聲，孫恩自會查證。當發覺劉裕果然於今晚偷回建康，你道我們的孫天師會怎樣做呢？劉裕啊劉裕，屠某謹在此祝你一路順風。」

就在此時，一名手下滿臉古怪神色的進來稟告道：「又有位自稱是邊荒公子的傻傢伙，要來和老大洽談生意。」

以屠奉三的老練，亦聽得爲之一呆，說不出話來。

羯幫和匈奴幫的勢力均被限制在東門大街和北門大街間有「小建康」之稱的區域，有建康城四、五個里坊的大小，位處邊荒集的東北隅。

由於小建康既接近碼頭區，又左靠陸運的主道和設施，故成爲貨物的集散地，其重要性僅次於四條主街。

爲對抗其他大幫，匈奴幫和羯幫組成鬆散的聯盟，共同管治此區，有聯營的生意，亦有各自獨立的業務。

像羯幫便以經營羊皮和牛皮買賣爲主要收入的來源，與匈奴幫合作的包括胡藥和胡人樂器。南朝盛行仙道之說，又追求延生之術，令胡藥大受歡迎，在邊荒集的買賣中，胡藥僅次於牲口、兵器和糧貨之下。南方更流行胡樂、胡舞，只是建康一區對胡人樂器便有大量需求，且有很高的利潤，亦非小生意。

小建康有三個市集，匈奴幫和羯幫各自經營其中一個市集，餘下的一個由兩方聯手經營。如非兩幫聯手，其地盤怕早被其他幫會侵佔控制。

小建康的主街名建康街，比諸四門大街是次一級的街道，仍可供四車並馳，東通碼頭區，西接北門大街，匈奴幫和羯幫的總壇，分別位處建康街西東兩端。

眾人沿穎水旁的官道直趨建康街東端入口，甫進城便感到異樣的氣氛，大批邊民正聚集在羯幫總壇大門外，議論紛紛，人人臉上掛著惶懼的神色。

紀千千的到來立即引起騷動，稍減拉緊的氣氛，各方武士負責驅散民眾，讓各人可以暢通無阻地抵達總壇大門外。

車廷是掌管此區的兩大龍頭之一，首先躍下馬來，喝道：「發生甚麼事？」

燕飛與劉裕交換個眼色，均感事不尋常。

幾名混在群眾中的匈奴幫武士迎將上來，帶頭的向車廷報告道：「長哈老大把女兒火化後，率領過百手下領著骨灰離開，說再沒有顏面留在邊荒集。」

在場各老大或老闆人人露出震動的神色，想不到愛女慘遭辱殺竟對長哈力行造成如此嚴重的打擊，致心灰意冷，自動把自己淘汰出局。

慕容戰躍落車廷身旁，眉頭緊蹙的道：「羯幫有甚麼人留下來？」

那匈奴幫頭目恭敬的道：「是羯幫的第三把手夂赫顯，現在仍有數十名兄弟跟著他，他剛到了我們總壇去，等待我們老大回去與他商議。」

夏侯亭的目光朝燕飛瞧來，露出憂色。燕飛心中明白，長哈力行的離開，最大和即時的得益者便是匈奴幫。羯幫勢力轉弱是必然的事，沒有長哈力行的羯幫再無關重要。匈奴幫則有赫連勃勃親來主持，彼衰此盛下，匈奴幫的坐大再不受規範和限制，若成功吞併羯幫，其實力更足以與其他大幫抗衡，甚至有過之而無不及。

紀千千失望的道：「如此豈非無法查證是否花妖的暴行？」

燕飛暗嘆一口氣，先翻下馬背，正要伺候紀千千下馬，姬別早先他一步扯著紀千千的馬頭，請她下馬。

車廷道：「我們暫借羯幫的大堂繼續會議如何？」

卓狂生一聲「同意」，有風度的向紀千千道：「請千千小姐移駕。」

劉裕向赫連勃勃瞧去，後者木無表情，絲毫不透露內心的神色，但劉裕可肯定他暗暗高興。

眾人魚貫進入羯幫主壇。

屠奉三從屏風轉出來，一眼瞧去，立即從對方長而秀氣的眼睛認出眼前的邊荒公子與在刺客館開張時搗蛋的虯髯漢是同一個人。

他雖見慣各方超卓人物，亦不得不暗讚一聲如此風流俊俏的人物，是平生僅見。他的名士儒服設計特別，高領口，灰藍襦衣，還於頸項紮著紅絲巾，說不盡的溫文爾雅，男人見了也動心，更不要說愛俏的娘兒。

「邊荒公子」宋孟齊見屠奉三出迎，立即起立施禮道：「宋孟齊拜見屠老闆。」

屠奉三有點沒好氣的道：「宋兄不用多禮，請坐！」

兩人隔桌坐下，四目交投，眼光立即似刀刃般糾纏交擊，各不相讓。

宋孟齊笑道：「屠老闆真才實學，功力深厚，佩服佩服！」

屠奉三知他是明捧暗諷自己先前向他出手刺探，他城府深沉，不會因而動氣，淡淡道：「宋兄能抵我一擊，當非無名之輩，可是屠某搜遍枯腸，仍想不到從何處忽然冒出宋兄般人物來，宋兄可否指點一二。」

說話時目光不由落在放在桌上的羊皮囊處，重甸甸的一大袋，若不是放滿石頭便該是邊荒集最流通的金元寶。

宋孟齊欣然答道：「我仍是那句老話，英雄莫問出處，對邊荒集來說這更是基本法規。事實上我只是剛出來胡混的無名之輩，要說只好從家嚴家慈說起，卻怕屠老闆沒有聽的興趣。」

屠奉三呵呵笑道：「宋兄怎會是無名之輩，只是貴屬下便足以與驚雷平分秋色。若我沒有看錯，貴屬該是在巴蜀大大有名，人稱『夜盜千里』的顏闖，對嗎？」

宋孟齊微笑道：「原來屠老闆這麼愛查根究柢，顏伯以前幹甚麼勾當在下不太清楚，只曉得懂事以來，顏伯便是我的貼身忠僕。說過閒話哩！我們來談正事如何？」

屠奉三心中暗懍，顏闖是橫行巴蜀的響噹噹人物，若照宋孟齊的說法已當他家僕多年，那宋孟齊的家世在巴蜀應當非常顯赫，爲何自己卻從未聽過巴蜀有甚麼姓宋的豪強大族呢？

淡淡道：「請宋兄指點。」

宋孟齊謙虛道：「怎敢！怎敢！我今次來，是眞心誠意請屠老闆代我殺一個人。」

接著拍拍桌上羊皮囊，發出「鏗鏘」響音，俯前少許神秘兮兮的道：「這裡是二百兩黃金，事成後便是屠老闆的哩！」

屠奉三爲之氣結，此正是他強買布行的代價，現在對方又以同樣價錢來聘他辦事，滿帶挑惹鬧事的意味。

沉著氣道：「這是筆大數目，足供普通人揮霍多年。不過刺客館有刺客館的規矩，不是有錢便可要我們爲公子效力。」

他是老江湖，而直至此刻仍摸不清宋孟齊的底，所以說話婉轉客氣。

宋孟齊故作恍然道：「對！首先是此人是否該殺？這方面屠老闆不用擔心，對屠老闆來說此人更是罪該萬死，因爲他要砸掉屠老闆的刺客館。在邊荒集，阻著別人做生意已大大不該，逼人關門更是犯了天條，所以我要殺的人，完全符合刺客館的條件。除非屠老闆尙有別的條件，例如對方太過棘手，屠老闆接不下也不敢接諸如此類。哈！我這個人就是太坦率，爹也常因此罵我個狗血淋頭。」

以屠奉三的沉著也有點承受不起，眼前可惡的傢伙分明在指桑罵槐，責自己強買布行，逼人關門歇業。

屠奉三雙目殺機大盛，不過卻是針對眼前此君，一字一字的緩緩道：「我的時間很寶貴，若你再不說出眞正的來意，請恕屠某失陪。」

宋孟齊搖手道：「我並沒有其他意思，眞的是來重金禮聘屠老闆替我宰掉一個人。」

屠奉三沉聲道：「殺誰？」

宋孟齊雙目神光驟盛，輕描淡寫的道：「我請屠老闆殺的人便是小弟自己！」

屠奉三愕然道：「請我殺你？」

宋孟齊從容笑道：「正是如此，金子我留下，當然不是立即動手，而是等我安然離開貴館的三天內進行，若三天內幹掉我，金子當然是你的，因爲我已完蛋，再沒有人向你討回金子。這三天我將不離邊荒集半步，還會四處玩樂享受，不過如屠老闆奈我莫何，不但要把金子吐出來，還要把刺客館送給我。坦白說，那時你要幹下去也沒有甚麼意思，一個像我般的無名之輩都奈之莫何，早聲譽掃地，還如何在邊荒集混下去呢？」

屠奉三雙目殺機劇增，精芒電閃，手往劍柄握去。

第十六章　除妖大計

鐘樓會議可說暫時佔領了羯幫的總壇，各幫武士扼守出入口，又在附近的屋頂放哨，留守在主堂的幾名羯幫武士已被「請」出堂外。

羯幫的此座大堂兩邊牆壁掛滿各式戰甲頭盔，伴以少量兵器弓矢，顯示羯幫除大做皮革生意外，還是製作盔甲的生產商。不過長哈力行的離去，將使羯幫淪爲微不足道的小幫會，手上的生意更會被別的勢力瓜分侵佔。

眾人團團圍在置於堂心的大圓桌坐下，紀千千坐在燕飛和慕容戰之間，黛眉含愁，爲眼前的事態發展憂心忡忡，不過她的絕代風華總能使人縱然在逆境中，仍充滿希望和鬥志。

卓狂生道：「奇怪！長哈老大一向言出必行，既答應我出席鐘樓會議，怎會忽然離開？」

慕容戰嘆道：「既已將女兒火化，來與不來已沒有分別。」

紀千千美目投向方鴻圖，柔聲道：「方總是最有資格和經驗搜捕花妖的人，現在邊荒集的老大們全體在座，只要是切實可行的計畫，大家定會全力支持你。」

費正昌道：「費某提議鐘樓議會的八席，每席所代表的一方各挑三位夠分量的高手，分成三組，輪番每天十二個時辰貼身保護方總，且每晚留宿於不同的地方，教花妖無機可乘。」

眾人紛紛點頭，如此的做法既可安方鴻圖的心和保證他的安全，亦可令各方勢力清楚在對付花妖一事上的發展。

紅子春道：「最好是我們另外選出一隊除妖團，可以在最短的時間內集合出擊，一旦發現花妖蹤影，立即全力出手，以最強的實力搏殺他。」

在座者均是經驗豐富的江湖道，不用思索便想出各種可行的有效辦法。

夏侯亭接口道：「我同意燕飛先前提出的意見，蛇無頭不行，在對付公敵花妖一事上，我們須選出領導的人，由他組織和靈活運用各方的力量。」

又往燕飛瞧去，道：「燕飛心中該有適當人選，何不說出來讓大家參考。」

眾人的目光不由投往紀千千，因為只有她是唯一各方面均樂意接受的人選，至少在燕飛建議時，情況如此。

燕飛則心中苦笑，他提出這個想法時，想到的人原是劉裕，因為他是北府兵最優秀的斥候，精通搜索、打探、追蹤之道，又是謀略過人，兵法了得，實優於邊荒集一眾龍頭老大。

可是劉裕今晚便要動身返回廣陵，再不可擔當這個重任。

紀千千微嗔道：「為何光看著奴家呢？最適當的人選坐在那裡嘛！」

從香袖內伸出玉手，春蔥般的玉指點向方鴻圖。

方鴻圖立即變回先前誠惶誠恐的樣子，一震道：「我怎麼成？」

祝老大欣然道：「千千小姐法眼無差，除方總外，再沒有更適合的人選。」

姬別點頭道：「方總應是當仁不讓，既為己也為人。我們會以最強大的陣容配合你，若如此仍不能鏟妖除魔，天下恐怕沒有人能奈何他。」

卓狂生喜道：「難得各位團結一致，這在邊荒集是從未有過的事。」

紅子春苦笑道：「誰敢不合作呢？花妖連犯兩案，已弄得邊荒集人心惶惶，若讓他繼續放肆下去，邊荒集的人會紛紛離開，想來的人則更不敢來。不要小覷花妖的破壞力，他可以把興旺的邊荒集變成死城，屆時大家只有喝西北風了。」

姬別嘆道：「我有個很不祥的感覺，假若花妖在我們的聖地夜窩子犯案，會造成怎樣的影響呢？」

眾人均默然無語，若發生此事，不單是對邊荒集的最大挑戰，還是一種褻瀆，令夜窩子留下永不能磨滅的污點，而作爲邊荒集象徵的神聖區域再非安樂之窩。

「砰！」

慕容戰一掌拍在桌上，雙目凶光大盛，道：「方總是坐穩除妖團老大的位子，請告訴我們，下一步該如何走？」

目光全集中在方鴻圖身上。

方鴻圖知道推辭不掉，下定決心似的深吸一口氣，信心的光芒又似重現他眼內，掃視眾人，道：「首先是保密，任何計畫和行動，只限於我們在座的人知曉，因爲我們之外的任何人，均可能是花妖。」

各人再次感受到他作爲七省總巡捕的能耐，他說得對，因爲花妖犯第二起案之時，與座之人皆在鐘樓內參與會議，當然沒有嫌疑。

方鴻圖續道：「除妖團的成員，就是坐在這張桌子的人。因照花妖以往的慣例，是很少在短時間內連續作案的，若是如此他總會暫時收斂一段日子，但假設他在三天內一再犯案，或許可以間接證實殺長哈老大女兒者是另有其人，可是馬車一案則肯定是花妖幹的。」

祝老大道：「照方總的經驗，花妖過往在兩次作案之間最短的時間是多少天？」

方鴻圖道：「那是發生在長安，三年前花妖在長安於三個月的光景內犯下七案，其中兩案相隔只有兩天的時間，但亦僅此一次，之外總是要隔上多天的。」

姬別駭然道：「竟有此事，爲何我從未聽過呢？」

方鴻圖沉聲道：「因爲天王硬把事情壓下去，不准人洩露風聲，以免引起恐慌。我便是因此被召入長安，奉旨組成緝妖團，不惜人力物力務要踏遍天涯海角緝拿花妖歸案。」

慕容戰點頭道：「方總沒有一字虛言，我確曾從族人處聽過此事，只是當時沒有留意。」

他的族人是慕容永諸兄弟，他們長期在長安爲苻堅辦事，當然清楚此事。

眾人聽得倒抽涼氣，苻堅當時如日中天，麾下高手如雲，又有方鴻圖此超級神捕，卻連花妖的衫角都摸不著，可見花妖隱瞞有法。

赫連勃勃冷酷的眼神投往方鴻圖，平靜的道：「方總可否讓我們見識你的靈鼻？」

此時再沒有人對方鴻圖的身分起疑，還感到赫連勃勃有點多此一舉，不過老江湖便是老江湖，所謂小心駛得萬年船，也都想知道方鴻圖有沒有誇大，故沒有人出言反對。

方鴻圖表現出胸有成竹的大將之風，緩緩起立，負手繞著眾人轉了一個圈，道：「我現在到大門外去，只要你們任何一個人到廳子的一角稍站片刻，我都可以清楚知道是哪一位。」又輕嘆一口氣，這才朝大門舉步。

姬別訝道：「方總因何忽然嘆息？」

方鴻圖停下來，有點尷尬的道：「說來慚愧，千千小姐擁有我從未嗅過的動人氣息，不由生出自慚形穢之心，有感而發，請千千小姐莫要見怪。」

紀千千霞生玉頰，「啊」的一聲，神態迷人至極，看得各人魂魄都差點給勾出來。席上諸人均是高手，鼻子較普通人靈敏，對紀千千清新的芳香都感受頗深，故可以想像到方鴻圖的鼻子若如獵犬般靈銳，其感受當然比別人更深入。而方鴻圖的坦白，正道出他自知沒有追求紀千千的資格，故生出自卑自憐、失落無奈的情緒。

劉裕瞧著方鴻圖的背影消沒門外，不由瞥燕飛一眼，他和燕飛都比其他人沉默，自己知自己事，他因爲今晚便要離開邊荒集，所以不欲多言。燕飛的緘默卻似沒有道理。隱隱間，他感到燕飛心裡所想的，與在座者可能有分歧和出入。

博驚雷在檢視「邊荒公子」宋孟齊留下的金元寶，還送到嘴旁用牙輕咬一咬，道：「這小子非常富有。」

陰奇也拿起一個在研究，道：「全是來自建康由官家經營的字號。」

博驚雷向默然不語的屠奉三道：「老大爲何不把他留下來，免得夜長夢多，徒費氣力？」博驚雷亦一臉狐疑的瞧著屠奉三，因爲以屠奉三一向的行事作風，若有人敢公然惹他，怎可能安然離開？

屠奉三胸有成竹的露出一個冷酷的笑容，徐徐道：「這裡是邊荒集而非荊州，我們現在陣腳未穩，尚未完成部署。所謂來者不善，善者不來，宋孟齊敢一而再的挑釁我們，一副有恃無恐的模樣，若不是有足夠實力便是瘋子。你們認爲他是瘋子嗎？」

陰奇搖頭道：「他當然不是瘋子，還是智勇雙全的第一流人物，假若我們三天內沒法取他之命，將沒有顏面在邊荒集混下去。」

屠奉三從容道：「我愈來愈感到在邊荒集打滾奮鬥的樂趣，此子先在我們開張時當眾耍了我們一手，已收先聲奪人之效，讓整個邊荒集都曉得他是我們的死敵。現在更公然向我們宣戰，我敢肯定他會把消息傳遍全集，把我們逼上不得不殺他的絕路。」

博驚雷憤然道：「我仍不明白老大你爲何不乾脆立即動手，好一了百了，反要放他離開？」

屠奉三微笑道：「驚雷一向就是這麼衝動。在荊州當然沒有問題，可是現在我們身處的是天下間最危險的邊荒集，走錯任何一步棋，都會遭滅頂之禍。宋孟齊並不是孤軍作戰，至少有個可與你戰成平手的顏闖助陣，至於尚有何人撐他的腰，還有待進一步的探查。」

博驚雷並不服氣，雙目凶光閃閃道：「我們不是準備大幹一場嗎？我們的人馬大半已潛入邊荒集，只要發出訊號，可以把邊荒集翻轉過來，何況只是區區一個邊荒公子，我們根本不用理他是否三頭六臂，誰擋著我們，誰便要遭殃。」

陰奇搖頭道：「邊荒集因花妖的事，正像一條拉緊的弓弦，我剛接到消息，花妖繼昨夜姦殺長哈力行的女兒後再次犯案，且是首次在白天作案。邊荒集各大勢力已連成一氣，若我們試圖以武力控制邊荒集，將會引起整個邊荒集的反感，後果難以想像。」

屠奉三點頭道：「若純憑武力可以達到目的，不如索性讓我們的玄爺派來一旅精兵，打他一場硬仗。顯然這是行不通的，只會讓謝玄名正言順來掃蕩我們。所以我們不可因一個人而自亂陣腳，宋孟齊玩手段，我們奉陪到底，讓人人曉得我屠奉三沒有食言，刺客館是依足邊荒集的規矩辦事。」

陰奇沉吟道：「眞奇怪！祝天雲爲何直至此刻仍沒有動靜呢？」

屠奉三淡淡道：「奇怪的事多著呢！他肯把木材歸還燕飛，就不像他一向的作風，借花妖的事取消強納地租，更高明得出乎所有人意料，大大舒緩他變成眾矢之的的危險形勢。我有感覺『邊荒公子』宋孟齊與祝天雲多少有點關係，宋孟齊以二百兩金元買自己的命，就像拓跋儀那單生意般是個高明的陷阱，且更爲高明，絕不容易化解。」

又欣然道：「正是如此，我愈感到在邊荒集的日子刺激有趣。」

說到這裡，心中忽然浮現出紀千千的絕世姿容，在他充滿鬥爭仇殺的生命裡，從來不會爲任何娘兒動心，可是紀千千卻是唯一的例外。縱然能征服天下，但若欠缺了如此迷人的美女，怎麼說也是一種遺憾。

心中不由暗嘆一口氣。

陰奇同意道：「對！我們絕不可以因任何突發事件亂了陣腳，對付漢幫是頭等要務，諒江海流仍不敢和南郡公公然作對，只能坐看我們接收漢幫的業務。」

屠奉三收拾心情，沉聲道：「明來不行只好暗來，所以宋孟齊大有可能是江海流的人。邊荒集的第一場硬仗不是好打的，我們只能秘密部署，在適當的時刻予敵人致命一擊！宋孟齊想引開我們的注意力，我們偏不如他所願。三天！哈！三天可以做很多的事，包括取祝天雲的狗命。我們不可以改變鎖定的刺殺目標，而刺客館正予我們最大的方便，讓我們師出有名。祝天雲膽敢以鐵索攔江，已是無可抵賴破壞邊荒集規矩的罪證，惡有惡報，他死了，除漢幫外沒有人會爲他流下半滴眼淚。明白嗎？」

方鴻圖巡嗅四角後，回到座位，在眾人期待下，侃侃而言道：「卓館主到過東南角，西南角則有紅老闆和姬老闆的氣味，以姬老闆的氣味較輕，停留的時間當較短，其他兩角都沒有留下氣味。」

眾人聽得難以置信，如此神奇的鼻子，若非親眼目睹，是沒有人曾想像過的。

紀千千讚嘆道：「方總確是奇人。」

夏侯亭嘆道：「難怪花妖不殺方總難以安寢哩！」

方鴻圖雙目掠過悲憤的奇異神色，垂下頭去，似在掩飾心中某種不可以說出來的深刻感受。

眾人並不在意，成爲花妖的追殺目標，當然不是好受的一回事！

只有燕飛看在眼裡，事實上他一直對方鴻圖有種奇怪的感覺，事情並不像表面看來的簡單。尤其古怪的是方鴻圖似是不斷徘徊於豁出去和退縮之間，更添事情的神秘。

卓狂生總結道：「我們已見識過方總超人的本領，由他任除妖團主帥一事大家該沒有異議，我們是不是循例由議會成員舉手決定呢？」

慕容戰笑道：「千千小姐說的話誰敢不同意呢？反對的舉手！」

紀千千微嗔道：「人家不慣那麼被抬舉呢！還是依規矩辦事吧。」

祝天雲欣然道：「的確沒有人會反對，現在的情況也不可能有更適當的人選，事情就這麼決定如何？」

他的目光逐一巡視，見人人點頭，最後目光落在卓狂生處。

卓狂生鼓掌道：「就這麼拍板決定，方總有甚麼指示。」

方鴻圖又露出惶惑的神態，可是當他迎上紀千千期待的目光，眼神立即變得堅定不移，道：「花妖的一向作風，是專挑當地著名的美女下手，尤令人可恨。」

紀千千道：「方總不用有任何顧忌，也不用介意千千的感受，有甚麼話便說甚麼。」

方鴻圖道：「一旦我們定下花妖會找上的目標，行動的範圍可以大大縮小，我首先需要一個對邊荒集瞭如指掌的人，等到把邊荒集情況徹底弄清楚，便可以定出行動的細節。」

眾人目光全落在燕飛身上。

燕飛苦笑道：「我會介紹高彥讓方總認識。」

卓狂生欣然道：「的確沒有人比高彥這小子更適合。」

姬別笑道：「別忘記還有我這個惜花之人，由我和高彥聯手，當不會遺漏任何夠資格的美人兒。」

慕容戰道：「在定下除妖大計前，我們首先要擬好保護方總的方法，但又不可太引人注目。」

紅子春道：「我有個更好的提議，我的人裡有易容的高手，只要給方總裝扮一下，肯定花妖看不破自己的剋星，另再派人貼身保護，如此將萬無一失。」

卓狂生喜道：「這就是群策群力的效果，花妖的末日不遠了！暫時把方總交由紅老闆保護，一切妥當後再把方總送到我們燕公子的營地。除妖的行動，由此刻正式展開，誰敢壞我們的規矩，誰便要付出代價，沒有人可以例外。」

第十七章　天師孫恩

紀千千驚疑道：「布帳蓋的是甚麼東西？」燕飛也像紀千千般摸不著頭腦，灰布掩蓋著大堆的東西，有如小山，位置在紀千千的主帳外。

劉裕記起龐義曾向他提過會先造一套桌椅以供秦淮才女坐觀第一樓的重建，仍有點不相信龐義可以在這麼短的時間完成偉業，大感好玩有趣，笑道：「當第一樓重新矗立在邊荒集時，這套被布帳蓋著的傢伙會搬到我們邊荒第一劍的舊寶座去，龐老闆更不須另製一套，因爲一張桌已足夠給兩個人坐。」

紀千千雀躍道：「對我來說眼前灰布下的正是第一樓的靈魂，當日我聽到有人可以每天坐樓看街地過著放縱的日子，千千不知多麼羨慕呢？今後當燕公子外出巡視領地時，我便可以重溫燕公子過去的邊荒之夢。」

坦白說，燕飛的確有正在作春秋大夢的動人感覺。紀千千不但有個性，還非常自主獨立，更會耍各種遊戲，弄得他差點給迷死了！唯一可令他於此沉溺情海的時刻仍保持一點靈明，便是對愛情的恐懼症。

愛得愈深，痛苦愈大。

這方面他比任何人更清楚。

微笑道：「好一個『坐樓看街的放縱日子』，小姐坐過再說吧！要有一顆萬念俱灰的心，方會這般笨蛋。」

神氣地站在龐義旁的高彥捧腹笑道：「燕飛終於肯承認自己是笨蛋。他奶奶的！邊荒集唯一一個能苦忍一年而不踏入夜窩子半步的，的確是笨蛋無疑。枉我還以爲你是聖人，終於醒悟過來了嗎？」

紀千千露出頑皮愛鬧的神情，故作嬌嗔道：「那可不成哩！一切依舊嘛！邊荒集的燕飛怎可以不安分守己，不乖乖的在第一樓平台坐鎮，而頑皮得像頭猴兒般滿集亂跑呢？坐樓喝酒是你每天的工作，不准偷懶。」

龐義笑得彎下了腰，喘著氣道：「燕飛你終於有今天哩！」

一揚手，掀起布帳。

一套以橡木製成的圓桌方椅，出現眼前，結實堅固，只有桌面與椅座處光滑平坦，桌腳、椅腳仍保留原木的粗糙，沒有上漆，有種粗獷原始和精美細緻揉合在一起的特別風味。

小詩笑意盈盈地拉開八張椅子向著重建場地的一張，興奮的道：「看龐老闆的手藝多麼好，小姐快來試坐。」

高彥接口加一句：「保證不會塌下來。」

龐義咕噥一聲「去你的」時，紀千千已像蝴蝶遇上花蜜般翩翩飛過去，坐入椅內，歡天喜地道：「棒極啦！你們幹甚麼，還不入座？」

燕飛一陣輕鬆，紀千千令每一個人都改變了，平凡不過的事也變得趣味盎然。龐義想讓紀千千開心，反倒自己先開心起來，沒有給予，怎能有像此刻般快樂？

高彥動作誇張的爭著坐入紀千千旁的椅子，引來哄笑。

龐義已拉開紀千千另一邊的椅子，笑道：「小詩姊坐啊！」

小詩的俏臉立即升上霞彩，輕輕道：「這是燕公子的寶座嘛！」

燕飛微一錯愕，首次感覺到龐義對小詩的殷勤伺候。與劉裕交換個眼色，灑然笑道：「我是個邊荒的浪人，怎會有固定的座位？小詩姊不用客氣。」

趨前把另一張椅子拉得朝向東大街的方向，欣然坐下，手肘枕在桌邊，拍桌道：「老闆拿酒來，不喝酒如何幹活？」

劉裕大笑道：「龐老闆要伺候小詩姊，何來心情為你斟茶遞水？讓我這新丁夥計負責所有粗重的事吧！」

說畢不理龐義紅著臉想撲過來把他活活捏死的神態，當跑腿取酒去了。

紀千千忍著笑朝艷婢瞧去，見她連耳根都紅透了，輕輕道：「詩詩還不坐下，你要龐老闆站著嗎？」

小詩垂頭入座，龐義則坐到高彥旁，雖被後者暗踢一腳，仍裝作全無感覺。

高彥露出古怪的神情，看看龐義，又看看小詩，也發現兩人異樣之處。

紀千千嘆道：「假若沒有花妖來行凶作惡，邊荒集是多麼美好呢？」

燕飛道：「我們若給花妖破壞心情，便正中他的下懷。邊荒集愈混亂，花妖愈是有機可乘。千千放心，我擔保可以在三天內將他捉拿歸案，讓荒人可以欣賞到千千的琴技曲藝，這可是刻不容緩的事，因為誰都尚未得聞。」

紀千千欣然道：「有邊荒第一劍作出保證，花妖今趟肯定法網難逃。」

龐義道：「最怕他給嚇得溜掉便糟糕。」

高彥哂道：「這就是耳目不夠靈通的人才會說出來的話，花妖每到一地，必鬧他兩、三個月，弄得滿城風雨，滿足了獸慾，始肯離開，從來沒有一次不是這樣子的。」

膽怯的小詩立即花容失色，顫聲道：「那怎辦好？」

龐義對付高彥自有一手，冷笑道：「高彥你不要在我面前放肆，否則我會把你逐出第一樓，你不肯走也沒有羊腿子吃。小詩姊不用害怕，燕飛說出口的話從沒辦不到的。」

劉裕此時回來，一手提著罈雪澗香，另一手托著放滿杯子的木盤，笑道：「誰敢開罪我們第一樓的大老闆，不怕沒口福嗎？」

燕飛心中一動，向高彥道：「你該聽過七省總巡捕方鴻圖此人吧！」

高彥點頭道：「當然聽過，苻堅曾任命他負責領導一批高手，天涯海角的去追捕花妖，後來忽然失蹤，據傳是給花妖宰掉了。」

紀千千瞪他一眼道：「不要胡說，他正活生生的在這裡，還成為除妖團的統帥，邊荒集最了得的英雄都聽他指揮哩！」

高彥愕然以對。

小詩輕笑道：「高公子觸礁啦！又說自己耳目靈通。」

燕飛與正為紀千千斟酒的劉裕交換個眼色，均暗叫不妙。以小詩的靦腆羞怯，是不會輕易和別人說笑的。現在肯開高彥玩笑，擺明對高彥有好感。

問題在高彥已「移情別戀」，龐義則對小詩生出愛意，形成複雜的關係。

龐義卻沒有任何異樣，繼續為各人擺好酒杯。

高彥大失面子，不服道：「不可能的，最近一年從沒有收到羊臉神捕的任何消息，苻堅也因家醜不外揚，把方鴻圖被殺的事硬壓下去。」

燕飛默然不語。

劉裕把椅子拉到燕飛旁，學他般面向重建的場地坐下，近二百人正在鄭雄等人的指揮下，在場地賣力工作，清理場地，塡平凹凸不平的地基。

初夏的燦爛陽光，灑遍邊荒集，東大街人來車往，特別是剛從東門進來的旅人，都不由在途經時駐足觀望。

紀千千問了劉裕想問的問題，柔聲道：「燕老大今天開會時，爲何如此沉默寡言呢？」

燕飛淡淡道：「邊荒集現在有兩個花妖，方鴻圖也不是眞的方鴻圖，高彥你待會給我詐他一詐，不用我教你也該懂得怎麼辦吧？」

眾皆愕然。

此時有人穿過重建的場地往他們奔過來，燕飛認得是與高彥在古鐘場碰頭說話的跑腿小子，曉得邊荒集又有事發生了。

「天師」孫恩傲立高崖之上，遠眺東面漫天陽光下的邊荒集，從這個距離望過去，邊荒集只像棋盤般大小，由街道組成分隔的房舍，有如一粒一粒的棋子。

在這戰爭的年代裡，邊荒集也因淝水之戰變成了一盤棋，有資格去下這盤棋的人天下屈指可數，而他孫恩正是最有資格的人之一，他任何一個決定，都影響著棋局的勝負。

自十八年前孫恩擊敗當時有漢族第一高手之稱的「南霸」李穆名，他的威勢攀上巔峰，直至今天，從沒有人能動搖他「外九品」首席高手的地位。近十年來又精研道術，盡覽古今道經，貫通天人之道，南方能讓他看得上眼者唯謝玄一人，而謝玄也是他最想殺的人，以證明外九品高手實優於九品高手。

可是當他專誠去殺謝玄時，謝玄身邊的兩個人卻讓他打消主意，因爲他的法眼一絲不誤地看出其中一人擁有的是一副仙骨，已超越尋常武功的範疇，而另一人則有超乎常人的體質。即使以孫恩之能，亦沒有把握可一擊得手，只好錯過明日寺外唯一的機會。

現在他已知道這兩人一名燕飛，一名劉裕，而他們此刻正在眼前邊荒集內有血有肉地活著，這個想法令他有很大的樂趣。

對手難求，如此他將不愁寂寞。

事實上他最享受的反是孤寂的感覺，每隔一段時間，他便要避入深山，一人獨處。只有這樣，他才更能反省自己的存在，與天地之秘作最緊密的接觸，他的武功道術，方可不斷作出突破。

一般高手已不被他放在眼裡，燕飛卻是個例外，因爲他是有機會比自己更快成仙成道的人。

風聲響起，一道人影從崖旁密林竄出，迅速抵達孫恩身後，單膝著地，恭敬道：「道覆向天師請安。」

竟然是「天師」孫恩兩大傳人之一，人稱「妖帥」的徐道覆。

孫恩淡淡道：「道覆因何事心中填滿壓不下的興奮情緒？起來！」

徐道覆長身而起，其高度只比高頎的孫恩矮上少許，擁有可令任何男性羨慕的體魄，像豹子般既充滿爆炸的動力，且又線條優美，顯示出一種極吸引人的非凡素質。緊身的素藍武士服，掛背的佩劍，其形象非常引人注目。

在濃密的劍眉下，他有一雙銳利深邃和帶點孩子氣的眼睛，烏黑的頭髮以黃巾紮作英雄髻，面容近乎完美的俊偉，幾近無法挑剔，嘴角似常掛著一絲悠然自得的微笑，令人看來是既自信又隨便，年紀在二十四、五間，確實是女性難以抗拒的風流人物。

他對被孫恩看破心內的情況毫不訝異，若不是如此，反令他奇怪。孫恩的貫通天人之道，盡覽眾生玄微，他早習以爲常。

徐道覆驕傲自負，天下間只有孫恩一人可令他佩服得五體投地，他絕對相信在孫恩的領導下，天下終將收歸在天師道的腳下，征服南北的不會是腐敗的南遷世族，而是南方本土備受排擠、剝削的門閥。

他恭敬道：「道覆剛收到消息，劉裕今晚會動身回廣陵去見謝安和謝玄，事情極不尋常。」

孫恩凝注邊荒集。

現在邊荒集已成天下最具戰略和經濟價值的重鎮，是能同時影響南北的水陸樞紐，各方勢力虎視眈眈的大肥肉，可是他卻比任何人都清楚，最後只有他一個贏家。

當天下統一在他腳下，佛門會被連根拔起，天師道將成爲唯一的宗教。

他最大的敵人不是南方的第一名僧支遁，而是「大活彌勒」竺法慶。

從容道：「消息從何得來？」

徐道覆稟告道：「消息來得有點奇怪，是邊荒集一個小風媒洩露出來的。不過經我們查證，燕飛見過拓跋儀後，飛馬會便把一匹上等戰馬送到燕飛的營地去，而高彥則到黑市搜購了一批斥候慣用的物品。若我沒有猜錯，消息該是拓跋儀故意洩露，好讓有心人除去劉裕，破壞燕飛和謝玄的關係。」

孫恩神色平靜，像說著與己無關的事般道：「際此非常時期，劉裕怎會分身回廣陵去？」

徐道覆沉聲道：「當然是爲更重要的事，既曉得慕容垂即將大舉進攻邊荒集，劉裕趕回去向謝玄求援是合乎情理的。」

又道：「據師兄所言，劉裕此子在謝玄指導啓發下，刀法突飛猛進，而謝家如此看得起他，此人自有非凡之處，若不乘此機會除去，早晚會成大患。」

孫恩淡然自若道：「道覆你錯了！我們現在最該殺的人，不是劉裕，反是任遙，而最想殺劉裕的人，也不是我們，而是任遙。」

徐道覆愕然道：「任遙不是正與我們攜手合作嗎？至少在目前的情況，他對我們還有很大的利用價值。」

孫恩仰望長空，哈哈笑道：「任遙算甚麼東西？在我面前耍手段只是班門弄斧，他對我的用處，只是爲我們與慕容垂間的關係鋪橋搭路，現在協議已成，留下他只會成爲心腹禍患。」

徐道覆皺眉道：「可是我們可以透過他影響司馬氏，牽制謝玄，教他無法直接插手邊荒集。」

孫恩道：「此一時也彼一時也。劉裕今趟回廣陵，不是要討救兵，而是警告謝玄不要迎戰慕容垂。以劉裕的才智，當可看破一向愛用奇兵的慕容垂是故意放出消息，引謝玄來援。」

徐道覆道：「那我更不明白，北府兵一向以飛鴿傳書與邊荒集互通消息，劉裕若不是親自回去領兵，爲何要如此長途跋涉，置邊荒集的夥伴於不顧呢？」

孫恩微笑道：「或許他已看破任遙與司馬道子結盟的情況，此關乎到司馬氏王朝的安危，在信上怎都說不清楚，故親身回廣陵向謝玄陳說。」

徐道覆同意道：「如此確實事關重大，不容有失。現在我們該怎麼辦？」

孫恩漫不經意的道：「當然是通知任遙，即使明知是笨人出手，任遙仍沒有別的選擇。」

徐道覆欣然道：「天師果然算無遺策，今次劉裕必死無疑。」

孫恩搖頭道：「必死無疑的是任遙，劉裕則要看他的運道。」

徐道覆爲之愕然。

孫恩別轉身來，負手身後，審視徐道覆驚訝的神情，平靜的道：「任遙與黃河幫關係密切，在邊荒集又有經過長期部署的潛伏勢力，若給慕容垂攻陷邊荒集，最後能分一杯羹者將是他而非我們天師道，他還可以利用司馬道子切斷我們往邊荒集的水陸交通，有建康的支持，他比我們更有本錢與慕容垂對分邊荒集的利益，不除此人，我們最終只是爲他人作嫁衣裳。」

徐道覆垂頭道：「道覆該怎麼辦，請天師賜示。」

孫恩轉過身去，目光投向邊荒集，輕嘆道：「現時在邊荒集打滾的人，每一個都快變成輸家，因爲他們根本不曉得面對的是甚麼。任遙的事不用你去理，你給我回邊荒集去，把想飛走的美麗彩雀弄回手上，其他的事自有我親自處理，包括通知任遙一事。」

徐道覆心中翻起滔天巨浪，孫恩這麼說，正表示他要親自出手搏殺任遙，不論任遙在北方如何縱橫不倒，遇上孫恩，勢將難逃死劫，再沒有人可以改變情勢的發展。

第十八章　戰雲密布

高彥喝道：「要看就大大方方的看，不要鬼鬼祟祟的，我是你的老大，你失禮我也沒臉見人。」

那小子給高彥罵個狗血淋頭，卻夷然受落，不知是否因被罵慣了，垂手恭敬道：「千千小姐在上，小人王軻，拜見千千小姐，以後喚我作小軻便成，老大也愛這麼喚我的。」

在他心中，紀千千等若天上下凡來的仙女。

紀千千歡喜地道：「原來你是我們高老大的兄弟，小軻快坐下，是否有花妖的消息呢？」

高彥笑道：「竟然可以和千千小姐同桌而坐，算你小子走運，還不坐下？有事稟上，無事退朝。」

小詩忍俊不禁地噗哧嬌笑一聲，暗瞄高彥一眼。

劉裕和燕飛交換個眼色，糟糕的感覺更趨強烈，小詩顯然對高彥愈來愈有好感。

龐義卻是若無其事，把杯子送到小軻桌前，為他斟酒道：「這杯毒酒是高老大賜你喝的。」

紀千千嫣然笑道：「龐老闆愈來愈會開玩笑，可真夠有趣呢！」

燕飛心中一陣溫暖，紀千千正在改變邊荒集，而他們則是第一批被改變的人。她令生命充滿色彩和樂趣，即使在最艱困的逆境中，每一個人仍在快樂地燃燒生命的光和熱。

如何令眼前每一個人繼續如此享受生命，他燕飛是責無旁貸的。

小軻雙手接杯，淺嚐一口，目光不受控制的投向紀千千，道：「那個叫邊荒公子的傢伙，竟嫌命長的去踢屠奉三的刺客館，聲言若屠奉三於三天內殺他不成，便要關門捲鋪蓋滾回荊州去。」

眾皆愕然。

劉裕瞥紀千千一眼，發覺她雙目驚訝中帶點迷茫，或許正在回味早上與邊荒公子見面的情景。

高彥沉著的道：「消息從何而來？」

小軻不敢不望著老大說話，依依不捨移開目光，向高彥道：「此事早成爲街知巷聞的事，那個叫甚麼娘的邊荒公子大模大樣的在東大街逛街，由叫任九傑的大漢扛著鐵棍貼身跟隨，故意引人注目，直抵刺客館大門外，還撕下假鬚，現出眞面目。他奶奶的，據聞當時在場的娘兒們和好龍陽之道的全部眼睛放光，恨不得把他一口吞下去，如此瀟灑俊朗的絕世佳公子，還是第一次得睹呢。」

龐義皺眉道：「你少說點粗話成嗎？」

小軻愕然道：「我說了粗話嗎？」

紀千千一副從回憶中恢復清醒的模樣，微笑道：「這是邊荒集嘛！愛說甚麼說甚麼，千千不會介意。」

龐義理正詞嚴的道：「小詩可不愛聽呢！」

小詩瞄高彥一眼，輕輕道：「小詩早習慣哩！」

高彥再向小軻問道：「接著呢？」

小軻又不情願地把目光移離紀千千的俏臉，道：「邊荒公子首先自報姓名叫宋孟齊，然後公布要入館去請屠奉三殺一個人，還戲言假若他出不來，刺客館以後須改名爲謀人館。哈！這傢伙眞絕。」

紀千千迅快地瞥燕飛一眼，大感興趣的道：「他請屠奉三殺的人，當然是他自己啦！對吧？」

小軻不迭點頭，事實上因他早把結果說出來，當然不難猜到。不過由紀千千香口道來，分外使人感到她的智慧果是不凡，其他人即使猜中也沒有同樣的效力。

劉裕把紀千千的神情看在眼內，心中開始有點明白紀千千爲何要與燕飛沒完沒了，因爲燕飛的灑脫和豁達的確有些過了分，聽到「情敵」的消息仍是若無其事的一副可恨模樣，那種毫不放在心上的姿態，換了自己是紀千千，肯定會「懷恨在心」。自己該不該點醒他呢？旋又放棄此念，因燕飛便是燕飛，改變了便失去他獨特的風格和神韻。

高彥皺眉道：「這小子和老屠有甚麼深仇大恨呢？非要弄得老屠關門不可？」

劉裕道：「首先我們要摸清楚宋孟齊的來歷，此事不難辦到，他送給千千的三車禮物究竟購自何處？有甚麼人給他辦事？他住在哪裡？何時到達邊荒集來？弄清楚這些情況後，不難找到蛛絲馬跡。」

小軻嘆道：「我早奉老大的命查過了。他昨晚包起了阮二娘邊城客棧的小窩居，禮品是從一艘船上卸下來的，那是專營建康運到邊荒集貨物的水龍幫轄下的一條船。據邊城客棧的夥計說，小窩居三天前被往來荊州和這裡的一個行腳商以重金訂下，可以追查的只有這麼多。」

高彥向燕飛道：「眞正的老大，你怎麼看呢？」

燕飛挨著椅背，正品嚐著雪澗香，人世間的一切風波，此刻像與他沒有半點關係。聞言微笑道：「這小子與漢幫多少有點兒瓜葛。」

高彥拍腿道：「對！屠奉三於漢幫的地盤奪舖設館，擺明是要與祝老大對著幹。而祝老大到現在仍做縮頭烏龜，皆因另有對策，且看穿老屠是有備而來，故避其鋒銳。哈！還是我們的燕老大英明神武。」

紀千千欣然道：「高老大也很聰明啊！只從燕老大一句話竟想出這麼多事情來。」

高彥立即被讚得飄飄然的，不知身在何處。

劉裕沉吟道：「只要我們不讓屠奉三宰掉宋孟齊，屠奉三的一世威名立即盡付東流，至於他和漢幫是甚麼關係，反成次要的事。」

謝玄與桓玄的關係因桓沖的去世迅速惡化，雙方再沒有轉圜的餘地。劉裕身屬謝玄的軍系，所以在對付屠奉三的事上，由他看來其關鍵性尤在對付漢幫之上。

龐義向紀千千道：「千千見過邊荒公子，他是怎樣的一個人？」

連小詩都要豎起小耳靜心細聽，只有燕飛仍是那副陶然沉迷於杯中物不理外事的樣子。

紀千千雙目閃爍著動人的采芒，輕柔的道：「只是一面之緣而已，說不上有甚麼認識。看來他該有應付屠奉三的辦法，因爲他並不像會自尋死路的人。」

燕飛忽道：「來啦！高小子別忘記我派給你的重任。」

眾人朝東大街方向瞧去，十多人正進入重建場地，羊臉神捕已變成個滿臉鬍鬚的胡服漢子，只像領頭的慕容戰其中一個隨從，散髮披肩，眉毛也變粗濃了。在新形象的襯托下，整個人竟也威猛起來。

高彥向小軻道：「你先離開，除宋小子外，我還要你留意屠奉三和祝老大兩方面的情況，有甚麼事再來報告。」

小軻跳將起來，領命去了。

由巴蜀高手化名任九傑的顏闖策御的馬車抵達東大街夜窩子邊界處的東大錢莊，徐徐停下，由此再去便是雄峙兩邊的邊荒樓和荒月樓。

東大錢莊不但做兌換借貸的生意，還是邊荒集最大的典押店，凡有賣不出去但卻有市場價値的東西，均可於此典當，價錢當然由東大錢莊決定，以費二撇的八面玲瓏，總有方法找到買家，賺取利錢。

「邊荒公子」宋孟齊從容步下馬車，向顏闖微一點頭，後者把馬車開走。

東大錢莊門旁有幾個荒人或蹲或站，一副地痞流氓的樣子，不過他們的姿態衣著只是個幌子，領頭的正是大江幫三大高手之首的「銅人」直破天，若刺客館的人趁顏闖和宋孟齊分開的時刻動手突襲，將會遭他們迎頭痛擊。

宋孟齊不看他們半眼地直入東大錢莊，偌大的廳堂人頭洶湧，生意好得令人不敢相信自己的眼睛。宋孟齊卻曉得這該叫作「花妖效應」，對既要離集避禍又來不及將手上的貨物出手者，只好於此低價典當，套取現金。假如花妖在短時間內授首，典押者又可以趕回來贖貨，繼續經營他們的買賣。

宋孟齊向其中一名維持秩序的大漢道：「我有最上等的貨色，須見費老闆。」

大漢斜兜他一眼，不經意的問道：「是甚麼貨色呢？」

宋孟齊湊近少許低聲道：「是一對來自天竺的夜明珠。」

大漢神情微動，點頭客氣的道：「請公子隨我來。」

宋孟齊跟在他身後，由押台旁的側門進入錢莊內進，經過大天井，進入中進的廳堂，兩個人正在喝茶聊天，赫然是「賭仙」程蒼古和「貴利王」費二撇。

兩人見到宋孟齊，均起立歡迎，益顯宋孟齊的身分地位。

費二撇道：「其他人退下去。」

領路的大漢和把門的兩名武士均退出廳堂，還爲他們把門帶上。

坐好後，費二撇親自爲宋孟齊斟茶，欣然道：「文清此著確是了得，屠奉三肯定進退兩難，陣腳大亂。」

化身爲「邊荒公子」宋孟齊的江文清輕嘆道：「我們不會比他好得多少，我這般向屠奉三公然宣戰，只要是明眼人，當可猜出我和漢幫脫不了關係，由此洩露了底子，這方面必須加以補救。」

程蒼古微笑道：「文清長大了呢！再不是以前淘氣愛玩的小女孩，可大大減輕大哥的重擔子。」

江文清瞧著程蒼古，撒嬌的道：「二叔怎可讓祝天雲把好好一個檔攤弄成這個樣子？淝水之戰後，祝天雲本大有作爲，但卻絕不是設置攔河鐵索又或逼人強納地稅，使漢幫變成眾矢之的。」

只聽她直呼祝天雲之名，已清楚她並不尊重祝老大，而與程蒼古和費正昌則是自家人，說話可以沒有顧忌。

費正昌目光投向程蒼古，道：「這方面我是不宜說話，你二叔曾勸過他，只是因祝老大看不清楚形勢，一意孤行。幸好文清終於來了，可撥亂反正。」

程蒼古苦笑道：「說到底我仍是客卿的身分，大哥叫我來是助祝天雲處理賭場生意，爲免令祝天雲感到處處受大哥掣肘，我向來都不過問漢幫的事務。我也不是沒有說話，只是他充耳不聞，亦莫可奈何！」

江文清鳳目含煞，緩緩道：「花妖的出現，暫時舒緩了山頭對峙的緊張情況，也不用與燕飛一方正面衝突，使我們可以集中力量應付屠奉三，算是不幸中的大幸。」

費正昌訝道：「文清是否對情況的發展並不樂觀呢？」

江文清嘆道：「屠奉三今次是有備而來，不單把漢幫計算在內，還把我們計算在內，他敢開設刺客館，便是不怕硬碰。如非因花妖的事令各大勢力連成一氣，恐怕今晚便要發動攻勢。現在我們對屠奉三隱藏起來的實力一無所知，主動權卻已被他牢牢操控在手上，對我們非常不利。」

程蒼古雙目殺機大盛，語氣卻平靜溫和，淡淡道：「既然屠奉三有顧忌，我們便盡量利用他的顧忌來打擊他。四弟今早大顯身手，與不可一世的『連環斧』博驚雷戰個旗鼓相當，把屠奉三的凶燄硬壓下去，屠奉三心中該有分寸，若公然開戰，他也不是有十足把握的。」

接著冷哼道：「自我們三人與你爹結為拜把兄弟，甚麼風浪未見過，只要我們作好準備，隨時可以迎戰還擊，便不須怕他屠奉三。」

費正昌沉聲道：「最怕他使的是陰謀手段，邊荒集雖臥虎藏龍，可是能擋屠奉三的劍者怕沒有多少人，否則我早派人以暗殺的手段宰掉他，一了百了，此刻卻是不敢妄動。屠奉三一向擅長威嚇和刺殺的手法，令人防不勝防，照我看他第一個要刺殺的目標，將會是祝老大，而非文清。」

江文清點頭道：「三叔的話很有道理，當時在刺客館內，屠奉三差點按捺不住要立即拔劍動手，最後仍讓我離開，正因不願為我而亂了陣腳。屠奉三是聰明人，不會蠢得將自己變成邊荒集的公敵。我們也不可以壞了邊荒集的規矩，一切仍依邊荒集的方式行事。」

程蒼古沉吟道：「屠奉三的劍術究竟如何高明，我們可否先摸清他的底子呢？」

費正昌苦笑道：「想知道的人均已變作他劍下遊魂，我們要找個人來問亦不成。屠奉三一向少出手，出則必中。只憑他在『外九品高手』中能名列第三，僅在孫恩和聶天還之下，當可知他是何等了得。」

江文清道：「若他不是斤兩十足，桓玄怎會委他重任？」

費正昌道：「另一個使人煩惱的是郝長亨，他和燕飛似乎建立起特殊的關係，教人莫測高深。」

程蒼古道：「屠奉三和郝長亨行事的方式是兩種截然不同的風格，同樣不可小覷，否則我們定要吃虧。」

又微訝的道：「照道理燕飛與謝家關係密切，劉裕更是謝玄的人，跟屠奉三所代表的荊州軍和郝長亨的兩湖幫，均是勢如水火，爲何燕飛對屠奉三既不聞不問，且與郝長亨稱兄道弟呢？」

費正昌分析道：「我比較明白燕飛，他絕不是個有野心的人，也不會成爲任何人的走狗，但他卻是個樂於保持邊荒集現狀的人，不會容忍任何人破壞邊荒集的規矩。」

江文清欣然道：「如燕飛眞是這樣的一個人，我們便可加以利用。」

程蒼古愕然道：「你不是要和他爭奪紀千千嗎？」

江文清胸有成竹的微笑道：「攫取芳心的方法微妙難言，並不用爭得焦頭爛額，利用燕飛亦不須與他稱兄道弟，這方面我會隨機應變，二叔、三叔可以放心。」

費正昌道：「然則我們如何可保著祝老大的性命呢？」

江文清默然片晌，輕輕道：「此事有勞二叔，先向祝天雲作出嚴厲警告，讓他有了戒心，更重要是改變日常生活習慣，盡量避免涉足公眾場所，夜窩子也非最安全的地方，屠奉三從來不是個愛守規矩的人。」

費正昌沉聲道：「由於我不宜出面，一切拜託二哥，二哥自己也要小心點，你眞正的身分雖是秘密，可是二哥在漢幫舉足輕重，說不定也會成爲屠奉三刺殺的目標。」

江文清露出甜甜的笑容，柔聲道：「我和屠奉三的交易，正是要逼他在部署尚未完成，陣腳未穩之際，不得不於三天內倉卒行動。我要他買我性命一事已轟動全集，只要我們一切仍依計畫進行，勝負將決定於三天之內。」

程蒼古皺眉道：「慕容垂的事又該如何應付？以他用兵之奇，可能到他兵臨城下，我們方如夢初醒。」

江文清也不由苦笑道：「屠奉三的威脅已迫在眉睫之前，希望慕容垂的大軍尚未完成集結，否則我們只好依緊急計畫立即撤退，然後坐觀謝玄與慕容垂龍爭虎鬥，若結果是兩敗俱傷，我們將有機可乘。」

第十九章　殺身禍源

高彥起立笑道：「方總巡還認得我高彥嗎？那年你剛偵破開平張寡婦的凶案，我也受邀參加慶功宴哩！」

燕飛等當然曉得甚麼開平張寡婦、甚麼慶功宴，全是子虛烏有杜撰出來的，可是見到高彥說得活靈活現的模樣，仍忍不住有點相信確有其事。

設若眼前此君確是假貨，在難辨眞僞下，只好硬充曾偵破此案兼硬充和高彥碰過頭吃過飯。

慕容戰雙目閃過訝色，朝燕飛瞧去，後者只好向他暗傳眼色，點醒他高彥在使詐。

在眾人的期待下，方鴻圖露出古怪的神色，愕然道：「甚麼開平張寡婦，我從未辦過這樣的案子。」

輪到高彥啞口無言，不由向燕飛露出求救的眼神，他對燕飛的「靈覺」信心十足，根本沒想過竟會失手。

方鴻圖如非方鴻圖，怎曉得曾辦過這件案，又或沒辦過那件案呢？

燕飛亦有措手不及的感覺，更不知該如何收拾殘局，若讓方鴻圖曉得他們仍在懷疑他，便非常尷尬。

紀千千銀鈴般的笑聲吸引了所有人的注意力，當包括方鴻圖在內所有的人目光全落在她身上，這千嬌百媚的美女柔聲道：「方總和慕容老大坐下先喝杯雪澗香好嗎？」

方鴻圖雙目立即亮起來，欣然道：「聞雪澗香之名久矣，終有機會得嚐。」

坐下後，目光投往高彥，道：「這位小哥兒是……」

高彥苦笑道：「我這個人有項缺點，就是疑心重，方總大人有大量，不要見怪。」

連慕容戰也暗讚高彥夠義氣，把事情全攬上身，由於他是初會方鴻圖，感覺上方鴻圖會舒服點，故不失爲最好的解決辦法。

龐義爲分方鴻圖心神，已在爲他斟酒，道：「我們現在全賴方總緝妖除魔，所以不應喝太多酒，幸好我的雪澗香飲上一杯便足夠，可令你處於醉與不醉之間，那才是喝酒的最高境界。像燕飛般整罈的喝，只是在糟蹋我的酒。」

方鴻圖向高彥打個手勢，表示自己並不介意，舉杯一口喝盡，接著雙目睜大，一震道：「好酒！」

慕容戰提醒道：「一杯足夠哩！」

燕飛目光投往重建場址，在百多人努力下，已完成整固地基的工作，下一步將會把樁柱種入地底去。

自己究竟是否出了錯？可是他的感覺絕不會騙他。他的直覺告訴自己，方鴻圖很多時候都是言不由衷的，說的全是謊話。

淡淡道：「我也想提醒方總一句，目前的形勢可能是我們緝拿花妖的唯一機會，彼此間千萬不要有任何隱瞞，否則便對不起所有被花妖害死的無辜女子。請恕我直說無忌，這裡都是自己人，方總若肯坦白道出難言之隱，不論你說出來的眞相是如何，我們可以保證沒有人動你半根寒毛，甚至有一句難聽的話。」

今次連紀千千也覺得燕飛有點過分。高彥則聯想起程蒼古嘲弄他是死不認輸的賭徒，只有劉裕在心裡全力支持，因爲他也一直在懷疑方鴻圖，直至他示範超人的嗅覺。

慕容戰皺眉阻止道：「燕兄……」

方鴻圖臉上沒有被鬍子掩蓋的部分漲紅起來，雙目射出屈辱受傷害的神色，狠狠盯著燕飛，沉聲道：「燕飛你不要含血噴人，若想趕我走，說一句話便成。」

紀千千懇求的目光射向燕飛，柔聲道：「當中是不是有誤會呢？」又向方鴻圖道：「方總勿要動氣，燕飛只是想把事情做好，語氣卻用重了。」

龐義也道：「燕飛你醉哩！」

燕飛從容不迫道：「方總在鐘樓會議時聞花妖之名打了個寒顫，當時方總的解釋是因想起花妖過往行凶現場的可怕情景！可是在先前花妖犯案處，方總卻鑽進車廂內去細察，憑你的鼻子，只要探頭入窗便可以嗅個一清二楚，根本不用幹那麼多不情願做的事。」

慕容戰解圍道：「原來燕兄有此誤會，我當時也感到奇怪。不過想到這是方總專業的作風，想查清楚花妖會否一時大意留下蛛絲馬跡，所以心中釋然。」

紀千千向慕容戰送上個讚賞的眼神，讚他說話得體，又狠狠盯燕飛一眼，警告他見好便收。笑道：「方總是查案的專家，當然自有一套辦案的手法。」

兩人言外之意，都認爲根本輪不到燕飛去評說。

燕飛雙目射出誠懇的神色，道：「方總請三思，我針對的絕不是你，而是花妖。」

慕容戰微一錯愕，現出不悅的神色，一向瀟灑的燕飛，怎會變得如此頑固。

高彥卻心中叫糟，暗忖燕飛或許是因在紀千千面前大失面子，所以硬撐下去，卻愈撐愈糟糕。

劉裕道：「我敢擔保燕飛對方總的每一句話，都是出於善意的，希望大家能開心見誠，合作無間的對付花妖。」

方鴻圖攤手道：「我真的不明白，燕飛你在懷疑我甚麼呢？」

眾人目光集中到燕飛身上，看他還有甚麼話說。

事實上方鴻圖鼻子的嗅覺本領已具最大的說服力，令人懷疑盡去。

小詩惶恐地看看方鴻圖，又瞧瞧燕飛。

燕飛輕呼一口氣道：「方總怕的不是血腥的場面，而是花妖。當方總在車廂外嗅到花妖的氣味，心中生出不能控制的恐懼，故鑽進車廂內詐作查案，好讓別人看不到他。當時我的注意力全集中在方總身上，雖看不到方總在做甚麼，卻感應到方總內心的懼意和矛盾。到方總出來後，呈現出一副豁出去和狠下決心的模樣，令我更曉得方總與花妖間有特別的關係，所以希望方總說出心中的難言之隱，大家同心協力看看有甚麼解決的辦法。若方總錯過這個機會，極可能害人害己，對大家都沒有好處。」

眾人目光不由移往方鴻圖，看他如何反應，再沒有人怪燕飛多事。因為燕飛的懷疑已變得合情合理，且把話說得婉轉，處處為方鴻圖著想。

劉裕更想到燕飛定是發覺方鴻圖在車廂內根本沒有查案，只是在喘氣或發抖，故此動疑。難怪他既要方鴻圖示範鼻子的本領，又如此沉默。

方鴻圖的反應更加異常，直勾勾地瞧著燕飛，可是在座者均從他空空洞洞的眼神，曉得他視而不見，迷失在心內激烈的情緒裡。

忽然熱淚從方鴻圖雙目湧出，無限羞慚地低下頭去，飲泣道：「我眞沒有用，從小便是這般沒用，爹和娘罵得對，大哥也罵得對，我是個廢物。」

慕容戰兩眼寒芒一閃，吩咐守在四周的手下道：「擴大防守網，不准任何人接近。」

手下應命行動。

紀千千和小詩互望一眼，曉得大家都想起劉裕的一句話，若在邊荒集街頭碰倒一些人，其中至少有一個是江湖騙子。

紀千千柔聲道：「方總有甚麼心事，坦白說出來好嗎？沒有人會傷害你的。」

慕容戰顯然是因紀千千而克制著被騙的怒火，沉聲道：「閣下究竟是何方神聖？」

「方鴻圖」淒然道：「我叫方鴻生，是方鴻圖的孿生兄弟。」

眾人愕然以對。

紀千千皺眉道：「令兄在哪裡呢？」

燕飛沒有插嘴，因看出方鴻生信任紀千千。

方鴻生把頭仰起少許，透過淚眼看著紀千千道：「我這麼騙你，千千小姐不怪我嗎？」

慕容戰正要說話，給紀千千以眼神制止，忙乖乖把要說的話嚥回去。

紀千千柔聲道：「大家只會同情你，方先生當然是有說不出口的苦衷了！」

她不但語調溫和輕軟，還有種說不出的眞誠意味，教人聽得舒服。

方鴻生舉袖拭淚，悲聲道：「大哥給花妖害死了！還死得很慘。」

劉裕、燕飛、慕容戰和紀千千四個曾參與鐘樓會議的人立即明白過來，難怪方鴻生的表現如此矛盾，既想為乃兄報仇，又怕乃兄的慘況會在他身上重演。

劉裕盡量讓自己的語氣平和一些，道：「你根本不曉得花妖的氣味，對嗎？」

方鴻生的淚珠再次不受控制的流下來，搖頭泣道：「不！那肯定是花妖。大哥雖是天下有名的神捕，我卻是一事無成，但大哥很多時為辦案的方便，又或要秘密潛往外地辦案，便教我扮作他，此事只有我們身邊的一班兄弟知道。唉！我雖然有個像大哥般靈敏的鼻子，卻從來沒有破過半件案。大哥和花妖最後一場鬥法是在洛陽，去年花妖在一個月內姦殺六名少女，大哥似已得到線索，正要集中高手，擒殺花妖，卻被花妖先發制人，將他支解。唉！他的身體還留下花妖的氣味。」

眾人恍然，若不是方鴻生親口道出來，怎想到有此蹊蹺。

方鴻生抹掉眼淚，淒然道：「我真沒有用，不但不思為大哥報仇，還慌張得連夜逃走，怕花妖曉得我的鼻子像大哥般靈敏。可是不知是否老天爺的旨意，我逃來邊荒集自以為萬無一失，怎知花妖偏偏亦到了這裡來。我竟嚇得半死，不但對不起大哥，還愧對先父先母，我根本不是人。你們殺我吧！我方鴻生認命好了。」

眾人你看我我看你，既不知如何安慰他，更不知說甚麼話好。

慕容戰艱難的道：「這麼說，花妖理應不知道你有個同樣靈敏的鼻子，只會以為你是混飯吃的冒充者。」

方鴻生方寸大亂道：「我不知道，但我總感到花妖不會放過我，當我冒充大哥時，我盡力模仿他生前的言行舉止，反沒有甚麼懼意。可是之前當我獨自一個人上茅廁時，卻只想立即躲避或逃走，我是最沒有用的人。」

劉裕換個方式問道：「花妖是否曉得令兄有你這位孿生兄弟？」

方鴻生像崩潰了似的泣不成聲道：「我不知道，我是個廢物，對不起大哥，對不起爹娘，對不起歷代祖宗！唉！更對不起你們，對不起千千小姐，自踏入鐘樓後，我從沒有一刻不在動腦筋看如何脫身，直至剛才的一刻。」

紀千千柔聲道：「方總請看著千千好嗎？」

方鴻生訝然朝紀千千瞧去，不解道：「千千小姐你為何仍叫我方總？」

紀千千目光投向正在反映西沉落日霞光的天空，輕輕道：「我們不說出去，誰知你不是方總呢？我們對老天爺該有信心，他既安排你來到邊荒集，安排你與花妖狹路相逢，就絕不肯容你繼續糊塗下去。你以前做甚麼都失敗又有甚麼關係呢？只要你破掉花妖一案，你將可以令方總英名不墜，光宗耀祖，更為世除害。」

慕容戰皺眉道：「千千小姐的意思是……」

紀千千點頭道：「慕容老大猜得很準，聽者有分，我們同心協力，扶助方總登上天下第一神捕的寶座去，只有方總方可將邊荒集團結起來，令花妖不能作惡下去。」

慕容戰知她從自己猶豫的表情猜出自己不同意，苦笑道：「欺騙鐘樓議會可不是鬧著玩的，輕則公開譴責，重則永遠除名，若我只是孑然一身，千千小姐吩咐怎麼做便怎麼做，現在卻不無顧忌。」

高彥幫腔道：「正如千千所說，我們守口如瓶，誰會知道？」

慕容戰對高彥當然不用低聲下氣，盯他一眼道：「邊荒集乃天下耳目集中之所，該沒有人比你高彥更清楚這方面的情況，方鴻圖又是北方名人，他的死訊遲早會傳入各人耳中，千千小姐的想法固是妙不可言，卻絕行不通。」

燕飛心中暗嘆，慕容戰的一番話合情合理，此亦爲方鴻生一直想辦法脫身的理由。而方鴻生的原意亦只是到說書館狠賺一筆後遠走高飛，不過紀千千對失敗者的憐憫和同情，令他心中感動。

紀千千從容道：「我們並沒有欺騙議會，因爲七省總巡捕根本是一而二的兩個人。方先生是總巡捕的另一半，弟繼兄位，古已有之。何況方先生尚有一個同樣神奇的鼻子，兼又熟悉花妖，又曉得他大哥查案的手法。花妖只殺掉方總的一半，另一半理該繼續下去。」

方鴻生劇震一下，停止飲泣，顫聲道：「可是我……」

紀千千侃侃而言道：「方總你不用害怕，首先你要認識自己確實是方總未死的一半，必須爲令兄報仇雪恨，爲世除害！至於你擔心自己的能力，這方面你更可以放心，我們這裡每一個人均會全力助你。」

劉裕拍桌道：「千千膽大心細，此計的確行得通，爲了對付花妖，我們本應不擇手段，何況只是取巧。只要我們避重就輕，當方總令兄早爲花妖所害一事被揭破時，堅持被殺的是方鴻生而非方總，試問誰可以弄得清楚呢？」

龐義點頭道：「此計更絕。」

慕容戰朝方鴻生瞧去，沉聲道：「方先生認爲此計是否可行呢？若遇上當年曾跟隨令兄的手下，會否被揭破身分？」

方鴻生又像變成另一個人般，雙目亮起來，沉吟道：「我是第一個發現大哥遇害的人，嚇得立即離城遠遁，再沒有回去，所以理該沒有人弄得清楚死掉的是誰。我和大哥不論樣貌、聲音均酷肖至令最親近的人也難以分辨，我模仿他的言行舉止時，周圍的人亦難分眞僞，所以多年來從未被人揭破。」

慕容戰點頭道：「如此方先生確實有繼續冒充下去的條件。」

轉向燕飛瞧去，道：「燕飛你怎麼看？我們應否先發制人，主動告知議會方鴻生的存在和方總早被花妖害死？」

燕飛微笑道：「方總正因見弟被殺的慘況，嚇得落荒而逃而深受良心譴責，更痛恨自己的膽怯軟弱，致行爲古怪，怎肯主動說出來？只要方總狠下決心，以後是方鴻圖而不再是方鴻生，此計理應可以過關。」

紀千千接口柔聲道：「一切以對付花妖爲最終的目的。各位想想看，揭穿方總的身分對邊荒集有甚麼好處？首先我們陣腳大亂，士氣受挫。更要另選除妖團的領袖，再難有像方總如此可以爲各方接受的人物，時間的損失我們更是承擔不起，對嗎？」

慕容戰挨向椅背，忽然忍不住的笑起來，雙目神光電閃，喘著氣道：「我開始感到整件事充滿瘋狂和樂趣。好！千千小姐有命，我慕容戰怎敢不奉陪。」

紀千千鼓掌道：「好！事情就這般決定下來，沒有人可以中途退出，直至爲世除害爲止。」

燕飛心中讚嘆，邊荒集是當今之世最有創意的地方，如何荒謬的事也可以變成理所當然的事實。而紀千千的創意更是匪夷所思，把她的好心腸和大膽發揮得淋漓盡致。

方鴻生肅容道：「多謝千千小姐和各位給我這個機會，我定必全力以赴，不會一錯再錯，由今天此刻起，我就是方鴻圖，以前的方鴻生，再不存在。」

第二十章　真假花妖

劉裕與燕飛來到帳後的空地，三匹馬在臨時搭成的馬廄內優閒地吃著草料，後街處有慕容戰的手下放哨防守，隱隱透出一種風雨欲來的緊張氣氛，與馬兒們的悠然自得形成強烈的對比。

劉裕悠然道：「龐義去監工了，以備今晚繼續挑燈夜戰，千千與慕容老大和我們捧出來的方總正入帳研究除妖大計，高彥則爲我打點行裝。兄弟，我要上路啦！你以後得小心一點。」

燕飛拍拍他肩頭，道：「你也得小心點！屠奉三若非浪得虛名之輩，你的旅程將是荊棘滿途。」

劉裕微笑道：「我已想遍所有可能性，包括被老屠看破是個陷阱。坦白說！死亡也不是甚麼大不了的事。我是故意將自己置諸死地，好讓我能借死亡的威脅以忘掉一切，箇中的苦與樂，只有自己清楚。」

燕飛訝道：「劉兄似是滿懷心事，語調無限蒼涼，究竟所爲何事？若你狀態欠佳，今晚莫要上路。」

劉裕從容道：「將士出征，誰不是滿懷感觸，心懸爹娘妻兒！我不過是想起一位暗戀而永不可能得到的女人。可是一旦踏足戰場，你便再沒有時間去想任何事情，只會想著如何保命。」

燕飛皺眉道：「不是謝鍾秀吧！」

劉裕知道自己漏了口風，搖頭道：「雖不中亦不遠矣！你要爲我守秘密。」

燕飛恍然道：「她的確是令人愛慕的動人美女，也給人會是個賢妻良母的感覺，難怪一向以事業為重、志向遠大的劉裕也戀戀不捨。」

劉裕苦笑道：「思念和單戀是很花費精神的，可恨的是男女之情總像失控的野馬，幸好自己知自己事，當我歷劫不死的到達廣陵，我將會把她忘掉，這是唯一的明智之舉。」

趨前幾步，進入馬廄，撫摸拓跋儀送來的駿馬，建立人馬初步的感情和關係，道：「拓跋儀贈馬這一招非常高明，使一切不合理的事變為合理。噢！差點忘記問你，花妖有真假之別究竟是怎麼一回事？你怎可以如此肯定？」

燕飛來到他旁，低聲道：「長哈力行愛女之死若非赫連勃勃幹的，也與他脫不了關係。女兒受到這樣的凌辱，長哈力行不但心灰意冷，更無顏在邊荒集苟延殘喘，他的離開，最大的得益者正是赫連勃勃，在近水樓台下，羯幫的生意和業務將水到渠成的落入赫連勃勃手中，使匈奴幫立即一躍而成能與其他幫會分庭抗禮的勢力，不用打生鬥死便獨霸了小建康。」

劉裕皺眉道：「你的推論非同小可，可以引起一片腥風血雨，你究竟是憑空猜測，還是出自超乎尋常的靈覺。」

燕飛淡淡道：「兩者均有。不知是否老天爺的安排，剛巧花妖亦路經此地，想到建康去又或一心在邊荒集犯案，見有人冒他之名行事，於聞訊後破例在白天行凶，這是真花妖向假花妖宣戰的戰號，只是真花妖卻沒想到我們的半個方總亦在邊荒集，這叫天網恢恢，真花妖授首之期不遠哩！」

劉裕道：「這是合乎情理的推論，我想聽的是你的直覺。」

燕飛道：「還記得先前在帳內商議如何對付花妖時，我說過感覺到花妖，他似近似遠，因為車廷正是知情者，行凶的卻是赫連勃勃。我一直在觀察他們，發覺赫連勃勃對方總的鼻子特別在意，正好證明是作賊心虛。」

劉裕好奇問道：「究竟是怎麼樣的一種感覺？」

燕飛思索道：「很難清楚說給你聽，當長哈老大說出愛女慘遭姦殺的一刻，我心中忽然湧起冰寒的感覺，似乎很熟悉，又像很陌生！現在回想起來，正是我與赫連勃勃初次見面時的某種神奇的感應。打開始我便曉得赫連勃勃不單武功高強，且是天生邪惡凶暴的人。」

劉裕嘖嘖稱奇，順口問道：「你見到車廂內慘況時，又有甚麼感應？」

燕飛沉吟道：「整個車廂內充塞著激烈的情緒，是來自施暴者和受害的可憐女子。我的感覺已將花妖鎖緊，只要我遇上他，必可將他辨認出來，這是沒法子解釋的事。」

劉裕道：「即使你遇上他，也很難單憑感覺去指證他，幸好尚有方總的鼻子。咦！不妙！」

燕飛愕然道：「有甚麼問題？」

劉裕道：「若我是赫連勃勃，或會放風聲出去，讓花妖清楚方總的靈鼻是眞花妖的剋星，那時花妖一是殺死方總，一是立即逃亡。」

燕飛微笑道：「我也想過這個問題，一方面赫連勃勃誤以爲花妖已清楚方總的鼻子，不必多此一舉，另一方面花妖會認爲方總是個冒充的江湖騙子，在如此微妙的情況下，我們大有機會收拾眞花妖。至於假花妖，問題便複雜多了，除非他蠢得再度犯案，否則方總的鼻子將沒法作證。」

劉裕舒一口氣道：「說得對！赫連勃勃並不曉得我們知道的事。」

此時高彥捧著一個裝滿東西的行囊來到馬廄，道：「裡面的寶貝花了我近五兩金子，全是最上等的貨色，劉爺吩咐下來的清單購備齊全，沒吩咐的也替你添置不少。」

轉向燕飛道：「千千有請，劉爺當然沒有空，燕爺你快去應召。」

燕飛拍拍劉裕肩頭道：「你和高小子研究一下可以救命的家當，我轉頭回來送你走。」

劉裕心中湧起濃烈的情緒，深切感受到與燕飛間飽經憂患而建立起來的過命交情。

燕飛進入帳內，紀千千、慕容戰和方鴻生三人正舒服地挨著軟枕坐在厚厚的地氈上，親切地交談。

他生出奇異的感覺。

方鴻生固是放鬆多了，再不像先前活似一根拉緊的弓弦，神情興奮，雙目充滿希望。

而他的感觸卻是因慕容戰而來，至少在此刻他很難將慕容戰視爲敵人或對手，雖然明知與他肯定有兵刃相向的一天。紀千千將敵我的關係模糊起來，消融了明確的界線，更把心異者同化在共同對付花妖的大前提下。

紀千千見他進來，道：「你到哪裡去了？有甚麼比對付花妖更重要的事呢？劉老大和高少呢？他們又在忙甚麼？」

燕飛深切感受到被紀千千嗔怪的樂趣，坐到她對面位於慕容戰和方鴻生兩人之間，道：「有一事尚未稟上千千小姐，小劉他即將遠行，高小子自須爲他打點一切。」

紀千千愕然道：「他要到哪裡去？」

慕容戰恍然道：「難怪飛馬會送來戰馬，原來是供劉兄之用。」

燕飛早知瞞不過他，微笑道：「慕容兄該猜到劉裕要到哪裡去，此事待會再和慕容兄商量。好哩！究竟有何大計？」

紀千千登時明白過來，亦知不宜於此情況下探問，道：「我們討論過了！已得出兩個結論，首先是花妖大有可能不曉得有兩個方總，也就是說花妖並不知道我們有個可讓他無所遁形的靈鼻。」

慕容戰解釋道：「另一個是方總遇害前，我們的方總正在當值，嘿！請恕我說得這麼古怪，因爲千千說我們必須把方先生當作另一半的方總，才能令方兄充滿信心。」

紀千千白慕容戰一眼，嗔道：「又來了！方總就是方總，不是甚麼我們的方總，還有甚麼先生小姐的。要分清楚便說先方總和方總吧！」

慕容戰給她白了嫵媚的一眼，立即魂魄離位，只會點頭答應，神情令人發噱，再沒有半點好勇鬥狠的氣概。燕飛更發覺慕容戰像他們般喚千千，顯示他與紀千千的關係已跨進一步，而紀千千明顯地對他頗有好感。事實上燕飛自己也覺得在撇除敵對的立場下，慕容戰這個人相當不錯，於黑幫諸老大中，似乎較富正義感。

方鴻生道：「大哥當時偵查花妖，教我代替他，自己則隱蔽起來在花妖沒有提防下查案。當晚我住在洛陽西門衛所內，大哥忽然回來，神情興奮，說已查得花妖的行蹤，可惜卻沒有向我進一步解說。大哥還說要連夜行動，擒拿花妖，要我躲進暗室去。豈知……豈知……」

說到這裡，眼中又再淚花滾動，可知當時的情況如何令他魂斷心傷。

慕容戰接下去道：「方總聽到外面傳來異響，更不斷傳來他大哥的低號呻吟，像被人塞住口叫不出來的樣子，嚇得不敢動彈。」

方鴻生慘然道：「我太沒用哩！」

紀千千安慰道：「方總不用自責，你逞強出去也只多賠上一條人命，你大哥不但不會怪你，還會因你現在得到報仇的機會而欣悅。」

燕飛點頭道：「事實確是如此，過去的便讓它過去算了，最重要是掌握現在。」

慕容戰也同意道：「燕兄說得好，所以我們須立刻行動，趁花妖沒生出戒心前，先一步找到花妖所在。我們商量過，如把兩個方總的事坦然告知議會，是否更有利呢？至少可以確保方總也具有靈異嗅覺的秘密。」

燕飛暗嘆一口氣，向方鴻生問道：「方總對花妖的行事作風是否熟悉？」

方鴻生尷尬的道：「聽是的確聽過不少，卻是不甚關心，不知燕兄想問花妖哪方面的情況。」

燕飛道：「我想知道花妖在作兩個案子之間的最短時間。」

紀千千道：「方總不是已說過嗎？是在洛陽發生的，只隔了兩天。」

燕飛道：「我只是要作最後的證實。」

慕容戰沉聲道：「燕兄是在懷疑邊荒集的兩案不是同一人幹的？」

燕飛點頭道：「我一直在懷疑。」

方鴻生道：「在洛陽相隔兩天發生的案子，確實是唯一的案例。一般來說花妖犯案後的五至六天會收斂起來。他犯案的方式更有明顯的周期性，每次均在不同的城市作惡，不會重複，選取的地方總是人口密集的都會，連犯數案後會銷聲匿跡一年左右，現在距洛陽的連續凶案剛滿一年，該是他再次凶性大發的時刻。」

燕飛道：「現在兩案相隔不到一天時間，且在白天犯案，方總有何看法？」

由他的口中說出來，當然比燕飛洩露自己的神通上算。因爲慕容戰始終和他有不同的立場，令他頗有戒心。

方鴻生現出回憶的神色，道：「大哥生前常在我面前分析花妖，因爲對我不用隱瞞。我自小便崇拜他、尊敬他，還處處模仿他。唉！我又岔遠哩！」

紀千千諒解的道：「沒關係，方總積鬱的心事，說出來會舒服點。」

方鴻生道：「花妖行事周密，大哥認爲他在作案前會先做好偵察的工夫，弄清楚下手的對象，然後潛入深閨施暴，只把附近的婢僕弄昏，少有像邊荒集兩案般殺盡旁人。實不相瞞，我敢到說書館賺錢，是因起始時我並不相信這裡的第一個案子是花妖幹的，直至發生馬車慘案，才知不妙，所以驚得不知如何是好。又同時曉得這或許是唯一爲大哥報仇的天賜良機。」

慕容戰臉色微變，往燕飛瞧去，後者點頭，表示明白他內心的想法。

紀千千倒抽一口涼氣，也往燕飛瞧去，顯然記起他曾說過花妖有眞有假的話。道：「這麼說害死游瑩的邪魔大有可能不是花妖本人，只是花妖於聞訊後知有人冒充他犯案，致凶性大發，不顧一切於白天出手。由於不敢在白天於集內行事，故臨急選取一隊南來的車馬隊作目標，亦不得不下手殺盡隨行的人。」

慕容戰沉聲道：「這個看法非常關鍵重要，方總爲何不在會議舉行時說出來？」

方鴻生露出恐懼的容色，囁嚅道：「因爲我怕假花妖的事牽涉到邊荒集內幫會的權力鬥爭，怎敢多嘴惹禍？」

慕容戰向燕飛苦笑道：「情況愈趨複雜，而且非常不妙，對嗎？」

燕飛曉得他也在懷疑赫連勃勃，只是不敢說出口來，平靜的道：「邊荒集的規矩是不容任何人破壞，正義必須伸張。在邊荒集殺人是等閒事，可是卻從沒有人敢犯姦殺的天條，亦不容有人可以例外，管他是天王老子。不過眼前當務之急，是先把眞正花妖找出來，因爲照他過往的行事作風，將會在一段時間內連續作案。」

紀千千神情專注地瞧著燕飛說話，慕容戰看在眼內，心叫不妙，知道自己失了一著，重重點頭道：「花妖大有可能在兩、三天內再作案，我們便憑方總過人的本領，務要在今晚之內將花妖找出來。」

又向方鴻生道：「我們先擬好尋找花妖的方法，立即行動。」

方鴻生猶豫道：「對付花妖是除妖團的集體行動，我該如何向其他人交代呢？」

慕容戰信心十足的微笑道：「即使除妖團有假花妖混雜其中，他也樂於擒殺眞花妖，好令兩案同時完結。」

紀千千擔心的道：「我們既想到花妖有眞有假，說不定其他人也會起疑？」

方鴻生嘆道：「這正是眞花妖犯案的目的，要向我們作出提示，長哈老大愛女一案與他無關，而是另有其人。」

燕飛心忖方鴻生這個想法與他不謀而合，是眞花妖按捺不住下向假花妖作的宣戰，顯示方鴻生並不如他自己認爲般沒有用，也或許是在壓力下被迫發揮他的智慧。道：「方總這番話非常有見地，我們可由此點著眼，窺見花妖性格上的弱點。」

慕容戰拍腿道：「對！花妖肯定以自己過往的凶殘事蹟爲榮，不容別人分享他的光輝，所以甘冒大險，也要在邊荒集留下輝煌的紀錄。」

紀千千道：「這麼說，花妖可能並不是一心在邊荒集犯案，而是被假花妖的凶案引發的。」

燕飛道：「他或許是要到建康去，路經此地而適逢其會。不過是否如此已無關重要，我們須盡量利用全集團結一致的優勢，務要在今晚將他從隱藏處挖出來。」

慕容戰終找到扳回燕飛一著的機會，道：「花妖是否路經此地，又或故意到此犯事，實爲關鍵所在。因爲若他只是途經邊荒集，根本不須故意隱蔽行藏，又因他不曉得有方總在，所以只要我們遍搜集內的旅館，說不定已可以有收穫。」

燕飛拍額道：「對！慕容兄的提議非常有用，是我的疏忽。」

慕容戰大感愕然，亦暗叫慚愧，自己是存有私心，而燕飛則是全不介意自己是否失算，一切以大局爲重。

紀千千看看慕容戰，又看看燕飛，欣然笑道：「我們開始有點眉目了！問題在如何進行？」

慕容戰欲言又止。

紀千千嗔道：「慕容當家有甚麼除妖大計？快給千千說出來。」

慕容戰先向燕飛瞥上一眼，深吸一口氣道：「我們不行動則已，既行動便要徹底，教花妖無路可逃。太陽快下山了！天黑後將是夜窩族的天下，燕兄以爲然否？」

燕飛嘆道：「我明白哩！」

第二十一章　愛情遊戲

高彥道：「我給你的是最上等的東西，這個掛背的行囊則是我每次出門的隨身法寶，不要小覷它，是以罕有的烏頭穿山甲的堅皮浸製而成，內中夾有能化內家氣功的『登南花』的棉絮，可以護著你背心。」

劉裕正把一張弩弓掛在伸手可及的馬側處，二十四枝箭矢整排連布囊安裝在另一邊，感激地道：「你這小子很夠朋友。」

高彥親自爲他掛上行囊，道：「你拔刀時用點巧勁，記著索鉤在你右邊，迷霧彈在左邊，你試試看。」

劉裕探手往後，從行囊側的小袋找出可以彈簧射出索鉤的鐵筒子，順口問道：「索子有多長？」

高彥欣然道：「說出來你或許不相信，這寶貝是由北方巧匠精製，分三重關鈕，可分別射出兩丈、三丈和四丈遠的索鉤，收發自如，是我以重金買回來，曾多次助我逃出死門關。不要看索子只是條綿線般粗細，實是由堅韌天蠶絲織成，一般庸手休想可扯得斷它。」

又拍拍行囊道：「裡面除你要求的東西外，還有刀傷藥，希望你用不上吧！」

劉裕待要說話，小詩來到兩人身前，看到劉裕在整理行裝，愕然道：「劉老大要到哪裡去？」

劉裕微笑道：「我立即起程返南方，須十多天才回來。」

小詩似明不明的點頭道：「祝劉老大一路順風。」

高彥見她臉色陰沉，似乎有些心事，問道：「小詩姊在害怕花妖嗎？放心吧！害怕的該是花妖，我們的燕老大最擅長的正是擒拿採花賊。」

劉裕忍俊不禁笑道：「你這小子最愛誇張，燕飛捉過多少個採花賊呢？」

小詩也被他惹得「噗哧」笑出來，橫他一眼道：「有位尹姑娘來找你……」

高彥一震道：「尹清雅！天！她來找我幹甚麼？」

大力一拍劉裕的肩頭，道：「我借小詩姊那句話祝你一路順風，記得要活著回來見我們。」又向小詩作個揖，一陣風般溜了。

劉裕見小詩黯然垂首，知她從高彥對尹清雅的雀躍看出端倪，心中不大舒服，暗罵高彥，道：「娘曾對我說過，當年與爹同時追求她的還有個同村的傢伙，這傢伙說話了得，最懂討她歡心，可是她偏偏下嫁我爹，因爲她要的不是一時的開心，而是能長相廝守的郎君。」

小詩的臉紅起來，有些狼狽地盯他一眼，嗔道：「這種話只該對女兒說，劉老大在哄我，人家根本……噢！不說哩！」

劉裕苦笑道：「確實是胡謅，眞實的情況是我娘的外家不准娘與那口甜舌滑的傢伙來往，硬逼娘嫁給我既老實又勤奮的爹。不過娘並沒有後悔沒與那傢伙離家出走，因爲她婚後的生活很幸福，是爹告訴我的。」

小詩忍不住嬌笑起來，笑得雖仍有點勉強，但顯然心情開朗多了。

此時燕飛、紀千千、慕容戰、龐義和方鴻生聯袂而至，見小詩笑不攏嘴，均感訝異。

小詩向紀千千道：「原來劉老大也會亂吹大氣，胡言亂語。」

龐義緊張起來，道：「你向小詩姊說過甚麼花言巧語？」

劉裕探手抓著來到身前龐義的肩頭，道：「別冤枉好人，我告訴小詩姊選夫婿絕不要揀如我般懂得花言巧語的傢伙，而須挑選像你老哥般既老實又勤奮的人。」

小詩「呵」的一聲垂下螓首，連耳根都燒紅了。

劉裕再加一句「是我娘教的」，說罷踏鐙上馬。

紀千千看看小詩，又瞧瞧老臉漲紅的龐義，嬌笑道：「看不出劉老大也會花言巧語，再說幾句來聽聽。」

劉裕心中暗嘆，他不單要忘記王淡眞，且須把對紀千千的愛慕化爲友情，同樣不是人生樂事，不過事實如此，別無選擇，在馬上道：「一切留待活著回來再說吧。」

與燕飛交換個眼神，又向慕容戰揮手作禮，朝方鴻生道：「祝方總領導群雄馬到功成，爲世除害。」

一夾馬腹，放蹄而去。

高彥追在「白雁」尹清雅嬌俏的背影後，卻不敢胡思亂想，還要收攝心神，否則肯定追不上她。在夕照下這迷人的小精靈白衣飄飛，說不盡的風流嬌美，每一個騰躍的姿態都美妙動人，瞧著她一個觔斗翻上第一樓的後院牆，足尖輕點，毫不費力的越空而去，投往對街一座荒廢庭院，心中的感受實在難以形容。

高彥學她般點牆投去，小美人早在瓦脊坐下，後方是扇狀散射的落日霞彩，看得高彥目眩神迷，連老爹姓啥名誰一時也忘掉了。

坐到她身旁，尹清雅笑吟吟的瞧來，道：「你的輕功不錯嘛！不知拳腳功夫如何呢？找天我們比比看。」

高彥自己知自己事，她剛才是留有餘力，自己則把吃奶之力全用將出來，還跟得頗爲辛苦，最要命的是輕功本爲自己所長，已是遜她至少兩籌，自己的弱項拳腳功夫更不用說。

幸好他的性格絕不會因此自卑，笑嘻嘻道：「來日方長，好玩的玩意多著呢！有我高彥陪你，保證小清雅你不愁寂寞。」

尹清雅「噗哧」笑起來，媚態橫生，白他一眼道：「小清雅？哪有這樣彆扭的，師父他老人家喚我雅兒，郝大哥叫我小雅。嘻！小清雅也不算太難聽吧！看！」

高彥給她的親切話兒說得心內燃起火炭似的，隨她玉指的方向道：「有甚麼好看的？」

尹清雅嬌癡的道：「才好看呢！昨晚人家就是在這裡觀察你們營地的動靜，還看到千千姊姊和『邊荒第一劍』燕飛，燕飛長得很不錯，聽說你和他是好朋友，對嗎？」

高彥立即不舒服起來，道：「甚麼第一劍第二劍，燕飛從來只是條大懶蟲和酒鬼，只是因紀千千才稍微振作起來。嘿！小清雅今天來找我，是否有甚麼事呢？」

他自問說得非常有技巧，點醒尹清雅燕飛的意中人是紀千千。

尹清雅像聽不到他話意所指般，看著紀千千、燕飛等人與劉裕說話，雙目射出迷濛的神色，自言自語般道：「不！郝大哥的看法不會錯，他說在邊荒集最欣賞的只有燕飛一個人，你若不肯引介，我便自己去找他，看他的蝶戀花了得至何等程度。比試可眞最好玩哩！大家又不用拿性命出來拚。」

高彥似給人在背上狠抽一鞭，苦笑道：「你該直接找他才對。」

尹清雅瞥他一眼，目光回到三十多丈外、隔了一條街和後院的馬廄處，看著劉裕策騎離去，微嗔道：「人家喜歡找你也不成嗎？劉大哥要到哪裡去呢？」

天色倏地暗黑下來，太陽沒入西山之下，不知是否因花妖的威脅，今晚的邊荒集分外處處危機四伏。

高彥給尹清雅耍得暈頭轉向，糊塗起來，訝道：「喜歡找我？」

尹清雅別過俏臉來向他皺鼻子嗔道：「不成嗎？快答我的問題。郝大哥著我來打聽消息，若我空手而回定給他罵死。唉！我昨晚和你們玩耍已被他臭罵一頓，罵得我差點哭起來，你定要幫人家這個忙。」

高彥神志不清的答道：「劉裕是回南方去。」

尹清雅抿嘴笑道：「算你乖啦！不過南方這麼大，他要回廣陵還是建康呢？答中有獎。」

高彥仍保存半絲清醒，問道：「有何獎賞？」

尹清雅聳肩道：「唱一曲小調給你聽好嗎？師父最愛聽我唱曲，當然比不上千千姊姊，不過也不是人人聽得到的。」

高彥最後一點靈明亦告消失，糊裡糊塗的道：「他當然回廣陵去，難道回建康向司馬道子求援嗎？哈！可以唱歌哩！」

尹清雅撒嬌道：「只有一個消息哪夠人家向郝大哥交差？我還想知道你們如何對付花妖，郝大哥也想盡點力呢！」

高彥終是老江湖，開始有些醒覺，皺眉道：「你來找我只是要打探消息，這就是你的『喜歡找我』？」

尹清雅嗔道：「我早告訴郝大哥我在這方面是不行的。不過看在與你高彥尚有點交情，這才勉強答應。原來你根本不當我是朋友，怕我會害你嗎？算了吧！」

高彥的防禦立即崩潰，陪笑道：「我們當然是一見知心的好朋友，唉！你看到那個鬍鬚漢嗎？他就是北方著名的『羊臉神捕』方鴻圖，緝捕花妖的事由他主持。關於這方面的事可以直接問紅子春，他不是和你們有特別交情嗎？」

尹清雅輕鬆的道：「我想知道的是你的好朋友燕飛有甚麼特別對付花妖的法寶，看來你並不清楚。」

高彥叫屈道：「我怎會不清楚？咦！你不是在助你的郝大哥一臂之力，讓他可以擒得花妖，好向千千領賞吧！」

尹清雅「噗哧」笑道：「完蛋啦！竟給你看穿呢！你這個人很機伶，不過我可不喜歡騙不倒的人，你要扮得呆頭呆腦才成。」

輪到高彥心叫完蛋，自己對著她時不但使不出平時一半的本領，且被她玩弄於股掌之上，偏又愈相處愈感到她迷人可愛。

看著她便像看著沒有人能馴服的小妖精，不單沒有辦法，還無處著力入手。

尹清雅甜笑道：「不爲難你了！清雅也爲你著想的，他們要動身呢，你還不回去參與他們的餞別行動。」

她的笑容不但甜如蜜糖，還充滿漫無機心的天眞意味，可是高彥卻曉得她是狡猾在骨子裡，先來一招欲擒故縱，看自己還可以拿出甚麼好消息來討她歡心。

遠處龐義和慕容戰把姬別贈送的兩匹匈奴馬牽出馬廄，燕飛還朝他瞧來，卻沒有表示，小詩卻似沒有察覺他們在這邊說話。

高彥猛一咬牙，故意裝出不放她在心上的神情，笑道：「小清雅也要小心點，不要讓花妖把你這頭可愛的白雁啣了去哩！」

再不理會她，彈將起來，逕自回營地去也。

漢幫總壇，忠義堂內，幫主祝老大獨坐堂內，沉思不語，只看他深鎖的眉頭，便曉得他心事重重。

「軍師」胡沛步入堂內，來到他身旁，俯身湊到他耳旁道：「大仙離開了！我們已加強戒備，若屠奉三敢來犯，我們保證他來多少殺多少，有來無回。」

祝老大朝他瞧去，沉聲道：「若來的是支多達千人的精銳荊州勁旅，你仍這般有把握嗎？」

胡沛爲之愕然，尷尬的道：「屠奉三不敢這般胡來吧？」

祝老大目光閃閃的打量他，肅容道：「到今夜此刻，我忽然感到自己是孤立無援，即使江老大亦幫不上忙，若非他派文清及時趕來，情況更不堪設想。」

胡沛站直身體，陪笑道：「屠奉三的出現的確令我們亂了陣腳，不過一天勝負未分，鹿死誰手，尚未可知。」

祝老大「霍」地起立，負手在大堂來回踱步，好一會兒後在胡沛旁停下來，長嘆道：「我幫弄至今天如此地步，先受挫於燕飛的劍，繼而被鐘樓議會孤立，不得不同意讓第一樓重建，接著又被屠奉三公然挑戰，我當然要負最大的責任，但更因是我錯信你的提議，於淝水之戰後盲目的擴張勢力，觸犯眾怒，你還有甚麼話好說的？」

胡沛神色出奇地平靜，垂頭道：「世事之奇，往往出人意表，教人難以逆料，老大你要怪罪於我，我胡沛當然沒有話說。」

祝老大勃然大怒，轉過身來面對胡沛，雙目殺機閃閃，戟指道：「一句難以逆料可以搪塞過去嗎？當日我對設立攔江鐵索一事已大感猶豫，全是你大力慫恿，說甚麼藉此立威，致令我幫騎虎難下。至於甚麼巧立名目納地租，也是你的主意，讓燕飛藉此重重打擊我們，你這個軍師是怎麼當的？」

胡沛抬起頭來，從容道：「老大你既不信任我，我這個軍師當下去也沒有意思，老大若要殺我洩憤，胡沛絕不敢還手。」

祝老大全身一陣抖顫，雙目似欲噴火，好一會兒方把激動的情緒勉強壓下去，轉身背著胡沛道：「立即給我滾，以後別讓我見到你，邊荒集再沒有你容身之處。」

胡沛趨前少許，來到祝天雲身後，壓低聲音道：「胡沛對老大的多年提攜愛護，永遠銘記心中，在離開邊荒集前，我尚有一個天大重要的秘密上報老大。」

祝老大沉聲道：「說吧！」

胡沛又把聲音壓低少許，至僅可耳聞，道：「此秘密是與『大活彌勒』竺法慶有關。」

祝老大皺眉道：「竺法慶？」

胡沛再靠近少許，續道：「竺法慶的夫人尼惠暉是我的師母。」

祝老大全身劇震，立即運功，往前衝出再反手後擊的應變招數剛在腦袋內成形，一向詭計多端卻武功平平的胡沛十根指頭已驟雨般戳在背心二十多處穴位。

胡沛的話故意兜了個圈來透露自己眞正的身分，令他不由分神去咀嚼，早令他慢了一步，更關鍵的是他仍身負昨晨因燕飛而來的內傷，兼之胡沛在出手前沒有任何先兆，故一下子便著了道兒。

祝老大眼、耳、口、鼻全滲出鮮血，卻沒有往前拋跌，因爲胡沛雙掌生出吸攝的勁力，令他仍直立不倒，想呼叫求救，聲音來至咽喉變成微弱的呼喊。

胡沛湊到他耳旁笑道：「老大滋味如何呢？這八年來我早把你的武功底子摸通摸透，你有多少斤兩，我比你更清楚。」

祝老大雙目噴出仇恨的火燄，強忍著十多道入侵勁氣在體內經脈激盪交戰的撕心痛楚，呻吟道：「你逃不了的。」

胡沛失笑道：「我何須逃走？多年來你生活靡爛，荒淫無度，武功不進反退，我卻是勤力練功，爲你打理幫務，不斷把我的人安插於幫內重要的位置，只是找不到下手的好時機，現在機會終於來了。」

祝老大急促喘息，雙目無力地閉上，抖顫道：「你瞞不過文清的。」

胡沛獰笑道：「怎會瞞不過她呢？你先被燕飛所傷，可是因情勢緊張，故急於練功恢復，致內氣失調，走火入魔，即使華佗再世，也絕察覺不到是由旁人下手。剛才一擊即中的手法雖是眨眼間的事，卻是我苦練多年的成果。」

祝老大道：「你想當幫主？」

胡沛開懷笑道：「我怎會這麼蠢？徒然啓人疑竇？更何況屠奉三要殺的人，從來沒有能壽終正寢的。你也不會死得這般輕易，我還須數天時間好好部署，便讓我們的賭仙暫代你的位置。老大你明白嗎？」

倏地雙手離開祝老大背脊。

祝老大再支撐不下去，頹然倒地。

第二十二章　夜窩戰士

燕飛、龐義和小詩目送慕容戰、紀千千和方鴻生策騎離去，北騎聯的戰士仍留在營地，把守四方。

高彥來到燕飛身後，訝道：「他們要去何處？」

龐義瞥他一眼，搖頭嘆息，沒好氣地答道：「你很快便會聽到，老子我要幹活去哩！」說罷朝重建場地舉步。

高彥一呆道：「聽到？」

小詩向燕飛低聲道：「小詩想回帳內休息，很累哩！」

燕飛點頭道：「小詩可放心休息，絕沒有人敢來營地撒野的。」

小詩不看高彥半眼，逕自離開。

高彥心情本已不佳，見龐義和小詩對他都神態冷淡，更是心情大壞，頽然道：「我做錯甚麼呢？」

燕飛淡淡道：「你甚麼也沒有做錯，只是人與人間的關係微妙，很難以常理測度，睡醒一覺又是新的一天。唉！你的臉色爲甚麼如此難看？」

高彥苦笑道：「若你是我，心情也不會好到哪裡去，例如當發覺你心裡的夢想情人，竟是另有所戀，你會有甚麼感覺？」

燕飛訝道：「你的小白雁給人搶了嗎？」

高彥憤然道：「她還沒給人搶去，但她愛上的人是你，我只是被她利用的大傻瓜，她根本不把我放在心上。」

燕飛啞然失笑道：「不要把我牽扯在內。告訴我，她究竟對你這傻瓜說過甚麼呢？」

高彥迅快說出經過，最後不服氣地道：「我這個美男子坐在她身旁，她卻似目無所見，更要我爲她引介你，又大讚你如何了得。她奶奶的，豈非分明是在耍我。」

燕飛忍俊不住笑起來道：「枉你精明一世，糊塗一時，她擺明是在耍你，卻不是因爲對你沒有好感。她是故意要引起你的妒念，尹清雅可不是一般的女孩子，她玩的是另一種愛情遊戲。」

高彥先是渾身一震，雙目燃起希望的光芒，接著訝然審視燕飛，感動的道：「還是老燕你最夠朋友，這樣全力支持我。你爲何不責怪我向她洩露機密，反鼓勵我繼續努力？」

燕飛忍著笑道：「小白雁既是你一生最大的夢想，我當然不會潑你冷水，而且旁觀者清，你若要把她追上手，絕不能用你慣常那套低劣的手段。」

高彥破天荒第一次向燕飛求教這方面的難題，虛心道：「現在老子六神無主，信心全消，你老哥有甚麼好提議呢？」

燕飛探手搭上他肩頭，朝東大街方向走去，低聲道：「像我對紀千千般，她要玩遊戲嗎？那就奉陪到底。她看來是好勝的小妮子，你便給她嘗嘗你的少爺脾氣，她捉弄你，你也捉弄她，愛火或可從互相捉弄的情趣上產生。」

高彥懷疑道：「這樣行得通嗎？」

燕飛嘆道：「除老天爺外，誰知道呢？我只知高手過招，絕不能動氣，不能把勝敗放在心上，生死也要置之度外。所謂情場如戰場，你自己好好的斟酌。」

高彥劇震道：「我明白啦！」

劉裕馳出東門，沿潁水官道飛馳，坐下戰馬神駿非常，邁開四蹄，似是毫不費力。

此時仍在邊荒集的勢力範圍，諒屠奉三不會蠢到在此地下手，不過若遠離邊荒集，進入邊荒地帶，將是危機四伏，草木皆兵。

雖只半日工夫，他已是準備充足，在黑色的夜行衣下他還暗穿水靠，若形勢不利，可輕易借水遁往對岸。

從邊荒集東門馳出之際，他感到踏上人生一個新的階段，結束他奉令送密函到邊荒集給朱序的冒險歷程，他再不是以前的劉裕。

把對付屠奉三的事攬上身並非因好勝逞強，而是對自己的一個挑戰，源自極度失落下極端反動的情緒。

他不是小覷屠奉三，更曉得眞個正面對撼，他必死無疑。可是他對自己很有信心，任對方千軍萬馬，倘若他好好利用邊荒的形勢，該可把孤軍作戰轉化爲優勢，鬥智而不鬥力。他是得於邊荒，而敵人則失於邊荒。

「噹！噹！噹！」

三下悠揚的鐘聲從後方邊荒集處隱隱傳來，雖已相隔十里，可是每一記鐘聲都似能直敲進他耳鼓內。

他先是茫然不解，旋即記起此爲夜窩子召集夜窩族的緊急警號，登時心中叫絕，曉得是燕飛等想出來對付花妖的手法。

縱目四顧，不見敵蹤。

他不感奇怪，屠奉三要對付他，當然不會蠢得採取封鎖圍截的辦法，因既不實際更不可行，聰明的方法是派人在戰略位置放哨，掌握他南返的大致路線後，再以壓倒性的實力一舉突擊伏殺。

想到這裡，劉裕一抽馬韁，離開官道，馳進右方的疏林區。

他的感官亦提升至極限，準備應付任何突變。

就在此時，劍嘯激響，凌厲的劍氣破空罩頭而至，還有女子的厲叱道：「花妖納命來！」

以劉裕的機警，亦大感意外。不過已別無選擇，整個人彈離馬背，厚背刀離鞘疾劈，劈向鋪天蓋地灑下來的劍影核心去。

紀千千睜大美目，有點難以置信地瞧著從四面八方策馬馳進古鐘場的夜窩族人。

當她依卓狂生指示，以重達二百斤、懸在半空的巨木槌撞擊古鐘三次，敲響緊急召喚夜窩族的警號後，還以爲怎都要待上半個時辰，方可齊集全族戰士。

豈知不到半晌，第一個夜窩族人首先趕到，接著是潮水般捲進來的人馬，人人士氣高昂，神情激憤，一派視死如歸之勢，其中竟有數百個是英雌。

夜窩族佔了小半是來自各大幫會，其他便是長居於邊荒集從事各類商業活動的荒人，此時人人額上綁上金色布帶，自攜各式兵器弓矢，進退間盡顯訓練有素的團隊精神和默契，與一向似一盤散沙、漫無規律的荒民像活在兩個不同天地的人。

他們全集中到古鐘場的北面，沒有半點喧譁，立馬面對著古鐘樓上的紀千千等人，靜待指示。

卓狂生在紀千千耳旁道：「成為夜窩族的唯一儀式是『授金帶』，此帶是以特製的金粉塗抹，難以假冒，更兼族人間互相熟悉，外人有心假冒也不行。」

另一邊的慕容戰道：「在邊荒集，除鐘樓議會外便只有我們的卓名士可以窩主的身分敲響召喚夜窩族的警鐘，當然也要有個很好的理由。」

紀千千欣然向站在慕容戰旁的方鴻生道：「方總現在放心吧！看！邊荒集已團結起來，對付邊荒集的公敵。」

卓狂生道：「差不多哩！」

紀千千縱目瞧去，鐘樓下黑壓壓的全是精神抖擻的騎士，滿布廣場北面的部分，人人仰首朝她瞧來，個個看得眼睛發亮。

卓狂生倏地高舉兩手，大喝道：「勿要吶喊，勿要歡呼，現在還不是時候。今次由千千小姐親自撞鐘召你們到此，大家當知道要對付的是想破壞我們夜窩聖地戒律的公敵花妖，所以我們必須萬眾一心，為聖地奮戰到底。」

三千多名騎士同時舉起右手，握拳揮動，神情激昂熱烈，那種場面，看得紀千千芳心感動，熱血沸騰。沒有人叫喊半聲，只有戰馬的嘶鳴，此起彼落。

慕容戰向紀千千解釋道：「每月最後一日，是夜窩子的停市日，也是夜窩族集體操練的日子，所以不要看他們平時像群瘋子，有起事來可以變成訓練有素的雄師。」

紀千千不解地問道：「他們很多來自邊荒集的幫會，忽然變成夜窩族，不怕與本身幫會有矛盾和衝突的情況嗎？」

卓狂生雙目異芒遽盛地巡視夜窩族，肅容道：「夜窩族的出現是得第一代鐘樓議會的同意，各幫有職級的人均不得參與，而夜窩族的行動也有限制，首先只能對付由鐘樓議會宣布的公敵，其次是自願參加。千千小姐眼前的兒郎們，沒有一個是被人迫著來的。」

說罷又大喝道：「今晚我們夜窩族將負起爲世除害的偉大使命，花妖既敢來我們邊荒集撒野，我們絕不容他活著離開。」

三千多名戰士再次握拳揮手，表示出不惜一切，也要完成使命的決心和激情。

慕容戰一陣長笑，吸引了所有人的注意，提氣揚聲道：「今夜我們是不容有失，錯過這機會將使邊荒集永遠蒙羞，至於行動細節，由千千小姐親自宣布。」

若非卓狂生有嚴令不准喧譁，恐怕喝采聲早震盪整個邊荒集，不過只看眾族人的神情，便知人人心懷激烈，甘於爲紀千千效死命。

紀千千大吃一驚道：「由我宣布？怎成哩？」

卓狂生笑道：「當然要由千千小姐御駕親征，指揮一切。千千小姐或許仍未清楚自己已成爲邊荒集最美好事物的表徵，等若今夜邊荒集夜空的明月，普照大地。何況由千千小姐去對付最醜惡的花妖，最合乎夜窩聖地的精神。」

慕容戰道：「千千只須依我們擬定的計畫吩咐他們便成，身爲夜窩族大家都是兄弟和生死與共的戰友，且因他們熟悉了解邊荒集，不用教他們亦知道如何去執行派下來的任務。」

紀千千知道推辭不得，否則將會削弱正昂揚熾烈的士氣，兼且兵貴神速，只好收攝心神，揚聲道：「今晚夜窩子將停市一晚，邊荒集內所有人均須留在宿處，你們要把邊荒集內內外外封鎖起來，不容任何人隨便進出邊荒集，至於如何在一晚內把花妖挖出來，則由鐘樓議會選出來的除妖團負責。」

廣場上三千多人靜心聆聽，連呼吸也似屏止，就憑紀千千動人的聲線、語調和說話節奏，已是世上最迷人的天籟仙音。

卓狂生振臂道：「千千小姐有令，你們還待在這裡幹甚麼？除妖行動正式開始啦。」

話聲才落，全體夜窩族立即化爲四條長龍，分成四組朝四條大街馳去，陣容之鼎盛齊心，教人沒法懷疑他們團結一致形成的驚人力量。

方鴻生瞧著夜窩族往四外擴散，目泛淚光，咬牙道：「今晚我若仍找不到花妖，誓不爲人。」

燕飛與高彥沿東大街朝夜窩子進發，瞧著一組一組，每組由十人組成的夜窩族武士沿街狂奔，一些直趨東門，一些逐門逐戶去公布戒嚴的指示，令邊荒集充滿風暴欲來般的緊張氣氛。

騎士們經過兩人身旁，雖行色匆匆，仍不忘向燕飛致敬禮，顯示燕飛已成邊荒集自由的象徵，備受夜窩一族的推崇。

燕飛神態輕鬆，含笑回禮。

高彥嘆道：「若邊荒集每遇外侮，都可以像現在般團結起來，慕容垂也不是那麼可怕。」

燕飛正想念往廣陵途中的劉裕，他的安危已與謝家連成一體，高瞻遠矚的謝玄把他從北府兵芸芸將領中挑選出來，秘密定爲繼承人，正因謝玄認爲只有劉裕方有統一天下的本領，其他比他位高權重的將領均不行。假如有一天由劉裕掌權，謝家的詩酒風流將會繼續下去。聞言搖頭道：「花妖是個非常特別的例子，跟面對慕容垂的情況是完全不同的另一回事。倘與慕容垂交鋒，試問誰肯身先士卒？誰願犧牲自己？比對起來，花妖只是個新鮮刺激的遊戲，而慕容垂卻威脅到大小幫會的生死存亡。更可慮的是我們不曉得集內誰是慕容垂或孫恩的人，根本沒法團結一致，即使鐘樓議會人人舉手同意共抗外侮，臨陣前也隨時有人會倒戈，那就更糟糕。」

高彥忽然停下來，看一批與夜窩族人反方向馳過身旁的騎士道：「奇怪！」

燕飛認出帶頭者是漢幫僅次於祝老大和程蒼古之下的第三號人物胡沛，後面跟著十多名漢幫武士，人人神色凝重，行色匆匆，馳過時更有人向他們投以仇恨的目光，非常不友善。

若依早先的議定，慕容戰該已派人知會鐘樓議會一眾成員，著他們到古鐘場集合，好進行除妖行動，那麼現在帶頭的該是祝老大，而不是胡沛，更不會如此仇視他們。

兩人大感不妥當。

高彥冷哼道：「祝老大並沒有合作的誠意，只是礙於形勢，沒法不低聲下氣。他奶奶的，不用理會他。嘿！聽你剛才的口氣，似在懷疑邊荒集的某人是奸細，是否有這個意思？」

兩人立在街頭，左方剛巧是屠奉三強開的刺客館，夜窩族的戰士一組一組的呼嘯而過，馳往東門和橫街小巷去，荒人則紛紛趕回家去，頗有末日來臨的緊張意味。

燕飛點頭道：「我在懷疑姬別和呼雷方，前者今早沒有到營地來湊熱鬧，大異於他一向的作風，事後又沒有圓滿的解釋，所以唯一的解釋是他根本不在邊荒集，否則以他好色的性格，跛了腿也會爬來看千千。」

高彥倒抽一口涼氣道：「你竟懷疑他離開邊荒集去見慕容垂的人，這麼說慕容垂的大軍豈非已潛至離邊荒集一天或半天的馬程之內？」

燕飛苦笑道：「教我如何答你？不過這個可能性很大，慕容垂一向善用奇兵，故意散播仍在集結兵力的謠言，讓我們生出錯覺，再以迅雷不及掩耳的手法，一舉控制邊荒集。」

高彥皺眉道：「一個姬別已不容易應付，若再加上呼雷方，邊荒集豈非要立即崩潰。」

燕飛道：「我懷疑呼雷方是有道理的，在邊荒集眾老大、老闆中，他的表現最和平圓滑，處處充當魯仲連的角色，可是兩湖幫勾結黃河幫的謠言，卻是由他親自散播的，只不過他沒想到郝長亨會現身向我解釋。」

高彥點頭道：「有道理，慕容垂和姚萇一向關係不錯，暫時聯手並不出奇，那他們要針對的將是飛馬會和北騎聯。我們則會被看作是謝玄的人，更是首當其衝。比起來，花妖的事便變得微不足道。我的娘，假如慕容垂的大軍今夜或明天殺至，我們如何是好呢？」

燕飛沉吟道：「我們該還有點時間，邊荒集是四通八達之地，慕容垂該汲取淝水之戰前邊荒集情況的教訓，先把邊荒集重重包圍，再攻入邊荒集，不容任何人離開，一舉殲滅所有反對他的力量，免得以後須在此長駐重兵，以防死灰復燃，所以我們仍應有點時間，但絕不會多過三天。」

高彥道：「我要親自出馬去偵察形勢，明天當有完整的報告呈上燕老大你的案頭，我去了！」

說畢展開身法，往東門的方向馳去。他不單是夜窩族的頭子之一，更與紀千千和燕飛關係密切，夜窩族的封鎖不會影響他進出的自由。

燕飛收攝心神，正要繼續行程，忽地心頭劇震，轉頭朝刺客館望去。

在博驚雷、陰奇和七、八名武士簇擁下，名震南方在「外九品高手」排第三位的屠奉三從屏風後舉步走出來，看到燕飛，雙目立即精芒大盛。

燕飛暗叫不妙，曉得對方已看破劉裕的陷阱，而他現在只有一個選擇，便是把他幹掉，一了百了。

第二十三章　除妖行動

疏林內，刀劍交擊之聲在眨幾眼的工夫內連續激響十多下，火花四濺，「鏗鏘」不絕，劉裕純憑雙手的超凡靈敏應付對方疾如驟雨的急攻，換作是淝水之戰前的他，恐怕早身中多劍，可知刺客是如何厲害。

劉裕再一刀劈開撊空而來的利劍，免去透胸而入的慘禍，順勢一個側翻，落到一棵樹旁，他乃北府兵中最出色的斥候，深懂利用形勢之術，若對方鍥而不捨的攻來，他可以利用樹木作障礙，攻守均由他決定。

馬嘶忽起，接著是遠去的急驟蹄音。

劉裕心叫不妙，知道對方是發出暗器一類東西，刺痛自己的坐騎，戰馬受驚下亡命奔逃。在今夜的情況下，有馬沒馬可是天壤之別，有馬不單可以省腳力，馬兒且負著糧水、弓矢等裝備，失去了將令他大失預算。正要撇下敵人去追馬，劍嘯聲又像陰魂不散的厲鬼般追躡而來。

救命要緊，劉裕一刀掃出。

「叮！」

刺客看似隨意的變招絞擊，正欲打蛇隨棍上，劉裕已刀往後抽，化作一團刀光，對方竟出乎他意料之外的亦往後退開，長劍遙指，劍氣仍將他鎖緊籠罩，教他沒法脫身。

他終於有機會定神打量對方，可知剛才的交戰是如何激烈迅快。以他的見多識廣，如此穿著打扮的女子還是初次得睹。

她穿的是夜行衣，卻又在衣上加佩靛青色的圍腰，圍腰上端至頸部掛著銀鏈，圍腰中部兩側垂下飄帶拖於身後，以黑帕包頭，左額又斜插著一把梳子，予人簡潔不群的感覺。

此女長得身長玉立，不算美貌卻別有一股風情，顴骨略嫌稍高，可是豐厚的紅唇和闊嘴巴卻令人感到若非如此，將會破壞整體的調配。只從外表，劉裕便曉得差點奪他性命的女刺客性格剛強堅毅，主觀好勝。

女子雙目射出深刻的仇恨，在金黃的月色下，手中劍刃也似閃爍著恨意，沉聲道：「想不到做盡壞事、喪盡天良的花妖，仍有一副像人的樣貌，難怪多年來能瞞人耳目。幸好皇天不負有心人，我追蹤千里，終於將你截獲。」

劉裕拋開追馬的急切念頭，還要打起精神抵擋她隨時發動的第二波攻擊，苦笑道：「姑娘怕是誤會了！我並不是花妖，我……」

女子怒喝道：「閉嘴！我早猜到你會連夜溜往建康去，且一試下便試出你的身手有堪當花妖的資格，還要狡辯嗎？我柔然族七名姊妹的性命，今夜將要你血債血償。」

劉裕這才曉得對方來自遠在北塞的柔然族，雖知有理說不清，仍不得不盡最後努力道：「且慢動手，我真的不是花妖，且有名有姓，是北府兵的劉裕，不信的話返邊荒集打聽一下便清楚。」

女子怒色更盛，冷笑道：「你可以騙任何人，卻騙不過我，我曾於你犯案時見過你的背影，對你掛在身後的背囊更是永世難忘，裝的都是作惡的工具，你敢把背囊拋過來讓我檢查嗎？若裝的只是衣物，我朔千黛給你賠罪道歉。」

劉裕爲之啞口無言，他背囊中的東西只會進一步證明自己是花妖，同時曉得她必有至親被花妖所害，故天涯海角的去尋找花妖，最後不知得到甚麼線索，找到邊荒集來。

朔千黛嬌叱道：「沒法狡辯了吧！看劍。」

劉裕暗嘆一口氣，若對方武功不及自己，尚可以種種方法脫身，只恨對方劍法絕不在自己之下，他劉裕更狠不下心腸對她使出毒辣的招數，那唯一脫身之法，便是利用高彥爲他準備的法寶，縱使對方會更肯定他是花妖，也沒有其他辦法。

倏地閃往樹後。

「波！」

煙霧彈爆開，迅速吞噬大樹周圍十多丈的範圍，他已縱身而上，彈往離地近兩丈的橫幹去。

朔千黛如影隨形，追擊而至。

「颼」的一聲，劉裕左手射出鉤索，橫空刺入先前看準位於南面三丈外的另一棵樹幹，借力掠飛過去，這突然的一著使女武士的劍頓然落空。

仍在凌空之際，劉裕曉得今晚已多了一重危險，此女既可追蹤花妖直至此地，當然亦有本領在邊荒千里追殺他，因爲換作自己是她，也會認定他劉裕是花妖無疑。

屠奉三以微笑回報，悠然道：「不知燕兄是路經此處，還是特意移駕來訪？」接著目光落在一隊疾馳而過的夜窩族騎士上，惋惜地道：「屠某來邊荒集其中一個心願，是要領教燕兄的高明，可惜今晚肯定非是適當時機，捉拿花妖要緊，屠某豈敢妨礙燕兄去辦正事。」

燕飛暗叫厲害，顯然屠奉三高明至可看破自己有動手之意，故先發制人，三言兩語便教燕飛難以厚著臉皮逼他屠奉三動手。

不過他也清醒過來。

他生出不得不殺屠奉三之心，主要是因爲知道劉裕陷進九死一生的凶險中，以屠奉三一向的行事作風，又假如他眞如傳言形容般本領高強，既瞧破是個陷阱，絕不會坐看劉裕回去見謝玄，而必另有手段對付劉裕，足夠置劉裕於死地。

可是在眼前的形勢中，假設他和屠奉三決一生死，任何一方的敗亡，又或兩敗俱傷，對邊荒集絕不會是好事。

屠奉三今趟到邊荒集，所率部下當不會只有見到的寥寥數十人，而是以百或以千計之眾，一旦屠奉三有甚麼三長兩短，其手下肯定進行大報復，那時不但花妖可以安然溜走，更不要說還得應付慕容垂隨時攻入邊荒集的奇兵。

練成金丹大法後，他對人的觀察力至少有半個神仙的本事，眼前的屠奉三肯定是能與他相抗的高手，身邊的兩人也沒有一個是窩囊廢，若此兩人加入戰圈，以他之能，也可能要慘敗收場，自討苦吃。

從這兩點作思量，今晚怎都不宜與屠奉三見過高低。

燕飛淡淡道：「今夜邊荒集會戒嚴，屠兄若沒有甚麼事請留在館內，便當作是爲對付花妖出點力吧！」

屠奉三欣然道：「一切依邊荒集的規矩辦事，燕兄請放心。」

燕飛直覺他不會聽教聽話，只好從容一笑，繼續行程。

在古鐘樓旁，大批人馬聚集，慕容戰、紅子春、車廷、赫連勃勃、姬別、呼雷方、費正昌、夏侯亭、卓狂生全體在場，另百多名戰士則是各方精挑出來的高手，以如此的實力，不論要對付誰，此人一旦陷入包圍網內，必無倖理。

紀千千則是萬綠叢中一點紅，絕代的風華，爲這個全男班的除妖團平添無限的風流姿采。

慕容戰道：「戒嚴令應已落實，沒有人可以離開邊荒集，也沒有人可以入集。」

紅子春皺眉道：「時間寶貴，爲何燕飛和祝老大仍未到呢？」

慕容戰道：「我們再沒有時間可以虛耗，他們可以隨時加入，現在請方總賜示該如何行動吧。」

說罷向方鴻生投以鼓勵的眼神，心中也感奇怪，若換作是以前的自己，在知道被方鴻生欺騙下，肯定不容他分說便拔刀把他砍成數段。而他沒有這樣做的原因，正是身旁令他心顫神迷的動人美女，他現在全力支持方鴻生，也是爲討她的歡心。

眾人屏息靜氣，目光落在方鴻生身上，待他發號施令。不過能在邊荒集成名立萬者，均是桀驁不馴之輩，若方鴻生表現窩囊，將沒有人聽他的指令。

方鴻生朝紀千千瞧去，後者送上鼓勵他的眼色，方鴻生立即勇氣陡生，模仿乃兄的一貫風格，沉聲道：「據花妖一向的作風，除非不作案，作案必連續爲之，所以目前他留在邊荒集的機會很大。」

費正昌皺眉道：「邊荒集並不是長安、洛陽又或建康般的大城，本地人和外來人加起來只是七、八萬之數，沒有那麼容易藏身，說不定會知機先一步跑到集外避風頭，那我們將會徒勞無功。」

赫連勃勃點頭道：「方總對他更是很大的威脅，他到集外暫避風頭火勢是合情合理的。」

紀千千和慕容戰都在留意赫連勃勃說話的神情，自此人成爲假花妖的最大嫌疑者，他們不但對他生出戒心，更怕他會破壞今晚的行動。

方鴻生當然不可以自揭「半個方總」又或眞假花妖的玄虛，幸好他的確從亡兄那裡聽來不少關於花妖的事例，不致啞口無言，冷靜地分析道：「若他要躲得遠遠的，就不是花妖。我曾多次緊跟著他的尾巴，差一點便逮著他了，亦從而曉得他擅長扮成不同的人物，既方便他打聽消息，還可親身體驗他一手造成的亂局。他做每一件案都顯示他愛看人受苦，所以他絕不會離開邊荒集半步，免得錯過看到邊荒集因他而鬧得一團糟的情況。」

紀千千和慕容戰開始覺得沒有捧錯人，此刻的方鴻生活像被亡兄陰魂附體般侃侃而談，有條有理，所舉理由均有強大的說服力。

姬別同意道：「對！他必須留在這裡觀察一切，且沒想過一向諸幫會各自爲政的邊荒集可以忽然團結起來，更不曉得我們可以發動夜窩族封鎖全集，現在我們正處於甕中捉鱉的上風優勢。」

方鴻生道：「花妖是貪圖享樂的人，他在洛陽凶案期間曾扮作東北來的商家，入住最豪華的旅館，還多次逛青樓，若非他精於易容，又懂多種方言，我們早已摸清他的底子，目前則對他是哪裡的人仍未弄清楚。」

夏侯亭咋舌道：「邊荒集最多旅館客棧，大大小小達一百二十多所，要徹查一遍恐怕沒有兩、三天也不成。」

慕容戰抖手揚出密密麻麻寫滿旅館名字的紙卷，笑道：「我們已遵照方總吩咐，以旅館的規模依次排列，大有可能在首十間便成功找到花妖，由於他到邊荒集時根本不曉得方總在這裡，沒有任何顧忌。」

車廷道：「若花妖是追蹤方總來此，將是另一回事。」

方鴻生道：「或許我只是杯弓蛇影，自己嚇自己，否則我該不能活著在這裡說話。」

費正昌道：「現在他不單清楚邊荒集已進入戒嚴的狀況，還有方總主持搜索他的行動，邊荒集有這麼多廢置的房舍，隨便找個地方躲起來不就行了嗎？」

慕容戰笑道：「這方面不用擔心，只要找到他曾留宿的地方，我會出動曾受過嚴格訓練的八頭獒犬，任他上天下地，又或躲進水井池塘，我們也可以把他挖出來施以五馬分屍的大刑。」

卓狂生興奮道：「大家清楚了嗎？所有旅館的老闆都會和我們緊密合作，因爲花妖正是對他們旅業的最大威脅。」

方鴻生道：「我們的首個目標是阮二娘的邊城客棧，希望花妖死性難改，選的是邊荒集最豪華舒適的旅館，可省卻很多工夫。」

卓狂生欣然道：「事不宜遲，我們立即進行除妖行動。」

轉向紀千千道：「千千小姐請留在鐘樓主持大局，我們會分出三十名高手留在此處支援保護，只要見到紅色的火箭訊號，千千小姐可率眾趕來接應。」

紀千千蹙起黛眉，露出不願意的神色，看得人人心軟。

不過眾人都明白卓狂生是出於好意，一來不想她隨眾人東奔西跑，二來不希望她置身險地，若她有甚麼差池，把花妖千刀萬剮都補償不了損失。

方鴻生對紀千千特別感激，道：「千千小姐請留在這裡等候燕兄和祝老大，待他們到達再商量如何支援我們。」

紀千千聽到燕飛之名，立即回心轉意點頭首肯。

包括慕容戰在內，登時有大半人表情不自然起來。

赫連勃勃是最沒有表情的一個，大喝道：「牽馬來！」

除妖行動全面展開。

龐義回到營地，小詩坐在桌旁縫補衣物，神態閒靜，見他在對面坐下，垂頭輕輕道：「爲何停工呢？」

龐義嘆道：「我們的建樓團夥有大半是夜窩族人，他們走了工程便難以爲繼，更兼戒嚴令下，不宜開工，只好休息一晚。希望今晚花妖授首伏誅，否則對我們的重建計畫大有影響。」

小詩抬起俏臉瞥他一眼，又垂下去道：「小詩有信心燕公子會不負小姐期望，爲世除害。」

龐義取杯自斟自飲，欣然道：「燕飛這小子的確變得很厲害，以前找人來抬他都不肯動半個指頭，現在卻滿集遊走，說出來恐怕沒有人敢相信。」

小詩露出甜甜的笑容，柔聲道：「人是會變的嘛！最要緊是變得更好便成。」

龐義直覺她說的是燕飛，想的卻是高彥，登時意興索然，自斟第二杯酒。

小詩皺眉嗔道：「不要喝那麼多好嗎？你若醉倒了，我會很害怕的，龐大哥不是勸方總喝一杯便夠了嗎？」

龐義呆了一呆，放下酒罈，心忖若遇上花妖，自己恐怕走不上三招，保護小詩只有靠慕容戰留下的二十多名精選好手，而小詩亦該清楚此點，所以她不想他喝酒，只屬心理的因素，因在心理上她正倚靠自己。

龐義糊塗起來，莫非她對自己產生男女間的好感。

小詩忽然臉紅起來，再瞥他一眼道：「龐大哥爲甚麼不說話？」

龐義給她左一聲龐大哥，右一聲龐大哥，叫得心都酥軟起來，口齒不清的道：「小詩姊這麼看得起我，令我不知說甚麼好？」

小詩「噗哧」笑起來，拿眼瞄著他道：「龐大哥是老實人哩！」

此時一名戰士來到桌旁道：「我們當家放不下心，再派二十人來把守營地，我叫慕容韋，這裡的安全由我負責，小詩和龐老闆有甚麼吩咐，對我說便可以。」

龐義慌忙道謝，心中升起異樣的感覺，如此團結的局面，不單從未在邊荒集發生過，更教人懷疑不知可以支持得多久。

當情勢變化，又會出現怎樣的局面呢？

小詩瞧著往東大街方向走去的慕容韋背影，開心的道：「小姐說得對，邊荒集雖然是流氓騙子群集的地方，但也是英雄好漢雲集之所。小詩不害怕哩！」

第二十四章　難忘舊愛

當燕飛經過邊城客棧，街上再沒有行人，只有頭紮金帶的夜窩族，又或有可資識別幫派徽號的武士，戒嚴令已落實和執行，直至天明。待東方露出第一線曙光，夜窩族將還原為荒民或各自隸屬的幫會徒眾，夜窩族並不存在於光天化日之下。

外來人或許奇怪，可是荒人早習以為常，邊荒集正是天下獨一無二的地方。

邊城客棧被重重包圍，搜索的行動進行得如火如荼。

燕飛當然曉得為何會以邊城客棧作第一個搜索目標，因為搜索大計是由他們在紀千千的營帳內構思出來，由方鴻生以總指揮的身分去執行。

他把自己保持在陰神、陽神交會的境界，神妙的感覺充盈於心靈的天地間，不斷提升擴展。

燕飛來到邊城客棧大門前，守門的武士均向他致禮問好。

從《參同契》他領悟到陰神和陽神的分別，大概言之，陰神等若識神，一般人平常的所思所感，均是識神用事；陽神在道家而言，指的是元神，深藏在心靈深處的某一處所，在識神的思感之外。只有當識神拋棄我執，返本歸源，通過種種嚴格的修行，方可以接觸到陽神。不過卻要結下金丹，陰神、陽神方可合為一體。

燕飛並不清楚自己是否已結下金丹，只感到自己正在這條路上走著，且是走捷徑，至於將來能否成仙成聖，他絲毫不放在心上。

風聲驟響，一人從對街的屋頂躍落燕飛身旁，原來是「貴利王」費二撇，他正在高處監視邊城客棧的大規模搜索行動。

燕飛剛準備進入客棧，只好止步，看著一臉凝重神色來到身旁的費正昌，打招呼道：「費老闆你好！」

費正昌直趨他身前，沉聲道：「祝老大要缺席今晚的除妖行動。」

燕飛皺眉道：「沒有他怎行？」

費正昌道：「我剛收到消息，祝老大練功出了岔子，性命危在旦夕，你傷得他那麼嚴重嗎？」

燕飛大感愕然，記起先前漢幫徒眾投向他充滿敵意的目光，心頭一沉，搖頭道：「雖然不輕，卻不致嚴重到如此程度，此事眞的很奇怪。」

費正昌嘆道：「際此風風雨雨的時刻，祝老大的事確爲橫生的枝節，令邊荒集的未來更添不穩的變數。現在程大仙已趕去漢幫總壇，看看可否盡點人事。」

燕飛皺眉道：「會否是被人暗算呢？例如與屠奉三有關？」

費正昌道：「理應不關外人事，祝老大出問題時是在忠義堂內，周圍有高手守衛，據說不見任何敵蹤。第一個發現此事的是胡沛，當時祝老大仍神志清醒，著胡沛去找大仙。」

燕飛吁出一口氣道：「如此確應是練功練出問題，唉！」

他感到一陣內疚！雖說祝老大是咎由自取，可是這兩天他確曾用盡方法去反擊祝老大，使他陷於風雨飄搖的不安情況。

費正昌狠狠道：「心情不好，是練功的大忌，祝老大是聰明人，怎會如此愚蠢？」

這叫一波未平，一波又起。

燕飛道：「我想去看看祝老大，費老闆可否從中穿針引線？」

費正昌道：「明天我找大仙給你疏通一下，現在尋花妖的正事要緊。千千小姐此刻在古鐘樓等你，我們下一間要搜查的是西大街的格香珠驛店，若這裡沒有結果，你可以在那處加入隊伍。」

格香珠驛店是北方胡人開設最有規模的旅館，與邊城客棧齊名。通常各族旅人只入住本族人開設的旅館，不過花妖既精通各族語言，大可扮作任何一族的人，入住他心目中的旅舍。

燕飛朝邊城客棧瞥上一眼，點頭道：「待會見！」

說畢展開身法，朝夜窩子掠去。

劉裕在荒寒的野地全速奔馳，循蹄印的痕跡追趕坐騎。

直追近十多里，蹄印忽然凌亂起來，且改變方向。

劉裕心中泛起不祥的感覺，就近攀上一棵老樹之巔，俯察遠近。心忖若沒有猜錯，肯定可憐的馬兒已被敵人射殺，剛才見到的蹄印是牠受驚下弄出來的。

林原小丘在四方往地平線無垠處擴展，卻見不到敵蹤。

劉裕在橫椏處蹲下來，藏在枝葉茂密處，稍生出安全的感覺。此刻他需要的是冷靜，好好思考眼前的異樣形勢。這本是他精心設置的陷阱，可是他反生出落入陷阱的感覺，對敵人的行動一無所知，絕對地落於下風和被動。馬兒的失蹤更是不吉的凶兆，若他不能扭轉劣勢，明年今夜將是他的忌辰。

燕飛進入鐘樓議堂，紀千千正憑窗觀看空蕩無人的古鐘場，神色蒼茫。他直覺此刻佔據佳人思域的不是他燕飛，而是令她黯然離開建康的某君。

這個想法令他感到懊喪。她的愛像一把兩邊鋒利的匕刃，既傷害她自己，也傷害他燕飛。連日來在她的魔力下，事實上他已逐漸淡忘久已過去的傷痛。可是今夜此刻見到她的神情，卻使他似回到剛離開族人時的情景，踏足與世隔絕的無垠沙漠，伴著他只有炙熱的艷陽和有如汪洋的滾燙黃沙，他既乾渴亦一無所有。再沒有家庭，沒有朋友，天地間只剩下他孤獨的一個人。

紀千千終於察覺到他，別過俏臉，展現一個強顏歡笑的笑容，輕輕道：「你來啦！」

燕飛差點要拔腳逃跑，有多遠跑多遠，跑到天之涯海之角，永遠不要回來，永遠不要見到她。可是他當然不可以這麼做，只可以在腦袋裡讓這念頭打個轉，亦可稍微減輕心中的憤怨。

唉！爲何愛情總是這麼痛苦的！她一個表情已足可令自己魂斷神傷，而他更清楚自己之所以不濟至此，正因深陷情海，風浪稍急，立遭沒頂之禍。

忽然他發覺自己來到她香噴噴的嬌軀旁，隨她往窗外瞧去，整個夜窩子的店舖雖是關門停業，可是仍依指示燃著所有綵燈，分外顯出夜夜笙歌的邊荒聖地，當空無一人時是如何寂寞無聊，亦似他此刻心境的寫照。

紀千千在他耳旁輕輕道：「爲何不說話呢？你有甚麼心事？」

燕飛很想說我是因你有心事才變得有心事，但當然不忍落井下石，於她滿懷憂思之際再損她，深吸一口氣道：「再上兩層便是邊荒四景的另一景『鐘樓望遠』，那是邊荒集的最高點，擁有邊荒集無敵的視野。」

紀千千不由眼往下望，拋開所有心事似的雀躍道：「上一層是大銅鐘，竟還可以再更上一層樓嗎？千千定要見識見識。」

燕飛正要答話。

「砰！」

一朵煙花升上窗外西門大街的天空，爆出嫣紅奪目的色光。

在胡沛的陪同下，江文清和程蒼古離開祝老大的臥室，回到內廳堂。

胡沛向兩人恭敬道：「下面的兄弟仍未曉得老大出了事，下屬該怎樣處理呢？」

程蒼古上下打量他幾眼，沉聲道：「你是老大的軍師，對幫務比我熟悉，有甚麼提議？」

胡沛沉吟道：「那就得看老大是否有起色，若老大能於數天內復元，我們可推說老大閉關療傷。可是假設老大短期內不會好轉，際此多事之秋，我幫須有人暫代老大之職，以穩定軍心。」

他兜了一個圈子，無非是要探知江文清和程蒼古是否有回天之術，因爲如果兩人高明至可「起死回生」，他只有兩個選擇，一是捲鋪蓋遠遁，一是再施辣手取祝老大之命。

江文清往程蒼古瞧去，後者面露難色，顯然不願接祝老大之位。

江文清暗嘆一口氣，心忖這叫變生肘腋，比屠奉三更難應付，向胡沛道：「胡軍師隨便找個藉口，讓議會曉得祝叔不會參與今晚的行動，回來後我們再仔細商量。」

胡沛心猜她是故意支開自己，好勸程蒼古接替祝老大，顯然他們並不看好祝老大的情況，暗中歡喜，裝作憂心忡忡的領命去了。

江文清與程蒼古到廳心的桌子坐下，後者眉頭深鎖道：「眞奇怪！老祝確被燕飛所傷，但傷勢尚未嚴重至運功療傷也會走火入魔的地步。不過也很難說，自燕飛回來後，他事事不遂心，在如此心情下，練功最易出岔子。」

江文清目光投往胡沛離開的廳門，道：「胡沛是怎樣的一個人？」

程蒼古道：「他是漢幫的立幫功臣，當年老祝只是建康一個小幫會的老大，得大哥支持來邊荒集打天下，我是後來奉大哥之命到這裡助老祝擴展賭業。胡沛一直對老祝忠心耿耿，理該沒有問題。」

江文清雙目寒芒閃閃，冷然道：「此人很有城府，或許不如表面看來般簡單，他更是第一個發現祝叔叔離奇出事的人，所謂防人之心不可無，我們說甚麼也要防他一手。」

程蒼古同意道：「小心駛得萬年船，不過若我暫代幫主之位，便不得不重用他。」

江文清沉聲道：「讓他當幫主又如何呢？我對祝叔叔不敢抱任何期望，恐怕大羅金仙也難救他一命，只看他能捱至甚麼時候嚥氣吧！」

程蒼古愕然道：「你不是懷疑他有問題嗎？」

江文清從容道：「眼前邊荒集最難坐的位子正是漢幫龍頭老大的寶座，我們給胡沛兩個選擇，一是由他代祝叔叔主持漢幫，一是由我們大江幫吞併漢幫，看他作何種選擇？」

程蒼古不解道：「若他作前一個選擇，而他又確實有問題，豈非白白將漢幫拱手送給他。」

江文清不屑的道：「他何德何能，哪輪到他爲所欲爲？我是要看他會否露出狐狸尾巴。有二叔和三叔在，立他或廢他全在我們的掌握之中。」

程蒼古訝道：「文清似是認定老祝的出事與他有關。」

江文清雙目殺機遽盛，道：「祝叔叔雖然沒法說話，可是剛才我以眞氣助他回醒片刻，他的眼神充滿憤恨怨毒，到現在我仍忘不掉。且當時祝叔叔正要去鐘樓赴會，怎會忽然練起功來，既不合情更不合理。胡沛可以瞞過任何人，卻瞞不過我。若我不是見他在漢幫位高權重，沒有證據而下手殺他會令人心不服，剛才已不容他活著離開。」

程蒼古道：「若他眞能以獨特的手法造成老祝走火入魔似的傷勢，此人武功將遠超過他裝出來的身手，既是如此，不妨出手試探，即可得出眉目。」

江文清露出一絲冷靜的笑意，柔聲道：「在尚未摸清他的來龍去脈前，我們不宜輕舉妄動，若他確實是某方混入漢幫的奸細，他將有很大的利用價值。」

程蒼古呆看著她，心忖她比自己這老江湖更要厲害。難怪江海流放心由她率重兵到邊荒集來，與堪稱天下間最超卓的人物爭雄鬥勝。

劉裕從枝葉茂密的藏身處居高臨下監察遠近動靜。

朔千黛的截擊打亂了他的計畫，在他離開邊荒集之際，他已擬好憑快馬穿越邊荒的路線和戰略，而潁水在他的大計中尤爲關鍵。

可是朔千黛卻令他因追逐戰馬偏離了原來的路線，如非馬兒背負著他用以對付敵人的主要裝備，他寧願徒步也不會如此冒險追蹤馬兒。這個決定顯然是個錯誤，馬兒現在應已落入敵人之手，他也等若被人廢去一半武功，再難以用他斥候的伎倆與敵人周旋，甚麼惑敵、誤敵、陷敵、殺敵的種種手段均無從施展，能保住小命已是謝天謝地了，更別說要對付屠奉三。

他忽然藏身樹上，是把主動權爭回手中的唯一方法，以靜制動，看誰耐不住性子，敵人總不能無了期地等待下去，更怕他掉頭逃返邊荒集。

想到這裡，西南方出現敵蹤，起始只是幾個暗黑中的人影，接著似如幽靈集體從冥府闖上人間來，近百個身穿夜行衣的大漢，持著刀、槍、弩、箭等攻擊利器，分散地掩撲過來，在月色下的林木間，予人鬼影幢幢的恐怖感覺。

劉裕心中喚娘，曉得給朔千黛一鬧，令他落入敵人的包圍網中，陷入最不願面對的形勢裡。

他原本的計畫是借戰馬的腳力、邊荒的遼闊、潁水的形勢、種種裝備法寶，擺脫敵人的攔截，把敵人甩到後方，那時只要敵人窮追不捨，他便有方法重重打擊追兵。現在當然全行不通。

他不敢動半個指頭，頭皮發麻地瞧著敵人在樹下經過。

忽然有人叫道：「停！」

腳下全是敵人，此時只要有一個人發現他的存在，肯定自己必死無疑。

又有足音由東面傳至，劉裕心中一震，曉得是另有大批敵人循他來路尾躡而至。不由暗叫僥倖，如非他先一步察覺狂奔的馬兒情況有變，及時就地躲藏，便會一頭栽進敵人的羅網內。那時縱能脫身掉頭，甩掉眼前的搜索者也只會被尾隨的敵人截個正著，後門避虎，前門則進狼。

東面來的敵人迅速接近，與停在樹下的人會合。

兩個看來是頭子的移到他藏身的大樹下商議，其中一人訝道：「菇大人竟沒有截著那小子嗎？」

劉裕聽得呆了一呆，天下間沒有多少個姓「菇」的人，他唯一知道是司馬道子的心腹菇千秋，登時糊塗起來。

姓菇的狠狠道：「這小子非常機伶，不但懂得及時改道，還曉得以一匹空馬愚弄我們，教我們只能殺掉一頭畜牲。更奇怪是馬兒載有各種下三濫的玩意，可用作擺脫追兵，似是早知道會被人追蹤攔截的模樣，事情非常可疑。越大人你們也撲了個空嗎？」

劉裕終於肯定下面說話的兩個人，一是菇千秋，一是越牙，均是司馬道子的人，而非屠奉三派來的手下。至於爲何有此變異，他一時仍沒法子想得通。不過至少曉得司馬道子對邊荒集亦正虎視眈眈。

越牙嘆道：「我們可能已走失了他，當時他只要再走半里，我們便可以將他擊殺，卻不知如何竟會被他發覺。」

劉裕倒抽一口涼氣，再不敢怨怪朔千黛，反而要感激她。

菇千秋冷然道：「我們已在他到廣陵的路上布下天羅地網，他愈往南走，愈難逃過我們的追捕，讓他得意一時又如何？我們走！」

劉裕頭皮發麻地瞧著敵人沒入南面林木的暗黑處，心叫不妙，若追蹤他的是屠奉三一方的人，他愈近廣陵愈安全，眼前卻是另一回事，因爲南方亦是司馬道子的地盤。

不過他卻絲毫不氣餒，反振起鬥志，躍落地面，躡在敵人背後去了。

第二十五章　誰是花妖

燕飛和紀千千進入格香珠驛店，慕容戰和車廷兩人把他們迎入驛店的食堂，卓狂生等除妖團的核心分子人人神色凝重，分站四方，只有方鴻生一個人坐著，漲紅著臉，還不住揉鼻子，狀極不舒服，連眼睛都張不開來。

燕飛一看便知方鴻生出了事，不過卻沒法子明白是怎麼一回事。

卓狂生道：「花妖在這裡。」

姬別狠狠道：「我們已把整座驛店圍個水洩不通，方總何時復元，便是花妖氣數已盡的一刻。」

燕飛朝慕容戰瞧去，後者向他暗打一個眼色，神情曖昧古怪。

紀千千移到方鴻生身旁，柔聲道：「方總出了甚麼事呢？」

方鴻生面容扭曲的道：「我的鼻子被人暗算了。」

守在後門的呼雷方道：「事情的經過是這樣的，方總甫進入這裡，立即捕捉到花妖的氣味，證實花妖確曾在此出入，於是我們立即抖擻精神，先把整座驛店重重包圍，又把住客趕回房內，不准任何人走動，布置完成後，開始逐房搜索。」

費正昌嘆一口氣接下去道：「驛店分東、北、西三院，以食堂爲中心，每院約有五十間客房。我們由東院開始，豈知當進入一間空客房時，令人聞之欲嘔的強烈毒氣即撲鼻而至，方總首當其衝，立即著了道兒。我們只好把他送到這裡來，方總的情況已大有好轉，剛才他的模樣更嚇人呢。」

「砰！」

赫連勃勃一掌拍在身旁桌上，雙目凶光閃閃道：「花妖眞是狡猾可惡，竟先一步在空房內放毒，又閉上門窗令毒氣不外洩，讓我們開門時爲毒氣所傷。」

卓狂生沉聲道：「此人的應變之才不可小覷，且身手非常高明，不過亦洩露了行蹤，放毒的行動理應在我們封店後發生，所以花妖現在已成網中之魚，只看我們如何收網捕捉這尾大魚。」

紀千千分別瞥燕飛和慕容戰一眼，秀眸露出異樣神色。

燕飛明白過來，與紀千千般頓明爲何慕容戰如此神情古怪，有口卻難言，是因爲事情不像表面般簡單。

問題在於花妖只會認爲方鴻生是個冒充的江湖騙棍，並不曉得他是方總的半個化身，擁有同樣靈敏的鼻子。故他如何能洞識先機似的懂得冒險早一步於密室放毒，兼是搜索開始的幾所房間。

除妖團乃邊荒集最精銳的一群，人人身經百戰，經驗老到，可以想像他們包圍驛店後，立即入店扼守所有進出通道，並勒令所有人回到房內，然後逐房調查，在這樣的情況下，只有除妖團的內奸方有機會曉得該在哪間房放毒，又可以輕易得手。

紀千千往燕飛瞧去的一刻，他的目光卻往車廷和赫連勃勃掃過去，然後落在慕容戰處，後者搖搖頭，別人或會從他的姿態表情，以爲他在感嘆行動的枝節橫生，燕飛卻明白他在暗示不是車廷或赫連勃勃所爲，顯示他一直在監視兩人。

紅子春頹然坐下，瞧著雖垂下揉鼻子的手卻仍閉目喘氣的方鴻生道：「方總！唉！方總你現在覺得怎樣哩？」

方鴻生道：「我的鼻子很不舒服，整個頭都痛起來，不過比初吸入毒氣時好多了！」

卓狂生道：「我當時在方總身旁，也有吸入毒氣，幸好立即閉氣，只難過了片刻。花妖放的毒氣該是特爲方總而設的，毒性只是一般，卻刺鼻至極，方總的鼻子既比我們靈敏百倍，後果自然嚴重百倍。」

姬別拉開一張椅子，道：「千千小姐請坐。」

紀千千盈盈坐下，美目一轉，道：「驛店內現在有多少客人入住？」

卓狂生答道：「二百間客房住了三百二十一名旅客，撇除五十二位女客，我們仍須盤查二百六十九人。」

姬別苦笑道：「若只是數十人，我們絕不會坐在這裡等方總復元，戒嚴令依規矩到天明便該撤銷，我們也難以再限制旅客的自由。沒有幾天工夫，休想能逐一仔細盤查。」

紀千千咋舌道：「竟住了這麼多人嗎？」目光再投往燕飛。

燕飛挨在門旁，另一邊是慕容戰，後者亦正瞧著燕飛。

費正昌道：「若隨便問問便可以揭破花妖的身分，他早已被擒授首，所以若方總的鼻子今晚沒法子恢復，我們只好認輸。」

夏侯亭也在凝視燕飛，因爲他神色不但比其他人安詳平靜還閉目養起神來，忍不住道：「燕飛你有別的想法嗎？」

忽然間所有人的目光都被燕飛吸引，發覺他不尋常的神態。

燕飛倏地張開虎目，靈光閃現，往姬別投去，微笑道：「是誰提議由東院開始搜查呢？」

姬別微一錯愕，似乎有點不悅，因爲燕飛睜眼後第一個看的是他，皺眉道：「當然由方總發號施令。」

方鴻生辛苦的道：「我是循氣味從東院開始的。」

紅子春訝道：「燕飛你不是懷疑放毒的事是自己人幹的吧？包庇花妖對他有甚麼好處？」

燕飛雙手環胸抱著，從容道：「我在思索每一個可能性，假設花妖是東院其中一位旅客，我們可以把調查的範圍縮窄三分之一，若把對象再局限於單身男性，調查的目標更會再大幅減少。」

紀千千欣然道：「對！」

呼雷方拍腿道：「對！這般簡單的推理，爲何我們卻一時想不出來，讓我去找巴理說話。」

巴理是驛店的老闆。

慕容戰忙道：「大家是同族人，由我去找他問清楚吧！」

說畢不理呼雷方是否同意，出門去了。

燕飛和紀千千暗讚他機警，慕容戰的理由冠冕堂皇，兩人卻曉得他看穿燕飛在懷疑姬別是內鬼，而呼雷方與姬別關係密切，故盡力不讓呼雷方有離開的機會。

夏侯亭沉聲道：「假設燕飛你的確懷疑我們之中有人搞鬼，何不坦白點說出來，否則今晚恐怕勞而無功。」

燕飛目光緩緩掃視眾人，淡淡道：「是否有內奸現在已不重要，即使眞是自己人搞鬼，目的也不是要包庇花妖，只是希望邊荒集繼續處於人心惶惶的狀況下。」

稍頓續道：「現在最重要的是拿下花妖，爲世除害。花妖今晚將惡貫滿盈，難逃死劫。」

接著目光投往屋樑，雙目神光電閃，油然道：「花妖此刻正在店內，只要我們以非常手段，逐一試探，花妖肯定會露出狐狸尾巴，他的末日已到哩！」

劉裕伏在草叢裡，瞧著敵人與另一支約二百人的人馬會合，登上藏在林內的戰馬，絕塵而去。

劉裕貼地聽聲，憑耳朵分辨敵人離開的方向，察覺敵人直抵潁水西岸，忽然蹄聲消失，頓悟潁水必有一支不少於五艘大船的船隊，否則如何容納四百多人馬，暗呼好險，假如自己循原本的路線沿岸南下，肯定難逃敵人水陸兩路的攔截。

究竟是怎麼一回事呢？

難道司馬道子和屠奉三竟連成一氣？雖說在權力鬥爭的合縱連橫中，朋友可成死敵，敵人反爲戰友，沒有甚麼是不可能的。可是司馬道子與桓玄一向水火不容，絕對沒有化解的可能，司馬道子也不會因要對付謝府而與桓玄修好。桓玄對皇位的野心是路人皆知，謝玄則秉承謝家支持朝廷的傳統，司馬道子只會利用此玄牽制彼玄，而不會蠢得自毀長城。既然如此，他更想不通爲何屠奉三的手下忽然換成司馬道子的人。

他該怎麼辦呢？

以眼前的形勢看，他能安然返抵廣陵已是鴻福齊天，遑論制敵、殺敵。對方將在他去廣陵的路上布下天羅地網，待他投進去。

他是否該繞路往西，兜一個大圈子，到大江後再由南面繞到廣陵去？邊荒如此遼闊，他又熟悉路途，即使司馬道子盡起建康兵馬，也如大海撈針，沒法截著他。

「噓！」

劉裕猛然別頭瞧去，立即倒抽一口涼氣，心叫不妙。

燕飛負手而行，後面跟著紀千千、慕容戰、赫連勃勃、車廷、姬別、紅子春、卓狂生、夏侯亭、費正昌等除妖團的高手，沿東院的長廊而行，兩旁房舍林立，一道接一道的門戶在前方展現，高處均有己方戰士彎弓搭箭的扼守著。

只有方鴻生仍留在食堂，由幾個好手嚴密保護。

慕容戰手捧驛店的住客名冊，道：「丁卯房。」

燕飛在掛著「丁卯」編號的客房門前停下，毫不猶豫地舉手敲門。

「篤篤篤！」

慕容戰等往四方散開，進入戒備狀態，以他們聯合起來的實力，假若眞的同心合力，即使對手高明如慕容垂或孫恩，亦難以脫身。

紀千千移到慕容戰身旁，眾人中以她的江湖經驗最淺，不由有些兒緊張。

慕容戰環目掃視，見不少人探頭探腦的透窗窺看，喝道：「我們在查案，識相的就不要偷看，否則一概當作是賊人的同黨。」

看熱鬧者登時縮回房內去。

「咿呀！」

一個儒生打扮的中年人把房門拉開，臉青唇白地抖顫著，本似要說兩句客氣話，忽然發覺七、八道淩厲的眼神全落在他身上，嚇得抖顫地道：「大爺！不是我！」

慕容戰、紅子春、卓狂生等齊聲哄笑，爲他的窩囊發噱。

只有燕飛仍是溫文有禮，微笑道：「打擾了！的確不是你！」就那麼繼續前行。

卓狂生追在他身旁不解道：「飛少你看一眼便成嗎？怎都該盤問兩句吧？」

紅子春道：「我還以爲你老哥會出手試探呢！」

燕飛倏地立定，待眾人全停在他身後，沉聲道：「我們的行動愈快捷，對花妖造成的壓力愈大，令他感到我們是胸有成竹，一派直衝著他而來的樣子。放心吧！別的我或許不行，可是看人不會看錯。」

夏侯亭嘆一口氣道：「不信任你也不行。寅時已至，若在東院找不著花妖，還有其他兩院百多間客房。」

費正昌苦笑道：「如若花妖出乎我們意料之外的不是單身一人，我們更要重新開始。」

慕容戰捧著名冊宣讀道：「丁卯便到戊辰房，也是單身男性，這個還欠了兩天房租。」

「砰！」

房門立即打開，一個本該是凶神惡煞、挺眉凸目的壯漢，此刻卻成了差點縮成一團、滿臉驚慌的可憐蟲，求饒的道：「各位大當家大老闆饒命，我立即付上房租。」

今次連紀千千也忍俊不住，其他人更是放聲大笑，沖淡不少緊張的氣氛。

慕容戰上下打量他，啞然笑道：「是我不好，多加一句。」

燕飛仍是那副懶洋洋的樣子，微笑道：「兄台請回，房租待明天繳交吧！」

剩下那人呆站門後，眾人隨燕飛繼續行程。

燕飛忽然加快腳步，朝長廊東端的房舍走去。

慕容戰不解叫道：「燕兄！你漏了己巳、庚午、辛未、壬申。唉！還有癸酉、申戌……」

燕飛驀然立定，止步掛上「壬午」號牌的客房前，雙目神光閃閃，似要把房門看穿，透視內中的情況。

眾人神色各異，當然人人提高戒備，嚴陣以待。

慕容戰把目光從名冊移開，投往燕飛，露出驚訝的神色，卻像想到甚麼似的，沒有說話。

赫連勃勃凝視燕飛，眼神閃爍，顯然正在思忖燕飛異乎尋常的舉止，想瞧通他爲何似是能人所不能，似乎純憑感覺便可以緝捕花妖。

紀千千在眾人中最明白燕飛的能耐，知他正發揮其通玄的本領，令花妖無所遁形。

不用他們吩咐，於房舍瓦頂放哨把守的戰士全進入最高戒備狀態，打起十二分精神靜待事情的發展。

若房中人眞的是花妖，可不是鬧著玩的，誰都知道花妖肆虐作惡多年，北方無人能制，肯定渾身法寶，精善突圍、隱藏、逃遁之術。

風聲響起，慕容戰隨手拋掉名冊，一個翻騰，躍上屋頂，令本已沉聚至壓得人透不過氣來的氣氛更是拉緊，像一根隨時中分而斷的弓弦。

在眾人期待下，燕飛舉手叩門，再往外退開兩步。

「誰啊！」

眾人大感錯愕，只有燕飛和慕容戰例外，因爲傳出來的聲音嬌滴滴的，分明是女人的聲線語調。紀千千正爲燕飛難過，因爲假如燕飛如此煞有介事般卻偏找錯人，將令所有人對他失去信心。

不過當她朝其他人瞧去，卻發覺這班老江湖沒有人露出半絲嘲笑的神色，聰明伶俐的她立即恍然而悟，正因花妖懂得化身千萬，包括易容扮作女子，始能屢屢避過搜捕。

「咿呀！」

客房門洞開。

一位高度差點及得上燕飛，頗有姿色，身長玉立，作鮮卑族打扮的年輕姑娘現身眾人眼前，有點睡眼惺忪似的，一手在整理剛披上的外長袍，另一手用一種漫不經心似在賣弄風情的姿態整理秀髮和衣領，蹙著眉頭打量燕飛，又巡視各人，目光落到紀千千身上時，亮了起來，顯然縱是身爲女子，亦爲紀千千艷光所攝。

由紀千千到每一個人，均大感錯愕，此女由秀髮至赤著的雙腳，每一寸都毫無疑問是女人，頸喉處更是光光滑滑，沒有男性特徵的喉結，且因她內穿單薄的襦服，玲瓏浮凸的身材隱約可見，不單不覺藏有任何武器，還是一副慵懶無力的模樣，絕沒有半分鬚眉之態，更不像懂得武技。

這樣到邊荒集來賺錢的單身女子並不罕見，多是到夜窩子的青樓出賣肉體，好狠賺一筆。

連唯一早從名冊曉得內居者是單身女性的慕容戰也大感失望，想不到似是心有定見的燕飛會碰這麼一個大釘子。

人人呆瞧著她，說不出半句盤問的話來。

女子目光回到燕飛處，一面茫然道：「這麼夜哩！弄醒奴家幹甚麼呢？」

紀千千心中暗嘆，對燕飛通玄靈覺的信心首次動搖，更不知他如何收拾殘局。

出乎所有人意料，燕飛從容道：「我們弄錯哩！姑娘請關門繼續睡覺，請恕我們打擾之罪。」

女人白燕飛一眼，略一猶豫，始緩緩把門關上。

就在房門剛閉上的一刻，更令人料想不到的事發生了。

燕飛一聲不響的拔劍出鞘，蝶戀花快如電閃，破入門內。

強大的勁氣，令木門摧枯拉朽般寸寸碎裂。

紀千千驚呼一聲，已來不及阻止。

其他人無不生出慘不忍睹的驚駭，想不到一向溫文和平的燕飛，會對此位令人無法生疑的姑娘全力出手，狠心辣手摧花。

第二十六章　因果循環

劉裕從草叢裡彈起來，從容不迫地掃掉身上的草屑，面向盈盈俏立丈許外貌美如花卻心毒似蛇蠍的美女笑道：「這麼巧！任大姊不是要到廣陵去吧！我也是要到那裡去，大家結個伴如何？」

「逍遙帝后」任青媞笑臉如花的上下打量他，「噗哧」嬌笑道：「好膽色，難怪謝玄看中你，只可惜他沒看出你是短命鬼，更沒有看出你不知自量，你以爲今晚可以逃過死劫嗎？」

又笑嘻嘻道：「告訴奴家，你是怎樣曉得有埋伏的呢？」

此女之狡猾厲害，他和燕飛知之甚詳，更弄不清楚她說的話是眞是假，或只是隨口胡謅，志在拖延時間，待任遙趕來聯手收拾他。她或許是自邊荒集外便跟著他，不單看到他被柔然族女刺客伏擊，還以某種手法通知司馬道子的人圍攻他，總而言之碰著她一件最簡單的事也會變得撲朔迷離，眞假難辨。

心念電轉間，他耳鼓內響起一聲冷哼，立即認得是任遙的聲音，最古怪是冷哼聲全沒有方向的感覺，就像在耳鼓內發生，令他無從曉得任遙藏身的位置，如此以內功傳音入耳，他尚是首次遇上，可知燕飛對他的顧忌，絕非過慮。

他忍著要向四處觀看的衝動，知道任遙若有意躲藏，怎麼看也是徒然。

任青媞嬌嗔道：「說話啊！爲甚麼忽然變成啞巴呢？」

說話時，忽然纖手從袍袖伸出來，往下垂直，先伸出玉指指向西北方，手掌再急撥三下，似在指示他循此方向逃跑，且須立即逃走。

劉裕糊塗起來，當然不會信任她，怎知她不是故意點一條死路讓他走，又或他若反方向突圍，偏落入敵人陷阱裡，更或許只是想分他心神，另有詭計。

緩緩探手向後，從背囊旁摘下索鉤，好整以暇的道：「任后一方有多少人，不如全請現身出來，甚麼事一次全解決，大家省點時間。」

長笑聲從後方高處傳來，正是任遙的聲音，只聽他道：「不知天高地厚的小子，死到臨頭仍敢大言不慚，收拾你須多少人呢？哈！可笑可笑！我任遙可以保證你不會那麼容易斷氣，沒一、兩天絕死不了。」

劉裕沒有掉頭去看，而不用看也曉得任遙立在後方三丈許外高處的一株樹上，啞然失笑道：「誰在大言不慚？要見過眞章方可分明，不過任兄至少有一點看得不錯，就是我劉裕是不會那麼容易死的。特別是在荒林野地，又是在深夜之時。」

倏地一個陰惻惻的聲音從右方傳至，道：「想不到謝玄千揀萬揀，偏揀了個蠢材作傳人，讓我王國寶看看你如何難殺吧！」

劉裕別頭瞧去，十多道人影出現在林木間，迅速接近，領頭者正是王國寶，其他人無不身手高明，全屬一流的好手，以如此的實力，即使沒有任青媞和任遙，已足夠收拾他有餘。不過他仍是夷然無懼，今晚他是一心要對付屠奉三和他的大批手下，論實力不在此刻面對的敵人之下，故縱然換上眼前強敵，又落入包圍網內，他仍有信心突圍逃走。

他肯任所有敵人現身後方突圍逃走，非是自負托大，而是想弄清楚對手的情況，如此他的索鉤奇技和純憑感覺作出反應的靈手，才可以在樹林的暗黑裡發揮最大的威力。

任青媞嗔叱道：「蠢材！」

兩袖揚起，露出兩柄閃亮著青色的匕首。

劉裕不曉得她這句是不是罵他不懂得依她指示逃走，不過已無暇分心去想，拔身而起，沖天直上。

只要他犯上任何錯誤，或在判斷上有任何差誤，明年今夜將是他的忌辰。

風聲四起，前方的任青媞，後方的任遙，右方的王國寶和大批手下，同時騰空而至，向他攻來。

「噹！噹！噹！噹！」

燕飛從破碎的木門退出來，蝶戀花仍遙指房內的「女子」。

該女俏臉含煞，雙目閃爍著邪異、狠毒和帶點瘋狂的異芒，狠狠盯著燕飛，手上不知何時已多了一對長只尺半許的鐵護臂，再沒有絲毫弱不禁風的模樣。

紀千千等全看呆了眼，想不到對方高明至此，不單能擋燕飛無堅不摧的一擊，還逼得燕飛退出破爛的房門外去。

紅子春等莫不精神大振，紛紛移位，堵截所有出路，附近把守放哨的武士亦全朝此地趕至，迅速布成包圍網，只要對方恃本領闖出客房，會立即以勁箭招呼伺候。

只有燕飛清楚自己是故意退出來，因爲對方仍是不折不扣的女性樣貌，不過此模樣並不能維持多久，他估計如此憑內功化雄爲雌的邪異功法，應頗爲損耗眞元，等若外家功夫中的縮骨功，當需要放手力拚時，便要原形畢露。

他正是要逼對方現出花妖的原形。

心中同時明白過來，難怪以方鴻圖的獨特本領，仍沒法將他緝捕歸案，皆因他不但能化爲女人，還可以灑上香料掩蓋體味，不過卻沒想到尚有另半個方總，所以今次在邊荒集百密一疏，沒用上香料的招數。

人人瞪大眼睛瞧著她，除紀千千外，沒有人明白燕飛如何可以確辨她是花妖「變」的。

女子尖叫道：「你想幹甚麼？」

卓狂生移到燕飛身旁，笑道：「沒甚麼！只是想看看姑娘的身體，檢查一下究竟是男還是女？」

紅子春搶到燕飛另一邊，也含笑道：「我是最懂惜花的人，姑娘若感到人多不方便，可由我單獨檢查，保證溫柔妥貼。如姑娘眞身確是貨眞價實的女人，姑娘的夜度資是多少，我眞金白銀的如數奉上。」

紀千千心忖假如她打開始便不隱瞞身負武功，縱使她身手高明至能擋燕飛的攻擊，也沒有人疑心她是花妖變的。不過她剛才卻裝出柔弱無力的慵懶模樣，此刻有此一變，已令人人生疑，對她當然不會客氣，還極盡侮辱的能事。紀千千聽在耳裡，尤其本身是女兒家，當然不大舒服，可是她若是花妖，如何被辱也是活該。

其他人尚想說話，卻被燕飛的長笑打斷。各人在看燕飛下一步如何走之際，燕飛啞然失笑道：「這叫天網恢恢，疏而不漏。」同時摧發劍氣，鎖緊對方。

女子的眼神再次變化，變得冷酷鎮定，緩緩擺動一對護臂，以對抗燕飛凌厲的劍氣，搖頭道：

「你是誰？我不明白你在說甚麼？」

直至此刻，除眼神外她仍徹頭徹尾是個女人，不露絲毫破綻，使其他人感到難以下手，只好用言語試探。

燕飛好整以暇的道：「你以爲殺掉方鴻圖，便再沒有人能將你繩之以法嗎？豈知正是因你下手殺害方鴻圖，才會陷身此處，這不是叫冥冥之中，自有主宰嗎？」

除慕容戰和紀千千外，人人聽得一頭霧水，不明白燕飛在說甚麼？

方鴻圖不是好端端在食堂內嗎？怎會已被花妖所害？

而縱是慕容戰和紀千千，也不明白燕飛爲何要於此時此刻，揭露方鴻圖的秘密，對事情有何好處。

女子瞳仁收縮，精光迸射，寒聲道：「甚麼方鴻圖，與奴家有何關連，你休要含血噴人？」

燕飛油然道：「我是否含血噴人，立即可以揭曉。方鴻圖正是因發現你可以變身作女人，又以香料掩蓋氣味的手段，方被你下手殺害。可是你卻不曉得方鴻圖是由兩個人合成的，方鴻圖尚有位孿生弟弟，擁有與他同樣靈敏的鼻子，正是這個失誤，令你不加掩飾，還膽敢留在旅店看熱鬧，致陷身眼前的死局，這不是叫天網恢恢，疏而不漏，又該叫甚麼呢？」

卓狂生、姬別等人人聽得面面相覷，想不到其中有此轉折。

慕容戰和紀千千則心中叫妙，燕飛於此關鍵時刻揭破此事，不但不予人欺騙議會的感覺，反變成一種戰略的運用，對花妖產生壓力，使他感到因果循環的神秘力量。

果然花妖臉色微變，雙目厲芒大盛。

「鏗鏗鏘鏘！」

包括紀千千在內，人人掣出隨身兵器。

燕飛暴喝道：「方總快來！看花妖還有甚麼狡辯的方法？」

慕容戰和紀千千更是心中叫絕，假若先前施毒之事不是花妖所爲，當然弄不清楚燕飛在使詐。

「砰！」

花妖終於露出狐狸尾巴，兩支護臂脫手射出門外，同時旋身一匝，不知用何種手法施放出一團又一團烏黑的煙霧，迅速淹沒客房的空間，還透門窗擴散開去。

燕飛一聲長笑，蝶戀花閃電前挑，毫不猶豫迎上迎頭照面射來的一對護臂。

第二十七章　花妖逞威

東南北三方盡是刀光劍影，尤爲厲害是後方緊逼著他的淩厲劍氣和前方漫空攻來的千百袖影。任遙與任青媞顯然精於聯手攻戰之道，一出手便配合得天衣無縫，根本不容他有脫身的機會。

劉裕清楚感覺到敵人殺他的決心，換了在別的情況下，他肯定無法倖存，然而今夜卻非一般的情況，而是他自己精心挑選的荒原野林和迷濛的月夜，何況更有他善用的索鉤。

「嗤！」

劉裕左手持的彈筒噴出索鉤，激射往西南方丈許外一棵大樹，透幹而入，此鉤爲北方巧匠所製，鉤型獨特巧妙，爲三叉之形，尖端是鋒銳的尖錐，錐身再分出兩個彎鉤，只要破入目標，便可以借力。

在這方面劉裕曾受過特別訓練，當時在劉牢之的指令下，北府兵諸將從手下中精挑了一群長於偵察的好手，接受借鉤索翻林越嶺的訓練，他劉裕正是其中之一。訓練極爲嚴格，爲期半年，而到最後受訓的三百人中只有十三人能通過所有測試，其中又以劉裕稱冠，也因此受劉牢之另眼相看。此後他對索鉤的研究從沒有停歇下來，直至這一年來武功精進，方棄而不用，怕反因此類被武人視爲旁門左道的東西窒礙了武功上的進展。

可是今晚他卻清楚能否保命，全賴此物。

猛一借力，劉裕改上沖之勢平飛開去，迎面殺至的任青媞首先撲空，後面的任遙立即變招，伸腳撐在剛掠過的另一棵樹身處，改變方向追來，銜尾不捨，靈巧如神。

以王國寶爲首的十多名高手與劉裕間的距離，立即扯遠。

劉裕控制鐵筒子的機栝，索往內收，倏地加速，險險避過任遙御龍劍鋒送出的一道劍勁，再以巧勁抖得鉤子脫離樹幹，順勢一撐樹幹，反衝而去，於離地仍逾兩丈的高處，劈頭照臉一刀朝任遙劈去。

在樹林的暗黑裡，一切純憑聽覺感應，使他靈手的威力更可發揮得淋漓盡致。

「噹！」

刀劍交擊，劉裕是依計而行，全力出手；任遙是臨時變招，處於被動。故以任遙的本領，仍應付得非常吃力，被劉裕的厚背刀劈得橫飛開去。

鉤索再往上激射，鑽入上方丈許處一棵大樹粗壯的橫幹，他先上升尋丈，再盪鞦韆般避過任青媞的攻擊，在抖甩鉤子後竟投往王國寶一眾人等的上方。

劉裕生出自由自在，任意翺翔夜林間的動人感覺，他並不是要自投羅網，而是要利用敵眾我寡的情況，製造出敵我難分的局面，從中取利。

「呀！」

劉裕在敵人仍未弄清楚怎麼一回事時，從天而降，左右開弓，兩敵登時中招，一被斬中左臂，另一的背脊給他挑出一道深達兩寸的血口。

他不理敵人負傷後往左右逃開去，繼續下降，於落地前射出鉤索，就那麼貼地橫飛，朝西疾掠。

上方呼喊連聲，顯然是王國寶一方亂了陣腳，他卻生出安全的感覺，有種於極度危險中安然脫身說不出的輕鬆滋味，非常歡暢。

上方勁氣壓頂而來，劉裕借鉤索加速，「蓬！」後方草飛泥濺，任青媞兩掌翻飛，只能在密林草地處打出個小洞，他則以尺許之差險險避過。

索鉤回筒，劉裕落到地面，滾進附近一堆草叢裡。

枝葉飛濺，任遙的御龍劍破入草叢，被劉裕一刀撥開，人已從另一邊沖天而上，正有一敵持劍攻來，劉裕看也不看，順著靈手的感覺渾然天成的一刀反劈。

「噹！」

劉裕手臂一陣痠麻，血氣翻騰，心叫厲害。那人則被他震得橫移開去，原來是王國寶。

劉裕暗叫不妙，此刻四周殺聲響起，他卻被王國寶截個正著，突圍不成，反往下墜，且四周盡是敵人，沒法射出鉤索。幸好他臨危不懼，使個千斤墜加速落往地面，在眨眼間認清楚任遙和任青媞兩大高手追擊而來的位置路線，厚背刀化成一團精光，望東南上方射去。

此正為以寡敵眾的好處，不用有任何顧忌。

兵刃交擊聲響不絕於耳，他與擦身而過的敵人交換了七、八招，劈傷其中一敵，代價只是左肩給劃出一道血痕，幸好有水牛皮製的水靠護體，又以勁氣卸力，否則恐要傷及筋骨。

任遙、任青媞和王國寶反被己方人手阻著截擊之路，眼睜睜瞧著他脫出重圍，破空直上。

劉裕生出鳥脫樊籠的感覺，更摸清楚以任遙、任青媞和王國寶三人的實力，倘纏鬥下去，即使有索鉤之助，也無法倖免，終生出逃走之心。

「嗤！」

索鉤勁射。

劉裕墜勢剛盡，又再騰升而上，直射往離地高達五丈的林巔去。

劉裕落在接近樹頂的一條橫椏，索鉤射出，又投往南方。

「雕蟲小技，也敢逞強。」

劉裕耳鼓震盪著任遙以內勁傳來的嘲弄聲，心呼不妙，不過已無從補救，眼睜睜瞧著任遙大鳥騰空般從左下方大樹枝葉茂密處射出，一劍劈中剛扯直的鉤索。

劉裕登時失去勁勢，往下掉去。

「叮叮！」

兩支護臂雖先後被挑飛，卻延誤了燕飛片刻，且燕飛持劍的右臂亦麻痺兩次，可見花妖邪功的厲害。

燕飛撲入伸手不見五指的黑霧中，心靈卻是清明通透，清楚把握到花妖非但不是全力出手，且是留有餘力，顯示對方尚有後著，那才是致命的一擊。

倏地立定。

他雖然無法視物，其心靈之眼卻捕捉到花妖正穿越後窗而遁，同時一鞭反手揮打，鞭梢疾點向他眉心要害，無聲無息，狠辣陰毒至極，正是在這種黑霧的掩護下最可怕的一擊。而花妖更肯定是大師級的鞭手，長鞭使得瀟灑寫意，出神入化，從心所欲。

忽然間，燕飛生出直覺，只一個照面便推斷出外面恐怕沒有人能攔得住花妖，這並非說花妖比赫連勃勃、慕容戰等人更了得，而是因爲現已擴散至房外及後園長廊的障眼黑煙，等若沼澤泥潭，而花妖正是盡得地利的凶鱷，多少人手也奈何不了他。

他甚至可以乘機傷害紀千千，而此一可能性極高，因爲花妖最愛看人受苦，辣手摧花更是他的癖好。

兩個念頭一個接一個電光石火般閃過他腦海，鞭梢亦因他忽然停止而尙差寸許未能予他致命一擊，花妖已乘此時機穿窗去也。

花妖自身的本領和應付圍攻的手段，在在均出乎他意料之外，且應變之法層出不窮，如此刻給花妖逃走，他們可能永遠失去擒殺花妖的機會。

就在此刹那，燕飛生出明悟，想起當鞭梢最接近他眉心的一刻，他感應到花妖對他們這群圍捕者濃烈的仇恨，而他更感應到花妖誓要殺死紀千千洩憤方肯突圍脫身的決心，正因心有所感，方有此想。

驀地間他掌握到擊殺花妖的唯一良機，而外面已響起兩聲痛哼慘呼。

沒有人能攔著花妖，他燕飛會否是唯一的例外？

劉裕抖手往任遙擲出筒子，伸腳撐在一株大樹的枝幹處，借力斜飛開去，投往尙未被敵人圍堵的西北方，只要逃進密林深處，他便可以用背囊內其他法寶惑敵、誤敵，現在卻連伸手往後取煙霧彈的時間都沒有，因爲任青媞正飛掠而至，朝他全力出手。

被任遙破去索鉤，等若被破去任意周旋的本領，一旦給敵人截住，形成圍攻之勢，他必死無疑。

任遙一聲長笑，輕鬆自如地避過劉裕的暗器，也像劉裕般伸腳借力，卻不是往劉裕追去，而是往上騰沖，沒入樹巔枝葉茂密處。

劉裕生出非常不祥的預感，他無暇計較任遙採取哪種攔截的戰略，曉得如擺脫不掉正鍥而不捨銜尾追來的任青媞和王國寶，其他一切休提。

貶幾眼的工夫間，他借密林之利屢次改變方向，深進密林中，跟兩人的距離由最接近的丈許，拉遠至七、八丈。

劉裕滾落草地，探手往後拿取掩眼法寶，突然上方斷枝碎葉像驟雨暴風般劈頭照臉打下來，莫不含著強烈勁氣，不單影響他的視力，還影響到他的聽覺和皮膚的感覺。

心叫不好時，劍氣貫頂而來。

劉裕的靈手際此生命懸於一線的時刻發揮救主的神效，他根本來不及思索應變之法，更沒有時間去想接踵而來的後果，已人往前翻，厚背力往上疾挑。

「噹！」

劉裕終抵著任遙壓頭而來的全力一擊，給對方震得血氣翻騰，眼冒金星，立即噴出一口鮮血，同時借力翻滾開去。

以任遙之能，亦被他於急速滾動下仍是妙至毫巔、精準無誤的一刀帶得斜飛開去，落往地上，大出他以爲可必殺劉裕的意料之外。他乃宗師級的高手，仍是不慌不忙，足尖點地，繼續窮追，一副得勢不饒人的姿態。

任青媞和王國寶追至五丈許處，以他們的身手，是瞬即可至的距離。

「砰！」

劉裕駭然發覺自己撞著一棵樹幹，去路被阻，已悔之莫及，也沒空去想是否天亡我也，從地上彈起。

任遙長笑道：「任某索命來哩！」

一時間眼前盡是劍氣、劍影，劉裕終於品嘗到任遙的眞功夫、御龍劍的驚人威力。

劉裕拋開一切，施出同歸於盡的手法，厚背刀先揚往高處，再疾若迅雷般分中猛劈，砍入劍氣最強烈之處。

慕容戰與十多名武士立在屋脊，視線完全被煙幕蒙蔽，如此神效的鳥煙彈他尙是首次遇上，雖可肯定無毒，卻是擴展迅快，聚而不散，花妖最少擲破了五粒這樣的煙幕霧彈，黑墨墨的濃煙淹沒整個區域，令敵我難分，花妖卻是如魚得水。

下方形勢非常混亂，慕容戰看不見卻聽得分明，四周客房內驚呼四起，夏侯亭和卓狂生同聲暴喝，前者指示己方人馬緊守崗位，後者則喝令驛店住客留在房內，又高呼煙霧無毒，刀劍卻無情。

沒有一枝弓箭可以在如此情況下胡亂發射。

慘叫響起。

以慕容戰之能，也弄不清楚花妖以何種武器傷得己方的人，因慘呼來自相距逾三丈的位置，或有可能是施展暗器。

不過他已掌握到花妖的位置，一言不發疾撲而下，馬刀化作一團刀芒，往花妖強攻而去，龐大的勁氣，摧得濃至化不開的烏霧也像散薄了少許。

掌風迎胸湧至。

慕容戰生出痛快的感覺，在此伸手不見五指的環境，一切全憑氣機交感，對他是前所未有的刺激和挑戰，而此刻他的刀氣已鎖上花妖，他更是打正旗號爲邊荒集除害的正義之師，猛下決心，拚著受傷，也要在數個照面內取花妖之命，硬把燕飛揭破花妖眞身的光采瓜分一半。

刀勢加強，全力出手。

驀地生出感覺，當醒悟到敵人用的是軟鞭一類軟長兵器時，鞭梢已繞了個彎點向他後腦，於此烏煙瘴氣中，精準得教人難以相信。

慕容戰心叫糟糕，哪還顧得傷敵，左掌下拍，同時往右方翻騰，回刀後劈。

「蓬！」

兩掌交觸，慕容戰大半勁道全用在阻擋對方神出鬼沒的長鞭去，怎吃得住對方狂猛的掌勁，痛哼一聲，血氣翻騰的往後院的一方拋跌過去。

當慕容戰撲擊花妖的瞬間，赫連勃勃和姬別亦掌握到花妖的位置，他們於花妖被揭破身分的一刻，先後翻過房脊，扼守客房後窗。花妖穿窗而出的風聲，瞞不過他們的耳朵。

兩人均是毫無保留的全力出手，花妖已成網中之魚，雖是群策群力的成果，可是誰殺死他，仍可令得手者越眾而出，功勞凌駕所有人之上，不單成爲邊荒集的英雄，還可贏得紀千千的青睞，至乎名留青史，如此殊榮，豈可錯過。

兩人不分先後的出手，赫連勃勃刀發如長江大河，正面進擊；姬別則仗劍疾攻花妖右側。

烏煙此際擴散至方圓二十多丈的範圍，升高至近三丈的上空，把房舍和人完全吞噬，十多枝火把給籠罩在內，在煙霧中變成一團團萎縮而沒法發揮照明效力的紅光，情景詭異至極點。

「波波波波！」

在迷障裡，赫連勃勃駭然發覺花妖迎面擲來四粒彈子一類的暗器，不暇多想，運刀擋格，豈知彈子遇刀即破，爆開四團刺鼻的辛辣臭氣，正擔心不知是否有毒的一刻，下方勁氣襲體，赫連勃勃連忙左掌下劈，「蓬」的一聲，碰上對方踢來的一腳，以他的能耐，亦給震得往後跌退。他自出道以來，還是初次一個照面被人逼退。雖明知對方長於這種利用迷霧應變的戰術，以己之長克敵之短，但已可盡見花妖的高強，難怪能縱橫天下，無人能制。

姬別更是不濟，他的劍勢尚未去盡，正要發勁加速，越過五尺許的近距離，趁花妖忙於應付赫連勃勃的一刻，來個偷襲得手，後方竟呼嘯聲大作。

姬別想到是軟鞭時，已來不及變招，只好一個急旋煞止衝勢，往外避開，又運功肩背，好硬捱對方的鞭子。

左肩一陣火辣辣的刺痛，姬別身不由主的旋轉著直跌開去，還來得及高叫道：「花妖有長鞭，散開！」

長廊處，紀千千、卓狂生、紅子春、費正昌、夏侯亭、車廷等分散立在廊道上，把客房這一方重重包圍，卻不敢移動。

在此充滿煙霧的境況中，一切只能憑聽覺和感應。

另一邊不住傳來己方人馬的驚呼痛哼，顯是己方的人不單拿不住花妖，還連連失利。

闖入房內的燕飛沒有退出來，他們當然不認爲燕飛窩囊至給花妖幹掉，只以爲燕飛穿過後窗追出去。

而以燕飛、姬別、慕容戰、赫連勃勃和十多名好手聯合起來的力量，仍奈何不了一個花妖，只是這情況傳了出去，即可令武林對花妖的本領重新估計。

忽然客房上方慘叫連聲，卓狂生大叫道：「小心！花妖到這邊來了！」

風聲響起，紅子春和卓狂生同時騰身而起，截擊花妖。

第二十八章　死裡逃生

劉裕隱隱感到任遙的御龍劍比他快上一線，而其奇異的步法，更會令自己本該劈入他面門的一刀，最後只能擊中他左肩胛，而對方的御龍劍，則會劃斷他的咽喉。

這結果並不是看出來而是感覺出來的，且是憑著靈手的感覺。事實上眼前盡是排山倒海的劍氣、劍影，虛實難分，只有他的靈手方可明察秋毫，不被敵人所惑。

此時劉裕的腦海一片空白，而此空白是因絕望而來，一切都完了，精心巧計全付之東流，更遑論統一南北的宏大理想。

劉裕並沒有試圖躲避，因爲曉得此爲最不智的做法。只希望在被殺前撈回一點好處，最好當然是來個同歸於盡，至不濟也要重創任遙。

劉裕後退背脊猛撞樹幹，就借反彈的力道改變形勢，隨下劈的刀勢往任遙投去，只有如此奇招，方可以爭取彌補雙方間的一線之差，於敵劍命中自己之時，自己的厚背刀同時砍中他的肩項。

任遙顯然想不到他有此借後方樹幹變招的奇法，卻因主動之勢全操在自己手內，當然不會蠢得讓他的垂死掙扎得手。冷笑一聲，倏地止步，劍勢變化，改以重手法直挑當頭疾劈的一刀，他有把握可把劉裕震退回原處，接著只要劍勢開展，可於數招之內自己夷然無損下取劉裕之命。

際此生死立判的時刻，最令激戰中兩人料想不到的事在全沒有先兆下忽然發生，一道黑影從天而降，急旋如陀螺，速度驚人至極點。似乎是任遙和劉裕剛感應到三丈上的樹巔處有人，那人已降至任遙後方的上空近處，照頭壓下的狂飆勁罡，即使不是首當其衝的劉裕也感到其壓力，如在暴風中逆勢而行，舉步維艱。

任遙更不用說，偷襲者蓋頭壓來的勁氣不單把他鎖死鎖緊，還若萬斤巨石般壓得他血氣翻騰，像陷身神志清明偏是動彈不得的夢魘裡。

以他的武功，不論來人如何高明，他怎都有反擊之力，至不濟也可以閃遁開去，偏是在這一刻，爲殺劉裕他已用上全力，而劉裕砍來的一刀他更不能置之不理。由此亦可見來敵之高明，選取了最佳的機會，忽然施襲。

任青媞和王國寶趕至三丈的近距離，目睹驟變的形勢，齊聲驚呼，不過已難阻止將要發生的事。任遙狂喝一聲，反手一掌往上拍去，御龍劍已挑中劉裕的厚背刀，卻因要分出小半力道應付從天而降的突襲者，再無力把劉裕震退。

劉裕此時有兩個選擇，一是落井下石，趁任遙空門大露之際贈上一腳，另一選擇是乘機逃走。

任遙全身劇震，眼、耳、口、鼻全滲出鮮血。

那人先以腳尖點中任遙往上反擊的一掌，倏忽間落在任遙背後。

劉裕登時改變主意，因爲他已看到偷襲者的形相，更知道不但任遙死定了，若自己還不走，也肯定小命不保。豈敢猶豫，一個旋身，往外逸去。

「砰砰砰砰！」

勁氣爆破之聲不斷響起，偷襲者連續數掌閃電般迅快地拍在任遙背上，每一掌均令任遙噴出一蓬鮮血，到第五掌時終於破掉任遙的護體眞氣，震得任遙離地前飛，一頭撞在劉裕先前立身的大樹幹上，頹然滑下，一代宗師，就此橫死荒林。

劉裕此時已衝出尋丈，忽然一道氣勁往背心撞來，劉裕大叫不妙，知道自己只要回身應戰，將被此人追上，那時休想活命，猛一咬牙，弓起背脊，心中祈禱高彥沒有吹牛，背囊確有化解內家真氣的功能。

「蓬！」

劉裕噴出小口鮮血，借力加速，箭矢般「颼」的一聲從兩棵樹間穿出。

那人本是緊跟而至，眼看追上劉裕，卻因劉裕出乎意料之外地硬捱他的一記隔空拳，致失了預算，又讓劉裕把距離拉遠至三丈。

任青媞發出一聲驚天動地的尖叫，發了瘋的往殺夫仇人撲去，喝道：「孫恩納命來！」

「天師」孫恩的一陣長笑傳入劉裕耳中，他駭然發覺笑聲正不斷朝他接近，顯示孫恩正朝他追來，心叫糟糕。

高彥的背囊確有奇效，否則孫恩剛才的一擊肯定會要了他的小命，不過仍是非常難受，令他傷上加傷，五臟六腑移了位似的。

不過能在任遙劍底下僥倖逃生，已激起他求生的鬥志，同時想到孫恩不但要殺任遙，還要殺他，更要殺盡任青媞、王國寶一方的所有人。

而孫恩的戰略非常高明，鍥而不捨的追殺自己，引得任青媞等追來，他便可以逐一擊破。

想到這裡，已有計較。

卓狂生和紅子春迎擊從瓦面躍下的花妖之時，均在暗暗提防對方可長可短、可剛可柔變化無窮的長鞭，他們莫不是一等一的高手，更是老江湖，雖然沒空交換想法，但都知道要在如此煙霧瀰漫中應付這類爲此環境天造地設般的武器，唯一方法是由其中一人纏死他的軟鞭，限制他的活動，另一人便可以掌握他的位置，予以痛擊。

卓狂生仍在半空，已感應到花妖正從上往他撲下來，忙打起十二分精神，又兩手準備，一方面防備他的鞭子，另一方面則可隨時出手硬拚，最理想當然是把他逼回瓦面上，便可以和另一方的自己人來個前後夾擊。

待要正面硬撼的當兒，忽然「花妖」在空中橫移開去，改爲撲往紅子春，去勢驚人，完全是豁了出去、同歸於盡的模樣。

卓狂生心中大駭，難道花妖竟能人所不能，可以在空中隨意改變方向，更令他想不透的是花妖的鞭子究竟到了哪裡去呢？

另一邊的紅子春顯然沒想過有此變化，猝不及防下凌空一個觔斗，反身兩腳車輪般朝「花妖」連環踢去。

卓狂生靈光一閃，終猜破其中關鍵，狂喝道：「老紅小心，是替死鬼！」此時他足尖已點在屋頂邊緣處，豈敢猶豫，一個側翻，純憑感覺落到「花妖」後方，揮掌劈去，如他估計無誤，劈中的該不是空氣，而是花妖的軟鞭。

花妖是以軟鞭捲起己方的武士，再以之假冒自己，從瓦面投下，這解釋了爲何他「花妖」可以在空中離奇轉向，現在又不顧自身安危的撲向紅子春。

紅子春快要踢中「花妖」，正心中奇怪，聞得卓狂生的提醒，立即驚醒過來，收回大部分力道。

「砰砰！」

兩腳先後踢中撲來者，卻非要取對方之命，而是恰好足以把對方送返屋頂上，盡顯紅子春腳上的功夫。

卓狂生亦劈中軟鞭，只恨劈中的只是猛縮回去的鞭子梢端，最氣人的是鞭梢暗蘊向外拉卸的巧妙勁道，使他不單有無處著力的頹喪感覺，還被對方順勢帶得繼續往右方落下去，剛好擋住紅子春騰升的路線。

兩大高手的截擊，就此瓦解冰消。

上方風聲響起，似是花妖從屋頂衝出，投往長廊的頂蓋去。慕容戰一把接著被紅子春送上來的己方武士，發覺早一命嗚呼，駭然大叫道：「快護送千千退出險地！」

姬別、赫連勃勃此時亦來到瓦面，登時生出撲朔迷離的失落感覺。花妖可能已躍到廊頂，也可能是另一個「替身」。花妖的高明，實出乎每一個人的意料之外。

紀千千雖看不見實際的情況，卻清楚己方接連失利，陣腳大亂，也曉得自己可能成爲花妖洩憤的目標，正嚴陣以待，夏侯亭、車廷、費正昌同時往她圍攏過來。

費正昌往原路移去，低呼道：「千千小姐這邊走！」

只要退出煙霧迷陣，至少一切可回復正常，他們亦可爭回重新掌握抵抗或反擊的主動。

紀千千剛舉玉步，呼嘯聲大作。

夏侯亭狂喝一聲，揮刀掃去。

紀千千大感不妥，一直以來花妖的鞭子使得無聲無息，教人防不勝防，從不像現在般的威勢十足，一副怕沒人曉得他所在處的樣子，分明是惑敵的狡計。

事實上在場者無不湧起紀千千的同一想法，問題在此伸手不見五指的濃聚煙霧裡，在摸不清楚花妖的眞正位置的情況下，沒有人可以有別的選擇。

慕容戰、姬別和赫連勃勃從屋頂掠下，朝鞭聲響起處趕去。

卓狂生和紅子春先後著地，但趕過來時已遲了一線。

夏侯亭迎戰花妖長鞭，車廷和費正昌左右護著紀千千往廊道煙霧外掠走。

整個形勢扭轉過來，所有人均被花妖牽著鼻子走，截殺花妖此時再非當務之急，最要緊的是如何保住紀千千不致被花妖傷害。

夏侯亭一刀劈空，駭然發覺本是聲勢洶洶的一鞭已似毒蛇回洞般變得無聲無息，正要開口警告花妖此刻正在長廊頂上之際，費正昌和車廷同時怒喝連聲，不用猜也知他們正被花妖突襲。

紀千千已弄不清楚身旁兩大高手發生何事，只知道上方鞭風呼嘯，忙往前加速掠去。

際此凶險時刻，她再沒有任何驚懼，只知道若自己能以身作餌，引得花妖追到煙霧外，又或迷障稀薄處，他們便能重新掌握主動。

在這般形勢下，除了帶頭的一群領袖級高手，其他武士均幫不上忙。

忽然間她發覺自己變成獨自一人，在長廊亡命奔逃，煙霧漸趨稀薄，顯然即可逃離煙障。

忽地一股陰寒至極的勁氣，像一堵牆般迎面撞過來。

紀千千嬌叱一聲，人隨劍走，一無所懼地迎擊前方的隱形高手。

劉裕足尖點地，往上騰起，此時孫恩似要表演他驚世駭俗的身法般，眨眼工夫已把兩人間的距離縮近至丈許，硬把王國寶和任青提抛到五丈外，其他武士更被甩至七、八丈外，如讓情況依此發展下去，直待孫恩宰掉劉裕，他們仍未及趕至，除非劉裕本事到可捱過孫恩十多招。

劉裕不用眼看也感覺到孫恩追至，心中震驚至極，孫恩的厲害，大大出乎他意料之外，恐怕眼前的所有人合起來都鬥他不過，他更敢肯定孫恩已立定主意，要盡殺此地生人，以免他擊殺任遙的事外洩出去。

而自己更成爲他首先要殺的人。

在南方，能令孫恩顧忌的就只有一個人，那人就是謝安，而自己則是謝玄挑選出來的，所以孫恩絕不會放過自己。

兩股氣柱衝著腳底而來，刺向他左右湧泉要穴。

如給擊中，劉裕肯定五臟立碎，一聲長笑，彈離橫枝，往西面一棵大樹投去。

孫恩鬼魅般出現在他彈起的橫幹處，鬚髮齊動，眉毛根根豎直，雙目神光電射，隔空一招，激射出一道氣流，追往仍在越空而逃的劉裕的背心去。

劉裕像早曉得他有此一著似的，一個觔斗，以非常優美從容的姿勢，雙足點往橫伸出來的樹幹終端去，堪堪避過能令他銷魂奪命的指風。

事實上劉裕已是嚇得差點要冒冷汗，心叫好險。他根本沒想過孫恩的動作可以迅疾至此，只是湊巧他要施展其獨家的斥候奇技，卻僥倖避過孫恩必殺的一擊。

劉裕雙腳踏在老樹枝幹那柔軟得不堪著力的尾端處，壓得整條橫幹彎曲起來，正要斷折之際，劉裕運氣輕身，枝幹在驟失壓力下，猛力彈回來，彈簧般把劉裕射上半空，劉裕正是巧妙借力，趁勢改變方向，斜飛而起，與朝他踏足枝幹緊追而至的孫恩倏地拉遠距離，跟全速趕至的任青媞和王國寶則把距離大幅拉近。

此術他學自靈猴，一次他進行偵察任務之際，在深山得窺靈猴在樹巔縱躍如飛，利用樹枝的彈性，於林海內來去自如，忽發奇想，創出此命名爲「靈猴跳」的奇異功法。爲學成此術，他曾踏斷無數樹枝，摔得七葷八素，到他掌握到其中竅門，他的輕身功夫已大有長進。

當孫恩踏足他先前的枝幹，劉裕已在三丈開外，長笑道：「天師中計哩！」

「啪！」

孫恩所踏枝幹中分而斷，原來已給劉裕彈離前作了手腳，孫恩臨危不亂，探手抓著上方另一橫幹，竟就那麼打了個轆鞦般往上翻了個轉，「颼」的一聲續往劉裕追來。

就只是這麼耽擱，任青媞和王國寶終於殺到。

劉裕落在另一棵大樹的枝幹上，反彈而回，厚背刀揮出，直劈孫恩。

孫恩長笑道：「找死！」雙手化出萬千掌影，迎上劉裕的厚背刀。

兩人淩空相遇，劉裕施出壓箱底的本領，厚背刀生出微妙變化，剎那間劈出兩刀，憑著靈手，砍入迷人眼目的掌影裡。

「蓬！蓬！」

刀掌交擊。

劉裕悶哼一聲，斜跌開去，被孫恩驚人的掌勁震得差點吐血，整條手臂雖痠麻起來，終究保住小命。

他能先後擋過孫恩全力出手的兩掌，實足以自豪。

孫恩借力凌空一個翻騰，又再箭矢般往重重摔落一堆草叢的劉裕射下去，不容他有喘息的機會。

劉裕體質異於常人，著地前氣血已回復正常，甫觸地往一側滾開去。

「轟！」

草葉激濺，孫恩的隔空拳勁猛擊在他著地處，僅毫釐之差即可命中劉裕。

任青媞的雙短刃，王國寶的長劍也同時往著地的孫恩攻去。

孫恩一陣長笑，兩袖飄飛，袖內雙手忽拳忽掌，忽拍忽劈，瀟灑自如地把兩大高手的狂攻猛擊照單全收，還似猶有餘力。

劉裕從地上彈起來，說眞的，他已給孫恩的蓋世奇功打怕了，此時最希望的是有多遠逃多遠。可是理智告訴他任青媞和王國寶仍未形成圍攻之勢，孫恩可隨時脫身追來，重現剛才的局面，必須待王國寶的手下趕至，他才有遠遁的機會。

猛一咬牙，人刀合一的往纏戰不休的三人射去。

剛好孫恩此時腳踏奇步，一袖抽在王國寶的劍上，帶得王國寶跌向一旁，而他另一手則往任青媞揮去，施展令人難以相信的手法，兩下彈指分別命中任青媞的匕首，令任青媞有如長江巨浪不顧自身的攻勢煙消瓦解。

孫恩脫身而出，往劉裕撲去。

劉裕心叫好險，厚背刀立刻像補上破隙般往孫恩劈去，欺的是對方勁氣尚未回復過來，難以全力對付他。

「蓬！」

劉裕與孫恩錯身而過，拳刀交換，誰也傷不了誰。

任青媞重整陣腳，不理劉裕，飛臨孫恩上方，雙刃驟雨般往孫恩灑下去。

劉裕則回手一刀，疾劈孫恩後背，助任青媞一刀之力。

王國寶亦挺劍殺至，他一向自視極高，連謝玄都不放在眼內，今晚卻接連遭挫，對孫恩的仇恨早蓋過理智，眼前最要緊是收拾孫恩，怎有閒暇去理會劉裕，劍化長虹，直搠此被譽爲九品高手外的第一人。

「砰！」

喊叫四起，王國寶的手下終於趕至。

孫恩反手拍中劉裕厚背刀，震得他往前疾飛，不過正合劉裕心意。

此時不走，更待何時？

孫恩實在太可怕了。

第二十九章　惡貫滿盈

燕飛敢肯定花妖的輕身功夫不下於在場任何人，包括自己在內。

花妖的狡猾、戰術、膽量和手段均高明得出乎所有人料外，假如他們這群除妖團的核心高手無法留下他，他大有可能闖過重重圍困，安然離開邊荒集。最能威脅他的便是在月夜下空曠處布防的箭手，在那樣的情況下煙霧彈的作用絕及不上眼前的神效。

要知邊荒集胡漢混雜，胡人的騎射本領無庸置疑，一旦花妖給一群夜窩族戰士盯上，餵以勁箭，花妖將身陷險境，尤其是於淝水一戰後，邊荒集四周的樹木被砍個精光，根本沒有掩護之物。

所以花妖最明智的做法是擒得人質，而他的目標正是紀千千，只要能挾千千而逃，人人投鼠忌器下，可徹底消除弓矢的威脅。姦殺紀千千，亦可令此邪魔洩一口被圍剿的鳥氣，令邊荒集永遠蒙羞，對他們造成不可彌補的打擊。

所以他一直守候在紀千千附近，靜待一閃即逝的時機。

現在機會終於來臨。

當花妖在長廊頂以長鞭從上遠攻費正昌和車廷，令兩人生出錯覺，誤以爲花妖全力向他們攻來，事實上花妖卻展開身法，在上方趕過紀千千，再翻下長廊正面攔截，此時他趕到紀千千身後，進入金丹通玄的至境，全力出手。

劉裕在密林內全速飛馳，沒有任何保留，雖明知會使內傷加劇，也管不了那麼多了。

在逃離戰場之際，他聽到至少兩聲男性臨死前的慘呼，只不知王國寶是否其中一人。

孫恩的武功可用極爲可怕來形容，也沒有別的詞語更貼切。

他不知道任青媞等能阻延孫恩多久，眼前最聰明是有多遠逃多遠，直至走不動爲止。

紀千千的注意力全集中到前方去，心中已在暗防對方神出鬼沒的軟鞭，除妖團雖然人數眾多，且不乏高手，可是她此刻的感覺卻像在一個封閉及黑暗的密室裡孤軍作戰，誰都幫不上忙，且連敵人的位置也無法確切掌握。

陰寒之氣撲面而來，倏地一點勁氣疾點後腦要害而至，紀千千心叫不妙，駭然變招，反手一劍劈去。

就在此時，她感覺到花妖已近在咫尺之間，魂飛魄散下往一側閃去，佩劍已給毒蛇般靈活變化的軟鞭纏上。

一股莫可抗禦的陰寒氣勁，循劍入侵經脈，登時半邊嬌軀痠麻起來。

紀千千想也不想，尖叫道：「燕飛！」

客房的一方暴喝聲四起，卻是遠水不能救近火。

驀地紀千千感到一隻有力的手挽上她的小蠻腰，心叫完蛋時，燕飛的聲音在耳旁響起道：「千千放心。」

一道眞氣從燕飛的手輸入體內，紀千千心智精神登時回復正常，忙運勁保住佩劍。

更奇妙的事發生了，狂飆忽起，以他們爲中心往四周狂捲，濃聚不散的迷障煙霧竟奇蹟地四散翻滾退開，視野亦隨之不住擴展，天上明月再現銀光，蔚爲奇觀。

花妖終於現形。

他脫去罩體的寢袍，露出灰藍的緊身夜行衣，長髮披散，掩去大半容貌，不過仍可看到他先前尚是搽脂抹粉的女性樣貌，分別只在顴骨凸高而兩眼則凹陷下去，配上他雙目射出瘋狂邪惡的異芒，令人再難保持初見他時的印象。

他的身材變化更大，玲瓏浮凸的曲線消失得無影無蹤，不留絲毫痕跡，全身再沒有半分多餘的豐肉，像虎豹般充滿爆炸性的動力，依然赤著雙足。他身後負著個小背囊，難怪各式武器煙彈層出不窮。

此時的他離紀千千和燕飛尚有丈許，右手長鞭纏著紀千千的長劍，露出錯愕意外的神色。紀千千甫看到他的「眞身」，燕飛的手已離開她的纖腰，蝶戀花爆開一團精芒，以驚人的高速往花妖激刺而去。

花妖狂喝一聲，棄鞭疾退，兩手化出千百掌影，迎上燕飛雷霆萬鈞、蓄勢已久的一擊。

左右風聲驟響，各大高手，先後趕至。

兩道人影乍合倏分，花妖踉蹌兩步，似要往一側倒跌，旋即回復平衡，拔身而起，不過已被紀千千看到他左胸脅一灘血漬正不斷擴大，顯然被燕飛刺中一劍。

只有曾參與揭破和圍攻花妖者，方深切感受到此一刺得來的不易。

燕飛雖被花妖反手一掌拍中左肩，卻運功化去他大部分功力，只是血氣翻騰，內腑受到震盪，若非如此，也不能在一個照面重創花妖。他的劍未及體便被花妖的護體眞氣反彈出來，不過他先熱後寒的金丹眞氣，已令花妖經脈受到嚴重的傷勢。

燕飛雖被震退，但退得很有分寸，直抵紀千千身前，防止花妖臨危反噬，二度向紀千千出手。人影一閃，刀光遽盛，一人從濃煙衝出，後發先至的斜沖而起，投向花妖，威勢勇不可擋，赫然是慕容戰。

花妖怒喝一聲，臨危不亂，反手從背囊掏出一支粗如兒臂的短鐵棍，全力反擊。

刀棍交擊之聲淩空響起，勁氣激飛，倏忽間兩人已交換了數招，在空中擦身而過。

花妖反手再一棍往慕容戰掃去，慕容戰冷哼一聲，就那麼以刀柄狠狠挫中花妖的短鐵棍，花妖劇震一下，猛地張口吐出鮮血，面容淒厲恐怖，顯然正忍受著極大的痛苦。

燕飛暗讚慕容戰，其戰略的確高明，招招均硬逼花妖比拚內勁，顯然是明欺花妖身負內傷。

花妖悶哼一聲，借力颼的一聲，竟臨時改向反朝濃煙投去，就在燕飛和紀千千右方上空兩丈許處掠過。

紀千千大駭下，猛推前方的燕飛背脊，提醒他去追花妖。

燕飛伸腰笑道：「放心吧！」

「蓬！」

剛沒在煙霧裡的花妖噴著血倒飛回兩人的視野裡，全身響起骨折的聲音，手足在空中做著反常失控的動作，往地上掉下去。

慕容戰此時落到地上，瞧著花妖從天上掉下來，神態從容的還刀入鞘。

「鏘！」

「蓬！」

花妖重重掉在慕容戰腳下。

赫連勃勃魔神般，神態軒昂的在花妖被截處的煙霧中逐漸現形，輕抹拳頭，令人想到正是這拳頭，奪去曾縱橫天下、無人能制的花妖一命。

紅子春等紛紛趕至，先後落在惡貫滿盈，授首邊荒集格香珠驛店的花妖屍首旁。

燕飛終壓下翻騰的血氣，回頭一瞥，紀千千仍緊握佩劍，花容慘淡，顯是猶有餘悸。輕輕問她道：「沒事吧？」

紀千千不好意思的道：「千千尚是首次目睹有人被活生生打死呢！」

武士從四方趕至，表情雖異，均為能擊殺花妖額手稱慶，亦是驚魂甫定。

燕飛伴著紀千千，來到花妖伏屍處，人人不由自主望向紀千千，不知她會如何論功行賞。

姬別不屑地伸腳踢花妖一記，道：「天下竟有如此改變肌肉的邪功，真是聞所未聞，令人大開眼界。」

卓狂生吩咐旁邊的武士道：「快去請方總來，讓他驗明花妖正身，我們便可解除戒嚴令，同時將花妖死訊公告天下。」

燕飛往赫連勃勃瞧去，剛好對方亦朝他望來，兩人目光交觸。

赫連勃勃微笑道：「我是撿了個現成便宜，若非燕兄和慕容兄接連重創花妖，逼他逃回煙霧裡，結果可能不一樣。」

窗子打開的聲音此起彼落，旅客們耐不住好奇心，紛紛探頭窺看。

呼雷方盯著燕飛沉聲道：「燕兄是如何可像未卜先知似的識破花妖詭計行藏，他尚未現身而燕兄已能肯定花妖是在客房內，且瞞過其他旅客。」

紅子春點頭道：「花妖未露出尾巴前，橫看豎看都是個女人，沒有任何破綻，燕兄怎能如此肯定他是花妖呢？」

燕飛早曉得眾人不會在此事上放過他，目光掃過眾人，人人露出用心聆聽的神色，攤手道：「或許是花妖殺孽太重，令我感應到他的殺氣，又或是冤魂的力量，使我生出感應，我自己也弄不清楚。」

眾人露出半信半疑的神色，紀千千卻曉得他總算搪塞過去。

四周的武士愈聚愈多，圍得水洩不通。

驀地長廊另一方的武士紛紛讓路，方鴻生漲紅著臉趕來，直抵花妖屍身旁，全身劇震，像忘記了鼻子的不適般，呆瞧著腳下的花妖。

人人屏息靜氣，看他如何反應，更擔心若他說這個並非花妖，那就嗚呼哀哉。

方鴻生忽然矮了一截，原來是雙膝著地，接著羊臉露出非常古怪的神情，口唇不住顫動，在萬眾期待下，嗚咽著道：「大哥！我終於爲你報卻深仇哩！」

說罷放聲大哭。

眾人這才曉得他剛才的古怪神情，是強忍著心內的激動和涕淚。

全場歡呼雷動，聲震驛店。

過去嗎？

煙霧開始稀散，現出更廣闊的夜空。

燕飛仰望星空，心忖花妖的一場風暴總算成爲過去，可是邊荒集的內憂外患將接踵而來，他能捱過去嗎？

劉裕撲倒地上，不住喘息。

他身處荒村內一間廢屋，本意是穿過荒村，到另一邊的密林覓地休養療傷，豈知甫入村已支持不下去，只好狼狽竄入此破屋，總好過栽倒屋外。

他不論體力和眞氣，均已到油盡燈枯的地步，胸口鬱悶之極，非常難受，此時若遇上敵人，只有引頸待宰的分兒。

孫恩的武功實在太可怕了，是他生平所遇的第一人，即使謝玄也有所不及，慕容垂亦是輸面居多。以燕飛目前的實力，或許有跟他一拚之能，取勝卻是絕沒有可能。難怪孫恩數十年來，穩居南方第一高手的寶座。

直至此刻，他仍弄不清楚發生甚麼事。

對付屠奉三的陷阱，怎會變成任遙和王國寶反過來圍截攻擊他的包圍，更不明白的是孫恩竟會忽然從天而降，掌握機會一舉搏殺任遙。

「嘔！」

劉裕咯出一口鮮血，胸臆反舒服輕鬆許多，勉強坐起來，把厚背刀從背後抽出，擱在盤坐的腿上。

他的頭腦仍亂成一片，此爲神疲志散的現象，苦在雖明知如此，腦筋仍有點不受控制似的。

忽然一陣暈眩襲來，劉裕心呼不妙，如撐不住昏迷過去，對他的功力會有極劣的後遺症。

吃驚下他收攝心神，奮起僅餘的一點意志，苦苦支持。

倏忽間他又回復神志，發覺已是渾身熱汗，曉得自己已擋過一次內傷的發作，神志清醒過來。

現在只要安坐靜養、調氣行息個把時辰，憑他過人的體質和扎實的內功根基，應可恢復逃亡的能力。

忙閉上雙目，進入經脈內眞氣運行的天地。

不知過了多久，或許只是一刻半刻鐘，忽然感覺有異，正要睜眼，脖子已被冰寒的刃鋒壓著咽喉，背心要穴被制，失去一切力量的往後倒下，如非對方一手抓著他肩頭，肯定四腳朝天。

女性的氣息滿鼻。

朔千黛的聲音在耳旁響起道：「你也有今天哩！這是你作惡多端的結果，引得人人群起攻擊。老天爺有眼，教你落入我手裡，我會教你求生不得，求死不能，受盡酷刑方能洩我心中之恨。」

劉裕心叫冤枉，卻說不出話來。朔千黛見他再無反抗之力，把長劍移開少許，狠狠道：「你還有甚麼話要說？」

劉裕咳嗽兩聲，方回復說話的能力，知道否認根本不起任何作用，其背囊更是鐵證如山，苦笑道：「姑娘看見我被人圍攻嗎？」

朔千黛的聲音從牙縫間濺出來般寒聲道：「當然看到，否則怎能追到這裡來，你也算有本事，可惜逃不出本姑娘的手掌。」

劉裕道：「你知道他們是甚麼人嗎？」

朔千黛冷冷道：「我沒有這個閒情。」

劉裕嘆道：「若你不給我辯白的機會，而我又眞的不是花妖而是北府兵的劉裕，豈非讓花妖可以繼續逍遙法外嗎？」

朔千黛沉默片刻，接著沉聲道：「他們是甚麼人？」

劉裕猜到她是因目睹任青媞一方的人反過來和他聯手對付孫恩，故生出疑惑，所以肯聽他說話。忙道：「他們其中有一個是『天師』孫恩，另一方是建康司馬道子的人，試問他們怎會勞師動眾地去對付花妖。噢！這些東西我可以解釋。」

最後一句話是因他察覺此柔然族女高手正在檢視他的背囊，心叫完蛋。

果然朔千黛態度立改，大怒道：「物證俱在，還敢狡辯，讓我立即挑斷你的手筋、腳筋，教你乖乖受刑。」

劉裕苦惱得差點要先行自盡，可惜卻辦不到。

朔千黛長身而起，劉裕失去支持，往後倒跌。

劍光一閃，朔千黛長劍往他右腳疾挑。

第三十章　誘人提議

「噹！噹！噹！噹！噹！噹！」

六響悠揚的鐘聲從古鐘樓傳來，爲邊荒集解除戒嚴令。不過現在離天亮不到半個時辰，夜窩子又正在休市，夜窩族想乘機狂歡也只好留待下一個夜晚。

事實上花妖授首被誅的消息已像旋風般從驛店擴散，聞者無不額手稱慶，與爲世除害的邊荒集共榮。

燕飛與紀千千策騎轉入東大街，往營地緩馳。

方鴻生則被卓狂生霸佔，在未來的十多天，方鴻生將成爲說書館的台柱，此爲方鴻生發大財的機會，燕飛當然不會阻止。

紀千千不住朝燕飛瞧來，溫柔地道：「燕老大是否心內著惱呢？」

燕飛正在擔心劉裕，又怕到集外探察敵情的高彥遇上危險，聞言淡淡道：「不招人忌是庸才，我該高興才對。」

一隊二十多人的夜窩族武士正在前方街道把關，聽到解除戒嚴令的鐘聲，正在議論紛紛，又見到燕飛偕絕色美人而至，齊聲叫問。

燕飛欣然道：「幹掉花妖哩！」

眾夜窩族人立即大喜若狂，尖叫呼嘯，全體跳上馬背，往東門方向馳去，沿途高叫報喜，震動長街。

紀千千感受著他們的歡樂，欣然道：「燕老大的胸襟果然與眾不同，不過千千卻心中不服，花妖伏誅，論功勞不管從任何一方面看，均要數你燕飛。可是卓狂生卻偏把你的功勞壓下去，將解除戒嚴令的撞鐘殊榮給予赫連勃勃，而又得到費正昌、姬別、紅子春、車廷、呼雷方五人附議，佔議席的大多數，旁人想提異議也沒法子。」

啓門開窗的聲音不絕於耳，人們不住從房舍店鋪湧出來，幸好馬道仍是暢通無阻。

燕飛微微一笑，笑得並不勉強，淡淡道：「這就叫政治，只講利益後果，不講眞理。我的表現敲響了另有居心的人心中的警號，如讓誅除花妖的榮譽落在我身上，我燕飛將更難壓制，即使慕容戰也不願見到如此情況的出現。你看看吧！誰不曉得令方總著道兒是內鬼所爲，可是卻沒有人去追根究柢。因爲他們現在最顧忌的是我，更怕我趁祝老大有難取而代之，這便是政治。」

輕夾馬腹，笑道：「我們跑快點！」

紀千千嬌笑道：「不論別人怎麼看你，燕飛是千千心內最了得的英雄好漢。好吧！我們比比馬術。」

「劉裕！」

利劍觸腳而止。

不論是誰，也不論對方叫嚷甚麼，恐怕仍沒法阻止朔千黛下手挑斷他的腳筋，唯有這兩個字生出效力。

劉裕也不知該高興還是喊倒楣，因爲在屋外喚他名字的人等若他的催命符，以他現在的情況，只餘待宰的分兒。

他躺在地上閉目苦笑道：「任大姊別來無恙，我還以爲孫恩已送你歸天，與任帝君共赴黃泉路，大家有個伴兒。」

任青媞在屋外沉聲道：「你不要惹我，我的心情從沒這麼壞過的！說不定會不顧一切先殺掉你來出氣。」

劉裕感到朔千黛雙手抓著他肩頭，把他推得坐起來，手指迅速點上他背脊，一注接一注的眞氣送入體內，立即全身一鬆，不單解開被制的諸處穴道，似乎更回復了點氣力。

連忙訝道：「任大姊是否傷心得瘋了，你要殺我尚有何顧忌可言？你今晚難道不是來送老子一程嗎？」

朔千黛湊到他耳旁低聲道：「算你命大！我走哩！」

劉裕感到她一溜煙從後門離開，也不知該好氣還是好笑，這柔然女高手連一句「對不起」也吝嗇，又「見死不救」地丟下他。

任青媞出現門前，神情木然的瞧他，冷冷道：「算我說話重了，我能追你追到這裡來，孫恩自然也辦得到，你仍未脫離險境。只看屋外的腳印，便知道你內傷發作，撐不住入此屋療傷。」

劉裕探手握上厚背刀柄，心忖幸好柔然女尙肯負上點責任，拚著損耗眞元也助他療傷，令他體內眞氣逐漸積聚，傷勢大有好轉。只要再拖延片刻時間，說不定或會有一拚之力。微笑道：「孫恩若找上門來，我當然活不成，不過卻肯定任大姊你也會陪小弟一起上路。任大姊何不繼續開溜，任我在此自生自滅呢？」

任青媞出奇地不動半點氣，呆看他半晌，忽地趨前兩步，於離他半丈處坐下來，柔聲道：「這不是嘔氣吵架的時候，我們現在是命運與共，合則力強，分則力弱，亦只有聯手，方有希望活著離開邊荒。」

接著輕輕道：「你的傷勢有多重，可以上路了嗎？」

劉裕立即生出戒心，針鋒相對的應道：「彼此彼此，不會比任大姊輕，又不會比任大姊重。唉！任大姊喪夫後仍是習性難改，繞了個大圈子還是來試探我有沒有拿起刀子拚命的能力，動手便動手吧！做人有時要乾脆點的。」

任青媞露出苦惱的神情，縱是花容蒼白慘淡，仍予人好看的美女效應，道：「算人家以前萬般不是吧！今次確實有合作的誠意，且非一時權宜之計，而是結成聯盟。我的目標是摧毀孫恩，令他家破人亡，身敗名裂。」

劉裕凝視著她道：「任你舌粲蓮花，也休想說服我，因我清楚你的手段為人，絕不容我到廣陵向謝相揭破曼妙夫人的陰謀。」

任青媞回望他，沉默片刻，平靜地道：「此正爲我敢厚顏向你提出結盟的條件，還記得之前我曾指示你逃走脫身的方向嗎？我一直反對大哥殺死你，曾與他大吵一場，只可惜忠言逆耳，而他更慘被孫恩以最卑鄙的手段害死。」

劉裕皺眉道：「大哥？」

任青媞露出苦澀的表情，別頭瞥一眼屋外的月夜，目光回到劉裕身上，柔聲道：「我是他收養的妹子，也是他欽定的皇后。不過一切都完了，曹氏最後的一點直系皇族血脈已被孫恩毀掉，三國的風流，終於去無痕跡。現在我只希望為大哥報此深仇大恨，其他一切再無關重要。」

劉裕感到體內眞氣經過一番暗自調息下，開始運轉於經脈之間，體力亦正在迅速回復中，只要再有一刻鐘時間，便可起身看看要打還是要逃，遂油然道：「希望你說的是眞話，你是否想我為你隱瞞曼妙夫人的事？」

任青媞嘆道：「大哥一去，逍遙教立即分崩離散，再難成事，不過曼妙仍是布在司馬曜旁一顆非常有用的棋子，可以左右司馬曜這蠢人的決定。若你肯和我結成聯盟，她可以助你在北府兵內擢升，當北府兵操控在你手中時，便可以助我殺死孫恩，完成我最後的心願，此後大家各行各路。我將退隱江湖再不會干涉你的事。」

劉裕愕然道：「這番話你該對玄帥說。是否想要我為你穿針引線？不過看在相識一場分上，你最好打消此意，因為玄帥絕不會與你合作。」

任青媞道：「不用瞞我了！謝玄之所以肯離開建康，是因為身負嚴重內傷，事實上大哥與他在邊荒交手，已發覺他受傷不輕，故此大哥拚著兩敗俱傷，也要加重他的傷勢。孫恩更於明日寺外察覺到他為殺竺不歸而付出沉重的代價，令他傷上加傷！大哥的逍遙氣是難以根治的，燕飛是唯一一個令人不解的奇蹟。謝安則是風燭殘年，壽元已盡，謝家的顯赫將成為過去。而眼前我看得起的人，就是你劉裕。唉！還要人家怎麼說呢？趁孫恩現在去追殺王國寶和他的手下戰士，我們尚可趁天明前多走點路，現在只有我可令你安抵廣陵，錯過這機會你不但性命不保，更要辜負謝玄對你的期望。」

劉裕沉聲道：「你們和孫恩究竟是甚麼關係？他為何會告訴你們有關玄帥的事？」

任青媞一陣激動，旋又平復下去，淡淡道：「直至今晚，我們和孫恩仍是盟友的關係，你到廣陵的消息是由他通知我們，只沒想過他是包藏禍心。我和大哥的爭拗，是我反對他殺死你，還提出改與你結盟。」

劉裕大惑不解道：「你當我是傻瓜嗎？明知你們有稱皇稱帝的野心，還要與虎謀皮，助你們隱瞞曼妙的事？」

任青媞道：「因爲我曉得你劉裕是怎樣的人，你像大哥般有統一天下的野心，不過若依目前的形勢發展下去，你頂多是北府兵內一名驍將，統帥的位子絕輪不到你坐。除非謝玄能多活數年，而那是絕不會發生的。」

劉裕呆看著她，心中暗忖自己是否如她所形容般是這樣的一個人，口中卻道：「可是你剛才與人圍攻我時，卻是沒有半分留手呢！」

任青媞聳肩道：「大哥既作出決定，你又不肯依我的暗示逃生，我只好全力執行。唉！不過一切已成過去，我現在最不希望的是天下落入孫恩手上，大哥在天之靈必難得安息，今後我怎樣行事，便當是我報答他的恩情吧！」

劉裕開始有點相信她的誠意，沉聲道：「你們不是與司馬道子合作嗎？爲何偏要選上我，若你殺人滅口，便不虞曼妙的事洩露出去。」

任青媞肅容道：「我對司馬王族和南方的豪門沒有半分好感，司馬道子和王國寶更是難成大器。司馬道子肯與我們合作，其中一個原因是想透過我們控制邊荒集，現在此事提也不用提。我們對司馬道子只剩下曼妙這顆棋子。至於殺你也不能滅口，因爲還有燕飛清楚曼妙的底細，這也是我反對大哥殺你的主要原因。」

劉裕呆看著她，心中亂成一團。

任青媞續道：「試想想看謝玄身亡後的混亂情況，北府軍群龍無首，桓玄蠢蠢欲動，孫恩則在海南起義，北府兵以劉牢之和何謙爲首的兩大軍系權力傾軋，在如此情況下，權力將回到司馬曜手上，若任由司馬道子主事，你劉裕能保住性命已是萬幸，遑論其他。相信我，只要你肯點頭，我可以立下毒誓不出賣你。可是你在掌握兵權後，必須生擒孫恩，讓我親手殺他爲大哥報仇。」

劉裕正要答話，破風之聲自遠而近，顯示有人正全速掠入荒村，且是絲毫沒有掩飾行藏，因爲根本不怕張揚。

任青媞從坐處彈起，縱體入懷。

劉裕大吃一驚時，已是溫香軟玉抱滿懷，腦筋立即糊塗起來，不知該推開她還是抱緊她，不知哪一種選擇才正確。

屠奉三獨坐內堂，皺眉不語。

今晚本是他展開征服邊荒集大計的好時機，卻給花妖的事件搞亂了，戒嚴令更逼得他取消擬好的一切行動。

陰奇此時來到他身旁坐下，苦笑道：「有兩個重要消息，我也分不清楚是好消息還是壞消息。」

屠奉三沉聲道：「花妖是否給幹掉了？」

陰奇並不奇怪，因爲東大街處不住傳來爆竹聲和歡叫吶喊，只要不是聾的，當曉得荒人因花妖伏誅而搶著上街慶祝。

道：「殺花妖的不是燕飛，而是赫連勃勃，此人不單因此名震天下，他的鐵弗部匈奴更因此而成爲花妖事件的最大得益者。」

屠奉三沉吟片刻，淡淡道：「此人不但手段高明，且心狠手辣，略施手段便兼併了羯幫，唯一的破綻是把眞花妖引出來，鬧出一場風波，現在還成爲邊荒集的大英雄。不過照我看，事情不會如此善罷。」

陰奇愕然道：「老大的意思是游瑩慘案的行凶者是他而非花妖？」

屠奉三微笑道：「此爲路人皆見的事實，花妖從未在幾個時辰內連續作案，更從沒有於白天犯事。所有發生的事均異乎尋常，只有一個解釋，就是姦殺游瑩者是赫連勃勃，也只有匈奴幫最清楚游瑩在長哈力行心中的重要性。若我沒有猜錯，長哈力行和他的手下已伏屍邊荒某處，他也是被人誘離邊荒集，至於赫連勃勃以甚麼方法令長哈力行踩入陷阱，則要問他本人才可以弄清楚。」

陰奇喜道：「如此形勢對我們非常有利，只要我們再加挑撥，邊荒集肯定亂上加亂。」

屠奉三道：「照我所料，赫連勃勃是有備而來，計畫周詳，邊荒集誰都鬥他不過。而他下一個呑併的目標將是拓跋族的飛馬會，燕飛更是他第一個要殺的人。」

忽然露出一個胸有成竹的笑容，道：「他也因而成爲最有資格與我們合作的夥伴，只有與他們聯手，我們才有可能在慕容垂或謝玄的人馬抵達前，先一步把邊荒集牢牢控制在手上。」

陰奇皺眉道：「老大是要改變以慕容戰爲合作對象的策略？」

屠奉三道：「此爲隨機應變，慕容戰被紀千千迷得神魂顚倒，置本族的大仇和恥辱於不顧，還與燕飛於對付花妖一事上緊密合作，已變得很不可靠。反之赫連勃勃為求成功，不擇手段，而他表面上雖影響力大增，卻也成爲最惹猜疑的對象，亟需援手，我們正是他的及時雨，利之所在，一切水到渠成，我須立即去拜訪他。」

陰奇點頭道：「老大所言甚是，赫連勃勃陣腳未穩，確需要像我們般的一個好拍檔。」

屠奉三道：「另一個不知是好是壞的消息又是關乎哪一方面的呢？」

陰奇苦笑一下，道：「傳聞祝老大練功練岔了，爬不起床來，所以缺席圍剿花妖的行動。」

屠奉三一呆道：「竟有此事？怎麼可能。」

陰奇嘆道：「我們已多方查證，消息應是確鑿無誤，祝老大不但昏迷不醒，還隨時有性命之虞，程蒼古匆匆趕往總壇，直至此刻尚未離開。」

屠奉三露出難以相信的神色，皺眉道：「會否是邊荒公子的詐術，令祝老大不用公開露面，使我們無法下手呢？」

陰奇道：「這個很難說，不過以祝老大好勝的性格，該不會窩囊至此。但也很難說，因爲有宋孟齊那小子牽涉其中。」

屠奉三長長吁出一口氣，道：「此事仍有待進一步查察，若爲事實，我們須重新部署，改變計畫。」

接著問道：「郝長亨有甚麼動靜？」

陰奇道：「他一直留在紅子春的洛陽樓，沒有踏出半步。」

屠奉三皺眉道：「此人最教我莫測深淺，最頭痛是至今仍沒法摸清楚他的實力，他向燕飛示好更教人摸不著頭腦，我們定要將他置於最嚴密的監察下。」

陰奇道：「遵令！」

屠奉三緩緩起立，一副若有所思的神情，忽然又道：「慕容垂方面仍沒有消息嗎？」

陰奇慌忙起立，垂手恭敬道：「探子尚未有回報！」

屠奉三苦笑道：「邊荒集確實是異乎尋常的地方，邊荒延綿千里，要在這區域找尋一支蓄意隱蔽行藏的部隊，有如大海撈針。現在大家只好與時間競賽，看誰能先拔頭籌，你給我在邊荒集四周二十里範圍內放哨，若形勢不對，先立即撤走，這叫好漢不吃眼前虧。」

第三十一章　掙扎求存

當劉裕想到若任青媞是以這種令自己無法拒絕的方法殺死自己，他將死不瞑目。

他並非沒想過一刀割斷她咽喉，那也方便得很，因爲厚背刀正擱在他腿上，他的靈手肯定會辦得妥妥貼貼，不過孫恩正在村內，如任青媞說的不管他樂意與否，他們必須同舟共濟，希望可以登上安全的彼岸。至於上岸後是否繼續打生鬥死，是未來的事。

他又想到逍遙教邪功異術層出不窮，說不定任青媞有一種手法，可以刺激他身體的潛能，令他變成力大無窮的瘋子，不顧生死的纏著孫恩，她便可以安然遠遁。不過這一套必須在他沒有戒心下施展，像現在般他便有把握如發現不妥當，和她來個同歸於盡，即使他幹不掉她，至少可以重創她。既有孫恩駕到，與親手殺她並沒有分別。

任青媞摟上他粗壯的脖子時，他的雙手亦把她抱個結實，雙掌按上她背心要害，只要略一吐勁，保證可送她歸西。

任青媞的香唇出乎他意料之外地尋上他的嘴巴，在他來不及抗議且不敢發出任何聲音反對的要命時刻，把他封個結實，丁香暗吐，激烈纏綿，令他立時生出銷魂蝕骨的迷人感覺。尤其在孫恩的死亡威脅下，於此最不適合的時間，與最不適合的美麗對手進行此男女親密的勾當，異乎尋常的刺激，頓令他忽然忘掉一切。

任青媞的熱烈絕不是單純的，他直覺感到其中揉集了她對任遙嫠命的痛心和悲哀，與其說她是犧牲色相來迷惑他，不如說她是藉此異常的行爲，甚至可以說是藉向她不喜歡的男人獻上香吻，以宣洩她內心的失落和悲傷。

旋即生出另一種想法，因爲任青媞在第一輪的熱吻後，舌尖開始送來一道接一道的眞氣，不但令他體內眞氣運轉不息，更引導他的眞氣回輸到她體內去，陰陽調和，循環不休，他的功力在迅速回復中。

也不知過了多久時間。

唇分。

任青媞嬌喘細細的伏在他懷裡，馴服如羔羊，香唇湊到他耳邊輕柔地道：「我在進來前已抹掉地上的印跡，又仿你的足印弄出你逃往村外的假象，不過以孫恩的高明很快就會發覺是我在搞鬼，隨時會回頭。」

劉裕發覺自己差點忘掉孫恩，此刻得她提醒，有若從美夢中甦醒過來，回到危險冷酷的現實。

不知如何，他的腦筋特別靈活，抱著她的雙手緊了一緊，找到她的櫻唇再嚐一下，生出犯罪般的墮落快感，一手拿刀，另一手環著她的腰，從地上彈起來，低聲道：「我們來個禮尚往來，由我纏住他，你則覷準時機從旁突襲，由於他沒想過我有同夥，更作夢也想不到那人還是你任大姊，我們至少有兩、三成機會，總好過獵物般被他追捕。」

任青媞整個嬌軀與他貼個結實，仰頭看著他嬌媚的道：「你不怕我撇下你嗎？」

劉裕灑然道：「也沒有法子，一切看老天爺的旨意。」

任青媞欣喜的道：「你長得不算好看，可是卻非常有男性氣概，令人嚮往不已。」

劉裕聽到最後一句禁不住心中一蕩，暗忖女人或許是最奇怪的動物，竟會在這等生死迫在眉睫的時刻，還有空去計較男人是否好看。

風聲再近。

劉裕輕拍她粉背，沉聲道：「去吧！」

屠奉三從後門悄悄離開的當兒，燕飛和紀千千並騎從刺客館大門外馳過。

燕飛表面輕鬆自如，一副不把任何事情放在心上的神態，事實上卻是心情複雜，諸般念頭閃過腦海，身旁的美女、邊荒集現時反覆不安的形勢、隨時降臨的兵災人禍，結合而成一種非比尋常的感覺，與東大街愈聚愈多正爲花妖之亡而狂歌熱舞的荒民形成強烈和不協調的對比，令歡樂蒙上不散的陰霾，未來再沒有人能捉摸，包括他燕飛在內。自曉得屠奉三沒有中計，他感到落在下風，而赫連勃勃於一夜間冒起成爲邊荒集的大英雄，更使他對未來失去把握，他彷彿已嗅到失敗的氣味，而他根本沒有改變的能力。

可憐他還要把千頭萬緒的紛亂心思收攏起來，裝出胸有成竹的樣子，在此有若置身於怒海激流般於任何一刻舟覆人亡的情況下掙扎求生，直至一敗塗地的時刻。

對自己的生死他並不放在心上，唯一的願望是能令紀千千主婢不受傷害，至於龐義等人又或拓跋族人，他們既身爲荒人，便該勇敢地面對邊荒的一切危機和凶險，這是每一個踏進邊荒集的人該有的心理準備。

對他而言，紀千千主婢的不同處，在於是他把她們帶到邊荒集來，他燕飛必須承擔責任。

紀千千勒馬收韁，喜道：「回到家哩！」

燕飛隨她轉入堆滿木料的重建場址，倏地發覺一人從龐義精製的大圓桌處站起來歡迎，兩邊尙有龐義和小詩。

他朝紀千千瞧去，發覺她嬌臉的血色褪得一滴不剩，香唇微顫，美眸透射出矛盾和複雜的神色。

忽然間，他已知道等待他們的是甚麼人。

劉裕現身門口，瞧著孫恩掠至眼前，心神靜如止水。

孫恩仍是那副仙風道骨、超然於眾生之上的神態，不單不似正追殺敵人，也不似在趕夜路，只像名士派的玄門高人，忽然動了夜遊的雅興，湊巧路經此地的安閒模樣。

由他襲殺任遙，擊傷劉裕，至大破王國寶和任青媞的聯軍，一直到眼前般灑脫不群的氣度，宛如神仙中人。只觀外表，絕聯想不到他是南方本土世族的最高領袖，以道術把反對僑寓世族和司馬王朝的所有本土勢力聯結在他天師道的大旗下，成爲建康最大的威脅。

可是劉裕偏偏曉得眼前此君乃南方最可怕的人，謝安若去，南朝的團結將冰消瓦解，一直壓制著孫恩的力量勢將蕩然無存，孫恩將變成一股有若從冥府釋放出來的風暴，把建康的繁華摧毀。天師道不但挑戰現存的政權，且是對以高門和佛教爲主的文明的反動，其破壞力將非任何人可以想像。

就在此刻，劉裕湧起一個奇異的想法，就是上天已注定他和孫恩是死敵，當中沒有半點轉圜的餘地。如若今夜能僥倖保命逃生，只是他們鬥爭的一個起點。

為求成功，他必須不擇手段。

而謝玄之所以挑他作繼承人，正因他擁有謝玄欠缺的特質和性情，更兼他出身低層，沒有名門大族的牽累顧忌。像任青媞的提議，不論如何對謝玄有利，他也會斷然拒絕，而他劉裕至少會詳加考慮，甚至在此刻猛然作出決定。

孫恩背負雙手，從容移至他身前丈許外，定神打量他，微笑道：「好膽色！體質更好得教本人大感意外，難怪謝玄看中你。」

在臨天明前的暗黑裡，溫柔的月色下，孫恩雙目閃動著傲視眾生、充盈智慧的異芒，似若洞察世情，再沒有任何事可以瞞過他，難倒他。

劉裕卻曉得這只是個錯覺。至少孫恩並不知道朔千黛曾以內力助他療傷在前，任青媞以香舌渡氣於後，更疏忽了任青媞暗伺在旁。凡此種種，皆足證明孫恩不論道術武功如何高明，仍只如他般是人而不是神，只要是人便有人的弱點和破綻，此一想法令他感到自己在踏足門口前所擬定的戰略部署有很大成功的機會。

淡淡一笑道：「我決意死戰，是否也大出天師意料之外呢？」

「天師」孫恩嘴角露出一絲不屑的笑意，倏地擴展，變成仰天長笑，下一刻他已以奇異飄忽的步法，快至似若沒有任何時間分隔般，出現劉裕前方五尺許近處，兩袖拂來，一袖橫掃他左耳際，另一袖照臉拂來，靈奇巧妙至全無半點雕琢斧鑿之痕。

劉裕頓時天旋地轉，就像忽然迷失在時間和空間的迷宮裡，失去與所置身環境的真實關係感，天地只剩下把他完全籠罩的袖影和勁氣。

劉裕心叫厲害，曉得對方的精神正鎖緊和控制他的心神，令自己錯覺叢生，不過他心志堅定至極，忙緊守心神，純憑靈手的感覺，那絕不會欺騙和背叛他。

一刀劈出。

袖影的幻象消去，變回攻來的雙袖，而他又重新感覺到立在門間，厚背刀劈入兩袖裡，疾砍孫恩面門，完全是與敵偕亡的招式。

孫恩冷哼一聲，忽然變招，兩袖纏上他的厚背刀，刀勢立消，難作寸進。

劉裕心叫不好，知道如讓孫恩袖勁吐實，自己肯定捱不起，當機立斷，猛力抽刀。

孫恩長笑道：「不知天高地厚的小子，讓我送你上路吧！」

劉裕抽刀不動，孫恩可怕的眞氣沿刀暴潮激流般直襲而來。

如此一個照面，便陷於完全挨打的局面，即使劉裕動手前對孫恩作出最高的估計，仍有點措手不及的窩囊感覺。

幸好他尚有後著，毫不氣餒，暴喝一聲，棄刀疾退回屋裡去。

此著大出孫恩意外，「咦」的一聲，自恃藝高人膽大，毫不猶豫追入屋內去，同時生出提防之心。

劉裕心忖正怕你不追進來，退勢加速，功聚寬背。

厚背刀已落入手上的孫恩，見劉裕全力以後背往破屋危危欲塌的一條牆柱撞去，立明其意，鬚眉俱豎，怒道：「好膽！」

隨手擲出厚背刀，往劉裕胸口疾飛插去，迅若電閃，是其全身功力所聚，實有能洞天穿地的驚人威勢。

當劉裕與任青媞對峙的當兒，他已把所處的破屋摸通摸透，此為斥候一向的習慣，盡量利用環境以作躲藏或逃遁的方便，故想出此弄塌房子的大計，為任青媞製造最佳的偷襲機會。最理想當然是幹掉孫恩，縱然沒那般理想，能傷他已可達到目的。不過卻沒想過一個照面便被他奪去從不離身的厚背刀，更沒想過自己的刀反成為自己最大的威脅。

他的一對靈手有十足把握夾中厚背刀，卻沒半成把握抵得住被孫恩貫上全力的「暗器」，最可恨是他不能往旁閃避，否則他的塌屋大計便要報銷。

人急智生下，背掛的刀鞘來到手上，雙手前後緊握，迎向厚背刀，這不但是賭命，更要賭他的一對靈手，有否護主的能耐。

「鏘！」

劉裕一對虎口同時爆裂，胸口如被重錘擊中，狂噴鮮血。

不過終究接住孫恩本是必殺的一招。

刀回鞘內。

物歸原主。

「轟！」

屋柱斷折，由於有背囊護背，不虞會損及脊骨。

本已搖搖欲墜的廢屋塌下，塵屑漫空裡無數瓦片照頭往孫恩壓下去。

劉裕像被刀送走般倒飛出屋外，姿勢怪異，孫恩的「贈刀之舉」不但加速他倒撞的速度，亦使屋子塌得更有威勢成效。

孫恩狂喝一聲，雙袖飛舞，往上旋起，沙石碎木激濺，他的驚人勁氣隨雙袖的揮捲像一把無形的鑽子般破開往他塌下來的屋頂樑柱，騰升而起。

劉裕面向仍在傾頹的破屋，心中禱告，若任青媞要出手，此是唯一機會。

孫恩不論擲刀又或破屋而出，均是全力施爲，又想不到有高手如任青媞者窺伺在旁，其注意力更被倒塌下的沙石和冒起的煙塵分散蒙蔽，此時不突襲，更待何時。

不過若任青媞已私下離開，當然一切休提。而他劉裕將難逃毒手，不論他如何自負，對著孫恩，只與螳臂當車無異。

他隱隱感到任青媞不會棄他而去，至於這近乎盲目的信心是來自理性的考慮，還是因擁吻過而產生微妙的男女關係，連他自己都弄不清楚。

「砰！」

劉裕背脊撞在鄰舍半塌的破牆處，往下滑墜。

人影疾閃。

在黎明前的暗黑裡，任青媞以快至肉眼難察的速度，從屋後的樹叢射出，趕上剛從敗木碎瓦脫身而出的孫恩，凌空相遇。

孫恩顯是猝不及防，不過他不負南方第一高手的威名，縱然處於舊力剛消，新力未至的一刻，仍怒叱一聲，雙手生出萬千袖影，勉強迎上任青媞。

任青媞尖叫道：「妖道納命來！」

其雙短刃爆開一團在月照下冰寒閃爍的電芒，破入孫恩的袖影裡，完全是不顧自身，與敵偕亡的招式。

「蓬！」

劉裕貼牆滑坐野藤蔓生的泥地上，一時間忘掉身負的痛楚，忘掉像移了位般的五臟六腑，忘掉翻騰不休的氣血，也忘了喘息，呆看著兩人在兩丈許的夜空作殊死激鬥。

袖風刃氣交擊之聲急速爆響，兩道人影錯身而過。

孫恩往村道方向落去，任青媞則往他的方向凌空投至。

劉裕睜大眼睛，只見任青媞花容慘淡，散髮飄飛，連美眸都閉起來，顯然並沒有討得多大便宜，已負上頗重的傷勢。

劉裕心叫不妙，奮力彈起，再噴出一口鮮血，胸口悶痛消失，人也輕鬆起來。

「鏘！」

劉裕拔出厚背刀，另一手把刀鞘掛到背後，貼地衝出。

任青媞在他上方掠過。

孫恩消落在塌屋前方。

劉裕借塌屋的掩護遮藏，來到屋角位置。

孫恩驀地現形。

劉裕二話不說，厚背刀全力擊出，直搠孫恩心窩要害。

孫恩明顯受了傷，且眞元損耗極巨，反應亦慢了一線，到刀鋒及胸，始能作出反應，狂吼一聲，兩手從袖內伸出，撮掌爲刀，狠劈敵手。

「蓬！蓬！」

劉裕持刀的手像被千斤巨石連砸兩記，震得他刀勁渙散，手臂痠麻，且失去準繩。一聲怒哼，孫恩往後疾退，沒入他左肩的刀鋒進入寸許便告終止，挑起一塊血肉。

劉裕也被震得斷線風箏般拋跌往後，幾個踉蹌，終於立穩。

任青媞在他身旁搖搖欲跌。

劉裕心知此爲救命時刻，一把摟著任青媞纖腰，拔身而起，往荒村東面的密林投去。

任青媞清醒過來，仍是軟弱無力，湊到他耳旁道：「往潁水去，是我們唯一生路。」

第三十二章　往事如煙

燕飛在七、八丈外一眼瞥去，立即明白紀千千爲何會對此人情根深種，不論從任何角度看，對方均是個充滿魅力的男人，而他的吸引力是整體而深藏的，英偉的外表下似有無窮盡的內涵等待你去挖掘和發現。此時他的一對眼睛充盈可令任何人心動的沉鬱神色，使燕飛想像到在其他情況下他眼神的變化和近乎使人沒法抗拒的表達力，那連心肺也掏出來給你看的強大感染力。

縱使在如此尷尬的情況下，他的風流瀟灑、充滿反叛性和爲愛情一無所懼的獨特浪子氣質，使他的現身不單毫不令人感到突兀，且讓人感到只有如此，方可以顯出他至情至性的放縱，沒有人可以阻止他去爭奪心頭之愛。

燕飛自問，從未見過一個人在沒有說過任何話的情況下，只透過坐著和站起來的動作，便將內心的綿綿情意以如此方式盡情演繹表達，他終於明白爲何紀千千到今天仍沒法忘掉他。可以想像早有離開建康之意的紀千千，當日遇上他時，立即升起的那種隨他遠走高飛、浪跡天涯的動人滋味。

她要偷偷逃離建康，正因她清楚自己無法抗拒他。

這個想法令他感到沮喪，似若對紀千千的一切「努力」，均變得再沒有任何實質的意義，他甚至不敢看紀千千對他的反應。

紀千千的悅耳聲音卻在他耳旁響起，以出乎他意料的平靜語調道：「你站在那裡，不要動不要說話，我要先和我的老大商量。」

那人露出錯愕的神色，顯然是千想萬猜，均想不到紀千千有此應對。

陪坐的龐義和小詩也愕在當場，欲語無言。

燕飛忍不住朝紀千千瞧去，後者以迷人的笑容迎上他的目光，嬌媚的道：「燕老大可否借一步說話。」

說畢掉轉馬頭，朝一堆積砌如山的木料緩馳而去。

燕飛向把守四方的北騎聯戰士點頭道：「多謝各位幫忙，你們可以回去了！」

追在千千馬後去也。

「颼！」

劉裕借樹幹的彈力騰身而起，投往逾三丈外另一枝橫幹，此為劉裕的看家慣技，不單可在密林內靈活如飛，最妙的是可隨意改變方向，即使輕功身法遠勝他者，也要被他甩掉。

任青媞清醒過來，手足像八爪魚般緊纏在他背後，不論他們是否各懷異心，至少在此刻他們是同舟共濟，命運與共。

風聲在大後方響起，劉裕暗叫好險，如非先一步拔上樹頂，再利用樹幹的彈力加速，現在早被孫恩追上。

此時他從高處落下，就要足點橫幹，忽然胸口疼痛，內傷發作，因過度用氣運力而引至，正心叫天亡我也，眞氣從任青媞處輸入背心要穴。

劉裕的勁力立即回復過來，使出微妙的腳法，足尖點樹，不往前衝，反斜飛開去。

「蓬！」

枝折葉落，孫恩像頭俯衝而下攫食獵物的惡鷹般，就在左下方衝過了頭，差一點點便趕上他們，且若他們方向不變，此時肯定被他追及。

劉裕暗抹一把冷汗。

任青媞的眞氣仍源源不絕的送來，催動他體內眞氣的流轉，引得他的眞氣回流到她體內，每運轉一匝，兩人的傷勢便好轉些許，神妙至極。

當劉裕落往另一棵樹去，他已是信心十足，心忖如不能在天明前撇掉孫恩，必然難逃毒手，倏地力注腳尖，借彈力炮彈般疾飛而去，衝出林海之巔，橫過近四丈的長距離，投往潁水的方向。

當孫恩也學他般來到密林的上空，他便會再投入密林的暗黑空間裡，以不斷改變方向的奇技，把這可怕的剋星甩掉。

夜空殘星欲墜，明月降至西山之下，任青媞變得輕若羽毛，再不成爲負擔。

劉裕回頭一瞥，孫恩在六丈遠的後方大鳥般騰出林頂。

劉裕一聲長笑，道：「天師不用送哩！」

使個千斤墜往下投去，沒入林內。

紀千千勒停坐騎，回眸笑道：「燕老大有甚麼指示？」

燕飛大訝，每次當紀千千想起此人，均露出欲捨難離、肝腸寸斷的神情，偏是此人從建康直追至此，現身她眼前，她卻輕鬆得教人難以相信。

究竟是怎麼一回事？

燕飛在她身旁停下，細審她如花玉容，的確察覺不到任何掩飾的姿態，皺眉道：「我可以有甚麼指示？」

紀千千聳肩道：「你是老大嘛！下面的人有疑難，你當然是責無旁貸，對嗎？」

燕飛一顆心不由活躍起來，雖仍未能掌握她的心意，不過總比她一見著此人立告神魂顛倒好得多，思索道：「你想我在哪方面作出指示，不怕我假公濟私嗎？」

紀千千「噗哧」笑道：「正是要看你會否假公濟私？我的燕老大，你知不知道自己最吸引千千的地方是甚麼？你有沒有興趣聽人家的心聲？」

燕飛心裡暗中叫娘，紀千千的確是個最懂情趣的美人兒，在此等時刻仍可以來和自己耍花槍鬧樂子，不過也不得不承認自己的心情大有好轉。灑然道：「本人正洗耳恭聽，希望可多知道點自己的強項。」

紀千千瞄他一眼，掩嘴笑道：「強項？這形容並不算太過分。告訴你吧！人家最欣賞你的是可以不斷帶給人家意外的驚喜，能人之所不能，像你忽然對花妖出招，千千便沒法早一步猜到，這只是其中一個例子。知道嗎！人家眞的很喜歡和你說話，因爲你說的話獨特而有見地，更是無法預知，不像其他人般，說的話毫無含意，來來去去都是那一套。」

燕飛苦笑道：「你好像愈扯愈遠哩！」

紀千千欣然道：「怎會扯遠了呢？我想聽你的忠告嘛！告訴我！假若他是徐道覆，人家該怎麼辦？你可不准顧左右而言他。」

度。」

燕飛凝望她片刻，道：「不同的立場，有不同的看法，你要聽的是燕飛的角度還是燕老大的角度。」

紀千千沒有半絲爲情所困的神態，似若有用不盡的時間，興致盎然的仰望漸明的天色，道：「聽曲當然須聽全曲方能盡興，快給千千一一道來。」

燕飛開始感覺到紀千千正以她的方式向自己表示心意，實比千言萬語地向他解釋她和對方現時的關係更有效力。

從容道：「站在燕飛的立場，我會教你從心之所願去作出選擇。不論是政治又或感情，很難有對錯之分，你愛誰便愛誰，只要你大小姐高興便成，更不用理會小弟。」

紀千千狠狠盯他一眼，皺眉道：「燕老大的立場又如何？」

燕飛破天荒露出一絲狡猾可恨的笑意，湊近少許煞有介事的道：「燕老大當然是另一回事，可以全無避忌的告訴你，若他老哥確是徐道覆，我們的千千美人便千萬不要上他的當，因爲他不但是專以獵取異性爲樂的無恥之徒，且會把你捲入南方本土世族和僑寓世族的鬥爭中，而天師道的宗教色彩，更倍添事情的複雜性。對燕老大來說，天師道只是愚民而役民的邪惡教派，利用本地人對外來人的不滿製造事端的野心家，不論是孫恩、盧循或徐道覆，都不是甚麼好人。」

紀千千舒一口氣，在馬背上閉上美眸徐徐道：「燕老大的話才是千千想聽的忠告，千千對宗教雖然有求知的興趣，卻是敬而遠之。不想任何一種宗教的教義變成思想的桎梏、精神的枷鎖。」

接著睜開眼睛，一眨一眨的向他道：「若他不是徐道覆又如何呢？」

燕飛終於明白紀千千剛才爲何不讓對方有機會說話，是爲免燕飛從聲音判斷出他是否老徐，如此眼前的遊戲便沒法進行，心中湧起難言的動人滋味。微笑道：「更簡單，問清楚他爲何要在身分一事上騙你，再決定是否該以此作藉口請他滾蛋，這是燕老大和燕飛的共同立場。」

紀千千「噗哧」嬌笑，橫他一眼，答應道：「明白哩！」

策馬朝營地馳回去。

劉裕追在任青媞背後，穿過潁水西岸的一片疏林，全速掠往潁水。

天色開始發白，孫恩的威脅尚未解除，若任青媞的逃生之法只是泅往對岸，他們的前途仍未可樂觀，因爲兩人的內氣已接近油盡燈枯的絕境。

任青媞穿過草叢，潁水橫亙前方，這位剛喪夫的蛇蠍美人投往岸旁草叢茂盛處，消沒不見。

劉裕沒有另一個選擇，他已聽到孫恩的破風聲在十多丈外由遠而近，顯示對方正奮盡餘力，加速趕至。

刹那間他破開草叢，一艘長約兩丈許的小風帆安寧地泊在岸旁，任青媞早斬斷固定船的繫索，還舉起船槳，狠狠往岸旁一塊石頭頂去。

風帆往河心滑開去。

任青媞尖叫道：「快上船！」

不用她吩咐，喜出望外的劉裕騰身而起，投往艙板。

任青媞撲向船尾，一槳打進水裡，濺起漫天水花，風帆立得動力，順水滑行，望南而下。

「咕咚」一聲，任青媞捧槳跌坐，不住嬌喘，連說話的氣力都失去了。劉裕卻忙著拉起桅帆，沒空看她。

孫恩令人心寒膽顫的高頎體型出現岸旁，風帆早順水滑出二十多丈，迅速把雙方的距離拉遠。

「蓬！」

滿張，去勢加速。

劉裕頹然倒下。

孫恩的話聲遠遠傳來道：「今天算你們命不該絕，他日有緣，希望兩位仍是福大命大！」

紀千千甩鐙下馬，由龐義為她牽往馬廄，後者更向燕飛暗打眼色，著他好自為之，似乎並不看好燕飛。

燕飛把馬交給龐義後，隨紀千千來到桌旁，方發覺紀千千以手勢阻止那人發言，心中湧起荒謬的感覺。

那人的表現亦是恰到好處，絲毫不露對紀千千的猜疑或對燕飛的妒忌，雙目射出自責的沉鬱神情，卻又是從容自若，皺皺眉頭卻仍是那麼好看。

若他真的是徐道覆，那確是金玉其外，敗絮其中。

小詩怔忡不安地看著她小姐，顯然清楚紀千千的為難處，因她最清楚紀千千過去與此人的關係。

紀千千坐入由燕飛給她拉開的椅子，凝望舊情人，美目深注，神態平靜得使人感到異樣。

營地的北騎聯戰士全體撤走，東大街回復平靜，夜窩族並不屬於白天的世界，鄭雄等人仍沉睡未醒，對邊荒集任何一天來說，這樣的開始，也是異乎尋常。

燕飛在紀千千旁輕鬆坐下，把蝶戀花擱到檯面上，與那人四目交投，此君露出無奈的表情，表示因紀千千有令，不敢說話，自有一股風流瀟灑的味道。

燕飛暗嘆一口氣，他至少有八成把握此人是「妖帥」徐道覆，天下間眞正稱得上是高手的並不多，而眼前此君肯定是其中之一，像赫連勃勃或屠奉三般令他沒法一眼看透，這樣的高手，不是隨隨便便可鑽一個出來的。

他究竟希望他是徐道覆，還是希望他不是徐道覆呢？

若紀千千肯和他重修舊好，他燕飛是否可從隨時遇溺的情海脫苦得樂，又或是立遭沒頂之禍。失去紀千千，對他的打擊會否比在長安的失戀更嚴重呢？

燕飛忽然驚覺，他以後的幸福快樂，全繫於眼前事情的演變。

紀千千的聲音響起，似遠在天邊，又若近在耳旁，輕柔地問道：「你是不是徐道覆？只須答是或否。」

燕飛、小詩和那人同時錯愕，燕飛和小詩是爲紀千千的直截了當、乾脆俐落而意外，而那人卻沒想過紀千千有此一問，更可能是想不到給紀千千當面揭破眞正的身分。

那人頹然挨向椅背，露出一絲苦澀至能令任何人生出憐意，致生出可以原諒他的情緒的無奈笑容，攤手道：「我瞞千千是有苦衷的，我頂上的頭顱是建康朝廷最想要的東西之一。事實上我已違背了不准分神於男女私情的師命，可是卻情不自禁。我徐道覆今天來此不是求千千回到我身邊來，只是希望能對千千有個交代。若讓所有事情重演一次，我仍會隱藏身分，因爲我害怕千千會受建康高門對我們的歧見影響，拒我於千里之外，那我的生命便因欠缺了這段美麗的回憶而永遠抱憾。我今天的話到此爲止，說出來我立即舒服了很多。」

倏地站起身來，目光投往燕飛，欣然道：「這位當是燕兄，很感激你照顧千千，更不希望我們會成爲敵人，不過若朝現時形勢的發展，似乎命運並不能盡如人願。」

稍頓又嘆道：「走吧！帶千千走吧！再遲將連離開的機會也會失去。」

說罷不待紀千千說話，灑然離開，高歌唱道：

「佳人不在茲，取此欲誰與？

巢居知風寒，穴處認陰雨；

不曾遠別離，安知慕儔侶？」

歌聲荒寒悲壯，充滿一種流浪天涯和醉酒高歌的淒涼味道，確實非常感人。

小詩雙目立即紅起來。

燕飛則是頭皮發麻，開始明白紀千千爲何會因他而神魂顚倒，此人不但文武全才，且對女性有異乎常人的靈銳直覺，一眼看出紀千千會因他是徐道覆而立即下逐客令，以前的一切都變得不能挽回，竟先發制人，表演一番，又灑然離去，令紀千千更忘不了他。

紀千千朝他瞧過來，神情木然，顯然是對徐道覆「愛的攻勢」招架不來。

燕飛心中苦笑。

在邊荒集的對手一個比一個強，一樁比一樁事更難處理，這種日子究竟是樂趣還是苦差呢？他眞的弄不清楚。

迎上紀千千的目光。

紀千千的美眸神采漸現，唇角露出一絲笑意，接著漣漪般擴散，化為「噗哧」嬌笑，帶點羞赧地喜孜孜道：「你現在該明白我為何愛上他了！不過一切已成為過去，因為我眞正的情郎已出現了，再沒有興趣去聽美麗的謊言。」

又把目光投向已升離潁水的清晨柔陽，淡淡道：「他好像忘記了解釋刺殺乾爹卻誤中你們的事，那是我永遠也不會原諒他的。」

第三十三章　滴血為盟

任青媞立在船首，衣髮迎著河風飄拂飛舞，狀如下凡仙女。

曉得她底蘊如劉裕者當然不會作如是想，亦不打擾她，讓她獨自默默哀傷。

劉裕坐在船尾掌舵，思潮起伏。在清晨柔和的陽光下，整個河岸區被一層薄霧籠罩，益顯噩夢般的昨夜與現今景況的分野，眼前彷彿屬於完全有別的另一個人間境地。

長河的寧靜、河風的撫拂、流水的溫柔，經過昨夜的險死還生，忽然都添加了平時欠缺的某種意義。生命是如此動人和珍貴，也可以是如此的脆弱！假若昨夜稍有不同的變化，伏屍荒野的便是他劉裕而非任遙。

風帆以一瀉千里的高速順風南下，以此速度午後即可進入淮水，到廣陵的路程可縮短半天。

劉裕忍不住叫過去道：「任大姊，若我們遇上王國寶的船隊怎麼辦？是硬闖還是由你打招呼疏通？」

任青媞似沒聽到他的話，好半晌忽然別轉嬌軀幽靈般朝他飄過來，神情冰冷，令劉裕再沒法子把眼前的她與昨夜曾親吻和熱擁著自己的女子聯想在一起。

幸好她的冷漠絕不會對他造成任何傷害，身爲男人，當然對美麗的女人感興趣，但他昨夜卻純粹只是肉慾的享受，沒有愛意。劉裕早過了少年時代的天眞期，尤其他並不信任對方，更不願與這毒似蛇蠍的女人有進一步的關係，只恨命運似乎不讓他可自由抉擇。

任青媞直抵他身旁，差少許便是緊貼他坐下，道：「首先要看王國寶有沒有被孫恩殺死，若仍由王國寶主事，以他貪生怕死的性格，必然立即撤走。因爲孫恩既出現於邊荒，天師道的大軍亦該已潛入邊荒，如此險地，王國寶豈敢多留。」

劉裕禁不住爲邊荒集的燕飛等擔心起來，問道：「王國寶能逃一死的機會如何呢？」

任青媞道：「機會很大。當時王國寶另一批手下及時趕至，我亦因此得以脫身，孫恩的目標又非王國寶而是你劉裕。」

劉裕目注前方，鼻孔充盈她醉人的體香，想起昨夜公私各佔一半的纏綿，心底湧起百般滋味。苦笑道：「得孫恩如此看重，是我劉裕的榮耀。」

任青媞神情木然的淡淡道：「他看得起的是謝安，又或是謝玄，卻絕不是你。因爲到現在你仍未成氣候，充其量是個超級大跑腿。孫恩對你有興趣，是因若可將你的人頭送往廣陵，將對謝安和謝玄造成嚴重的打擊，若可把謝安氣死或使謝玄內傷加重，更是理想。哼！我偏不如他所願。」

劉裕頹然道：「你既知我是甚麼材料，爲何仍要與我合作對付孫恩呢？」

任青媞向他瞧去，柔聲道：「你終於肯合作了嗎？」

劉裕一陣心煩意亂，顧左右而言他的道：「你們怎會曉得我昨夜是要回廣陵的呢？」

任青媞雙目射出憤恨的神色，狠狠道：「消息是從孫恩處來的，我們雖想到他是要借我們的手殺死你，卻沒想過他還包藏禍心，唉！」

劉裕瞥她一眼，心忖有表情總比沒表情好。縱使是憤恨痛心的表情，也可令她較爲有血有肉，自己被迫與她合作也會舒服點。

心中同時對屠奉三恨得牙癢癢的，更想不到此人如此高明，不用花費任何氣力便差些害死自己。嘆道：「王國寶既知我曉得曼妙夫人的事，肯放過我嗎？」

任青媞淡淡道：「他並不知道，我們並沒有向他洩露有關這方面的任何事。不過他可能比孫恩更想殺你而後快，因爲他妒忌你，妒忌你和謝玄的關係。而你不單是外人，且是他看不起的寒門庶族。王國寶一直希望謝安重視他，他之所以要依附司馬道子，正是要向謝安證明從不看錯人的謝安今回看錯了。」

劉裕聽得發起怔來，他從沒有從這個角度去猜想王國寶的心態，更首次曉得自己成了王國寶的眼中釘。

任青媞續道：「謝安大去之期不遠，自因痛惜宋悲風遇襲重傷而引致發病後他一直沒有起色，到廣陵後天天臥床。謝玄表面雖看似沒有甚麼，不過只從他把日常事務全分給劉牢之和何謙兩人負責，便知他內傷難癒，否則以他的才情志氣，必會趁勢北伐。司馬曜豈敢阻撓？相信我吧！現在你唯一的出路，是與我滴血立誓爲盟，否則謝安、謝玄一去，司馬道子第一個要害死的人便是你這個小卒，只有曼妙的嘴巴方可以爲你說話。現在是你唯一的機會，除非你立即當逃兵，否則早晚必以慘死收場。」

劉裕的呼吸急速起來，沉聲道：「曼妙肯聽教聽話嗎？聽燕飛說你似乎和她不太融洽？」

任青媞壓低聲音道：「你可知我和曼妙的關係？」

劉裕愕然道：「甚麼關係？」

任青媞湊到他耳旁，呵氣如蘭地柔聲道：「她是我的親姊。」

劉裕失聲道：「甚麼？」

任青媞離開他的耳朵，平靜的道：「你相信也好，不相信也沒有辦法，我現在連騙人的興趣都沒有了。任遙對我們兩姊妹有大恩，我們這一世也報答不了。所以孫恩的血海深仇是非報不可！而我和你的結盟，只限於三個人知道，你須連燕飛也瞞著。」

劉裕道：「在你心中，我只是個不成氣候的小卒，你為何不順理成章的選擇繼續與司馬道子合作，卻偏偏選中我？」

任青媞不屑的道：「司馬道子和王國寶算甚麼東西，只是我們往南擴展的踏腳石而已，他們根本不是孫恩對手，倚靠他們等若義助孫恩。在南方能與孫恩抗衡的只有荊州和北府兩軍，桓玄野心太大，為司馬王朝所忌，我更沒法與之合作。獨有你這個由謝家千挑萬選出來的繼承人，方與我們是天作之合。此更是你報答謝玄厚愛的唯一機會。」

劉裕發覺自己抗拒她的心志正不斷被削弱，更清楚自己在一條非常危險的路上走著，若此事一旦張揚開去，謝玄和燕飛絕不會原諒他，可是他有別的選擇嗎？

他比任何人更清楚謝安和謝玄都命不久矣，大樹既倒，北府兵兩大軍系又一向不和，權力自然回到司馬曜手上。誰能左右司馬曜，誰便能決定北府兵的人事變遷，所以任青媞的提議實具有高度的誘惑力。

若他拒絕任青媞，那謝玄命逝的一天，他便要立即脫離北府兵躲到邊荒集做個荒人。

以目前的形勢，縱使謝玄有意把他栽培為北府兵的領袖，也非一蹴可幾的事。有十年八載還差不多，還要他不斷立下顯赫的軍功。

謝玄的命有那麼長嗎？

任青媞的聲音又在他耳鼓內響起道：「無毒不丈夫，古來成就大業者誰不是心狠手辣不擇手段之輩？分手的時候到哩！是或否由你一言決定。我任青媞可以立誓與你衷誠合作。」

劉裕聽到自己的聲音軟弱地問道：「殺了孫恩後，你有甚麼打算？」

任青媞幽幽道：「我的心早於昨夜死去，唯一活著的理由是向孫恩報復，了卻心願後，我將隱姓埋名，找個山靈水秀的地方爲任大哥守墓算了。」

劉裕心中一震，因從未想過任青媞對任遙如此專一和深刻。點頭道：「好吧！便讓我們滴血爲盟，不過待孫恩授首之後，我們將再沒有任何關係。」

燕飛舒服地挨著堅固寬敞的椅背，雙腿連靴擱到桌上去，酒罈放在椅腳旁，把美酒一飲而盡，然後把空杯子放到桌上，頗有重溫舊夢的痛快感覺。

龐義像往常般一屁股坐到他身旁，咕噥道：「今天恐怕沒有人來開工，我也要像千千和小詩姊般小睡片刻，否則連眼睛都睜不開來。高彥那小子又不知滾到哪裡去了。」

燕飛淡淡道：「高小子探聽敵情去也。邊荒集每過一刻，便多添一分危險，隨時大禍臨頭，我們要擬定一個應變的計畫，事發時才不會手足無措。」

龐義嚇得睡意全消，駭然道：「沒有那麼嚴重吧？」

燕飛苦笑道：「眞實的情況可能比我想像的更嚴重，除非整個邊荒集團結起來，不過這是不可能的。在對付花妖一事上，我們中已有內奸在搞鬼，赫連勃勃和屠奉三分別是兩個禍源，祝老大又忽然走火入魔，都不是好兆頭。」

龐義頭皮發麻地瞧著一堆一堆的木材，頹然道：「還建甚麼樓呢？你的話是否指盛傳中慕容垂派來的勁旅？」

燕飛油然道：「那也包括在內，但我更害怕孫恩，徐道覆這種人是不會無緣無故到邊荒集來的，若說他純爲千千，我燕飛第一個不相信。」

龐義震駭道：「孫恩是南方最不好惹的人，我們該如何是好？」

燕飛沒好氣地瞧他一眼，道：「最聰明當然是不要惹最不好惹的人，但惹上了卻也沒有法子。」接著把腳收回桌下，重新坐好，沉吟道：「任何人要發揮邊荒集的作用，必須找尋合作的夥伴。南人須找北人，北人則找南人，否則邊荒集等若被廢去半邊身子；假若慕容垂要找的人是孫恩，那將是邊荒集最難承受的最壞消息。唉！只要他們兩方分別封鎖南北水陸兩路，荒人想大舉撤退都不行，只能夠亡命邊荒，你明白撤退和逃亡的分別嗎？」

龐義色變道：「撤退是收拾好家當上路，逃亡則是只能帶些隨身細軟又或甚麼都不能帶，名副其實的落荒而逃。若此兩方聯手，能逃亡已是不幸中之大幸，最怕他們忽然殺至，逃都逃不了！」

燕飛仍可露出笑容，挨回椅背處，探手從地上提起酒罈，拔塞，舉起「咕嘟咕嘟」大喝兩口，酒罈放到桌面，以袖拭去唇邊酒漬，道：「若我們不能於敵人來前先統一邊荒集，我們便要完蛋哩！」

龐義待要說話，只見高彥在東大街現身，穿過重建場地，朝他們奔至。

劉裕獨駕風帆，破霧南下。

任青媞已離船登岸，至於她要去甚麼地方，這位剛喪夫的新寡文君沒說半句話。

劉裕暗嘆一口氣，自己與這難測的女人結爲聯盟，實在禍福難料，心中也頗不舒服，唯有安慰自己，謝玄之所以會挑他作繼承人，正因他沒有高門大族的包袱，行事可以更方便靈活，隨機應變，甚至不擇手段，做出高門大族不齒的事。

他隱隱感到任青媞也像他般別無選擇，試問謝玄或桓玄怎會與她合作？而她要向孫恩報復，能找的幫手只剩下他一個，假若他拒絕任青媞的提議，她第一個要殺的人便是他劉裕，以防曼妙的事外洩，而這當然不是最好的辦法，因爲尚有另一個知情者燕飛。

再想深一層，或許任青媞自知在目前的情況下沒法幹掉自己，所以想出此法來穩住他，甚麼滴鮮血立毒誓全是騙人的把戲，爲令他保守曼妙的秘密，那是逍遙教對南方政權僅餘的唯一影響力。又或許此舉只是她未經深思熟慮的權宜之計。

想到這裡，劉裕苦笑搖頭，心忖除非他現在立即放棄統一南北的目標，否則他只好繼續冒此奇險，看看路的盡頭是別有洞天，還是死路一條。

高彥神色凝重地在兩人面前坐下，道：「形勢非常不妙。」

燕飛從容道：「如何不妙？」

龐義眞的很佩服燕飛，自己的腦袋早慌得亂成一團，不能正常運作，而他仍可以天塌下來當棉被蓋的樣子，只這點已是能人所不能。

高彥道：「我回來已有小半個時辰，要先弄清楚邊荒集的最新情況，方來向燕老大你作總報告。」

燕飛向龐義道：「老龐你要不要先入帳睡他娘的一覺？」

龐義苦笑道：「睡得著才怪，高小子快說。」

高彥道：「昨夜我離集時，想到慕容垂若要從東北方潛來邊荒集，最好的辦法是步行穿越『巫女丘原』，否則不論如何晝伏夜行，始終難避各方探子耳目。因爲邊荒四野無人，倘若到高處看看何方有野鳥驚飛，便可知有人跡或敵蹤，怎都沒法瞞人。」

巫女丘原泛指邊荒集東北方、穎水東岸一片縱橫數十里丘陵起伏的山野荒林，其中遍布沼澤，少有道路，平時沒有人願踏足，兵禍時卻是逃難的福地。

燕飛和龐義點頭同意，高彥這個想法大膽而有見地，際此邊荒集群雄人人密切留意、偵騎四出的當兒，要想瞞人耳目，自須能人之所不能。在巫女丘原行軍雖然艱辛，卻不是沒有可能。高彥能當上邊荒集眾多風媒之首，果是有兩下子。

高彥續道：「坦白說，我雖自問精於斥候之道，不過要我在夜晚到巫女丘原探察，只是浪費時間。於是我想到邊荒集既有內奸接應慕容寶，必有周密的部署，否則若要慕容垂的人在丘原盲目摸索，還要步行近十多里的遠路，再泅過穎水始抵達邊荒集，簡直是個笑話。」

龐義拍桌道：「對！只有一個辦法可把兵員迅速接應來邊荒集，就是經由巫女河。」

巫女河是流經巫女丘原最大的河道，不過河床淺隘，河道寬窄無定，又有雜樹亂石阻道，不宜航行，獨有接通穎水的一截河道情況較佳，但仍不能供吃水較深的大船行走，只可勉強供小艇通行。

燕飛道：「你有甚麼發現？」

高彥傲然道：「除非沒有這些蠱惑布置，否則休想瞞得過老子。我於巫女河深入丘原的半里許處，發現該處樹木竟被大量砍伐，雖然我尚沒法找到紮好的木筏，卻敢肯定有大批木筏藏於丘原邊緣某一秘處，只要慕容垂的人來到，不用三個時辰，可以抵達我們的碼頭。」

燕飛讚道：「假設得好，如果慕容垂軍馬現在正穿過丘原，那最快他們在今夜才能全面接近，我們至少還有一天的部署時間。」

龐義道：「現在該怎麼辦？」

燕飛向高彥道：「看你的神色，應該是另有心煩之事，否則應爲掌握到重大情報而雀躍興奮。」

高彥頽然道：「燕老大法眼無差，我一回來便得手下兒郎通知，今早有人散播謠言，說飛馬會的眞正老大是拓跋儀而非夏侯亭，而飛馬會這般鬼祟，是爲要掩飾拓跋珪與慕容垂的密切關係，至於燕老大你……唉！你該明白我在說甚麼。」

龐義大怒道：「這樣的謠言誰會相信？」

燕飛嘆道：「當人心慌意亂之時，不論謠言如何荒謬，總會有市場的，何況謠言至少有上一半是事實，更易惹人猜疑。」

轉向高彥道：「你立即去把郝長亨找來，我有要事和他商量。」

高彥領命而去。

此時一輛華麗的馬車從東大街轉入右方的橫街，在營地旁緩緩停下來。

第三十四章　一番好意

劉裕呆看前方，幾乎不敢相信自己的眼睛，前方河段有幾艘大船擱淺在石灘處，且有明顯被焚燒過的痕跡，每枝船桅都變成條條斜指往天的焦木，船身更有被投石擊破的情況。

他的心臟「霍霍霍」地急跳起來，不是因這河段在昨夜曾發生過一場激烈的戰爭，而是爲燕飛擔心，甚至後悔不堅持留在邊荒集與燕飛等並肩作戰。

因爲他已明白慕容垂整個收拾邊荒集的大計。

眼前的沉船是屬於王國寶的一方，他們在撤退時遇上天師道的大軍，被打個七零八落，舟覆人亡。

若昨夜天師道的人在戰勝後全速推進，照騎速推算現在應已抵達可遠眺邊荒集的距離，這樣看來今晚將是慕容垂和孫恩聯手進犯邊荒集的約定日子。以孫恩能擊潰王國寶水師船隊的實力來推斷，邊荒集根本沒有抗衡的能力，何況前門有虎，後門有狼，邊荒集又是一盤散沙，各懷異心，情況更是可慮。

這場仗不用打也知勝負如何。

右方岸灘處再出現大堆在礁石間擱淺飄蕩的破爛船隻殘骸，它們均曾是威武戰船的某一部分，當中尙有幾具屍首載浮載沉於其間。

劉裕約略估計，要從陸上摧毀王國寶的船隊，天師道的人馬應在二千至三千人間，且大有可能只屬孫恩的其中一支部隊。

快艇繼續南下，更多沉沒的戰船分擱兩岸石灘淺水處。

要瞞過建康和北府兵的耳目，孫恩的部隊只有穿過大別山，偷進邊荒，然後分作多路行軍，其中一支沿潁水夜行的部隊，於接到孫恩命令後於此伏擊王國寶的船隊。如他估計無誤，孫恩進侵邊荒集的總兵力當在萬人以上。

經過昨夜與孫恩的交鋒，他可以肯定目前的燕飛尚不是孫恩的對手，而孫恩也肯定不會放過燕飛。

他竭力壓下掉頭趕回邊荒集的強烈衝動，因為他曉得這是最愚蠢的選擇。自己不但內傷未癒，且眞元損耗過甚，沒兩、三天的養息休想回復過來。

他不想回去陪死，是因爲他要留下有用之軀，將來爲燕飛等報此血仇，從沒有一刻，他心中塡滿如此澎湃翻騰的怨怒和無奈。

邊荒集小建康鐵弗部匈奴幫總壇的主堂內。

赫連勃勃親自接見屠奉三，於堂中大圓桌分賓主坐下，兩人四目交投，眼神像箭矢般此來彼往，互相審視。

車廷沒有出席，匈奴幫的戰士奉上羊奶茶後退出堂外去，剩下兩人對坐。

赫連勃勃隨意喝了一口羊奶茶，從容道：「屠兄武功高強、劍法超群，是人盡皆知的事。不過邊荒集目前的形勢，並非憑匹夫之勇便可以逞強。我只想知道屠兄憑甚麼實力來和本人說話？」

屠奉三對赫連勃勃的開門見山暗呼厲害，且對方是不愁他不透露虛實，否則屠奉三也無顏面繼續說下去。而對方更表明以屠奉三現在刺客館爲人所見的數十好手，根本不被放在眼內。

淺嚐一口羊奶茶後，屠奉三油然道：「赫連兄問得直接，我屠奉三亦不會轉彎抹角，隨我來的有一支二千人的精銳部隊，其中五百人已以各種身分潛入集內，其餘千五人駐紮在集外秘處，一旦看到訊號，可在一個時辰內進駐邊荒集。這支人馬曾隨我征戰兩湖，與聶天還長期作戰，受過嚴格訓練，不論水戰陸戰，均經驗豐富，悍不可擋。憑此一著可夠資格和赫連兄說對大家有利的正事了吧？」

赫連勃勃放下盛羊奶茶的碗子，雙目神光閃閃的審視屠奉三，沉聲道：「我爲何要信任屠兄呢？」

屠奉三微笑道：「赫連兄對屠某是怎樣的一個人，似乎仍不大清楚。我屠奉三固是有名心狠手辣，卻從來沒做過背信毀諾的事。大家都清楚明白，要控制邊荒集，必須南北兩方合作方成，否則邊荒集將成一座廢集。我屠奉三有桓玄作後盾，隨時可取漢幫而代之，赫連兄除此還可以揀擇更佳的夥伴嗎？」

赫連勃勃目光投往陽光燦爛的窗外院景，淡淡道：「屠兄清楚現今邊荒集的形勢嗎？」

屠奉三知他意動，好整以暇的道：「祝天雲出了意外，令漢幫陣腳大亂，雖有外援，可是由於淝水之戰後與諸幫關係轉劣，目前被迫處於守勢，短期內將難有大作爲，只要我一聲令下，漢幫將雲散煙消，再難立足於此。」

赫連勃勃冷哼道：「我根本不把祝天雲放在眼裡，不過若要公然對付漢幫，便不得不把燕飛計算在內。此人雖是漢幫的敵人，卻不會坐看你殲滅漢幫，令事情更增添複雜性。因爲在燕飛背後尚有飛馬會在撐他的腰，你的死敵郝長亨也不會袖手旁觀。屠兄的實力雖足以擊垮漢幫，卻仍未能把邊荒集反轉過來。」

屠奉三沒有直接答他，反問道：「請恕屠某唐突，今早有人散播飛馬會是慕容垂走狗的消息，是否赫連兄的奇謀妙計？」

赫連勃勃啞然失笑道：「若我否認，便不當屠兄是朋友。正如兩湖幫是屠兄的死敵，飛馬會便是我此來必欲除之的目標。沒有人比我更清楚拓跋珪那小子和慕容垂的關係，而飛馬會一向是北騎聯的眼中釘，現在更加上燕飛，我不拿他們開刀拿誰來開刀？」

屠奉三欣然道：「那我就先送赫連兄一份大禮，把燕飛的人頭奉上，以作我們結盟的信物如何？」

赫連勃勃兩眼不眨的直瞧著他，先是嘴角露出笑意，接著哈哈笑道：「屠兄果然知情識趣，教本人如何拒絕。」

然後肅容道：「不過屠兄終是初來甫到，對邊荒集未能深入了解，更對北方的情況缺乏認識，以爲憑你我實力，可輕易掌握邊荒集的控制權。」

屠奉三微笑道：「赫連兄所言甚是，我終是南人，不過南人也有南人的優點，就是我對南方一切瞭如指掌，所以赫連兄在憂心慕容垂的部隊時，我卻擔心天師道的大軍。」

赫連勃勃一對巨目精芒迸射，緩緩道：「你是指孫恩？」

屠奉三點頭道：「正是孫恩，除郝長亨外，我們是唯一曉得孫恩該在邊荒集附近的人。兩個月前孫恩一支實力在萬許人間的部隊秘密離開海南的根據地，此後便像消失了。若我沒有猜錯，此支實力足以把邊荒集夷爲平地的部隊，應已在來此途中，甚至正於集外虎視眈眈，靜候孫恩的命令。」

赫連勃勃容色不變，只是輕皺眉頭，徐徐道：「你是指孫恩和慕容垂要聯手進佔邊荒集，這怎麼可能呢？他們兩人天南地北，從沒有任何來往。」

屠奉三從容解釋道：「淝水之戰徹底改變南北的形勢，邊荒集更成不論南方、北方的各大勢力必爭之地。慕容垂要找合作的夥伴，最佳選擇莫如孫恩，既可助長天師道的氣燄，以之動搖南方的政權，又可拖住謝玄，令他無法趁勢北伐，如此慕容垂便可從容統一北方，諸事定當後再揮軍南犯，收拾被孫恩弄得分崩離散的爛攤子。這是他最高明的策略，我和赫連兄如今恰似坐同一條船，如能衷誠合作，尚可有一線生機。」

赫連勃勃點頭道：「屠兄的話愈來愈有說服力。我也坦白告訴你，今次隨我來者只有千餘人，加上集內的幫眾仍不過是二千之數，與屠兄實力相若，即使我們聯合起來，仍遠未足以應付慕容垂和孫恩任何一方的實力，這樣的一場仗，屠兄有把握打嗎？」

屠奉三迎上他的目光，微笑答道：「謝玄在淝水之戰前，敢說自己有十足把握嗎？現今邊荒集的情況擺明是誰最能掌握形勢，利用形勢，將成爲最後的勝利者。我來找赫連兄，是因爲我比任何人更清楚赫連兄的實力，赫連兄能在兩夜之間使匈奴幫躍起成爲能與飛馬會、北騎聯和漢幫抗衡的勢力，教我刮目相看。」

赫連勃勃冷然道：「屠兄似是意有所指。」

屠奉三不慌不忙的道：「實情如何，我屠奉三根本沒興趣理會，只懂奉行成王敗寇的法則。赫連兄若沒有應付慕容垂的方法，也不會留在這裡等死。現在我需要的是赫連兄一個親口說出來的承諾，其他一切方可以從長計議。」

赫連勃勃狠盯著他，沉聲道：「你可知姬別的身分來歷？」

屠奉三愕然道：「我只知他是邊荒集最著名的花花公子，又有兵器大王之稱，在北方很吃得開，要甚麼有甚麼。」

赫連勃勃冷哼道：「他可以瞞過任何人，卻瞞不過我，撐他腰者正是北方第一大幫黃河幫。」

屠奉三一震道：「竟有此事？」

赫連勃勃微笑道：「知道我為何要告訴你這天大秘密嗎？」

屠奉三欣然伸出手來，道：「因為你老哥已視我為夥伴戰友，對嗎？」

赫連勃勃伸手和他緊握，兩人對視大笑。

兩大梟雄，終於結成盟約。

高彥進入白天的夜窩子，昨夜邊荒集大多數人沒有好好睡過，所以現在雖日上三竿，街上還是冷冷清清的，夜窩子外的店舖大多尚未開門做生意，窩內只在夜間營業的夜店更不用說。

高彥不但腳忙，心兒也忙得團團轉的，正忙於思忖如何可以乘機見到他那頭小白雁，該說些甚麼令她感到他是個人物的話？又如何向她展開追求？如何向她顯耀威風。

忽然劇震一下，猛然停止，兩手大力分拍左右額角。

一個大膽可行的念頭突然閃過腦際，使他不由自主做出異樣的動作，因為他忽然想到一個可造福邊荒集又或令佳人對他刮目相看的大計。

高彥呼吸急促起來，接著怪叫一聲，改道往橫街奔去，片刻間他來到一間招牌寫著「古物巧器店」的小舖子前，沒有稍作逗留便熟門熟路的繞到舖後，在舖子後門「砰砰砰」大力拍了幾記，其節奏和時間的分隔顯示出是某種訊號。

片晌後木門拉開，出現睡眼惺忪的小軻，擦著眼道：「原來是老大你，我……」

高彥從他身旁閃入道：「我沒有時間和你說話，其他人呢？」

這間舖子是高彥手下小風媒的大本營，專事北方文物和精巧玩意的買賣，更是他一夥人聚首的秘巢，風媒生意不爭氣之時，賴此養活各人。

小軻追在他身後道：「他們都到外面採聽消息，老大有甚麼急事，匆忙成這個樣子？」

高彥倏地停步，興奮道：「我要去放火，聽清楚嗎？是放火！你給我找齊放火的工具法寶，還有我的寶貝護甲。哼！赫連勃勃幹掉花妖算哪門子的一回事，過了今天，邊荒集眞正的大英雄將是我而不是他，今趟定可使小白雁對我傾心。」

小軻呆頭鵝般聽著，如丈二金剛摸不著頭腦。高彥喝道：「還不照我的話去辦！」

小軻滿腹惶惑的領命去了。

燕飛和龐義終於目睹「邊荒公子」宋孟齊的風采，不由心中暗讚如此俊俏風流的人物，確是世間罕有。

宋孟齊一身江左名士的打扮，其矜貴的氣質是絕不能裝出來的，只能是先天的氣質配上後天的培養。

難怪紀千千見之心動。

甫步下馬車，宋孟齊彬彬有禮地隔遠向兩人拱手請安，他沒有佩帶兵器，卻手握摺扇，一派儒雅風流的瀟灑模樣。

看著他的風神外貌，很難把他當作是個壞人，只會使人想到他的優點。

宋孟齊雙目閃閃生輝，邁開腳步英姿颯爽的直抵桌前，欣然道：「燕兄你好！這位當是以超卓廚藝聞名邊荒的龐老闆。」

本對他存有敵意的龐義，給他當面大讚，也不由好感大增，連忙謙讓，又請他坐下。

宋孟齊悠然安坐，迎上燕飛銳利的目光，微笑道：「小弟早應來拜會燕兄，只恨一直無事忙，而燕兄更是大忙人，幸好今天終找到機會。」

燕飛正細審他比娘兒還要嬌嫩晶瑩的皮膚，聞言笑道：「宋公子此行應該不是專誠來見我這個粗人吧？」

宋孟齊像有點逃避他目光般左顧右盼，道：「燕兄今次猜錯了！小弟是曉得千千小姐已回帳內休息，方藉此機會來和燕兄商量一件事，假如龐老闆不介意，小弟希望能和燕兄單獨說幾句話。」

龐義不待燕飛指示，識趣的站起來道：「宋公子此話來得及時，我可不像燕飛般是銅打鐵鑄的，現在立即回去痛快的睡一覺，請哩！」說罷回帳去也。

營地外只剩下兩人對坐，宋孟齊肅容道：「小弟曉得燕兄對我的來歷有所懷疑，不過燕兄信也好，不信也好，我今天來是抱有誠意的。」

燕飛淡然自若道：「宋兄與江海流是甚麼關係，若不肯坦白說出來，我們今天的談話到此爲止。」

宋孟齊愕然瞧他，忽然露出笑意，點頭道：「燕兄的精明，教我大感意外。燕兄看得很準，小弟今次的確是奉江幫主之命而來，協助祝老大應付目前邊荒集複雜的情況。至於我的眞正身分，希望燕兄能放我一馬。」

燕飛不願逼人太甚，沉著氣道：「祝老大練功走火入魔究竟是怎麼一回事？」

宋孟齊俯前少許道：「他是被奸人所害。」

燕飛愕然道：「甚麼？」

宋孟齊苦笑道：「家醜不外揚，燕兄請爲我們守秘，祝老大恐怕捱不過今晚，令我們非常頭痛。」

燕飛沉聲道：「暗算他的人是誰？」

宋孟齊道：「當然是他不會提防的人，此事我們自會處理，燕兄不用爲此勞心。」

稍頓又道：「小弟今日專誠來訪，是想向燕兄提出忠告，趁尙可以離開的時間，立即離開邊荒集，燕兄不爲自己著想，也該爲千千小姐著想。」

燕飛皺眉道：「宋兄爲何如此關心我們？」

宋孟齊嘆道：「實不相瞞，我們原本一直視燕兄爲敵人，可是形勢急轉直下，屠奉三的來臨更敲響警鐘。江幫主已後悔沒有站到安公的一方，現在我們唯一能做的事，是希望安公的乾女兒不會被捲進邊荒集的大災難去。」

燕飛沒法分辨他是一番好意還是另有居心，道：「宋兄又有甚麼打算？你們是否就這麼把漢幫在邊荒集的基業拱手讓人呢？」

宋孟齊苦笑道：「若時不我予，保留實力尙有捲土重來的機會。我們的一支船隊將於黃昏前抵達邊荒集，可從水路迅速撤往南方，這或許是最後一個全身而退的機會，我們可以一起走。燕兄請信任我，若我宋孟齊心存不軌，教我不得好死，請燕兄三思。」

說罷起立告辭。

第三十五章　大禍臨頭

燕飛的心湖翻起千重巨浪。

不論宋孟齊那小子是心存歪念還是一番好意，他的提議確實是目前最明智的抉擇。邊荒集再非適宜久留之地。

可是他怎可捨棄邊荒集，任由南北兩方的惡勢力進駐？他敢肯定有一天，正如紀千千所說的，他會爲沒有替邊荒集盡過力而後悔。

當苻堅大軍臨集前，他毫不猶豫地選擇留下，因爲那時他孑然一身，沒有任何顧慮，現在他則不能不爲紀千千主婢著想。

最令他困擾的是他此刻連一分勝算都沒有，首要之務是把邊荒集置於他絕對的控制下，這至少要一天一夜的工夫，不論成敗如何，他已錯過從水路撤走的唯一機會。

他不由環目四顧，一種近乎恐懼的情緒忽然攫緊他。

燕飛深切地體會到危機四伏的感覺，集內、集外再沒有安全的處所，連邊荒集的聖地夜窩子也直接受到威脅。

他該怎麼辦呢？

生和死只在他一念之間，他任何一個決定，將會變成生與死間的抉擇。

針對他的陰謀正在展開！

誰人是他可以信任的呢？

足音接近，不用看他也聽得出是拓跋儀，探手抓著鐔頸，旋又放開，今天的確不是適宜飲酒的日子。

拓跋儀在他身旁坐下，仰觀天色，道：「這兩天看來不會下雨。」

燕飛朝他瞧去，苦笑道：「對不起！害你洩露行藏。」

拓跋儀搖頭道：「不關屠奉三的事，是赫連勃勃洩露出去的。這傢伙甫到邊荒集便興風作浪，唯恐天下不亂，照我看長哈力行愛女的慘事，行凶者是他而非花妖。」

燕飛點頭道：「你看得很準，假花妖肯定是他無疑，只恨沒有證據，否則我們現在立即找上門去尋他晦氣。」

拓跋儀朝他瞧來，沉聲問道：「你有甚麼打算？」

燕飛把諸般問題在心內重複一遍，仍沒有肯定的頭緒和答案，嘆道：「我們可否在今天之內二度將邊荒集團結起來？」

拓跋儀沒有直接答他，反問道：「昨夜使手段害方鴻生的內奸是誰？」

燕飛道：「有八成可能是姬別，我早在懷疑他，此人行事周密，可惜百密一疏，他沒在昨天早上來見千千，正顯示他前一晚曾秘密離開邊荒集，初時還以爲他去見慕容垂的人，現在已知道他是到巫女河督建木筏，以供慕容垂的突擊軍從水路進犯邊荒集之用。」

拓跋儀沒有露出震駭的表情，沉吟道：「事實上內奸的事，早響起警報，顯示有人希望花妖能夠脫身，使邊荒集的人繼續活在恐懼中，此事更間接告訴所有人，慕容垂的大軍不但會於短期內到達，且有夠分量的人作內鬼接應。」

稍頓問道：「你說呼雷方是否與姬別蛇鼠一窩呢？」

燕飛道：「機會很大，赫連勃勃造謠的事對你們有何影響？」

拓跋儀淡淡道：「說大不大，說小不小。只看有沒有幫會利用此事來打擊我們，作出師之名，不過那已無關重要，我們決定立即撤走，以保存實力。」

燕飛整個頭皮發起麻來，失聲道：「拓跋儀竟不戰而退？」

拓跋儀露出苦澀無奈的表情，頹然道：「這是我出發到邊荒集前小珪的囑咐，現在我們仍不宜與慕容垂正面衝突。照我猜領軍的十有九成確是慕容垂最得力的兒子慕容寶，此人智勇雙全，武功更是慕容垂之下族內第一人，長於突襲伏擊的戰術。若他兵力超過一萬人，即使你動員集內所有幫會的力量，要保著無險可守的邊荒集，也只是個妄想。走吧！帶你的千千和我們一道離開，遲則不及。」

燕飛的心直沉下去，飛馬會是他的基本班底，若連他們也走了，就像前晚與程蒼古對賭般，輸掉所有子兒，想繼續賭下去都不行。

拓跋儀苦笑道：「我清楚你的性格，不過留下來是非常愚蠢的行爲。在邊荒集人人都希望獨善其身，希冀別人作先鋒，你要當傻瓜，其他人肯定口上答應，還推波助瀾，可是最後你會發覺只有自己一個人去面對一切。走吧！也不要勸我，我必須在此事上遵照小珪的吩咐。」

燕飛道：「你準備何時撤退？」

拓跋儀道：「我們已在收拾行裝，最快可於黃昏前從陸路撤走，既知慕容寶穿過巫女丘原來邊荒集，我們會避開那方向。」

接著長身而起，道：「在日落前，我們會在驛站等你，不要逞匹夫之勇，更不要妄想把邊荒集團結起來，想害死你的人遠比真心和你並肩作戰的人多。」

說罷拍拍他肩頭，舉步離開。

燕飛忽然感到無比的孤獨。若他最親密的族人也離開他，他憑甚麼去說服其他人？

郝長亨欣然起立道：「燕兄有召，我立即去見他。」

見高彥仍沒有半點動身的意思，訝道：「高兄弟還有話要說嗎？」

高彥神秘兮兮的道：「我尚有要事去辦，不知清雅……嘻……」

赫長亨啞然笑道：「高兄弟請稍候片刻，我立即叫她來。」

說畢出廳去了。

高彥見左右無人，興奮得跳起來，又喃喃自語，排練待會該向小白雁說的話，神情模樣教人發噱。

「你在幹甚麼？」

高彥大吃一驚，旋風般轉過身來，嬌俏可愛的小白雁正巧笑倩兮的站在他身後。

怎麼來得這麼快？高彥心裡嘀咕，口中卻不慌不忙的陪笑道：「只是在舒展筋骨。哈！你現在是否有空，我帶你玩兒去。」

尹清雅沒好氣的道：「虧你還有閒情，你的首席風媒是怎樣當的，現在邊荒集人人緊張得要命，你還像個孩子般愛鬧。」

高彥需要的正是如此反應，乘機湊近點壓低聲音道：「他們緊張是因他們沒有辦法，我輕輕鬆鬆是因胸有成算，噢！你眞香！剛洗過澡嗎？」

尹清雅並沒有因他色迷迷而生氣，反故意挺起少許小酥胸，笑臉如花的嗔道：「去你的，要洗澡才可以這麼香嗎？不要再兜圈子，你有甚麼鬼主意，快說出來讓本姑娘聽，看人家有沒有興趣陪你去玩兒。」

高彥仍謹記燕飛的提示，賣個關子道：「天機不可以洩露，若想成爲邊荒集的英雌，快隨我來！」

說罷往後門方向走去，還笑嘻嘻道：「看我背著的是甚麼？今天吃肉還是吃素，全靠裡面的寶貝啦！」

尹清雅的目光落到他背後的小包袱時，他倏地加速，退出廳外去。

尹清雅神情微動，終作出決定，追著他去了。

燕飛揭開帳門少許，紀千千仍好夢正酣，自離開建康後她舟車勞頓，到邊荒集後更是事務繁多，應接不暇，昨晚又一夜沒有睡過，再不好好休息，肯定要累壞。

燕飛不想驚醒她，悄悄垂下帳布。

「燕飛！」

燕飛忙把帳布再次掀起，紀千千擁被而坐，笑意盈盈地瞧著他，俏皮地道：「千千早曉得你來訪，故意裝睡看看你會否不規矩，豈知你這傢伙瞥半眼便要掉頭走，眞氣人！」

最後一句語帶雙關，不知是怪他瞥半眼不夠，還是怪他太守規矩。與她相處，總能令人忘記別的煩惱。

燕飛重返帳內，到她睡蓆旁跪坐，心中湧起對她的萬般愛憐，縱然須犧牲性命，也要保她夷然無損地離開此兵凶戰危的孤集。

紀千千舉起纖手，柔情似水的目光緊纏他不捨，以指尖背輕輕掃過他的臉龐，關切的道：「燕郎有甚麼心事呢？你看來憂心忡忡，是甚麼事令你如此困擾？」

燕飛整個人連著心同時融化，她一句燕郎等若公然宣示視他爲情郎，溫柔親密的接觸，更清楚無誤地表達出她的愛意。

燕飛依戀地看著她垂下的手，心中湧起不顧一切將她擁入懷內肆意憐愛的衝動，更曉得她只會欣然接受，卻暗嘆這不是合適的時候。勉強振起精神，低聲道：「形勢非常不妙。」

紀千千駭然道：「是否內奸的事有新發展？」

燕飛道：「那只是惡劣形勢其中一個相關的環節，高彥已證實慕容垂的部隊隨時會到達，徐道覆的出現亦顯示孫恩對邊荒集有染指之心，祝老大則被內鬼暗算重傷命危，邊荒集已陷入內憂外患、風雨飄搖的險境。」

紀千千坐直嬌軀，動人的曲線在薄錦被滑下後驕傲地顯露燕飛眼前，以帶點天真的語氣道：「不用怕！我們可以集結整個邊荒集的力量，先清除內奸，然後對抗外侮，只要我們團結在一起，足可使敵人知難而退。」

燕飛苦笑道：「事情若可以如此簡單就好啦！但實際的情況是荒人只認爲慕容垂或孫恩的入侵爲

幫會間的鬥爭，誰入主邊荒集並不重要，因爲生意仍是那麼的做下去，有錢賺便成，沒子兒賺便拍拍屁股離開。」

紀千千「噗哧」笑起來，白他一眼，道：「拍拍屁股離開，你說得眞古怪，人家卻喜歡聽。燕郎會否低估了荒人團結的心意呢？像昨夜對付花妖，夜窩族固是萬眾一心，荒人亦人人樂意合作，只要令這種精神維持下去，沒有我們應付不了的事。」

燕飛道：「因爲花妖影響到邊荒集的繁榮和安定，而慕容垂和孫恩只影響邊荒集權力的分配，事不關己，下邊人是不會管閒事的。況且他們多年來早習慣了此興彼替的情況，當日苻堅大軍南來，逃難的只是漢族的人，今趟情況卻是不同。」

紀千千略一沉吟，黛眉輕蹙道：「既然受害的是邊荒集的各大幫會，我們爲何不試試把各幫會聯結成一氣，說不定尚有回天之力。」

燕飛道：「這正是我要嘗試去做的事，在黃昏前若仍沒有結果，我們須立即離開。」

紀千千愕然道：「你竟有離開的打算嗎？」

燕飛沉聲道：「千千或許尚未清楚情況惡劣至何等地步，飛馬會已決定撤走，漢幫亦有同樣的計畫。姬別和呼雷方有很大可能是和敵人呼應的內鬼，動向未明的尚餘下北騎聯、匈奴幫、屠奉三的荊州軍、紅子春、費正昌和郝長亨的六股勢力，其中情況更是敵我難分，沒有人可預料誰會抽誰後腿。邊荒集從未出現過如此曖昧不明的情況，個人的力量根本起不了作用，我只是在明知不可爲的情況下盡力而爲。但若千千肯與小詩先行離去，我或可放手而爲，力拚到底。」

紀千千嬌軀輕顫，雙目射出堅定的神色，語氣卻異常平靜，輕柔地道：「燕飛不走，紀千千也不會走。」

蹄聲自遠而近。

燕飛呆看她片刻，點頭道：「老郝來了！希望他不單是可倚賴的人，還可以給我一個肯定的答案。」

徐道覆快馬加鞭，策騎沿潁水西岸飛馳，似欲藉此盡洩心中憤怨。

潁水的交通明顯比往常疏落，只見南下的船，北上的船則不見半艘。

此時徐道覆離集足有十多里之遙，忽然偏離潁水，馳進一座丘陵起伏的密林內。

甫進樹林，上方風聲驟響，徐道覆沒有朝上瞧半眼，直至來人落在身後馬股處，始收韁勒馬，減緩騎速，沉聲道：「我的身分被那移情別戀的賤人揭穿了！」

盧循高舉雙手，扭轉脖子往後看了一眼，肯定沒有人跟蹤，再次坐直雄軀，怪叫一聲，道：「這是不可能的，紀千千跟了哪個不知死活的呆子。」

徐道覆繼續催馬深入樹林，狠狠道：「不是燕飛還有誰？我從沒這麼丟臉過，我定要教燕飛求生不得求死不能，那賤人則要後悔作了女人。」

盧循道：「你就這麼一走了之嗎？沒有你幫忙，我們的夥伴恐怕應付不來。」

徐道覆怒道：「不走成嗎？我若不擺出是爲那賤人專誠到邊荒集的模樣，引起燕飛生疑，可能會破壞我們的大計。我是否在那裡，情況並沒有分別。」

盧循雙手搭上他寬廣的肩膊，嘆道：「是我不好，若不是我行刺謝安，紀千千怎會猜到你是徐道覆。一旦認定你是洩露消息的人，任你對娘兒們有通天手段，仍難以把她的心挽回來。」

徐道覆策馬登上一座小丘，勒馬停下，兩人分左右飛身下馬。

徐道覆轉身面向邊荒集，神情落寞，雙目射出無奈與苦澀的神色。

盧循來到他身旁，審視著他訝道：「看你失魂落魄的樣子，不是對紀千千動了真情吧？」

徐道覆苦笑道：「我生平雖御女無數，可是像那賤人般媚骨天生的艷女，還是初次遇上，說不動心便是騙你，尤其是尚未將她弄上手。」

盧循哂道：「她遲早是你的人，只要我們完成封鎖，她能飛到哪裡去呢？」

徐道覆似不願再和他談論紀千千，沉聲道：「見過天師嗎？」

盧循道：「剛見過他老人家，天師已送了任遙到黃泉去，最可惜是讓劉裕那小子逃脫。」

說罷問道：「邊荒集情況如何？」

徐道覆道：「花妖已被燕飛等聯手幹掉，想不到花妖橫行天下，竟會在邊荒集陰溝裡翻船。擊殺花妖的雖是赫連勃勃，不過卻全賴燕飛傷他在先。」

盧循點頭道：「此人大不簡單，在短短數月間武功劍法均突飛猛進，不過正因如此，也爲他惹來殺身之禍，天師已準備親手搏殺他，當邊荒集落入我們手中，建康的末日也不遠了。」

徐道覆道：「屠奉三的人馬有何動靜？」

盧循不屑的道：「這叫螳螂捕蟬，黃雀在後。他在集外的人全落入我們的嚴密監察下，當他們離開埋伏之處，我會教他們全軍覆沒。」

徐道覆沉聲道：「屠奉三向以智計過人見稱，你道他會否中計？」

盧循哈哈笑道：「任他智比天高，今次也要在劫難逃，我們的手段，即使他作夢都夢想不到。現在邊荒集內，我們第一個要殺的人是他而非燕飛，天師已指定由你出手對付他。」

徐道覆雙目殺機遽盛，點頭道：「殺了他，我立即可躍登外九品高手第三席的位置，請告訴天師，我徐道覆非常感激他對我的栽培。」

盧循雙目精光閃閃，遠眺近二十里外炊煙裊裊升起的邊荒集，沉聲道：「淝水之戰把南北的情況徹底改變，我們苦候多年的機會終於來臨，天師軍將會以事實證明給所有人看，天下是屬於我們南人的。以謝安爲首的腐敗高門，將會成爲失敗者，天下再沒有任何力量可以改變命運的發展。」

徐道覆暗嘆一口氣，心中浮現紀千千能傾國傾城的絕色花容。

第三十六章　透徹入微

高彥從北門出集，沿潁水北上，「白雁」尹清雅不徐不疾追在他身後，神態輕鬆，任他竭盡全力，也無法將距離拉遠一些，使一向自詡身法高明的高彥，也不得不心中佩服。

對尹清雅他是愈看愈愛，此刻可偕美同行，去幹一件轟天動地的大事，心中得意之情，可以想見。

尹清雅忽然加速，與他並肩而行，蹙起秀眉嗔道：「你這呆子究竟要帶人家到哪裡去呢？再不說出來，我掉頭便走，以後不理睬你。」

軟語嬌嗔，大有小夫妻耍花槍玩鬧的情趣，高彥聽得魂銷意軟，嗅吸著從她動人肉體傳過來充盈健康青春的氣息香澤，興奮的道：「小清雅稍安毋躁，今趟去的地方保證刺激好玩，說出來便失去意外驚喜的大樂趣。」

尹清雅氣鼓鼓道：「你至少該說出到甚麼地方去，郝大哥是不准人家離集的嘛！我雖不怕他，卻怕他將來在師尊前進讒言，那下趟好玩的事情便沒有人家的分兒。」

高彥呵呵笑道：「事成後包管你的郝大哥不會怪責你，還要大大誇獎你。」

尹清雅倏地止步。

高彥立即超前五、六丈，終於投降地回頭嚷道：「我要到巫女丘原去，且必須速戰速決，不容有失，快來吧！」

尹清雅聽得花容微變，乖乖的追在高彥背後去了。

燕飛和剛下馬的郝長亨在桌子邊坐下，後者目光投向紀千千的睡帳，雙目射出茫然神色。

燕飛當然不會見怪，窈窕淑女，君子好逑，像紀千千如此可愛動人的絕色，誰能不生出愛慕之意？而對方見到自己從她帳內走出來，難免會興起妒忌之念，故亦不加解釋，更清楚這種事愈解釋愈糟。

郝長亨朝他瞧來，神色回復平常，微笑道：「不知燕兄召我來此，有何賜教？」

燕飛很想喝酒，卻不得不克制此股衝動，挨著椅背，油然道：「郝兄曾說過孫恩很想殺我，又說過知道很多我不知道的事，究竟意何所指呢？」

郝長亨灑然笑道：「小弟的話，燕兄終於聽得入耳。可知燕兄發覺形勢有變，明白小弟並非危言聳聽，兄弟想先弄清楚燕兄轉變的因由。」

燕飛心忖老江湖不愧老江湖，處處掌握主動，先摸清自己心意，方肯決定該向他燕飛透露多少。聳肩道：「非常簡單，我們已可肯定慕容垂的部隊確在開來邊荒集的途中。而只要是荒人，便曉得欲得邊荒集之利，必須南北兩方勢力合作，南方有資格和慕容垂合作的人屈指可數，郝兄是其中之一，餘下的便是屠奉三又或孫恩。我剛見過徐道覆，令我心中警惕，故請郝兄前來說話。」

郝長亨露出深思的神色，或許是因燕飛見過徐道覆而心中震動。

燕飛順口問道：「高彥沒隨郝兄一道回來嗎？」

郝長亨漫不經意的應道：「他有話要和清雅說，所以我先走一步。」

燕飛心中暗罵，這小子眞的不分輕重，際此生死存亡的緊張關頭，仍忍不住去泡妞兒。

郝長亨皺眉道：「燕兄爲何忽然肯定慕容垂的人已兼程趕來邊荒集？此消息是否屬實關係重大，我們必須想辦法應付。」

燕飛仍未敢盡信郝長亨，答道：「郝兄該從紅老闆處得悉昨夜對付花妖時內奸弄鬼的事，此事令人人生出警覺，猜到禍之將至。」

郝長亨沉吟片刻，道：「我們與孫恩一向有生意上的往來，敝幫主雖然不喜歡孫恩的行事作風，可是在桓玄和大江幫的打壓下，孫恩是唯一肯和我們交易的人，我們是別無選擇。」

燕飛早聽他說過此中情況，反奇怪他又再重複，點頭道：「這個我明白。」

郝長亨攤手道：「我眞正想說的是我們一直與孫恩合作，今趟到邊荒集來分一杯羹，也是應他之邀，以爲只是大家聯手驅逐漢幫，把大江幫在邊荒集的勢力連根拔起，卻沒想過牽涉到慕容垂，更沒有想過尚未到邊荒集，已有人散播我們和黃河幫結盟的謠言，現在更是進退兩難，泥足深陷。」

燕飛道：「此爲我第二個不明白的地方，郝兄只要拉大隊離開便成，最多打回原形，有甚麼進退不得可言呢？」

郝長亨雙目射出銳利的神色，沉聲道：「若可以變回淝水之戰前的形勢，我們的確可以保持原狀，只可惜淝水之戰改變了一切，包括南方的勢力均衡。」接著仰觀蔚藍色的晴空，一字一字緩緩地道：「在淝水之戰前，苻堅和謝玄均對邊荒集虎視眈眈，不容對方染指。若任何一方進犯邊荒集，與全面宣戰沒有任何分別。苻堅進軍邊荒集，結果引來淝水之戰，以一方的潰敗作結。淝水戰後，謝安被迫退避廣陵，北府兵和建康軍互相牽制，再無力左右邊荒集。所以慕容垂覷準時機，派兵南來，一且邊荒集落入慕容垂手內，讓他控制和獨佔南北貿易之利，北方諸雄唯有俯首稱臣，所以邊荒集於慕容垂，是爲統一北方的踏腳石，對慕容垂來說，此役不容有失。」

燕飛吁一口氣，以洩心中被他的分析掀起的波動情緒，點頭道：「郝兄看得很透徹，很有見地。」

郝長亨一眨不眨地盯著他，繼續下去道：「事實上所有人均看到這情況，北方能與慕容垂一較長短者，就只有慕容沖兄弟，還有姚萇或尚有爭一日長短之力。苻堅現在則是苟延殘喘，只看哪一方忍不住負起謀朝篡位的惡名。正因慕容垂勢大，所以黃河幫和任遙紛紛依附，希望可以從中得益。」

燕飛不由想起拓跋珪，以他現在的實力，的確連作慕容垂對手的資格都沒有。所以拓跋儀聞慕容寶將至立即撤走，非因膽怯，且是最明智的策略，自己怎忍心硬拖他下水呢？

郝長亨道：「慕容垂是絕不會容忍北府兵、建康軍又或荊州軍與他平分邊荒集的利益。正是因這個想法，敝幫幫主下決心令我到邊荒集來碰運氣，豈知到邊荒集後，我們才曉得被人利用來轉移視線，變成眾矢之的。而我更敢肯定慕容垂選擇的合作者是孫恩，以孫恩的野心，是不會容許我們分薄他的利益。既然我們不是他的朋友，當然是他的敵人。」

燕飛想不到他肯主動說出到邊荒集的目的和此行背後的心態，對他大添信任，道：「貴幫的頭號敵人應是大江幫，又或是桓玄，如若孫恩取漢幫而代之，損失最大的該是大江幫，屠奉三則無功而回。貴幫倘能全身而退，該沒有甚麼損失，何故郝兄有泥足深陷、進退兩難之嘆？」

郝長亨頹然道：「這叫來時容易去時難，我們從洞庭出發，可輕易隱蔽行藏，現在既已在邊荒露臉現身，若倉卒撤退，敵人可輕易掌握我們的時間路線，大江又是大江幫和桓玄的勢力範圍，要渡大江天險談何容易，只有在邊荒集站穩陣腳，與本幫及兩湖的根據地建立好聯繫，才是唯一生路。而我更懷疑孫恩控制邊荒集後，下一個目標是我們兩湖幫，佔兩湖以牽制桓玄，到時他便可以對建康爲所欲爲。」稍頓續道：「在邊荒集我們並沒有朋友，一旦有事，紅子春不會站在我們一方。大江幫和屠奉三均不會放過我，若非花妖鬧得滿集風雨，怕他們早已動手收拾我。現在邊荒集形勢的混亂和錯綜複雜，是我生平從未遇上的。我肯向燕兄透露肺腑之言，燕兄該明白我的心意。」

燕飛苦笑道：「如你曉得飛馬會準備撤走，當可省回這番唇舌。」

郝長亨搖頭道：「走得這般容易嗎？假若我所料不差，邊荒集沒有一個幫會能全身而退，否則昨天我已立即動身。」

燕飛淡淡道：「慕容垂和孫恩兩方人馬未抵邊荒集前，誰會先和飛馬會公然衝突？只要避入邊荒，以飛馬會的快騎，應可輕易脫身。」

郝長亨道：「最危險是離集的一刻，苻堅把附近樹木砍個清光，集外無遮無掩，光是強弓勁箭足教飛馬會嚴重傷亡，燕兄認爲我這番話有道理嗎？」

燕飛倒沒想得像他般周詳，又或是當局者迷，昨晚大家才聯手對付花妖，難道今天便要拚個生死？不過這正是邊荒集的特色，郝長亨並非過慮。

拓跋儀並不是好惹的，他該有一套安全撤退的策略，所以他不太擔心。

沉聲問道：「攻擊他們是要付出代價的，慕容戰不會冒此奇險，其他人更沒道理這麼做。」

郝長亨油然道：「赫連勃勃又如何？」

燕飛深吸一口氣，道：「赫連勃勃當然想打擊拓跋族，不過他的實力仍未足夠。」

郝長亨嘆道：「燕兄太低估赫連勃勃，他以匈奴鐵弗部之主的尊貴身分，親來邊荒集指揮手下，是極不尋常的做法，且是志在必得。就像我和屠奉三，表面看似是兵微將寡，事實上卻是另有部署。更何況赫連勃勃和屠奉三今早剛談妥條件，決定結成聯盟，只是他們聯合起來的力量，足把邊荒集翻轉過來，更非任何一幫能獨力應付。」

燕飛一呆道：「竟有此事，郝兄又從何得悉如此高度機密的事呢？」

郝長亨若無其事的道：「敝幫與荊州桓家長期惡鬥，大小戰役數不勝數，我們早成功在荊州軍內安插了我們的人。屠奉三剛才秘密拜訪赫連勃勃，當然瞞不過我們的耳目，更從他事後調動人馬，猜到他已和赫連勃勃結盟。」

燕飛生出不妥當的感覺，邊荒集似已進入失控的狀態。姬別和呼雷方是一夥，赫連勃勃和屠奉三又連成一氣，漢幫則群龍無首，飛馬會避禍去也，剩下的只有慕容戰、費正昌和紅子春三大勢力，即使肯與郝長亨聯手，變成三足鼎立的局面，可是外敵未至，邊荒集諸雄已鬥個不亦樂乎，幾敗俱傷，未來的情況豈容樂觀。

外敵既不易應付，內患更沒有平息的可能，燕飛不由生出有心無力的頹喪感覺。

問道：「屠奉三有何異動？」

郝長亨道：「他在集外的人馬進入隨時可開進集內的狀態，還派出博驚雷前往領軍。」

當初答應謝家保持邊荒集的勢力均衡，不容任何人獨霸之時，燕飛早曉得事不易爲，卻仍未想過事情會發展至如此惡劣的地步。

皺眉道：「若慕容寶和孫恩夾擊邊荒集，赫連勃勃和屠奉三也絕不會有好日子過，他們結盟的目的何在？」

郝長亨從容笑道：「我對屠奉三此人了解甚深，爲求成功不擇手段。他看中赫連勃勃，是因此人忽然冒起，不但是鏟除花妖的大英雄，更成爲邊荒集舉足輕重的人物，且爲諸雄中最有實力的人。透過赫連勃勃，他將可以打入邊荒集的權力圈子，假若邊荒集能擊退外敵，他便可與赫連勃勃瓜分邊荒集的利益。他的心態與慕容垂如出一轍，慕容垂助長孫恩的勢力，是要牽制南方政權；屠奉三培養赫連勃勃，也是爲慕容垂增添對手，使慕容垂沒法在短時期內統一北方，這樣當然對桓玄有利無害。」

燕飛心忖郝長亨可能是整個邊荒集最清楚形勢發展的人，對各方人馬的心態動向均了然於胸。幸好他似乎不是敵人，否則此役更難樂觀，現在則尚有一線生機。

燕飛道：「郝兄是指屠奉三會透過赫連勃勃結合邊荒集的力量，共抗外敵。」

郝長亨嘆道：「正是如此，屠奉三是要利用赫連勃勃來取代燕兄的位置，成爲邊荒集最有影響力的人。」

燕飛苦笑道：「我何來甚麼影響力呢？」

郝長亨道：「只是燕兄謙虛，直至被赫連勃勃撿了便宜擊斃花妖，邊荒集一直以燕兄馬首是瞻。」

燕飛想起今早傳遍邊荒集關於飛馬會爲慕容垂走狗的謠言，亦有可能是由屠奉三所散播，爲此更多信幾分郝長亨的看法。

嘆道：「屠奉三不但眼光獨到，且手段高明，不費一兵半卒，便成功在邊荒集立穩陣腳，更懂得謠言的作用。」

郝長亨哂道：「謠言止於智者，拓跋珪與慕容垂面和心不和的事天下皆知。燕兄仍是邊荒集最有影響力的人。赫連勃勃敗在聲譽太差，他在統萬建立起來的更是人人皆知的暴政，視人命如草芥，早盡失人心，故我們並非沒有還擊之力。」

燕飛道：「郝兄有甚麼好提議？」

郝長亨默然片刻，沉聲道：「眼前應付內憂外患之策，只有團結一致此唯一方法，倘若我們能把赫連勃勃以外的所有力量集結起來，不單可以抑制赫連勃勃和屠奉三，還可以擬定策略，分頭迎擊敵人。」

燕飛立感頭痛，也不知該從何說起，苦笑道：「慕容戰的一方與慕容垂勢如水火，該沒有問題。紅子春則你比我更清楚，費正昌一向依附漢幫，也不可能是內奸。可是你信任姬別和呼雷方嗎？昨晚剿捕花妖時弄鬼的內奸，最有可能是他們其中之一。」

郝長亨訝道：「爲何不把赫連勃勃算在內？」

燕飛坦然道：「因爲他一直在我們的監視下，郝兄應明白是怎麼一回事。」

郝長亨道：「我明白，不過也可以由他的手下代行。」

燕飛答道：「當時只有我們這群除妖團的隊員可以自由行動，其他人負起包圍封鎖的工作，所以如有內奸，定是我們除妖團的成員。」

郝長亨恍然道：「原來如此。」

燕飛直覺他的神情反應有點古怪，不過此時無暇細想，問道：「郝兄手上有多少可用的人？」

郝長亨道：「約有一千戰士，均爲我幫最精銳的好手，曾隨我征戰多年，人人悍不畏死，忠誠方面更沒有問題。」

燕飛心中燃起希望，若自己能說服慕容戰、宋孟齊、紅子春、費正昌和拓跋儀，撇下各幫間的恩怨，先安內而後攘外，加上郝長亨的部隊，是否可令邊荒集安度危機呢？

不過要這般做，首先要說服自己。

他不走，紀千千也不會走。這究竟是明智還是愚蠢？郝長亨是不是可以絕對信任之人？若拓跋儀和宋孟齊因他的遊說而留下，一旦敗亡，他怎負得起責任？

他從未像這一刻般猶豫難決。

暗嘆一口氣，問道：「郝兄肯不肯在這樣的情況下與大江幫合作？」

郝長亨灑然笑道：「爲了求存，我甚麼事都肯做。不要說與大江幫合作，即使要和屠奉三並肩作戰，我也欣然接受，燕兄明白我的意思嗎？」

燕飛仰觀藍天，聽到自己的聲音似在天際盡處傳回來般道：「在正午前，我會給郝兄一個肯定的回覆，是打是逃，到時將會清楚明白。」

第三十七章　敵友難分

屠奉三獨坐內堂，默思不語。

陰奇來到他身旁坐下，訝道：「老大爲何心事重重？不是一切順利嗎？」

屠奉三心忖假若陰奇曉得自己心中想的是紀千千，怕她會被戰亂波及受傷害，不知心中會有何感想。

輕嘆一口氣，收拾情懷，道：「祝老大方面有甚麼消息？」

陰奇道：「聽說祝老大情況甚爲不妙，漢幫上下人心惶惶，無心戀棧，看情況隨時撤離邊荒集。」

屠奉三點頭道：「漢幫若撤走，費正昌定會跟隨，這才合理。」

陰奇不解道：「老大是否覺得有些事很不合情理呢？否則怎會這般說？」

屠奉三往他瞧去，雙目熠熠生輝，沉聲道：「不合理的是赫連勃勃，他若不是低估了慕容垂，便是過度自信。因他似乎並不把慕容垂的部隊放在心上，反把注意力集中到如何殲滅飛馬會。我故意向他試探，提出由我們刺殺燕飛，他不但不反對，反而變得和我很投契，如此是否很不合情理呢？」

陰奇糊塗起來，道：「不論拓跋珪又或赫連勃勃，若欲入主中原，均須踐踏過對方的骸骨，再沒有另一條路走。他們既是命運注定的死敵，赫連勃勃乘機攻擊飛馬會該是合情合理才對。而燕飛已成拓跋族無可置疑的第一高手，赫連勃勃當然亦不容他活下去，有我們代勞，豈非正中下懷？」

屠奉三搖頭道：「你若想聽明白我的話，必須站在赫連勃勃的位置去看事情。赫連勃勃是知兵的人，更有爭霸天下的雄心，凡事必然從大處著眼，否則不會有今天的成就。讓我清楚告訴你，拓跋珪此人雄才大略、深謀遠慮，赫連勃勃能成爲阻他南下的最大勁敵，本身絕非有勇無謀之徒。」

陰奇苦笑道：「我仍不明白，只要手腳夠快，時機把握準確，加上我們的助力，應可一舉擊潰飛馬會，其他幫會只會袖手旁觀，不會插手。」

屠奉三悠然道：「假若慕容垂和孫恩的大軍今晚來犯又如何呢？」

陰奇爲之啞口無言，暗忖若赫連勃勃眞要擊潰飛馬會，縱使傷亡不大，不過卻肯定師老力疲，再難應付另一場以寡抗眾的大戰。

屠奉三沉聲道：「在如此情況下，不論是赫連勃勃又或我屠奉三，甚至邊荒集每一個幫會的領袖，首要之務都是全力求存，而非求眼前一時之快，除非他根本不怕慕容垂和孫恩的聯軍。」

陰奇劇震道：「你是指他才是慕容垂的走狗。」

屠奉三嘆道：「我不敢肯定，他還向我透露姬別是黃河幫在邊荒集的人，顯然是想利用姬別轉移視線，因爲以慕容垂的謀略，不可能不事先在邊荒集有所部署，透過一個已在邊荒集生根的人來接收邊荒集，怎都比從頭開始划算。如此更可把對邊荒集的損害減至最低。荒人有個良好的習慣，只要不損及生意，沒人有閒情去理會幫會或各族人間的鬥爭仇殺。」

今趟輪到陰奇沉吟思索。

屠奉三道：「我們必須於最短時間內作出決定，而這決定將直接影響此行成敗，且敗者不但一無所有，還要賠上性命。在到邊荒集前，我和南郡公從沒有想過邊荒集的形勢會發展至如此惡劣的地步，實大出我們意料之外。」

陰奇道：「在老大去見赫連勃勃的當兒，我所得的線報是宋孟齊和郝長亨先後去見燕飛，前者只說了幾句話，後者則和燕飛談了超過兩刻鐘。」

屠奉三忍不住問道：「紀千千呢？」

陰奇瞥他一眼，答道：「紀美人一直躲在帳內，燕飛曾入帳和她說過幾句話，給郝長亨的突然到來中斷，紀美人仍留在帳內。」

屠奉三發覺自己對燕飛全無嫉妒之意，反暗裡希望燕飛可以好好的保護紀千千，不讓她受到傷害。這個想法令他自己也感奇怪，一向以來，他從不讓個人的好惡影響他辦正事的任何取向，他奉行的是只講利害關係。

陰奇問道：「我們應如何對待赫連勃勃？若我們誤將他當作慕容垂的人，不但會失去一個可起關鍵性作用的盟友，還平添強敵。」

屠奉三雙目露出深思的神色，緩緩道：「赫連勃勃到邊荒集來的時間是否有異於尋常的湊巧呢？竟似跟慕容垂配合得天衣無縫，而甫到邊荒集便弄出游瑩被姦殺的血案，如非眞花妖的出現，他還可以繼續假扮花妖下去，弄得邊荒集人心惶惶，製造出最有利慕容垂進犯邊荒集的形勢，若非燕飛帶著紀千千恰於此時返回邊荒集，邊荒集各幫會肯定亂成一團，不戰而潰。」

陰奇曉得他心中猶豫難決，與其說他在和自己分析形勢，不如說他是借和自己商議，整理好思路，好作出關乎生死存亡的決定。

點頭道：「赫連勃勃是個徹頭徹尾的暴君，據聞在統萬被他強徵入宮恣虐的民女數以千計。來到邊荒集姦殺幾個女人，對他是絕不算甚麼，又可以擾亂邊荒集，他該是樂而爲之。」

屠奉三拍桌道：「說得好！若你是慕容垂，要挑選走狗，在拓跋珪和赫連勃勃間，你會挑選哪一個呢？」

陰奇一震道：「當然是不得人心的那一個，且根本不愁他能安然坐大，到狡兔死走狗烹之時，還可以大快人心。」

屠奉三點頭道：「說得好！我一直不明白慕容垂爲何肯把拓跋珪的頭號敵人窟咄放虎歸山，而窟咄被釋後立即投靠赫連勃勃，原來一切全是慕容垂的巧妙安排，因爲他看通拓跋珪的能耐，故暗助赫連勃勃，以之箝制拓跋珪。」

陰奇皺眉道：「赫連勃勃難道不曉得慕容垂在利用他嗎？」

屠奉三像想通所有事情般挨到椅背，伸個懶腰道：「當然曉得，且比任何人更清楚。不過卻是別無選擇。他一天不能征服拓跋族，稱雄漠北，一天難以南下中原爭霸天下。他更清楚只要拓跋珪仍在，慕容垂仍不會動他。今次慕容垂肯讓他分享邊荒集的成果，正是給他甜頭，安他的心。」

陰奇明白屠奉三終於作出判斷，肯定赫連勃勃是慕容垂的人。道：「姬別是否被他誣害呢？」

屠奉三微笑道：「姬別是否黃河幫的人並不重要，照我看姬別是黃河幫奸細的機會很大，事實上燕飛也在懷疑姬別。赫連勃勃揭露他身分，對情況的發展只有很小的影響，又可取信於我。哼！赫連勃勃更可能是另有居心，不想姬別分薄他的利益。」

陰奇道：「姬別與呼雷方一向關係密切，會否同是慕容垂的人？」

屠奉三搖頭道：「呼雷方不可能當慕容垂的走狗，他背後的支持者是姚萇，姚萇過去與慕容垂共事苻堅，說好聽點是共事一主，難聽些是狼狽爲奸。正是他們大力慫恿苻堅南來，引致淝水之敗，也是他們聯手抽苻堅後腿，令苻堅無法重整軍隊，平反敗局。這樣有野心的人，事成後再沒有可能合作下去，除非其中之一肯臣服對方，這種情況當然不會發生。」

陰奇道：「老大是否可把呼雷方爭取到我們這一邊來？」

屠奉三嘆道：「邊荒集沒有人會信任我們，赫連勃勃只是別具居心。」

陰奇倒抽一口涼氣道：「若老大沒有看錯，我們豈非已陷於困境，動輒有全軍覆沒的危險。」

屠奉三仰望橫樑，徐徐道：「情況會比你想像的更惡劣，赫連勃勃告訴我今次隨他來的戰士只有千人之眾，加上邊荒集的匈奴幫和歸順的羯幫戰士，不逾二千人。哼！我敢肯定此爲滿口胡言。以他一族之主的身分，怎會如此輕忽，照我猜估，他的兵力至少在五千人以上，力足以攻克邊荒集，方敢如此肆無忌憚，甫到便扮作花妖，以雷霆手段震懾邊荒集。邊荒是綿延數百里的無人地帶，藏起一支五千人的部隊，像吹口氣般容易。」

陰奇不解道：「即使沒有內奸的問題，邊荒集所有幫會聯結起來的力量，恐怕也難過五千之數，更何況各幫會互相猜忌！現在慕容垂、孫恩、赫連勃勃和姬別的人加起來應超過二萬之眾，這是否殺雞用牛刀呢？」

屠奉三沉聲道：「凡事要看遠一點，首先敵人是志在必得，不單要全盤接收邊荒集，還要一網打盡所有反對的勢力，更重要是在控制邊荒集後，還要守穩邊荒集，足以應付北府兵、建康軍又或我們荊州軍的全面反撲。邊荒集現已成爲天下最重要的戰略據點，荒人不會理會誰在主事，他們但求繼續有錢賺便成。誰能把持邊荒集，誰便能要甚麼有甚麼，呼風喚雨，直接影響統一天下的成敗。」

陰奇道：「我們是否該考慮立即遠離此地？」

屠奉三目光往他投來，射出鋒銳無比的神光，一字一句的狠狠道：「南郡公把邊荒集託付於我，我怎能不戰而退？我們現在唯一求存之法，不是落荒而逃，而是置之死地而後生，豁了出去，就像謝玄於淝水之戰的情況。我們必須拋開敵我的包袱，針對目前邊荒集錯綜的情況靈活應變，如此尚或有一線生機。」

陰奇的心直沉下去，苦笑道：「我們還可以幹甚麼？」

屠奉三回復冷靜，沉著的道：「只有一個人可助我們扭轉形勢。」

陰奇愕然，顯然猜不透那人是誰。屠奉三道：「那個人就是燕飛！」

陰奇一呆道：「燕飛？」

屠奉三緩緩點頭，道：「正是燕飛。他不但令赫連勃勃生出懼意，還贏得荒人的尊重。郝長亨對他費盡唇舌，正因清楚他的作用，故舌粲蓮花的去騙取他的信任。」

陰奇道：「燕飛怎肯相信我們？」

屠奉三道：「我會以誠意打動他。我不宜直接去見他，最好弄成他是來尋我晦氣的模樣，該可以瞞過赫連勃勃的耳目。」

陰奇起立道：「明白！我立即去辦。」

劉裕近乎麻木的操縱風帆，心中一片茫然，感到孤獨和無助。

他自小嘗遍兵荒戰亂的苦楚。別人雖視入伍爲畏途，他卻立志從軍，是要把命運掌握在自己手上。淝水之戰給他帶來最好的表現機會，令他攀上人生一個全新的階段，可是現在剩下的只有慚愧、自責和悔恨，所有成就如鏡花水月般沒有任何實質的意義。

與任青媞在無可選擇下的盟約，更把他的情緒推向谷底。

若他變成一個爲求成功不擇手段的人，謝家會怎樣看他？燕飛又會怎樣對待他？他又怎樣面對自己？

種種情緒紛至沓來，使他感到渾身無力，不單因身體的傷疲，更因心靈的失落。

在這一刻，他完全失去鬥志。

在以前他清楚曉得統一天下之路既漫長又滿途荊棘，可是他總能秉持自強不息、奮鬥不懈之心，咬緊牙一步一步往目標邁進。而在此刻，他卻感到一切都是徒勞無功，他只像撲火的燈蛾，不僅力不從心，還在自取滅亡。

絕望失意的情緒緊攫著他。

離開建康往邊荒集出發時的雄心壯志，所有煞費苦心、別出心裁的計畫全告完蛋。他在邊荒集的戰友將面臨更可怕的厄運，而他卻完全無能爲力。

河水把他帶往大江，可是隨水而去的只是他肉身，他的靈魂已飛往邊荒集。

一切都意味著失敗，且是徹底的失敗。

他失去爭霸天下的鬥志，失去對自己的信心。若船內有一罈雪澗香，他肯定會借酒澆愁，然後把一切忘掉。

從未有過一刻，他感到如此懊喪悲苦。

大霧開始散去，前方出現近十艘三桅風帆，他卻像視而不見，毫不提防。

來的最好是王國寶方面的戰船，他將可以拚盡最後一滴血，力戰而亡以宣洩心中的無奈和憤恨，給生命來一個較有意義的終結。

江文清的手掃過祝天雲雙目，將他的眼皮闔上，平靜的道：「祝叔叔安心去吧！我們會爲你討回公道，讓你死而瞑目。」

剛嚥下最後一口氣的祝老大陳屍床上，代表著邊荒集一個時代的小終結，他不但領導漢幫避過淝水之戰的厄難，還把漢幫壯大起來。

站在江文清後方的是直破天、費正昌和程蒼古。

直破天嘆道：「他本來應尚可多撐幾天，可惜因心中積鬱憤恨無法宣洩，致提早歸去。」

程蒼古與祝天雲交情最深，相處多年，淒然道：「文清準備如何處置胡沛，我已擬出一份名單，均是胡沛在這幾年內招攬和安插在幫內重要位置的人。」

費正昌訝道：「不是說要讓胡沛選擇當幫主或是讓我們兼併漢幫嗎？」

江文清淡淡道：「既然我們已決定撤退，再不用有任何顧忌。不過胡沛既膽敢弒主，肯定絕非善類，我們先詐作讓他自以爲得逞，離集前再施手段對付他。」

程蒼古道：「他背後當然有人撐腰，若他堅持不肯隨我們離開，漢幫會立即陷於分裂的局面。」

江文清沉聲道：「我們改變策略，立即爲祝叔叔舉行喪禮，在喪禮中由二叔暫代幫主之位，屆時胡沛怎能不聽令撤走？」

直破天點頭道：「對！胡沛錯失在假傳祝老大心意，因此，程公坐上幫主之位是順理成章之事，沒有人可以反對。」

費正昌道：「文清是否眞的決定撤退？如此我們過往的努力，勢將盡付東流。」

江文清頹然道：「這是我最不願作出的選擇，可恨反覆思量下，結論仍是大勢已去。不論胡沛是否被誅，漢幫的分裂已成定局。而我們尚未弄清楚胡沛背後的支持者，這對我們非常不利。」

程蒼古道：「假若我們能快刀斬亂麻，先將胡沛召來，立即處死，然後再把他的勢力連根拔起，是否尚有一拚的機會呢？」

江文清道：「我們可否於船隊來前辦妥一切，尚是未知之數。但如此先除內奸，首先我們會亂作一團，還如何與實力遠在我們之上的敵人周旋呢？」衆人均乏言以對。

此時手下來報，燕飛求見。

衆皆愕然。

江文清問手下道：「他是要來見我？」

手下點頭道：「燕飛指明要見宋孟齊，隨他來的尚有紀千千主婢。」

江文清沉吟片刻，呼出一口氣欣然道：「燕飛開始信任我了！」

直破天提醒道：「小姐小心點，無論如何燕飛仍是謝玄的人，與我們是敵非友。」

江文清雙目亮起來，平靜地道：「此一時也彼一時也，現在的邊荒集再非以前的邊荒集，朋友可以變成敵人，敵人更可以成爲朋友。」

接著向手下道：「把他們請入忠義堂！我要單獨見他們。」

第三十八章　誓師北上

燕飛離開漢幫總壇，心中一片茫然，對將來更沒有半分把握。

他的腦海忽然浮現七年前那下著滂沱暴雨的一夜，慕容文率眾突襲他們的營地，前一刻他還在帳內看著娘親為他修補破衣，帳內的燈火在風雨裡特別溫暖安逸，下一刻已變成人間地獄。娘親和他取刀衝出帳外，一群如狼似虎的敵人正策馬朝他們殺至，鄰帳的女人摟著從溫暖的被窩抱出來剛滿月的嬰兒，給心狠如豺狼的敵人從馬上俯身一把揪著頭髮，血淋淋的大刀往她的脖子抹去。

他被母親拉得往另一邊逃走，卻一腳踏在另一倒在血泊的族人身上。

恐怖的情景會否在邊荒集重演，他實在不敢想像。

慕容文把他的一生全改變過來，更奪去他至愛娘親的生命，在那場大屠殺之前，他對人從沒有解不開的仇恨。

所以不論拓跋珪變得如何心狠手辣，他絕不會怪責他，因為他曾經歷過拓跋珪的遭遇，明白他心中的仇恨。

從那悲痛難忘的一夜開始，拓跋族便和以慕容文、慕容永等兄弟為首的慕容鮮卑族結下深仇大恨。

解決的辦法只有一個，就是以血和死亡去清洗仇怨和恥辱。

可是在邊荒集的獨特情況下，他卻要去說服拓跋儀與慕容戰並肩作戰，這樣做是否明智的決定，他眞的弄不清楚。

紀千千的明白事理是眼前最使他欣慰的事，當她清楚情況後，便與小詩隨他一道去見宋孟齊，留在漢幫總壇由漢幫負起保護之責。若事不可爲，他便可以與紀千千主婢和龐義、高彥等人隨宋孟齊從水路撤退。

他直覺宋孟齊是有誠意的，即使從利害關係著想，因屠奉三在邊荒集出現而瀕臨與桓玄決裂的大江幫，絕不敢怠慢謝安的乾女兒。所以他安心讓宋孟齊照顧紀千千主婢。

他更有一個想法，此時此際的邊荒集危機四伏，而他燕飛則成眾矢之的，假如自己有不測之禍，只有宋孟齊有足夠能力讓紀千千主婢安然返回南方。

龐義從重建場高呼著奔出來截他，一把拉住馬頭。

燕飛訝道：「甚麼事？」

龐義喘著氣道：「陰奇剛來找你，知道你去了漢幫後，要我轉告你老屠想見你，並保證絕沒有惡意。」

燕飛愕然道：「你相信屠奉三嗎？」

龐義苦笑道：「恐怕老天爺才有答案。」

燕飛遠眺營地，皺眉道：「那小子仍未回來嗎？」

龐義氣道：「高彥是不可以有女人的，有了女人便一塌糊塗，置正事於不顧。」

燕飛嘆道：「泡妞反沒有問題，最怕他出事。唉！現在邊荒集再沒有安全的地方，我已和宋孟齊說好，他會派人來運走千千的箱子，你和一眾兄弟也到漢幫避難吧！」

龐義道：「我總有點懷疑宋孟齊。」

燕飛嘆道：「祝老大去了！」

龐義一呆道：「到哪裡去？」

燕飛仰望晴空，淡淡道：「到西天去了。」

龐義色變無語。

燕飛道：「祝老大被暗算身亡，正代表著邊荒集任何一個人都可能遇上同樣的厄運，今次邊荒集的情況比淝水之戰時更凶險複雜，表面雖平靜如往常，內裡卻是暗潮洶湧，敵我難分。如有選擇，我也不會說服千千到漢幫去，沒有了祝老大，漢幫的作風會徹底改變，主事的將是大江幫。」

龐義點頭道：「我明白！」

燕飛探手拍拍他的肩頭，勉強擠出點笑容道：「我曉得你的心情，第一樓剛開始重建，轉眼又出現眼前的情況，不過俗語有謂留得青山在，哪怕沒柴燒。在苻堅來前我們不是比現在更絕望嗎？看看我們現在又在這裡哩！可知世事的發展難以逆料，最重要是保住小命，給自己另一個機會。」

龐義頹然點頭，問道：「你要到哪裡去？」

燕飛望著行人漸多的東大街，道：「我要去盡一切努力，希望你的第一樓能如期重建。」

龐義一呆道：「你不打算赴屠奉三之約嗎？」

燕飛冷哼道：「他是想布局殺我，時間寶貴，我豈有閒情陪他耍樂子。」

龐義放開馬韁，燕飛一夾馬腹，放騎而去。

劉裕神情木然，完全不理會對方教他停船的呼喚，眼看就要與來船擦身而過。

破風聲起，六、七條索鉤往他的小風帆投來，其中三個把他的風帆鉤個結實。

劉裕的手離開船舵，準備隨時拔刀應敵，他連對敵人投上一眼的衝動反應也失去了，只希望流血，不論是敵人的血或自己的鮮血，只有流血方可減輕心中的痛苦。

奇怪對方並沒有向他發箭。

一個雄壯的聲音從船上傳下來道：「本人大江幫江海流，朋友請先恕過我們冒犯之罪，不知朋友是否從邊荒集來呢？」

劉裕一眼望去，半死的心忽然燃燒起希望的火燄。

飛馬會主驛站的內堂，燕飛、拓跋儀和夏侯亭三人聚桌商議。

兩人聽罷燕飛對現今形勢的分析，夏侯亭悶哼道：「赫連勃勃和屠奉三若要趁我們撤走時施襲，肯定須付出嚴重代價，際此風頭火勢的時刻，選擇留下者首要之務是保全實力，他們這樣做並不合理。」

拓跋儀沉聲道：「我們可以信任郝長亨嗎？」

燕飛苦笑道：「信任他又或不信任他，純粹是一個選擇。我真的沒法摸清他的底子。」

夏侯亭道：「若選擇與他並肩作戰，而他卻是另有居心，會帶來可怕的災禍。坦白說，我們現在最聰明的做法，是不信任任何人，這是唯一可以掌握自己命運的方法。我們曉得你和慕容戰關係不錯，但別忘記他始終是我們的敵人，若在大戰時抽我們的後腿，縱然結果是能擊退外敵，但我們亦將傷亡慘重，再沒法保持在邊荒集的優勢。」

拓跋儀道：「我們早商討過每一種可能性，最後的總結仍是趁可以離開前全面撤走，若沒有赫連勃勃在，我們會考慮你的提議，現在只希望能保全實力。」

燕飛嘆道：「我還有甚麼話好說呢？」

拓跋儀雙目射出誠摯的神情，道：「小飛！走吧！慕容寶不論兵法、武功，均得慕容垂眞傳，自幼隨乃父征戰，即使我們萬眾一心的與他正面對撼，仍沒有絲毫勝算，更何況現在人人各懷鬼胎，誰都不信任誰。你不爲自己著想，也該爲你的紀千千著想。」

燕飛心中反覆唸了兩遍「我的紀千千」，苦笑道：「我有一種很不祥的感覺，就是邊荒集看似平靜，事實上卻已被封鎖隔絕，一般人的出入不會有問題，可是像你們這般大規模撤走，將會遇上強大的阻力。」

拓跋儀微笑道：「小飛放心，我們已派出先頭部隊前往探路，肯定安全的路線後才會啓程，其他的幫會則在我們的嚴密監察下，沒有任何異動可以瞞過我們。」

燕飛道：「有探子的消息傳回來嗎？」

夏侯亭答道：「快哩！先頭部隊今早起程，在一個時辰內應有回報。」

燕飛起立道：「祝你們一路順風。」

拓跋儀一把拉著他的手，關切的道：「坦白告訴我，你打算怎麼做？」

燕飛頹然道：「除了有多遠逃多遠，我還有別的選擇嗎？」

艙廳內，劉裕一口喝掉手上的熱茶，向桌子對面的江海流道：「情況就是這樣子。」

由坐著的江海流，至立在他身後包括席敬和胡叫天在內的十多名大江幫領袖人物，人人臉色凝重，想不到情況惡劣至此。

只是任遙被孫恩擊殺一事，就足以轟動南北武林。

孫恩是南方最被畏懼的人，盤據海南島多年，司馬氏王朝奈之莫何，謝玄又必須陳兵大江之北以應付苻堅，讓孫恩乘機不住蠶食沿岸城鎮。今次他現身邊荒，正是大規模造反的先兆，誰都不敢輕忽視之。

江海流沉吟道：「我們並沒有遇上王國寶的水師船隊，如此看，他們該已全軍覆沒。」

他身後的席敬道：「照我們的情報，王國寶方面共有八艘戰船，約二千兵將，若天師軍能令他們全軍覆沒，實力當不在萬人之下，且裝備齊全。」

九艘大江幫的戰船繼續逆水北上，每過一刻，劉裕便多接近邊荒集一點，這感覺令他的心重新活躍起來。

得知他是劉裕後，江海流對他客氣而親切，顯示江海流決心與謝家修補已現裂縫的關係。

現在劉裕和江海流的目標是一致的，就是如何突破孫恩對邊荒集的封鎖，向被孤立起來的邊荒集施援。

劉裕問道：「大當家今次隨來的戰士有多少人？」

江海流沒有猶豫的答道：「不把操舟者計算在內，可用的戰士有二千七百餘人。劉大人有甚麼好的提議？」

劉裕道：「唯一突破孫恩圍集軍的方法，是於我登舟處棄船登陸，再集中力量於天黑後破開天師軍的封鎖線，如此必可令天師軍陣腳大亂，說不定可把整個形勢扭轉過來。」

江海流等全面露難色。

劉裕當然明白他們的想法，從水路北上是最省力和快捷的辦法，且進可攻退可守，必要時可原船從水路撤走。而他劉裕的提議卻是孤注一擲，破釜沉舟，堅持至分出勝負的一刻。

情況等若淝水之戰的重演，北府兵必須死守淝水這最後一道防線，他們則要與邊荒集共存亡。

胡叫天道：「現在的形勢擺明是孫恩和慕容垂兩方大軍夾擊邊荒集，若邊荒集有險可守，劉大人的計策或許可行，現在卻與自投羅網無異。」

劉裕心中暗嘆，忖道若是謝玄，必立即贊同他的戰略。沒有戰爭是不須冒險的，以寡擊眾的戰爭，更必須以敵人料想不到的奇兵出奇制勝，沒有別的方法。

盡最後的努力道：「若我是孫恩，會封鎖往邊荒的水道……」

席敬截斷他道：「孫恩該沒想過我們會大舉北上，擊潰王國寶的水師船隊後注意力將集中到邊荒集，不會在潁水部署重兵，而我們則有預防之心，必要時可於天師軍攔截處登岸，從水陸兩路反攻敵人，如此可萬無一失。」

江海流身後的人紛紛點頭，表示同意。

劉裕暗嘆這便非奇兵。

江海流總結道：「我明白劉大人的策略，不過我們最善水戰，若捨長取短，後果難測，我們決定從水路直逼邊荒集，只要突破孫恩的封鎖，水路將在我們的控制下，或進或退，將由我們決定。」

劉裕的心直沉下去，生出回去送死的感覺，不過反平靜下來，因爲大局已定。

燕飛神思恍惚的離開驛站，正思忖該不該到洛陽樓找郝長亨，又或該到西大街與慕容戰交代兩句，一隊騎士迎面馳來，原來是呼雷方和十多名手下，看來是往驛站去。

呼雷方隔遠叫道：「眞巧！我剛到營地找你，找不著只好到這裡來碰運氣。」

燕飛與掉轉馬頭的呼雷方並騎而行，他的手下追在後方，心中生出浪費時間的感覺。若尚未下逃亡的決定，他會樂於與呼雷方周旋，旁敲側擊他的虛實。

呼雷方訝然瞧他，對他的冷淡露出不解神色，道：「燕兄有甚麼心事？」

燕飛沒好氣地看他一眼，開門見山道：「呼雷兄心中的內奸是誰呢？」

呼雷方臉色一沉，默然片刻，嘆道：「這正是我來找你老哥的原因之一，我在懷疑姬別。」

燕飛愕然朝他望去，心忖難道他在使苦肉計，故意出賣姬別來博取自己的信任？

呼雷方呆看前方，道：「坦白說，我一直留意他，因爲老姬一向與黃河幫有生意往來，他可以瞞過別人，卻瞞不過我。」

燕飛皺眉道：「你的意思是……」

呼雷方往他瞧來，沉聲道：「昨夜到驛店後，他在方總的鼻子遭劫前，忽然失去影蹤，而他更一向是精於用毒的高手，你說我會怎麼想？他缺席昨天清早拜會千千小姐的熱鬧場合，更令人費解，唯一解釋是他根本不在邊荒集。」

燕飛心中翻起滔天巨浪，難道呼雷方不是與姬別一鼻孔出氣，甚至他對郝長亨的指控亦非杜撰之詞？

呼雷方續道：「最奇怪是誅除花妖後，他是第一個提議由赫連勃勃獨得撞響解嚴鐘聲的殊榮，而誰都曉得眞正的功臣是你燕飛，事後我和慕容戰均替你不忿。」

燕飛心念電轉，卻不知該說甚麼話好。

呼雷方又道：「赫連勃勃主動提議舉行鐘樓會議，定了在正午舉行，聽說飛馬會已準備撤走，是否有這回事？」

燕飛沒有答他，反道：「祝老大去了，你知道嗎？」

呼雷方眉頭深鎖，憂心忡忡的嘆道：「剛收到消息，有他在時，很多人恨不得他橫死暴斃，到他眞正去了，又像失去了甚麼似的，眞的很矛盾。現在邊荒集人心惶惶，度日如年，誰都不知道下一刻會發生甚麼事。」

燕飛問道：「你是否準備堅持下去？」

呼雷方長長呼出一口氣，道：「實不相瞞，我已亂了方寸，才想到來和你商量。」

燕飛斷然道：「我們立即去找慕容戰，他或許有不同的意見。」

策馬先行。

呼雷方追在他背後，叫道：「慕容戰去見卓狂生了，你走錯路啦！」

燕飛連忙收韁，呼雷方等亦紛紛勒馬，惹得路人側目，更添邊荒集山雨欲來的緊張氣氛。

呼雷方道：「我剛和慕容戰說過話，他說你和他同樣不信任赫連勃勃，所以要找卓狂生問個清楚，看他憑甚麼說動卓狂生同意召開會議。」

燕飛的心活躍起來，假設呼雷方不是內奸，他們將大增先安內的成算。

不過另一個問題亦因而出現，郝長亨究竟是忠肝義膽的豪雄，又或只是表面僞善的大奸大惡之徒？

第三十九章　殺人滅口

大江幫十艘戰船，繼續逆水北上，艙廳剩下劉裕和江海流兩人對坐，其他人奉命去作好準備，以突破天師軍的封鎖。

江海流胸有成竹的微笑道：「我曉得劉大人在擔心逆水作戰，不利我方，又怕對方及時布下攔河障礙，對嗎？」

劉裕搖頭道：「大當家縱橫長江，手下兒郎是喝江水長大的，自有一套逆水逆風、破障闖關的操舟法門，我反不是擔心這方面。」

江海流訝道：「原來劉大人另有一套看法，願聞其詳。」

劉裕心忖盛名之下無虛士，江海流雖已決定作戰的方式，但仍遣開手下，好讓自己暢所欲言，然後再設法開釋自己的疑惑，以示對他劉裕的尊重。

他這般看得起自己，當然不是因他在北府軍卑微的身分，而是曉得自己是謝安和謝玄看中的人，欲修補與謝家的關係，當然須好好款待自己。

這或許是最後一個影響此行成敗的機會。

劉裕直言道：「天師軍準備充足，兵力強大，觀乎他們輕易擊潰王國寶的水師，不教一艘船漏網，可推知他們有一套從陸岸襲擊的完善作戰方法。」

江海流點頭道：「完全同意，不過對付王國寶天師軍是攻其不備，故輕易得手，而我們幸得劉大人知會，有備而戰，鹿死誰手，尚未可知。」

劉裕道：「這個我明白，只是眼前情況，若正面對撼，實不利我方。大當家今趟北上的優勢，全在事前沒洩露半點風聲，也教人料想不到，所以是一支可扭轉局勢的奇兵，可是如一旦正面衝擊敵人，將失去奇兵之效。潁水是有跡可尋，邊荒是無蹤可察，若能拿捏好時間，於邊荒集外取得據點，當敵人發動時施以突襲，我有信心可以弱勝強，擊垮孫恩的部隊。」

江海流凝望他好半晌，微笑道：「劉大人的膽子很大，又是智勇兼具，問題在我們慣於水戰，陸戰卻非我們本行，在面對敵人如此強勢下，要我們棄舟深入陸岸行軍作戰，等若把魚兒送上陸地，根本沒法發揮本色長處，在心理和士氣上早輸掉此仗。我們也不是完全缺乏在陸上打硬仗的經驗，但只限於小規模的戰事、幫會間的火併，卻不是如眼前般的大規模會戰，更何況敵人兵力在我方數倍以上。劉大人明白此點，當曉得我是不得不作此決定。」

劉裕心中一陣感觸，卻是對自己而發，暗忖自己終仍未是統帥的材料，未能考慮到每一類兵種的特性，換過謝玄，不用江海流說出來，便明白江海流是不得不作此決定。

習慣是很難在忽然間改變過來的，大江幫稱雄長江，擅長水戰，縱然攻擊岸上目標，也必有戰船配合，隨時可回到水裡。若拿走他們的船，等若要精於騎射的胡人下馬步行，其戰鬥力、信心、士氣均會被大幅削弱。

最可恨是大江幫這方面的局限，令他不能盡情發揮兵法謀略，對即臨的一戰，他再沒有把握。

江海流親切的道：「不瞞劉大人，今次我們北上邊荒集，並沒有考慮到孫恩的天師軍，只是收到漢幫求助的飛鴿傳書，曉得慕容垂會對邊荒集用兵，所以早有打算在情況緊急時撤走祝老大和他的人。」

劉裕聽他意有未盡，訝道：「大當家尚有甚麼指示，何不坦言直說？」

江海流嘆道：「我現在開始明白安公為何致力栽培劉大人，更希望我們以後有機會好好合作。」

劉裕知道他從自己的善解其意，看出他劉裕的才智，心中卻是百感交集，謝玄付託要殺「大活彌勒」竺法慶的命令，自己恐怕會令他失望，嘆道：「我真的沒有臉回去見玄帥。」

江海流一震道：「劉大人竟猜到我心中所想的事？」

劉裕點頭道：「大當家是想我立即掉頭回廣陵，向玄帥求援，對嗎？」

江海流肅容道：「縱使我們能突破封鎖抵達邊荒集，仍沒法抵擋南北兩路來犯的龐大敵軍，唯一可逆轉形勢的天下間唯只玄帥一人，屆時我們可以全力配合。到廣陵後，請代我向安公問好，告訴他海流願領受任何罪責。」

夜窩子、古鐘場、鐘樓。

燕飛和呼雷方匆匆登上鐘樓，拾級登階，呼雷方的手下則留在樓外，與慕容戰的手下一起把門。隔遠他們便看到慕容戰和卓狂生兩人在鐘樓之巔，情況古怪。

兩人連跑三層，到達有邊荒四景之一榮耀的鐘樓之頂，從這裡可環視俯瞰邊荒集和附近的全景，視野完全不受限制，唯一限制是地平的盡處。

卓狂生倚欄而坐，神情頽喪，一身酒氣，旁邊還有個翻倒了的酒罈，罈口打開，看來已給他喝得一滴不剩。

慕容戰一臉狐疑的蹲在他身旁，看來是費盡唇舌，卻沒法得到答案。

呼雷方愕然道：「怎麼回事？」

慕容戰頹然坐地，攤手道：「恐怕要問老天爺才成，我上來時他便是這樣子，又哭又笑的，教人摸不著頭腦。」

燕飛和呼雷方來到閉上眼睛，不住喘息，狀甚辛苦的卓狂生前，自然而然蹲下去察看他的情況。呼雷方或許想起姬別，懷疑的道：「不是被人下毒吧！」

慕容戰挨到他旁，苦笑道：「別的毒或許沒中，卻肯定中了酒毒，一句話也不肯說。唉！邊荒集不知是否中了毒咒，沒有一件事是正常的。」

又向燕飛道：「你是喝酒的大宗師，有甚麼迅速解酒的方法？」

燕飛以苦笑回報，道：「唯一方法是睡他娘的三天三夜，酒毒自解。」

出乎三人意料之外，卓狂生聞燕飛說話立即睜開布滿血絲的眼睛，直勾勾望著前方，嚷道：「是否燕飛來哩！」

三人你看我我看你。燕飛道：「是的！我來了！究竟發生甚麼事？」

卓狂生垂淚淒然道：「他死了！」

燕飛一頭霧水道：「誰死了？」

卓狂生像失去所有力量般，沮喪無助的道：「他死了！大魏完了！」

燕飛劇震一下，心中開始有點模糊的輪廓。

慕容戰察覺他神色有異，問道：「老卓指的是誰？」

燕飛探手抓著卓狂生肩頭，沉聲道：「振作點，是否任遙死了？」

輪到慕容戰和呼雷方駭然以對，以任遙的威名和能耐，他不來找你麻煩已可謝天謝地，這樣的一個人竟然死了，且是一夜半天內的事，益發顯得事情的不尋常。

卓狂生倏地坐直，反抓燕飛雙手，一對眼似醉不醉，狂叫道：「他死了，大魏也完了，一切都完哩！」

忽然又審視陌生人似的細看燕飛，口齒不清的道：「你……你不是燕飛，你在騙我！」旋又放手挨回圍欄處，搖頭道：「我對不起你，那晚在夜窩子我是故意阻你的。」

慕容戰失去耐性，喝道：「快醒過來，你這糊塗的酒鬼。」

燕飛長身而起，移到圍欄邊，往下瞧去，一眾戰士全翹首上望，顯然被上面的情況駭住，更弄不清楚究竟發生了甚麼事。

燕飛喝下去道：「給我立即打一桶清水來。」

高彥領著尹清雅穿過樹林，眼前一亮，豁然開闊，原來四周的樹木全給砍伐下來，消失得無影無蹤。

巫女河在前方淌流。

蟲鳴鳥唱，充盈大自然安寧瀟逸的韻味。

尹清雅輕盈地落在高彥身旁，訝道：「是誰砍掉這麼多樹呢？」

高彥得意洋洋的道：「遲些兒再告訴你，待我把收藏木筏的地點找出來，再一把火燒掉，我們便可回邊荒集公告天下。」

說著時從背囊處取出發索鉤的筒子，舉起按鈕。

「嗤」的一聲，索鉤射出，斜斜射往左方一株大樹離地近三丈的橫幹去，哈哈一笑，拔地而去。

尹清雅仰首望他，嬌嗔道：「你這人哪！跳上去幹啥啊？」

高彥三爬兩撥地登上最高可立足之處，搖搖晃晃的左顧右盼，嚷回來道：「這叫先察敵情。哈！可以哩！不見任何敵蹤，我們有足夠時間創功立業。說書有云：這一回叫火燒連環筏。哈！還不給我找到你。」

索鉤射出，人往下飛，隨索在林木中翔滑。

尹清雅不依的一跺腳，從地上緊追而去。

高彥從高空落下，恰在巫女河旁，只見木筏一個疊一個的像數百座小山般排在兩旁河岸，約略計算至少有六、七百個大木筏，若每筏坐二十人，可讓逾萬人從水路迅速直抵邊荒集。

此處離伐木處足有半里路，難怪昨夜遍尋不獲。

高彥倒抽一口涼氣，心忖要造出如此數目的木筏，即使出動數以千計的人手，恐怕也須數天時間。

喃喃道：「他奶奶的，待我一把野火燒你老子一個清光。」

話猶未已，背心一陣劇痛，隱約間感到一雙手隔著背囊重重擊實，這個念頭剛起，一股無可抗拒的力量撞得他離地前飛，投往巫女河。

高彥口鼻鮮血狂噴，跌入河水裡前乃不忘狂喊道：「清雅快走！不要理我！」

「蓬！」

水花四濺。

高彥沒入河水裡。

尹清雅出現河旁，目光投往正朝水底沉下去的高彥，香唇輕顫，雙目茫然，似要繼續追殺，或許想多補一掌或一劍，最後猛一跺腳，道：「變了鬼也別來找我，人家本不想殺你的。」說罷飛掠去了。

《邊荒傳說》卷三終

國家圖書館出版品預行編目資料

邊荒傳說 / 黃易著. --初版.--台北市 ：
蓋亞文化，2015.03－
冊; 公分. --

ISBN 978-986-319-141-4 (卷3 : 平裝)

857.9　　　　104000521

邊荒傳說

卷 03

新編完整版

作者／黃易
封面題字／錢開文
裝幀設計／克里斯
出版／蓋亞文化有限公司
地址◎台北市103赤峰街41巷7號1樓
電話◎（02）25585438　傳眞◎（02）25585439
部落格◎gaeabooks.pixnet.net/blog
服務信箱◎gaea@gaeabooks.com.tw
投稿信箱◎editor@gaeabooks.com.tw
郵撥帳號◎19769541　戶名：蓋亞文化有限公司
法律顧問／義正國際法律事務所
總經銷／聯合發行股份有限公司
地址◎新北市新店區寶橋路二三五巷六弄六號二樓
電話◎（02）29178022　傳眞◎（02）29156275
初版一刷／2015年03月
定價／新台幣 280元
Printed in Taiwan

ISBN／978-986-319-141-4